WOLFGANG UND HEIKE HOHLBEIN

GENESIS 1

EIS

UEBERREUTER

ISBN 3-8000-5257-1
ISBN 978-3-8000-5257-8

Umschlaggestaltung von Init, Büro für Gestaltung, Bielefeld, unter Verwendung einer Illustration von Peter Gric

Druck: CPI Moravia Books GmbH
1 3 5 7 6 4 2

Ueberreuter im Internet: www.ueberreuter.at
Wolfgang Hohlbein im Internet: www.hohlbein.net

TRÄUME sind älter als das brodelnde TYRUS,
die nachdenkliche SPHINX
oder die Gärten von BABYLON.

H. P. LOVECRAFT, CTHULHUS RUF

1

DAS LETZTE GESCHOSS hatte ihn buchstäblich um Haaresbreite verfehlt. Das Heulen des Sturmes, das in den letzten Minuten zu ohrenbetäubender Lautstärke angewachsen war, hatte das Geräusch der Explosion ebenso verschluckt wie jeden anderen Laut, aber Ben hatte das tückische Aufstieben von Weiß unmittelbar neben seinem Gesicht gesehen und praktisch im gleichen Moment einen beißenden Schmerz an der Schläfe verspürt, und nach allem, was in der letzten halben Stunde geschehen war, konnten diese beiden Ereignisse zusammen nur eines bedeuten: Sie hatten auf ihn geschossen. Wieder einmal. Gut, sie hatten ihn auch verfehlt – wieder einmal –, aber wie lange würde das noch so bleiben? Ganz egal, ob diese Kerle nun miserable Schützen waren oder nicht – wenn sie nur lange genug drauflosballerten, dann mussten sie ihn früher oder später, schon rein statistisch, treffen.

Falls er nicht vorher erfror.

Oder ihn der Sturm umbrachte.

Oder er in eine Eisspalte stürzte und sich den Hals brach.

Oder ihm der Himmel auf den Kopf fiel und ihn erschlug.

Nein, dachte Ben grimmig, an unerquicklichen Möglichkeiten, zu Tode zu kommen, herrschte wirklich kein Mangel.

Seine Aussichten, am Leben zu bleiben, sahen hingegen bescheidener aus.

Eine knappe Handbreit über ihm löste sich ein Stück der Eiswand in einer lautlosen Explosion aus blitzendem Weiß auf und überschüttete ihn nicht nur mit einem Hagelschauer weiterer scharfkantiger Splitter, sondern überzeugte ihn auch davon, dass seine Verfolger nicht annähernd so schlechte Schützen waren, wie ihm lieb gewesen wäre.

Ben spürte ein Brennen an der Wange, duckte sich hastig noch tiefer hinter seine Deckung und hob erst dann die Hand ans Gesicht, um nach seiner Wange zu tasten. Die Kälte hatte seine Finger schon längst taub werden lassen, sodass er rein gar nichts fühlte, aber als er die Hand wieder zurückzog, schimmerte es rot auf seinen Fingerspitzen; Blut, das binnen zwei oder drei Sekunden zuerst milchig wurde und dann gefror. Scheiß Kälte!

Der nächste Treffer schlug etwas weiter entfernt ein, aber immer noch nahe genug, sodass Ben beschloss, sich später über den Sturm und die Temperaturen zu ärgern, um nun lieber etwas Sinnvolleres zu tun: nämlich sein Leben zu retten. Hastig wechselte er seine Position, indem er mit einem taumelnden Hechtsprung durch die Schneewehen pflügte, die der Sturm nahezu waagerecht heranpeitschte, und kauerte sich hinter einen der, wie es schien, Millionen gleichförmiger, glatt geschliffener Felsen aus Eis, die auf der Ebene zwischen der Küste und der Steilwand aufragten.

Keine Sekunde zu früh.

Ben war noch nicht völlig auf die Knie hinabgesunken, da zersiebte eine ganze Salve die Deckung, hinter der er gerade noch gehockt hatte, zu einer Mischung aus Pulverschnee und Eissplittern, die sich ihrerseits in gefährliche Geschosse verwandelten und den Schnee in weitem Umkreis umpflügten. Der Sturm überbrüllte weiterhin jedes Geräusch, aber er sah, wie auch in der schimmernden weißen Wand dahinter eine Reihe faustgroßer Löcher erschien, und ein eisiger Schauer lief ihm über den Rücken – als ob ihm noch nicht kalt genug wäre! Allmählich wurden ihm die Kerle unheimlich. Sie schossen nicht nur anscheinend wahllos auf alles, was sich bewegte (auf alles, was sich *nicht* bewegte, übrigens auch), sie mussten auch über Zauberkräfte verfügen, in diesem Chaos aus tobendem Schnee und durcheinander wirbelnden weißen Schatten überhaupt etwas zu sehen.

Oder über moderne Gewehre mit Infrarot-Zielfernrohren, fügte er in Gedanken hinzu; auch wenn er noch nie davon gehört hatte, dass irgendjemand ein *Maschinen*gewehr mit einem Zielfernrohr ausrüstete.

Aber er hatte auch noch nie von einer Bande wild gewordener Piraten gehört, die das südliche Polarmeer unsicher machten, harmlose Kreuzfahrtschiffe überfielen und die halbe Besatzung niedermetzelten … was allerdings auch daran liegen mochte, dass bisher keines ihrer potenziellen Opfer entkommen war, um davon zu berichten.

Trotzdem: Ben spürte tief in sich, dass die Erklärung nicht so einfach war. Hier ging irgendetwas ... anderes vor. Etwas viel Schlimmeres.

Etwas prallte mit einem hörbaren *Ping!* von der Oberseite des Eisbrockens ab, hinter dem er Deckung gesucht hatte, und das Geräusch riss ihn roh in die Wirklichkeit zurück. Dass er den Laut über dem Brüllen des Schneesturmes überhaupt hörte, konnte nichts anderes bedeuten, als dass er ungefähr die Lautstärke eines Kanonenschlages gehabt haben musste, und ganz offensichtlich nicht nur die *Lautstärke*: Der Eisfelsen, hinter dem er kniete, hatte plötzlich Tausende von Rissen und Sprüngen bekommen, die seine Oberfläche in ein milchig-surrealistisches Kunstwerk verwandelten. Seine Verfolger hatten offensichtlich das Kaliber gewechselt. Der nächste Treffer musste den Eisbrocken pulverisieren und ihn vermutlich gleich mit. Zeit für einen Ortswechsel.

Der logische Teil seines Denkens (den er im Moment hasste) konfrontierte ihn mit der Frage, ob es wirklich klug sei, seine Deckung zu verlassen, wo seine Verfolger doch so offensichtlich in der Lage waren, ihn trotz der praktisch nicht vorhandenen Sicht zu sehen und so zielsicher auf ihn zu feuern wie ein Meisterschütze an einer Kirmesbude, der sich einen Spaß daraus machte, einen Hauptgewinn nach dem anderen abzuräumen und den Besitzer damit in den Wahnsinn zu treiben. Allerdings räumte dieser Teil seines Denkens jetzt auch ein, dass seine Deckung äußerst gefährdet war, und selbst wenn nicht – was nutzte es? Bestenfalls würden die Kerle irgendwann aufhören, auf ihn zu schießen, und herkommen, um ihn aus der Nähe zu erledigen. Ben hatte sich – bis vor einer halben Stunde – kaum etwas mehr gewünscht, als endlich zu wissen, mit wem sie es zu tun hatten, aber diese Erkenntnis konnte durchaus zu den allerletzten Eindrücken seines Lebens werden, und *so* neugierig war er dann doch nicht.

Er rannte los.

Diesmal kam er ganze zehn Schritte weit, bevor ihn eine Sturmböe niederwarf und er der Länge nach in den Schnee fiel. Noch im Stürzen sah er, wie der Eisbrocken, hinter dem er gerade noch gekauert hatte, zu einem fünf Meter hohen Geysir aus Schnee und rasiermesserscharfen Splittern wurde, der vollkommen senkrecht in die Höhe schoss, bevor ihn der Sturm ergriff und auseinander riss, dann klatschte er mit dem Gesicht voran in den Schnee und sah nichts mehr.

Er bekam auch keine Luft mehr, und er musste sich einen weiteren Irrtum eingestehen: Bisher war er der Meinung gewesen, dass die Kälte seine Nerven längst betäubt hätte und es nicht mehr schlimmer kommen konnte, aber das stimmte nicht. Seine Finger und seine Gesichtshaut waren taub, doch nun drang der pulverfeine Schnee unter die Kapuze und in die Ärmel seiner Thermojacke, und er war nicht nur kalt, sondern tat *weh*, als hätte ihn jemand mit einer ätzenden Säure versetzt. Als er zu atmen versuchte, sog er ebenfalls nur Schnee ein. Seine Nase und sein Rachen brannten wie Feuer, und er hätte vor Schmerz geschrien, hätte er nur die nötige Luft dazu gehabt. Nackte Todesangst explodierte in seinen Gedanken, auf seiner Zunge war plötzlich der Geschmack von purem Adrenalin, und die absolute Gewissheit des bevorstehenden Endes verlieh ihm eine Kraft, von der er selbst nicht geglaubt hatte, dass er sie noch besaß. Mit einem einzigen verzweifelten Ruck stemmte er sich hoch, fiel auf den Rücken und nahm einen keuchenden Atemzug. Das Luftholen tat weh, entsetzlich weh, aber es war zugleich auch ein süßer Schmerz, der ihm zeigte, dass er immerhin noch am Leben war, auch wenn er das Gefühl hatte, seine Lungen würden von einer Million winziger Messer zerfetzt.

Zu mehr reichte seine Kraft jedoch nicht. Ben wollte aufstehen und weitertaumeln, um sich eine neue Deckung zu suchen, die seine Verfolger dann hinter ihm wieder in Stücke schießen konnten, doch seine Muskeln gehorchten ihm nicht mehr. Und es hätte auch nicht mehr viel gegeben, wohin er fliehen konnte. Der nächste Eisfelsen war gut fünfzehn oder zwanzig Meter entfernt und hinter den tobenden Schlieren aus Schnee nur schemenhaft zu erahnen. Bis dorthin würde er es nie schaffen. Er war entkommen, aber nur um jetzt hier hilflos und wie auf dem Präsentierteller zu liegen, damit seine Verfolger in aller Ruhe auf ihn schießen konnten.

Erstaunlicherweise taten sie es nicht.

Ben wusste nicht, wie lange er so dagelegen hatte. Sein Zeitgefühl war ebenso erfroren wie fast der gesamte Rest von ihm. Aber es musste lange gewesen sein; Sekunden, die sich quälend langsam zu einer Minute reihten und dann zu noch einer und noch einer. Er lag da, zu schwach, um sich zu bewegen, und zu müde, um es auch nur zu versuchen, und wartete darauf, dass die Welt rings um ihn herum in einer Orgie von Schmerz explodierte oder einfach erlosch, doch weder das eine noch das andere geschah.

Stattdessen … sah er etwas.

Das Gefühl grausamer Kälte hatte mittlerweile etwas nachgelassen, und darunter meinte er das genaue Gegenteil zu spüren, eine allmählich aufkommende Wärme; vielleicht das erste Anzeichen, dass er dabei war, zu erfrieren. Seine Gedanken begannen sich zu verwirren, begannen abzugleiten, sodass er im ersten Moment nicht ganz sicher war, ob er die Gestalt nun wirklich sah oder nur einer wahrlich spektakulären Halluzination aufsaß. Die Gestalt trat aus dem Schneetreiben hervor, aber sie tat es auf sehr seltsame Weise. Eigentlich *trat* sie nicht aus dem Sturm heraus, sondern schien sich auf fast schon gespenstische Weise darin zu *materialisieren*, als hätten sich Schnee und Eis plötzlich zusammengeballt, um etwas wie eine menschliche Gestalt zu formen; eine höchst absonderliche noch dazu. Sie war kaum größer als ein Kind, aber so breitschultrig, dass es grotesk anmutete; ihre Proportionen erinnerten eher an einen Gorilla als an einen Menschen. Auch ihre Bewegungen hatten etwas Affenartiges, aber im Gegensatz zu einem Affen war sie weiß, und sie hatte auch kein Gesicht. Wo es hätte sein sollen, war nur eine glatte, konturlose Fläche.

Zuerst erfüllte ihr Anblick Ben mit schierem Entsetzen, aber dann stahl sich ein mattes Lächeln auf seine aufgeplatzten Lippen. Gesichtslose Affen – Eispiraten, die das südliche Polarmeer unsicher machten, das wäre es doch! Aber natürlich war der Kerl weder ein verkleideter Gorilla noch hatte er kein Gesicht, sondern er trug vermutlich eine Kälteschutzmaske und einen weißen Tarnanzug (statt einer orangefarbenen Kombination wie gewisse andere Deppen hier, die sich damit selbst zur Zielscheibe machten) und wahrscheinlich fror er fast genauso erbärmlich wie Ben, was seine verkrampfte Haltung erklärte. Den Rest erledigten seine durchgeknallte Fantasie und möglicherweise auch noch die Glückshormone, die der menschliche Geist ja angeblich ausschüttete, wenn man im Sterben lag. Der Bursche dort drüben war ein Killer. Er gehörte zu den Piraten, die seine Eltern umgebracht hatten, den größten Teil der Passagiere der *Princess of the Dawn* ermordet und Harrys Söldnertruppe niedergemetzelt hatten. Zweifellos ein Monster, aber ein Monster in Menschengestalt, kein leibhaftiges Ungeheuer. Und jetzt war er gekommen, um auch ihn zu töten.

Ben dachte diesen Gedanken ohne jede Furcht. Noch vor wenigen Augenblicken hätte er verzweifelt um sein Leben gekämpft, und sei es noch so sinnlos, aber nun erschien es ihm viel zu mühsam. Selbst der Schmerz um den Verlust seiner Eltern war zu einem dumpfen Gefühl abgeklungen, pochend wie eine alte Wunde, die nie vollständig verheilt war und immer noch – aber nicht mehr unerträglich – wehtat. Irgendwo hatte er gelesen, dass Erfrieren ein sehr angenehmer Tod sei, und das schien auch zu stimmen. Zumindest betäubte die Kälte nicht nur seinen Körper, sondern nahm ihm auch die Angst und somit die Möglichkeit, sich weiter gegen ein unabänderliches Schicksal aufzulehnen und seine Qualen unnötig zu verlängern.

Übrigens schienen auch seine Augen nicht mehr richtig zu funktionieren, denn obwohl die groteske Mischung aus Todesfantasie und Realität inzwischen ein gutes Stück näher herangekommen war und sich mit langsamen Schritten der Stelle näherte, an der der letzte Schuss den Eisfelsen pulverisiert hatte, konnte er sie immer noch nicht deutlich sehen. Dem Gesicht fehlten nach wie vor Augen, Mund und Nase. Was um so merkwürdiger war, als er alles rings um den weiß gekleideten Piraten in schon fast übernatürlicher Schärfe erkennen konnte. Es war, als befände sich sein Körper in beständiger fließender Bewegung, sodass es keine Einzelheiten gab; fast, als zerfiele sein Körper in jeder Sekunde in all die Myriaden von Eiskristallen, aus denen er sich gebildet hatte, und fügte sich sofort wieder neu zusammen, und das schneller, als das Auge es erfassen konnte.

Nur eines fiel Ben doch auf: Für einen Piraten schien der Kerl außergewöhnlich schlecht bewaffnet zu sein, nämlich gar nicht. Vielleicht nur ein Späher, den der Rest der Bande vorausgeschickt hatte, um sich davon zu überzeugen, dass sie ihre Beute mit dem letzten Schuss auch wirklich erwischt hatten. Andererseits, dachte Ben belustigt, wenn der Kerl schon kein Gesicht hatte, was sollte er dann mit einer Waffe? Um ihn zu erledigen, brauchte er gewiss keine mehr. Er musste nur dastehen und abwarten. Ungefähr eine Minute lang. Oder zwei.

Im Moment schien er ihn aber noch nicht einmal bemerkt zu haben. Mit kleinen, vorsichtigen Schritten und pendelnden Armen näherte er sich der Stelle, an der der Eisfelsen gestanden hatte und wo jetzt ein Loch mit einem Durchmesser von drei Metern im Boden gähnte. Sein Kopf bewegte sich ununterbrochen hin und her, ein Anblick, der Ben unwillkürlich an einen schnüffelnden Hund erinnerte, der eine Fährte aufzunehmen versuchte, aber noch nicht ganz sicher war. Dabei hätte er ihn sofort entdecken müssen. Ben lag zwar gut zehn Meter entfernt im Schnee und der Sturm hatte in den letzten Minuten sogar noch an Stärke zugenommen, aber seine orangefarbene Polarmontur war nicht einmal unter diesen Bedingungen zu übersehen.

Trotzdem nahm der Pirat weiterhin keine Notiz von ihm, sondern ging weiter auf den Krater im Eis zu. Ben konnte sein Gesicht immer noch nicht ausmachen – ebenso wenig wie irgendwelche anderen Details; der Kerl musste wohl so eine Art Ganzkörper-Kondom tragen –, aber er sah zumindest, dass er wirklich unbewaffnet war. Seine Hände, die in dunklen, sonderbarerweise nur dreifingrigen Handschuhen steckten, waren leer. Sehr leichtsinnig für einen Piraten. Noch dazu für einen so kleinen.

Es konnte aber auch daran liegen, dass er die unheimliche weiße Gestalt bis jetzt nur aus den Augenwinkeln betrachtet hatte. Jetzt raffte er all seine verbliebene Kraft zusammen und drehte den Kopf, um den Piraten direkt anzusehen. Kaum hatte er es getan, da fuhr der Kerl mit einer ungeschlacht wirkenden, aber unglaublich *schnellen* Bewegung zu ihm herum und starrte nun seinerseits *ihn* an. Der Anblick ließ Ben schier das Blut in den Adern gerinnen.

Er hatte sich geirrt. Der Kerl trug keine Kälteschutzmaske vor dem Gesicht.

Er *hatte* keines.

Da war keine Jacke, keine Fellmütze oder Kapuze und keine Maske aus Plastik oder irgendeinem anderen Material, nur eine glatte, schimmernde Fläche, in der sich die tobende Bewegung des Sturmes spiegelte. Was da vor ihm stand, war kein Mensch, sondern ein … *Etwas*, das versuchte wie ein Mensch auszusehen, daran aber kläglich gescheitert war.

Und als wäre das noch nicht genug, riss das bizarre Ding die rechte Hand in die Höhe und zielte auf ihn.

Ben sah ganz genau, dass er keine Waffe hatte, aber irgendwie hinderte ihn das trotzdem nicht daran, auf ihn zu schießen. Nur ein Stück neben seiner linken Schulter schlug der Schnee auf, dann noch einmal und deutlich näher, und dann biss etwas mit so grausamer Wucht in seinen Bizeps, dass Ben gequält aufschrie.

Der grässliche Schmerz brach den Bann. Ganz plötzlich war er ganz und gar nicht mehr sicher und schon gar nicht mehr *bereit*, in diesem Moment zu sterben. Verzweifelt warf er sich herum und aus dem Weg des nächsten Geschosses, das ebenso unsichtbar wie heimtückisch heranraste und ein faustgroßes Loch in den Schnee rammte, genau dort, wo eben noch seine Stirn gewesen war. Aus den Augenwinkeln beobachtete er, wie das weiße Phantom mit einer irgendwie ärgerlich wirkenden Bewegung herumfuhr und seine andere – leere! – Hand auf ihn richtete. Wo die Finger der Rechten gewesen waren, befand sich jetzt nur noch ein runder Stumpf. Ben versuchte erneut, seine Position zu verändern, aber seine Kräfte waren endgültig erschöpft. Sein linker Arm war ein einziger kreischender Schmerz und gab unter dem Gewicht seines Körpers einfach nach. Hilflos fiel er in den Schnee und wartete auf den Tod.

Er kam nicht. Stattdessen drangen auf einmal doch Geräusche durch das Heulen des Sturmes: eine Kanonade sonderbar weicher, ploppender Laute, als zerplatzten irgendwo hinter den tobenden Schneewehen in rasender Folge zahllose riesige Luftballons.

Möglicherweise waren es auch keine Luftballons, denn vor seinen Augen barst jetzt das eisfarbene Ungeheuer auseinander.

Ben sah, wie die Beine und die untere Körperhälfte des vermeintlichen Piraten zerbrachen, als wäre er nichts anderes als eine Skulptur aus Eis, die von einem unsichtbaren Riesenhammer getroffen wurde. Die bizarre Kreatur, plötzlich ihrer Beine beraubt, kippte hilflos nach vorn und ruderte wild mit den Armen, um ein Gleichgewicht zu halten, das sie nicht mehr halten konnte, und stürzte dann schwer in den Schnee.

Aber es war noch nicht vorbei. Noch während Ben dalag und seine Gedanken zu sortieren versuchte, um wenigstens eine Ahnung zu haben, was nun Halluzination und was Wirklichkeit gewesen war, teilte sich der Sturm erneut und eine weitere Gestalt schälte sich aus den kochenden Schwaden. Sie war ein wenig menschlicher als die erste, größer und irgendwie *richtiger* proportioniert, aber ebenso vollkommen weiß wie sie. Mit zwei Ausnahmen: Sie *hatte* ein Gesicht, auch wenn es sich hinter einer weißen Plastikmaske verbarg und einer übergroßen schwarzen Schneebrille, und ihre Hände waren nicht leer. Mit einem einzigen Satz war sie bei und über dem gestürzten Ungeheuer und richtete etwas Schwarzes und Wuchtiges nach unten. Orangerotes Feuer loderte auf, und was von dem Phantom noch übrig war, explodierte in einer lautlosen Wolke aus Trillionen mikroskopisch feiner Eissplitter.

Viel weniger erschrocken als verwirrt und fassungslos, stemmte sich Ben auf die Ellbogen hoch; oder versuchte es doch wenigstens. Sein linker Arm reagierte mit einer Woge aus grausamem Schmerz, und er fiel zum wiederholten Male rücklings in den Schnee. Etwas Warmes und Klebriges lief unter seiner Jacke an seinem Arm hinab, und für einen Moment wurde ihm so übel, dass er sich beinahe übergeben hätte. Alles verschwamm vor seinen Augen.

Wahrscheinlich war es auch jetzt wieder die mörderische Kälte, die ihn rettete. Sie ließ das Blut an seinem Arm gefrieren und betäubte seine Nerven auf äußerst wirkungsvolle Weise. Der Schmerz erlosch nicht, aber er sank auf ein fast erträgliches Maß herab, und auch die blutgetränkten Schlieren vor seinen Augen lichteten sich wieder. Er konnte nicht lange weggetreten gewesen sein. Die Waffe in den Händen des Mannes spie noch immer orangerotes Feuer, obwohl unter ihrem Lauf längst nichts mehr war, was sie zerfetzen konnte. Dann, ebenso plötzlich, wie es begonnen hatte, hörte die Maschinengewehrsalve wieder auf, als irgendetwas aus dem Sturm herausbrach und dem Mann die Beine unter dem Leib wegriss. Ben konnte nicht erkennen, was es war und was danach mit dem Mann passierte; er wusste nicht einmal, ob es *tatsächlich* geschah oder nur zu einer Fieberfantasie gehörte, mit der sich sein Körper für alles revanchierte, was er ihm in den zurückliegenden vierundzwanzig Stunden zugemutet hatte. Er wollte es auch gar nicht wissen. Er wollte nur weg hier.

Den verletzten linken Arm so wenig belastend wie möglich, raffte er sich auf die Knie, blieb ein paar Sekunden schwankend hocken und stand schließlich ganz auf, beinahe selbst überrascht, dass es ihm gelang. Sofort begannen Sturm und Eisschauer auf ihn einzuprügeln und taten ihr Möglichstes, um ihn erneut von den Füßen zu reißen, aber er blieb nicht nur stehen, sondern schaffte es sogar, sich herumzudrehen und loszutaumeln. Er musste nur ein paar Schritte weit kommen, dann hätte er das Schlimmste überstanden. Der Windschatten der Steilwand würde ein wenig Schutz vor dem Sturm bieten, und mit ein ganz klein bisschen Glück brachten sich die Eispiraten und Harrys Schlägertrupp gerade gegenseitig um und hatten gar keine Zeit, sich um ihn zu kümmern.

Blieb nur noch das Problem, die Wetterstation zu finden und irgendwie am Leben zu bleiben, dachte er sarkastisch. Er biss die Zähne zusammen und torkelte schräg gegen den Sturm gestemmt weiter.

Heute Morgen, als Kapitän Schulz – der jetzt ebenso tot war wie seine Eltern, Sasha und alle, oder zumindest fast alle, Passagiere und Mitglieder der Besatzung – ihm den Weg erklärte, hatte es sich so einfach angehört: den vereisten Strand hinauf bis zur Klippe, dann ein Stück nach links, bis er die Klamm erreichte, die so geradewegs zur Station hinaufführte, dass man sie gar nicht verfehlten konnte. Alles in allem weniger als drei Kilometer; nicht einmal hier und bei kuscheligen dreißig Grad minus eine unüberwindliche Entfernung. Bei Windstille und im Vollbesitz seiner Kräfte.

Inmitten des schlimmsten Polarsturmes, den es seit Ende der letzten Eiszeit gegeben hatte, mit einem zerschossenen Arm und verfolgt von gleich zwei Banden durchgedrehter Killer, die sich gegenseitig um das Vorrecht prügelten, ihn umbringen zu dürfen, sah das schon etwas anders aus. Wo, bitte schön, war noch mal rechts und links?

Immerhin fand er die Klippe. Erschöpft und desorientiert, wie er war, verwechselte er die schimmernde weiße Wand mit einer Schneeböe und knallte ziemlich unsanft dagegen, aber er blieb auf den Beinen und fasste sogar neuen Mut. Jetzt *konnte* es nicht mehr allzu weit sein. Wenn er die Eisklamm erreichte, dann war er wenigstens aus dem Sturm heraus, und dann hatte er – möglicherweise – eine Chance, es bis zur Wetterstation zu schaffen.

Wenn er bis dahin nicht verblutet war, hieß das.

Oder erfroren.

Oder ihm irgendjemand in den Rücken schoss.

Oder sich der Boden auftat, um ihn zu verschlingen.

Auch wenn es ihm selbst absurd vorkam, Ben hielt sich für die nächsten Minuten damit wach, sich die unterschiedlichsten Arten vorzustellen, auf die er an diesem öden Ort nahe dem Ende der Welt ums Leben kommen konnte. Und er kam voran. Der Sturm tobte mit ungebrochener Kraft weiter, aber hier, direkt am Fuße der zwanzig Meter hohen Klippe aus Eis, war es nicht ganz so schlimm wie draußen auf dem Strand, wo er den eisigen Tatzenhieben des Windes schutzlos ausgeliefert gewesen war. Und die scheinbar unüberwindliche Barriere aus erstarrter Kälte neben ihm bot noch einen anderen, unerwarteten Vorteil: Während er mühsam einen Fuß vor den anderen setzte und sich Schritt für Schritt weiterquälte, konnte er sich mit der unversehrten Schulter dagegen lehnen und so wertvolle Kraft sparen. Selbst der Wind, der sich bisher beinahe ebenso begeistert ins Zeug gelegt hatte wie die Eispiraten und der Rest der Welt, um ihn ins Jenseits zu befördern, erwies sich nun als sein Verbündeter. Die schneegesättigten Böen, die sich am Fuße der Klippe brachen, drückten ihn zugleich mit solcher Kraft gegen das Eis, dass er sich schon hätte anstrengen müssen um umzufallen.

Zumindest in der einen Richtung.

In der anderen war es schon etwas leichter, vor allem als die Wand, gegen die er sich bisher gelehnt hatte, plötzlich verschwunden war.

Ben schrie vor Überraschung und Schmerz auf, ruderte verzweifelt mit den Armen und versuchte sich zurückzuwerfen, aber es war zu spät. Ohne dass er es bewusst wahrgenommen hätte, war er beim Einstieg der Klamm angelangt, und die Wand, die ihm bisher Halt geboten hatte, war nun einfach nicht mehr da. Hilflos kippte er zur Seite, drehte sich im Fallen halb um die eigene Achse und wartete mit zusammengebissenen Zähnen auf den Schmerz, den der Aufprall auf das stahlharte Eis bringen musste.

Aber er kam nicht.

Ben prallte nicht auf.

Die Klamm war da, genau wie Kapitän Schulz sie beschrieben hatte: ein schmaler, spiegelglatter Spalt, der in einem jähen Winkel nach oben führte, so präzise und steil, als hätte jemand mit einer gewaltigen Axt eine Kerbe in die Klippe geschlagen, aber es gab einen entscheidenden Unterschied zwischen Schulz' Beschreibung und der Wirklichkeit.

Diese Klamm hatte keinen Boden.

Wo er hätte sein sollen, klaffte ein gut drei Meter breiter Abgrund. Verzweifelt warf sich Ben im Sturz noch weiter herum und streckte die Arme aus, ohne auf den lauten Protest seines Bizeps zu achten, und für einen winzigen Augenblick sah es beinahe so aus, als könne er es schaffen. Seine Fingerspitzen schrammten am Eis entlang, schienen irgendwo Halt zu finden.

Und glitten ab. Seine Hände waren so steif gefroren, dass sie seinen Befehlen nicht mehr gehorchten, und Ben fiel wie ein Stein in schwarze, bodenlose Tiefe …

2

... **UND FUHR MIT EINEM SCHREI** in die Höhe. Sein Herz jagte, er war am ganzen Leib in Schweiß gebadet, und die plötzliche Bewegung war eindeutig zu viel oder zu schnell gewesen, denn für einen Moment schien sich die ganze Kabine wie ein außer Kontrolle geratenes Karussell um ihn zu drehen; so heftig, dass ihm beinahe übel wurde.

Außerdem tat sein linker Arm erbärmlich weh.

Hastig schloss er die Augen, aber auch das erwies sich als keine wirklich gute Idee. Der Schwindel wurde eher noch heftiger, und jetzt hatte er zusätzlich auch noch das grässliche Empfinden, zu fallen – immer schneller und schneller in einen Abgrund zu stürzen, der kein Ende nehmen wollte.

Ben machte die Augen wieder auf, und es wurde ein bisschen besser. Nicht viel. Ihm war noch immer leicht schwindelig und er war vollkommen desorientiert, aber zumindest das Gefühl des Fallens war fort, und auch sein hämmernder Pulsschlag beruhigte sich ganz allmählich. Nur der Krampf in seinem linken Oberarm schien noch stärker zu werden. Was für ein verrückter Traum!

Er blinzelte ein paar Mal – sehr rasch, damit die Dunkelheit hinter seinen Lidern nicht etwa Gelegenheit bekam, ihm einen weiteren bösen Streich zu spielen –, dann schlug er die Decke zurück und schwang, weit behutsamer als notwendig, die Beine aus dem Bett. Ein kalter Schauer durchrieselte ihn, als seine nackten Fußsohlen das auf Hochglanz polierte Holz des Bodens berührten, und die feinen Härchen auf seinem Oberschenkel richteten sich auf wie elektrisiert – und das, obwohl er noch immer am ganzen Leib in Schweiß gebadet war und die Heizung in seiner Kabine auf Hochtouren lief. Sein Blick irrte ohne sein Zutun durch den Raum und tastete die vertrauten Konturen der gediegenen Einrichtung ab, fast als wäre ein Teil von ihm immer noch nicht davon überzeugt, dass er zurück und das hier die Wirklichkeit war.

Was für ein verrückter Traum, dachte er noch einmal, und nicht der einzige, seit er an Bord gekommen war. Allerdings war es das erste Mal, dass er sich nach dem Aufwachen daran erinnerte und nicht nur von Herzrasen und dem dumpfen Gefühl überstandener Schrecken geplagt wurde.

Eine Erinnerung, auf die er gerne verzichtet hätte.

Es musste an diesem Schiff liegen, überlegte Ben, oder am Meer und möglicherweise auch an einer Kombination aus beidem. Vielleicht waren die Albträume seine ganz persönliche Art der Seekrankheit.

Auch darauf hätte er gern verzichtet, dachte er missmutig. Wenn einen die Seekrankheit erwischte, dann beugte man sich schlimmstenfalls einmal kurz über die Reling und opferte dem Meeresgott (vorzugsweise auf der dem Wind abgewandten Seite), aber was tat man gegen Albträume, die nicht nur Nacht für Nacht wiederkamen, sondern auch jedes Mal schlimmer wurden?

Am besten das Einzige, was einem übrig blieb, dachte er: Man biss die Zähne zusammen und wartete, bis es vorüber war. In neun Tagen würde die *Princess of the Dawn* in Brisbane anlegen und seine Eltern (die im Übrigen quicklebendig waren) und er würden zusammen mit dem Rest der (ebenso quicklebendigen) Passagiere von Bord gehen und der ganze Spuk wäre vorbei.

Er war wohl ganz offensichtlich nicht für die Seefahrt geschaffen.

Nicht dass er das nicht gewusst hätte. Ben war vom ersten Moment an wenig begeistert von der Idee gewesen, die ganze Strecke nach Australien – immerhin nahezu auf die andere Seite der Welt, sehr viel weiter ging es gar nicht! – mit einem *Schiff* zurückzulegen. Er reiste eigentlich gern und er hatte nichts gegen ein kleines Abenteuer dann und wann einzuwenden, aber Schiffe waren ihm zu altmodisch, zu langsam und zu unbequem; auch wenn er speziell der *Princess of the Dawn* damit wahrscheinlich unrecht tat. Er hatte sogar einmal – vorsichtig – gegen die Entscheidung seiner Eltern protestiert, seinen Widerstand aber ziemlich rasch aufgegeben, als er begriffen hatte, wie sehr sich gerade seine Mutter auf diese Reise freute. Trotz ihrer zahllosen akademischen Grade und ihrer noch zahlloseren Veröffentlichungen und Auszeichnungen war sie tief in sich drinnen eine unverbesserliche Romantikerin. Und selbstverständlich war sie sofort Feuer und Flamme gewesen, als sein Vater vorgeschlagen hatte, nicht nur ihr Gepäck und den gesamten Hausstand auf dem Seeweg nach Australien zu bringen, sondern gleich selbst mitzufahren; wenn auch auf einem anderen Schiff. Ben hingegen hatte regelrecht entsetzt auf die Idee reagiert, die Strecke statt in einem Flugzeug in sechzehn Stunden auf einem altmodischen Segelschiff in *achtzehn* Tagen zurückzulegen, sich aber schließlich gefügt und sich mit dem Gedanken getröstet, dass es auch so eine Art Abschiedsgeschenk an seine Eltern war. Schließlich würden sie sich für eine sehr lange Zeit nicht mehr sehen, sobald die Ferien vorüber waren und er wieder in den Flieger nach Frankfurt stieg.

Und das würde er. Bevor er in seinem Leben auch nur noch einmal einen Fuß auf ein Schiff setzte, das schwor er sich, würde er lieber zurück*schwimmen*!

Sein Körper hatte die Zeit genutzt, in der er mit seinem Schicksal gehadert hatte, um nicht nur die letzte Benommenheit abzuschütteln, sondern sich auch weitestgehend zu regenerieren; und als erfreuliche Nebenwirkung auch die letzten Nachwehen des Albtraumes dorthin zurückzuprügeln, wo sie hingehörten, nämlich in die finstersten und tiefsten Ecken seines Unterbewusstseins. Ihm war auch nicht mehr kalt, sondern er empfand die Temperaturen in der Kabine schon fast als zu hoch. Nur sein linker Bizeps tat weh, übrigens genau dort, wo ihn im Traum die Kugel getroffen hatte. Ben verrenkte sich fast den Hals, um seinen Oberarm gründlich in Augenschein zu nehmen, aber natürlich war da nichts. Allenfalls die Andeutung eines blauen Flecks, soweit er das in der spärlichen Beleuchtung, die momentan in der Kabine herrschte, überhaupt sagen konnte. Und möglicherweise war das ja auch schon die ganze Erklärung für diesen grässlichen Albtraum: Er hatte sich im Schlaf gestoßen, ohne es zu merken, und der Schmerz hatte den Traum ausgelöst. So etwas kam vor.

Er stand auf, schlurfte auf nackten Füßen in das winzige Bad, das zu der kaum weniger winzigen *Luxuskabine* gehörte, und presste mit einem unterdrückten Stöhnen die Augen zusammen, als das Licht automatisch anging und die plötzliche Helligkeit wie mit glühenden Nadeln in seine Augen stach. Halb blind tastete er sich zum Waschbecken, fummelte mit tauben Fingern irgendwie den Hahn auf und schöpfte sich todesmutig mehrere Hände voll eiskalten Wassers ins Gesicht. Hinterher zitterte er schon wieder vor Kälte, aber seine Müdigkeit war endgültig verflogen, und er konnte direkt spüren, wie sein Kreislauf in Schwung kam. Mit beiden Händen stützte er sich auf dem Waschbeckenrand ab und hob den Blick in den Spiegel.

Das war keine so gute Idee gewesen.

Das Gesicht, das ihm nass und unter verstrubbeltem schwarzem Haar aus dem goldgerahmten Spiegel entgegenblickte, schien irgendwie nicht zu ihm zu gehören. Zumindest sah es gut zehn Jahre älter aus als das letzte Mal, als er in den Spiegel geschaut hatte (erst gestern), bleich und erschöpft und um seine Mundwinkel und die Augen lag ein verhärmter Zug. Verdammter Albtraum, verdammte Seekrankheit!

Verdammte *See!*

Ben schnitt dem bleichen Schreckgespenst im Spiegel eine Grimasse, sah auf die Armbanduhr und stöhnte innerlich auf. Noch nicht einmal acht. Sicher – oben im Frühstücksraum scharten sich die ersten Irren jetzt um das reich gedeckte Büfett und vor dem verrammelten Fenster ging gerade die Sonne auf, aber speziell für ihn (und noch dazu im Urlaub!) war das eine geradezu gotteslästerliche Zeit.

Aber an Schlaf war nicht mehr zu denken. Spätestens mit seinem Ausflug ins Bad hatte er selbst dafür gesorgt, dass er trotz der frühen Stunde putzmunter war, und außerdem – auch wenn er es sich niemals eingestanden hätte: Er hatte schlichtweg Angst, wieder einzuschlafen und vielleicht die Fortsetzung dieses schaurigen Albtraumes zu erleben. Also konnte er genauso gut wach bleiben und sich schon einmal Gedanken darüber machen, wie er einen weiteren endlosen, todlangweiligen Tag an Bord dieses Hightech-Seelenverkäufers überstehen sollte.

Er verließ das Bad, ging zum Fenster – Bullauge, korrigierte er sich, an Bord eines Schiffes nannte man diese Dinger *Bullaugen*, zumindest wenn sie rund waren – und zog die Papierjalousie hoch. Rot glühendes Sonnenlicht, das von der spiegelblank daliegenden See auch noch zusätzlich reflektiert wurde, stach wie mit Messern in seine Augen. Nein, das brauchte er jetzt wirklich nicht.

Missmutig drehte er sich vom Fenster – Bullauge! – weg und ließ seinen Blick unschlüssig durch die Kabine tasten. Sie war nicht einmal halb so groß wie das Zimmer, das er bisher im Haus seiner Eltern bewohnt hatte, aber ungleich luxuriöser eingerichtet. Edle Hölzer und auf antik gemachte Möbel, blitzendes Messing anstelle von Chrom oder Plastik und antike Ölbilder an den Wänden, von denen er argwöhnte, dass einige von ihnen echt waren, wenn nicht gar alle. Selbst der moderne Flachbildschirm, vor dem er einen Gutteil seiner bisherigen Zeit an Bord verbracht hatte, tarnte sich mittels eines entsprechenden Standbildes und eines verschnörkelten Goldrahmens als alter Schinken. Die dazu passende DVD-Anlage verbarg sich in einem antiken Sekretär, und sogar das Telefon neben seinem Bett war schwarz und hatte einen Hörer mit trompetenförmiger Sprechmuschel und eine *Wählscheibe*. Wie das gesamte Schiff versuchte seine Kabine den Eindruck zu erwecken, man befände sich im vorletzten Jahrhundert. Das Einzige, was nicht zu diesem Bild passte, war die Summe, die seine Eltern für die achtzehntägige Kreuzfahrt von Kapstadt nach Brisbane via Antarktis berappt hatten. *Die* schien schon eher aus dem *nächsten* Jahrhundert zu stammen.

Ben zwang sich, an etwas anderes zu denken – er war schon wieder dabei, mit Gott und der Welt zu hadern und in Selbstmitleid zu versinken –, warf abermals einen Blick auf den Monitor und überlegte kurz, einen Film einzuwerfen, um sich auf diese Weise die Zeit bis zum Frühstück zu vertreiben, entschied sich dann aber dagegen. Ihm war nicht nach Fernsehen, und außerdem schienen die Konstrukteure dieses famosen Schiffchens der Meinung gewesen zu sein, dass auch die Unterhaltung an Bord dem Ambiente des Kahns angepasst sein sollte. Der aktuellste Film, den er gefunden hatte, war eine *Star-Wars*-Folge, die gedreht worden war, als es *ihn* noch nicht einmal *gegeben* hatte. Und sein Bedarf an Action war für diesen Tag auch mehr als gedeckt. Sein Arm tat immer noch weh. Anscheinend stimmte es, dass die besten Filme im Kopf abliefen.

Gemächlich zog er sich an und ging noch einmal zum Fenster. Seine Augen hatten sich inzwischen an das Licht gewöhnt. Einen Moment lang suchte er den Horizont ab und ertappte sich dabei, nach Anzeichen eines heraufziehenden Sturmes zu suchen. Das wäre doch einmal eine Abwechslung in diesem ach so romantischen, tödlichen Einerlei. Natürlich meinte er das nicht wirklich ernst, aber der Anblick des wie aus

Kupfer gehämmerten, reglos daliegenden Wassers vor dem Fenster brachte ihn auf eine Idee. Ben hatte seine Mutter oft genug davon schwärmen hören, wie wundervoll ein Sonnenaufgang auf dem Meer doch sei. Als leidenschaftlicher Langschläfer und Morgenmuffel wäre er normalerweise niemals auf den Gedanken gekommen, den Wahrheitsgehalt dieser Behauptung zu überprüfen. Aber da sich die Gelegenheit nun schon mal bot, warum sollte er nicht an Deck gehen und sich mit eigenen Augen davon überzeugen? Der Plan war aus einem zweiten Grund verlockend: Wenn seine Eltern erfuhren, dass er freiwillig quasi mitten in der Nacht aufgestanden war, um sich den *Sonnenaufgang* anzusehen, würde sie glatt der Schlag treffen. Als kleiner Racheakt für all die Unbill, die er ihretwegen zu leiden hatte, geschah ihnen das nur recht.

Er ließ sich Zeit dabei, in die gefütterten Stiefel und Hosen zu schlüpfen und schließlich auch noch einen warmen, ebenfalls pelzgefütterten Parka anzuziehen. Eigentlich kam es ihm absurd vor angesichts der Tatsache, dass er hier gerade seine *Oster*ferien verbrachte, doch es war noch früh und draußen lagen die Temperaturen nur einen Hauch über dem Gefrierpunkt.

Er beeilte sich auch nicht sonderlich, als er die Kabine verließ und sich auf den Weg zum Sonnendeck machte – eine Bezeichnung, die Bens Meinung nach ein reiner Witz war. Es hatte einen besonderen Reiz, so ganz allein durch ein Schiff zu gehen, das normalerweise von lauten Stimmen, Gelächter und trampelnden Schritten widerhallte. Es war ein bisschen unheimlich, aber auf eine angenehm prickelnde Art. Es erzeugte in ihm jenen wohligen Grusel, den man beim Betrachten eines Horrorfilms empfindet, wenn man sich sicher auf der anderen Seite der Leinwand weiß, auf der sich gerade die grässlichsten Ungeheuer tummeln. Schade nur, dachte er, dass der Trick nicht auch bei gewissen Albträumen funktionierte.

Natürlich war das Schiff nicht vollkommen still. Er war ganz und gar nicht der Erste, der zu dieser unmöglichen Zeit auf den Beinen war. Hier und da hörte er gedämpfte Stimmen und ein leises Klirren und Scheppern, und als er die offen stehende Tür zum Speisesaal passierte, sah er tatsächlich etliche Gäste bereits beim Frühstück sitzen – mindestens die Hälfte der Passagiere, um genau zu sein, und unter ihnen natürlich auch seine Eltern. Ben wäre hingegangen, allein um sie durch sein Auftauchen zu dieser frühen Stunde gehörig zu schockieren, doch dann sah er, dass sie in ein angeregtes Gespräch mit einem Mann in einer blütenweißen Schiffsuniform vertieft waren, und Kapitän Schulz war so ziemlich der Letzte, den er jetzt sehen wollte. Erst gestern hatte er ein nicht allzu erfreuliches Gespräch mit ihm gehabt, über gewisse Bereiche des Schiffes, die Passagiere aus gutem Grund nicht betreten durften, und die Bedeutung der unübersehbaren Verbotsschilder, die neben den dorthin führenden Türen angebracht waren. Schulz hatte zwar versprochen, seinen Eltern nichts von Bens kleiner Eskapade zu erzählen, aber er musste sein Glück ja nicht unbedingt herausfordern. Ben verstand ohnehin nicht, was seine Eltern an Kapitän Schulz fanden. Seiner Meinung nach war er ein guter Kapitän – sonst hätte man ihm dieses Schiff niemals anvertraut –, zugleich aber auch der größte Langweiler, dem er jemals begegnet war. Also doch der Sonnenaufgang.

Wie sich zeigte, hatte er ihn verpasst.

Die Sonne stand bereits als rot glühender Ball von ungewohnt düsterer Farbe zwei Fingerbreit über dem Horizont, als er auf das spitz zulaufende Vorderdeck der *Princess of the Dawn* hinaustrat. Augenblicklich schlug ihm ein so eisiger Wind entgegen, dass er das Gefühl hatte, sein Gesicht würde in Streifen geschnitten. Die Luft war so kalt, dass er kurz darüber nachdachte, ob es nicht praktischer wäre, sie zu kauen, und wahrscheinlich hätte er auf der Stelle kehrtgemacht und Kapitän Schulz' Gesellschaft den Weltraumtemperaturen hier draußen vorgezogen, hätte er nicht in diesem Moment eine Bewegung vor sich ausgemacht. Anscheinend war er nicht der Einzige, der irrsinnig genug war, sich an diesem Morgen nach draußen zu wagen.

Fröstelnd schloss er die Tür hinter sich und hob die Hand vor das Gesicht, um wenigstens seine Augen vor dem Wind zu schützen. Ziemlich weit vor ihm, genau im Bug des Schiffes, stand eine Gestalt, aber es fiel ihm schwer, sie richtig zu erkennen, denn sie war in ein so strahlendes Weiß gehüllt, dass ihm das reflektierte Sonnenlicht Tränen in die Augen trieb. Kurz erschrak er sogar, denn sie erinnerte ihn an das Wesen aus seinem Albtraum. Der Schrecken verging so schnell, wie er gekommen war, als ihm klar wurde, dass er es mit einem ganz gewöhnlichen Menschen zu tun hatte.

Auch wenn sein Anblick alles andere als gewöhnlich war.

Es war eine Frau und allem Anschein nach eine noch ziemlich junge Frau. Sie stand mit dem Rücken zu ihm und war wirklich von Kopf bis Fuß in Weiß gekleidet. Das Allererstaunlichste aber war, dass sie fast hüftlanges glattes Haar von ebenfalls schneeweißer Farbe hatte, das im heftigen Wind wehte. Es war genau diese Bewegung gewesen, die Bens Aufmerksamkeit erregt hatte. Er zögerte noch für ein paar Sekunden und dachte darüber nach, in die Wärme und Behaglichkeit des Schiffes zurückzukehren, entschied sich dann aber anders und trat stattdessen weiter auf das Vorderdeck hinaus.

Die Gestalt sah wirklich ... sonderbar aus. Sie war kleiner als er und trug einen knöchellangen Mantel, dessen Kragen und Saum mit Fell besetzt waren, ebenso wie die zurückgeschlagene Kapuze. Trotz des weit fallenden Kleidungsstückes konnte er erkennen, dass sie sehr schlank sein musste. Ihre Hände, die in weißen Handschuhen steckten, lagen so fest vor ihr auf der Reling, als müsse sie sich mit aller Kraft daran festhalten, um von den Windböen nicht einfach umgeworfen zu werden. Sie blickte nach Süden, in die Himmelsrichtung, in die die *Princess of the Dawn* seit zwei Tagen beharrlich fuhr, genau auf den Südpol zu, obwohl der Wind nur zu oft aus der entgegengesetzten Richtung blies.

Doch die *Princess of the Dawn* konnte direkt gegen den Wind fahren, ohne zu kreuzen oder auch nur nennenswert langsamer zu werden. Das Schiff sah nur aus wie ein altmodischer Segler. In Wahrheit wurde es von sechs gewaltigen Ramjet-Turbinen angetrieben, die an drehbaren Gondeln unter dem Rumpf aufgehängt waren und das Schiff, wenn es sein musste, auf unglaubliche vierzig Knoten beschleunigen konnten; auch wenn ihnen Kapitän Schulz bei seiner Begrüßungsrede versichert hatte, dass das bisher noch nie notwendig gewesen war und ganz bestimmt auch niemals notwendig sein würde. Ben hatte sich dabei vor allem gefragt, warum Schulz das so ausdrücklich betonte. Wusste er denn nicht, dass der beste Weg, jemandem Angst zu machen, der war, ihm zu versichern, es gebe absolut keinen Grund, Angst zu haben?

Ben verscheuchte den Gedanken und konzentrierte sich wieder auf die Gestalt in Weiß. Er ging langsam auf sie zu und dachte schon einmal über eine passende Ausrede nach, falls sie sich herumdrehte und ihn fragte, warum er sich eigentlich an sie heranschlich – denn nichts anderes tat er –, aber sie wandte sich nicht zu ihm um.

Mittlerweile hatte sich Ben der Frau in Weiß weit genug genähert, um ihr Gesicht im Profil erkennen zu können, und er blieb erstens stehen und korrigierte zweitens seine Einschätzung um ein gutes Stück nach unten, was ihr Alter anging. Sie war keine Frau, sondern ein junges Mädchen. Allerhöchstens so alt wie er und wahrscheinlich sogar ein bisschen jünger.

Und etwas an ihrem Gesicht schlug ihn sofort und hoffnungslos in seinen Bann.

Sie war nicht das hübscheste Mädchen, das er jemals gesehen hatte, doch etwas an ihr faszinierte ihn, ohne dass er sagen konnte, was – oder es ihn auch nur interessierte. Sie hatte ein sehr schmales, fast ein bisschen strenges Gesicht, und sie war sehr blass, was aber wahrscheinlich an der Kälte lag. Der Blick ihrer großen, erstaunlich dunklen Augen hing wie gebannt am Horizont, und obwohl sie Ben längst bemerkt haben musste, nahm sie keinerlei Notiz von ihm.

Und sie hatte wirklich *weißes* Haar, nicht hellblondes, sondern weißes. Und von derselben Farbe waren auch ihre dünnen Brauen und die Wimpern. Es war ein Bild, das faszinierend und ein bisschen unheimlich zugleich war.

Ben räusperte sich. Als das nichts nutzte, sagte er: »Hallo.«

Sie reagierte auch jetzt nicht. Der Wind spielte weiter mit ihrem Haar, was die Illusion von Bewegung in ihrem Gesicht hervorrief, doch Ben war nicht sicher, ob sie überhaupt blinzelte, und *das* war wirklich unheimlich.

»Was gibt's denn da so Spannendes?«, fragte er in einem Ton, für den er sich am liebsten geohrfeigt hätte. Diesmal war er fast erleichtert, dass sie seine Worte gar nicht zu hören schien.

Leicht beunruhigt sah auch er nach Süden und für einen Moment glaubte er tatsächlich etwas zu sehen: einen dunklen Schemen, am Horizont oder ein kleines Stück *dahinter*, als zöge dort etwas Riesiges, Düsteres heran, das man noch nicht erkennen konnte, das seinen Schatten aber vorauswarf. Es war gespenstisch. Etwas daran machte ihm Angst.

Ben unterdrückte das Gefühl und versuchte das Problem mit Logik zu lösen. Soweit er wusste, befand sich vor dem Bug des Schiffes nichts als eine gewaltige Menge Wasser. Konnte es sein, dass sie sich der Antarktis schon weit genug genähert hatten, um ihre Küste zu sehen? Nein, entschied er. Es mussten noch Hunderte von Seemeilen sein und *so weit* reichte der Blick auf dem offenen Meer nun auch wieder nicht. Vielleicht ein Sturm, der hinter dem Horizont aufzog? Aber der Wetterbericht hatte keinen Sturm vorausgesagt, und bisher hatten sich die Prophezeiungen des Supercomputers, der das Gehirn der *Princess of the Dawn* darstellte, stets als äußerst zuverlässig erwiesen.

Aber irgendetwas war da. Das Mädchen sah es und er selbst *spürte* es, so seltsam es ihm auch vorkommen mochte.

Er riss sich mit einiger Mühe von dem unheimlichen Nichts am Himmel los und schaute wieder das weißhaarige Mädchen an; ein Anblick, der ihm weit mehr Vergnügen bereitete, auch wenn er ihn immer mehr verwirrte. Er erkannte jetzt, dass sie ihren Mantel nicht geschlossen hatte und darunter nur ein – natürlich ebenfalls weißes – Kleid trug. Sie musste erbärmlich frieren.

»Ist dir nicht kalt?«, entfuhr es ihm. »Du musst doch furchtbar frieren in diesem dünnen Ding!«

Er bekam auch jetzt keine Antwort. Sie ignorierte ihn nach wie vor völlig. Es war, als wäre er gar nicht da. Ben kam sich mit jeder Sekunde dämlicher vor – das nannte man wohl *auf ganzer Linie abgeblitzt*, dachte er – und zerbrach sich vergebens den Kopf, wie er einen halbwegs gelungenen Abgang hinlegen konnte, als er hinter sich Schritte hörte. Fast erschrocken drehte er sich herum und sah ins Gesicht eines der Schiffsstewards, der hinter ihm aufgetaucht war, ohne dass er es bemerkt hatte.

Der Mann nickte ihm grüßend zu, wandte sich dann aber an das weißhaarige Mädchen. »Bitte entschuldige, wenn ich dich störe, Sasha, aber dein Vater bittet dich, unter Deck zu kommen.«

Das Mädchen reagierte auf diese Worte ebenso wenig wie auf alles, was Ben gesagt hatte, aber das schien den Steward nicht sonderlich zu überraschen. Wortlos trat er neben sie, legte die linke Hand auf ihre

Schulter und schloss mit der anderen ihren Mantel. Ben sah erstaunt zu, wie er mit sanfter Gewalt ihre Hände von der Reling löste und sie dann am Arm ergriff. Sasha ließ alles willenlos mit sich geschehen, aber als der Steward sie herumdrehen und wegführen wollte, wandte sie den Kopf, um weiter den Horizont zu betrachten.

»Was ist denn mit ihr los?«, fragte er.

»Nichts«, antwortete der Steward merkwürdig abweisend. »Ihr Vater möchte nur, dass sie zu ihm kommt, das ist alles.« Er machte einen Schritt, blieb dann jedoch noch einmal stehen und sah zu Ben zurück. »Und du solltest auch nicht mehr allzu lange bleiben. Wir bekommen schlechtes Wetter und das kann hier manchmal sehr schnell gehen.«

Damit setzte er seinen Weg fort. Das Mädchen folgte ihm gehorsam, aber blickte immer wieder zum Bug zurück, und kurz bevor sie das Deck verließen, versuchte es, sich loszureißen und zurückzulaufen.

Jedenfalls kam es Ben so vor.

Auch er schaute noch einmal in dieselbe Richtung, und für einen winzigen Augenblick hatte er abermals das Gefühl, etwas hinter dem Horizont zu spüren. Etwas Riesiges, das langsam näher kam.

Was für ein Unsinn!

3

OBWOHL KAUM MEHR ALS ZEHN MINUTEN vergangen sein konnten, seit er an der Tür zum Speisesaal vorbeigekommen war, hatte sich das Bild stark verändert. Mittlerweile schienen sich sämtliche Passagiere zum Frühstück eingefunden zu haben, was insgesamt trotzdem nur hundert Personen ausmachte. Wenig, wenn man bedachte, dass die Besatzung der *Princess of the Dawn* deutlich größer war, aber in Anbetracht der Tatsache, dass eine Überfahrt auf diesem Luxusliner ein kleines Vermögen kostete, eine ganze Menge.

Ben ertappte sich dabei, sofort nach dem Mädchen in Weiß Ausschau zu halten, und er ertappte sich ebenfalls bei einem völlig absurden Gefühl von Enttäuschung, als er sie nirgendwo entdeckte. Der Speisesaal war zwar brechend voll, aber mit ihrer auffälligen Kleidung und dem leuchtenden weißen Haar hätte er sie gar nicht übersehen können.

Überhaupt fragte er sich, wieso er sie bisher noch nie an Bord gesehen hatte. Möglicherweise sollte er doch etwas weniger Zeit vor dem DVD-Player und etwas mehr an Deck verbringen.

Statt auf einen Engel in Weiß fiel sein Blick auf seine Eltern, die noch immer zusammen mit Schulz an einem Tisch am anderen Ende des Raumes saßen. Er wollte sofort den Rückzug antreten, aber es war zu spät. Seine Mutter hatte ihn bereits entdeckt und wirkte zwar genauso überrascht, wie er es sich vorgestellt hatte, was sie allerdings nicht daran hinderte, ihn unverzüglich heranzuwinken.

Jetzt hatte er keine andere Wahl mehr. Widerstrebend, aber mit einem – wie er hoffte – halbwegs überzeugenden Lächeln arbeitete er sich durch das Gedränge im Speisesaal bis an den Tisch vor, an dem seine Eltern und der Kapitän saßen. Auch Schulz sah auf, als Ben näher kam, und schien ebenfalls überrascht, dann machte er jedoch für eine halbe Sekunde eine Verschwörermiene und deutete zugleich mit den Augen ein Kopfschütteln an. Ben war nicht sicher, ob er ihm damit signalisieren wollte, dass er seinen Eltern nichts von dem hässlichen Zwischenfall von gestern erzählt hatte, oder ihn vorwarnen, *dass* er es getan hatte. Er setzte sich wortlos.

»Ben, was machst du denn hier?«, wunderte sich sein Vater.

»Frühstücken.«

Sein Vater deutete vielsagend auf das leere Gedeck vor ihm, und Ben wollte sofort wieder aufstehen und zum Büfett eilen, aber Schulz winkte ab und rief aus der gleichen Bewegung heraus einen Steward herbei. Der Mann warf nur einen flüchtigen Blick auf den leeren Teller und wieselte davon. Manchmal, dachte Ben, hatte es durchaus Vorteile, mit einem hohen Tier am Tisch zu sitzen.

»Was ist denn los?«, fragte seine Mutter. Sie klang ein bisschen besorgt, fand Ben.

»Nichts«, antwortete er einsilbig. »Ich konnte nicht mehr schlafen.«

»Dass ich diesen Satz einmal aus deinem Mund hören darf«, sagte seine Mutter. Schulz blickte fragend, und sein Vater fügte erklärend hinzu: »Unser Benjamin ist ein militanter Langschläfer, müssen Sie wissen.«

»Ben«, sagte Ben automatisch. Schulz blickte noch fragender, und sein Vater fuhr fort: »Und er mag aus irgendeinem Grund den Namen nicht, auf den er getauft wurde.«

»Was spricht gegen Benjamin?«, wunderte sich Schulz. »Das ist ein sehr ehrbarer alter Name.«

»Ich finde, er klingt nach einem Gummibaum«, antwortete Ben, »oder nach einem kleinen Kind.«

»Aber, *Benjamin*«, meinte sein Vater mit einem spöttischen Glitzern in den Augen, »das stimmt doch gar nicht. Es gab sogar einmal einen Papst dieses Namens.«

Ben starrte ihn finster an, dann lächelte er plötzlich zuckersüß. »Entschuldige, Vater, das wusste ich nicht.« Er wandte sich direkt an Schulz. »Hat Ihnen mein Vater erzählt, dass wir nach Australien fahren, weil er dort in den Knast muss?«

Sein Vater wurde blass, und Schulz sah so hilflos aus, dass er Ben fast leidtat. Aber nur fast. »Es ist wahr«, fuhr er fort. »Für mindestens drei Jahre. Oder noch länger, das kommt ganz darauf an, wie er sich benimmt.«

Für einen Moment herrschte betretene Stille am Tisch. Schulz war offensichtlich peinlich berührt, und in den Augen seines Vaters stand etwas, das für deutlich mehr als drei Jahre Gefängnis gut gewesen wäre, hätte er es in die Tat umgesetzt – und dann begann seine Mutter leise zu lachen.

»Das reicht jetzt, ihr Streithähne«, sagte sie gutmütig. An den Kapitän gewandt fuhr sie fort: »Ben sagt die Wahrheit, Herr Kapitän. Mein Mann muss ins Gefängnis in Brisbane.«

»Aha«, sagte Schulz. Jetzt *tat* er Ben leid.

»Er übernimmt dort die Leitung des Gefängniskrankenhauses. Erst einmal für drei Jahre. Aber wenn er seinen Job einigermaßen gut macht, dann wird sein Vertrag ja wahrscheinlich verlängert.« Sie warf Ben einen zu gleichen Teilen amüsierten wie auch leicht strafenden Blick zu.

»Ach so ist das.« Schulz wirkte erleichtert, aber auch immer noch verwirrt, und er fühlte sich sichtbar nicht wohl in seiner Haut. Er lachte unsicher. »Sie haben mir noch gar nicht erzählt, dass Sie ebenfalls Arzt sind, Dr. Berger.«

»Psychologe«, erwiderte Bens Vater. »Und genau genommen ist meine Frau ja auch keine Ärztin, auch wenn einer ihrer zahllosen Doktortitel für Dr. med. steht. Aber in diesem Beruf arbeitet sie schon lange nicht mehr. Zwei Ärzte in einer Familie wären auch unerträglich. Wir würden ständig nur nach irgendwelchen Symptomen bei den anderen suchen.«

»Schade«, sagte Schulz. »Und ich wollte Sie gerade fragen, ob Sie nicht irgendein Wundermittel für meinen kaputten Rücken haben. Auf welchem Gebiet arbeiten Sie denn genau, wenn ich fragen darf, Frau Doktor?«

»Reproduktionsbiologie«, antwortete Bens Mutter.

Ben erwartete, dass Schulz jetzt noch hilfloser aussehen würde, aber er nickte ganz im Gegenteil. »Klonforschung. Dann können Sie mir ja vielleicht doch bei meinem Bandscheibenproblem helfen. Sie könnten mir einfach ein neues Rückgrat wachsen lassen … wenn ich zehn oder zwanzig Jahre warte.«

Seine Mutter sagte nichts dazu, aber ihr Lächeln wirkte plötzlich ein wenig verkrampft, und sein Vater sagte: »Kommen Sie zu mir. Drei oder vier Sitzungen und ich habe Sie davon überzeugt, dass Ihre Rückenschmerzen nichts Schlimmes sind. Und noch drei oder vier weitere Sitzungen und Sie werden Ihre kaputten Bandscheiben lieben.«

Schulz lächelte, aber es wirkte genauso verunglückt wie bei seiner Mutter gerade eben, und Ben bekam allmählich ein schlechtes Gewissen. Bevor er aufgetaucht war, hatten sich seine Eltern und Kapitän Schulz offensichtlich sehr entspannt unterhalten, und ihn beschlich das Gefühl, irgendwie einen Missklang in das Gespräch gebracht zu haben. Das hatte er gewiss nicht gewollt. Er wusste nicht einmal, was er falsch gemacht hatte.

Der Kapitän der *Princess of the Dawn* schien die veränderte Stimmung ebenso zu spüren wie er, denn er räusperte sich unbehaglich und wandte sich dann direkt an Bens Mutter. »Wenn ich Ihnen zu nahe getreten sein sollte, dann bitte ich um Entschuldigung, Frau Doktor Berger.«

»Das ist schon in Ordnung«, antwortete sein Vater an ihrer Stelle. »Sie müssen Jennifer verstehen. Sie spricht Fremden gegenüber nicht gerne über ihren Beruf. Leider gibt es in der Öffentlichkeit eine Menge Vorurteile gegen diesen Forschungszweig.«

»Ja, das verstehe ich«, meinte Schulz, und es hörte sich so an, als sage er die Wahrheit. »Aber ich kann Sie beruhigen. Ich gehöre gewiss nicht zu den Menschen, die glauben, dass wir immer noch mit Pferdekutschen durch die Gegend fahren und unsere Felder mit Ochsen bestellen sollten.«

Jennifer Berger sah ihn einen Moment lang nachdenklich an, dann aber entspannte sie sich ein bisschen. »Sonst hätte man Ihnen auch kaum das Kommando über dieses Schiff anvertraut. Aber die Leute reagieren manchmal wirklich extrem, wenn sie das Wort *Klonen* hören. Sie denken sofort an dreiköpfige Ungeheuer oder Gewürzgurken mit langen Zähnen, die die Leute essen, die *sie* essen wollen.«

Schulz brauchte ungefähr eine halbe Sekunde, um das Wortspiel zu verstehen, aber als er dann lachte, klang es echt. Und irgendwie erleichtert. »Aber ich nicht. Wenn ich mir allein vorstelle, welche Krankheiten man damit in Zukunft heilen kann … Es könnte ein Segen für die gesamte Menschheit sein. Vielleicht der größte Durchbruch, den die Medizin seit tausend Jahren erlebt hat. Wenn man verantwortungsvoll damit umgeht, heißt das.«

»Und genau das ist die Krux«, bemerkte Bens Mutter. »Ich habe bis heute nicht wirklich verstanden, warum, aber die meisten Menschen scheinen einfach vorauszusetzen, dass die Wissenschaft *nicht* verantwortungsvoll damit umgeht.«

»Ich schon«, warf ihr Mann ein. »Ich könnte es dir sogar erklären, aber du willst es ja gar nicht hören.«

»Wer hört schon einem Psychologen zu, Robert?«, konterte seine Frau.

»Also wird es nichts mit meiner neuen Bandscheibe«, seufzte Schulz. »Schade. Und ich dachte schon, ich könnte einmal etwas billiger bekommen, weil ich eine Koryphäe auf dem Gebiet kenne. Dann muss ich wohl noch fünfzig Jahre mit Rückenschmerzen leben.«

»Oder nur noch fünf«, antwortete Jennifer Berger und hob die Schultern. »Oder auch hundert. Das kann niemand so genau sagen.«

»Wieso?«, fragte Schulz überrascht.

»Leider ist es so. Sehen Sie, Kapitän Schulz, die Forschungen auf diesem Gebiet werden in der Öffentlichkeit sowohl über- als auch unterschätzt. In manchen Bereichen sind wir unglaublich weit – so weit, dass selbst mir manchmal angst und bange wird – und in anderen stümpern wir einfach nur herum.« Sie zog eine Grimasse, als wäre ihr das Ganze plötzlich unangenehm. Sie sprach trotzdem weiter. »Nein, es ist wirklich so: Die Reproduktionsmedizin ist eine unglaublich sprunghafte Wissenschaft. Auf manchen Gebieten erzielen wir unvorstellbare Fortschritte und auf anderen bewegen wir uns noch auf dem Niveau des neunzehnten Jahrhunderts.«

»Gab es Ihre Forschungsrichtung denn damals schon?«, fragte Schulz überrascht.

»In gewissem Sinne. Genau genommen ist sie eine der ältesten Wissenschaften überhaupt.«

»Wie das?«, wunderte sich Schulz. Ben verdrehte innerlich die Augen. Er konnte nicht sagen, wie oft er genau diesen Vortrag von seiner Mutter schon gehört hatte. Sie mochte ja durchaus Recht haben – tief in sich war Ben sogar überzeugt davon, dass sie Recht hatte –, aber nach dem zweihundertsten Mal ging ihm das Thema auf die Nerven.

»Sehen Sie«, fuhr sie fort, »im Grunde tun wir nichts anderes als jeder Bauer und Viehzüchter seit Anbeginn der menschlichen Zivilisation. Sie haben spezielles Getreide oder eine neue Obstsorte und ganz bestimmtes Vieh gezüchtet, indem sie ausgesuchte Pflanzen oder Tiere miteinander gekreuzt haben, nicht wahr?«

Schulz nickte. »Und?«

»Man sucht sich widerstandsfähige Getreidesorten oder Kühe, die besonders viel Milch geben, und kreuzt sie so lange untereinander, bis man zu Nachkommen gelangt, die deutlich bessere Ergebnisse erzielen.« In der Stimme seiner Mutter war schon wieder jener gewisse Unterton, der Ben klar machte, dass das, was noch kommen würde, unter Umständen sehr lange dauern konnte. »Man hat Getreidesorten gezüchtet, die doppelt so viele Körner haben, wie von der Natur vorgesehen ist. Hühner, die jeden Tag *zwei* Eier legen, oder die berühmten Schweine mit einem zusätzlichen Rippenpaar – Sie erinnern sich? –, sodass man zwei Koteletts mehr bekommt.«

Schulz nickte zwar, schaute aber irgendwie ein wenig gequält drein, fand Ben. Er konnte ihn gut verstehen. »Und was hat das mit Klonen zu tun?«, fragte er zögernd.

»Es ist im Prinzip dasselbe«, sagte Jennifer Berger triumphierend und sah Schulz auffordernd an, und nach einer Sekunde tat er ihr auch den Gefallen, zu fragen: »Wieso?«

»Nun, im Prinzip ist es kein Unterschied, *wie* man das Erbgut verändert.« Mit dieser Behauptung begab sich seine Mutter auf dünnes Eis, das hatte Ben schon aus ihrem eigenen Mund gehört, aber es war trotzdem ihr Lieblingsargument; und vor allem eine der wenigen Möglichkeiten, das zu erklären, was sie tat, die deutlich *unter* drei Stunden dauerten. »Beide Methoden verändern das Erbgut. Die althergebrachte, indem man die Gene, die man haben will, auf die natürliche Weise immer wieder zusammenbringt und einfach darauf hofft, dass sie sich irgendwie durchsetzen. Wir machen dasselbe. Nur schneller.«

»Na ja«, meinte Schulz. »Da scheint mir doch ein kleiner Unterschied zu bestehen.«

»Sicher. Wir gehen ein bisschen tiefer. Wir wissen ein wenig genauer als ein steinzeitlicher Rinderzüchter, wie es funktioniert, das gebe ich gern zu. Aber im Prinzip ist es dasselbe. Wir beschleunigen die Sache ein bisschen. Und wir können etwas mehr.«

Der Steward kam und brachte Bens Frühstück. Beim Anblick – und vor allem beim Duft – der frisch gebratenen Eier mit Speck lief ihm das Wasser im Mund zusammen und er spürte plötzlich, wie hungrig er war. Er konnte sich nur mühsam beherrschen, nicht schon anzufangen, während der Steward noch neben ihm stand und sein Tablett ablud. Seine Mutter schwieg, bis sie wieder allein waren. Es kostete sie sichtliche Überwindung, und kaum war die Zwangspause vorbei, sprudelte sie los.

»Nehmen Sie nur Ihre Bandscheibe, Kapitän Schulz. Es muss ja gar nicht gleich etwas so Dramatisches sein wie eine verlorene Hand oder ein blindes Auge, die nachwachsen sollen, obwohl auch das irgendwann sicherlich möglich sein wird. Unter simplen Rückenschmerzen leidet ein Drittel der gesamten Weltbevölkerung, und es ist nicht lustig, wenn man sie hat.«

»Wem sagen Sie das, Gnädigste«, sagte Schulz.

»Wäre es nicht wunderbar, wenn man Ihnen eine kleine Spritze geben würde, und Sie wären sie ein für alle Mal los? Und dasselbe könnte für ein krankes Herz gelten, für Nieren, Augen … eigentlich für alles. Jemand, der seine Beine verloren hat, könnte wieder gehen. Ich gebe gern zu, das ist noch Zukunftsmusik. Im Moment sind wir froh, wenn wir einer Maus ein drittes Ohr auf der Stirn wachsen lassen können, aber vielleicht ist es gar nicht mehr so weit bis zum nächsten Schritt.« Ihr Blick verdüsterte sich. »Aber daran denkt niemand. Wenn die Leute das Wort *Klonen* hören, denken sie sofort an irgendwelche Science-Fiction-Monster mit acht Armen, die Laserstrahlen aus den Augen verschießen. So etwas wird es erstens nie geben und zweitens birgt jede neue Erfindung auch Gefahren. Damit muss man leben.« Sie nahm das Messer zur Hand, mit dem sie gerade Butter auf ihr Baguette geschmiert hatte. »Wie viele Menschen sind schon mit so etwas getötet worden? Betrachtet man deshalb jeden Messerfabrikanten als potenziellen Mörder?«

»Es kommt immer darauf an, was man aus einer Erfindung macht«, bestätigte Schulz gehorsam. Er wirkte ein wenig erschöpft, fand Ben. Wahrscheinlich dämmerte ihm allmählich, dass es nicht unbedingt die klügste Idee gewesen war, dieses Thema anzusprechen. Ben schenkte ihm ein unverhohlen schadenfrohes Lächeln, machte sich dann aber mit großem Appetit über sein Frühstück her und tröstete sich mit dem Gedanken, dass er ja jederzeit aufstehen und in seine Kabine zurückgehen konnte, wenn es ihm zu bunt wurde.

»Ja, aber uns unterstellt man prinzipiell immer, das Schlimmste daraus zu machen«, ereiferte sich Jennifer Berger. »Dabei würde kein verantwortungsvoller Wissenschaftler –« Sie brach ab. Ihre Augen wurden groß. Dann stieß sie einen kleinen spitzen Schrei aus und sprang so heftig auf, dass ihr Teller vom Tisch fiel und klirrend zerbrach.

»Was haben Sie, meine Liebe?«, fragte Schulz alarmiert. Auch an den benachbarten Tischen ruckten Köpfe zu ihnen herum. Erschrockene Gesichter sahen sie an. Für eine Sekunde schien jeder andere Laut in dem großen Saal einfach zu verstummen. Bens Mutter war einen halben Schritt vom Tisch zurückgewichen, wodurch nun auch noch ihr Stuhl umzufallen drohte, und blickte mit aufgerissenen Augen dorthin, wo gerade ihr Teller gestanden hatte.

Jetzt hockte dort eine fette, fingernagelgroße Spinne.

»Oh«, sagte Kapitän Schulz. Auch er starrte das hässliche Geschöpf einen halben Atemzug lang an, dann fegte er es mit einer raschen Handbewegung vom Tisch und trat wuchtig mit dem Fuß darauf. Es knackte hörbar.

»Das tut mir unendlich leid«, sagte er. Mit erhobener Stimme und an die Allgemeinheit gewandt fügte er hinzu: »Kein Grund zur Aufregung, meine Damen und Herren. Es war nur eine harmlose Spinne. Es ist alles in Ordnung.« Er wandte sich, leiser und mit einem fragenden Blick, wieder an Bens Mutter. »Es ist doch alles in Ordnung, hoffe ich?«

»Ja sicher«, antwortete sie, auch wenn sie ganz und gar nicht so aussah, als wäre *irgendetwas* in Ordnung. Aber sie hatte ihren Schrecken überwunden und jetzt war ihr die Szene peinlich. Ben mampfte ungerührt weiter; vermutlich als Einziger im ganzen Speisesaal. Er hatte dergleichen schon öfter erlebt und fand die Szene eher amüsant. Er hatte nichts gegen Spinnen, sondern hielt sie ganz im Gegenteil für sehr interessante Geschöpfe.

»Bitte verzeihen Sie«, murmelte seine Mutter, während sie sich hastig wieder setzte. »Ich –«

»Jennifer leidet unter extremer Arachnophobie«, mischte sich sein Vater ein; ganz gewiss nicht von ungefähr so laut, dass seine Worte auch an den benachbarten Tischen zu verstehen sein mussten. »Sie hat panische Angst vor Spinnen. Das ist so wie mit Rückenschmerzen, wissen Sie? Solange man es nicht am eigenen Leib gespürt hat, kann man kaum verstehen, wie schlimm es ist.« Er griff nach ihrer Hand und drückte sie. Bens Mutter war immer noch sehr blass. Ihr Blick tastete unsicher über die Stelle, an der die Spinne gesessen hatte. Und auch Ben sah kurz in dieselbe Richtung und wunderte sich ein wenig. Gerade weil seine Mutter so panische Angst vor den kleinen Achtbeinern hatte, wusste er eine Menge über Spinnen. Sie marschierten normalerweise nicht in aller Seelenruhe über einen Tisch, an dem Menschen saßen, sondern versteckten sich, wo es nur ging. Diese Spinne musste ein ganz besonders dummes Exemplar gewesen sein. Oder lebensmüde.

Schulz winkte den Steward herbei und wies ihn mit groben Worten an, die Schweinerei wegzuräumen und den Kabinenchef zu rufen. Der Mann las die Scherben mit bloßen Händen auf und floh regelrecht. Schulz blickte ihm finster nach und setzte sich schließlich wieder.

»Es tut mir wirklich leid«, sagte er noch einmal. »Ich versichere Ihnen, dass es Konsequenzen für den Verantwortlichen haben wird.«

»Aber das ist doch nicht nötig«, sagte Robert Berger rasch. »Niemand kann etwas dafür. Schließlich war es nur eine Spinne. So etwas –«

»– darf nicht passieren«, fiel ihm Schulz in scharfem Ton ins Wort. »Nicht auf einem Schiff wie diesem. Ich entschuldige mich noch einmal in aller Form.«

Sein Vater nickte, und auch seine Mutter rang sich ein schiefes Lächeln ab, doch die Stimmung war im Eimer. Schulz reagierte zwar ebenfalls mit einem Lächeln, aber sein Blick sagte deutlich, dass er nichts gegen ein vertrauliches Gespräch mit einem Passagier einzuwenden hatte, diese Vertraulichkeit jedoch da endete, wo besagter Passagier versuchte, sich in seine Personalentscheidungen einzumischen. Schließlich räusperte er sich und wandte sich an Ben.

»Ich habe gehört, du begleitest deine Eltern nicht nach Australien? Nicht auf Dauer, meine ich?«

»Ben ist von der Schule beurlaubt worden, damit er noch drei Wochen in Australien mit uns verbringen kann«, antwortete sein Vater, bevor Ben es tun konnte. »Danach fliegt er zurück nach Deutschland. Er macht im nächsten Jahr sein Abitur. Es wäre nicht klug, so kurz vorher nicht nur die Schule zu wechseln, sondern gleich das ganze Land.«

»Und du bleibst allein zu Hause?«, fragte Schulz. Nicht, dachte Ben, dass es ihn auch nur die Bohne interessierte, er versuchte nur krampfhaft, Konversation zu machen, um den peinlichen Moment irgendwie zu überspielen. »Eine mutige Entscheidung. Du willst danach studieren, nehme ich an? Hast du dich schon entschieden, was?«

»Nein«, antwortete Ben wahrheitsgemäß. »Irgendetwas Technisches. Aber ich habe ja noch fast ein Jahr Zeit, um mich zu entscheiden.«

»Und er bleibt natürlich nicht *allein* zu Hause«, fügte sein Vater hinzu. »Er zieht zu meiner Schwester. Sie passt schon auf den Kleinen auf.«

»Sehr witzig«, maulte Ben. Sein Vater grinste ihn an, und auch Schulz lächelte pflichtschuldig, aber dann sah er wohl ein, dass es keinen Sinn hatte, die verdorbene Stimmung noch einmal heben zu wollen, und stand auf.

»Ich fürchte, ich muss mich jetzt entschuldigen. Ich habe noch eine Menge zu tun.«

Es begann zu regnen, als er den Frühstücksraum verließ.

4

DER REST DES TAGES verlief ebenso öde und langweilig wie die gesamte bisherige Reise – mit einem Unterschied. Nachdem das gemeinsame Frühstück in einem Missklang geendet hatte, zogen sich seine Eltern rasch in ihre und Ben wieder in seine eigene Kabine zurück, aber ihm ging das weißhaarige Mädchen einfach nicht aus dem Kopf, zumal im Laufe des Tages etwas sehr Sonderbares geschah: Je öfter er an das Mädchen zurückdachte, desto mehr verschwamm ihr Gesicht in seiner Erinnerung – was normal war –, trotzdem hatte er zugleich immer stärker das Gefühl, sie zu kennen – was ganz und gar unmöglich war.

So oder so – er verließ seine Kabine wohl ein halbes Dutzend Mal und streunte durch das Schiff und zwei- oder dreimal ging er sogar an Deck, obwohl es den ganzen Tag über regnete, aus purer Langeweile, wie er sich selbst einzureden versuchte, in Wahrheit aber natürlich, weil er auf der Suche nach einer ganz bestimmten Person war. Einmal begegnete er dem Steward, der Sasha (was war das überhaupt für ein komischer Name für ein Mädchen?) am Morgen abgeholt hatte, aber bevor er genug Mut zusammenkratzen konnte, um ihn auf sie anzusprechen, war er auch schon wieder verschwunden.

Schließlich forderte der Umstand, dass er an diesem Morgen so ungewöhnlich früh aufgestanden war, seinen Tribut: Er wurde auch ungewöhnlich früh müde und ging noch ungewöhnlicher früh zu Bett.

Und fand sich sofort im gleichen grässlichen Albtraum wieder wie in der Nacht davor. Vielleicht nicht in *genau* dem gleichen Traum, denn es war womöglich noch schlimmer. Das Eisungeheuer hatte diesmal nicht die Gestalt eines Affen, sondern einer riesigen glitzernden Spinne, und er stürzte am Ende des Traumes nicht in eine Eisspalte, sondern rannte unversehens in ein gewaltiges Spinnennetz aus Eis, das den Eingang der Klamm blockierte. Doch er erwachte wieder schweißgebadet und mit klopfendem Herzen. Zu allem Überfluss hielt auch die Wirklichkeit eine böse Überraschung für ihn bereit: Als er die Augen aufschlug, starrte er geradewegs in ein halbes Dutzend winziger schwarzer Knopfaugen, die ihn von seiner Nasenspitze herab anglotzten.

Ganz instinktiv fuhr sich Ben mit der Hand durchs Gesicht, aber die Spinne war viel zu schnell für ihn. Auf wirbelnden Beinen flitzte sie über sein Gesicht und das Kopfkissen und war verschwunden, noch bevor er seine Benommenheit weit genug überwinden konnte, um noch mal nach ihr zu fassen.

Verwirrt – und fast zu Tode erschrocken – richtete Ben sich auf und sah sich um. Sein Herz jagte und seine Hände zitterten so stark, dass er sie zu Fäusten ballte. Seine Gedanken überschlugen sich. Er hatte am Abend eine kleine Lampe brennen lassen, sodass in der Kabine ein schummriges Licht herrschte, aber die Spinne war nirgendwo zu sehen. Falls es sie überhaupt gegeben hatte. Spinnen benahmen sich nicht auf diese Weise. Sie versteckten sich und huschten von einem Schatten zum anderen, und sie turnten auf gar keinen Fall auf den Gesichtern von Menschen herum, ob sie nun schliefen oder nicht. Wahrscheinlich war sie nur ein letzter böser Gruß gewesen, den ihm der Albtraum mitgeschickt hatte.

Das machte es allerdings nicht besser. Ben versuchte mit aller Willenskraft dagegen anzukämpfen, aber er hatte plötzlich furchtbare Angst. Dies war … kein normaler Albtraum. Ben konnte nicht sagen, was, aber irgendetwas daran war auf furchtbare Weise nicht richtig.

Noch immer am ganzen Leib zitternd stand er auf und ging ins Bad. Vorsichtshalber verzichtete er darauf, in den Spiegel zu blicken, tastete sich zur Dusche, drehte todesmutig das kalte Wasser auf und stand so lange unter dem eisigen Strahl, wie er es aushielt – also deutlich weniger als eine Minute. Hinterher war er zwar körperlich wach (und halb erfroren), doch der Albtraum rumorte noch immer in seinem Kopf. Noch ein paar Tage an Bord dieses Schiffes und er war reif für die Klapse.

Verdammt, wenn er schon träumen musste, warum dann von Spinnen und menschenfressenden Piraten statt von einem weißhaarigen Engel?

Es wurde Zeit, dass er von diesem verdammten Kahn runterkam!

In der Kabine brannte Licht, aber vor dem Bullauge herrschte vollkommene Finsternis, was nichts anderes bedeutete, als dass er *noch* früher wach geworden war als gestern. Ben lenkte sich einen Moment lang damit ab, noch einmal nach der Spinne zu suchen, kam dann jedoch endgültig zu dem Schluss, dass sie wahrscheinlich gar nicht da gewesen war, und nahm schließlich all seinen Mut zusammen und sah auf die Uhr. Er bedauerte es sofort. Selbst wenn er als Allerersterer am Frühstücksbüfett erscheinen wollte, blieb ihm bis dahin mindestens noch eine halbe Stunde, aber an Schlaf war nicht mehr zu denken, nicht mit dem, was auf der anderen Seite auf ihn wartete. Unschlüssig trat Ben noch einmal an das Bullauge heran. Der Himmel musste sich bewölkt haben, denn er war so schwarz, als hätte jemand die Sterne einfach abgeschaltet. Das versprochene Unwetter ließ nach wie vor auf sich warten, doch richtig gutes Wetter schien da draußen auch nicht zu herrschen, und Ben glaubte regelrecht zu *sehen*, wie kalt es war.

Nur einen Moment später blitzte es draußen vor der dicken Scheibe weiß auf, so kurz, dass er nicht einmal sagen konnte, *was* er da gerade gesehen hatte.

Eine riesige weiße Spinne?

Lächerlich!

Dann schon eher …

Ben überlegte angestrengt. Es war ihm selbst peinlich, aber er sah schon wieder das Gesicht des Mädchens vor sich. Am vergangenen Morgen hatte er sie in aller Herrgottsfrühe oben auf dem Sonnendeck angetroffen und sie war ganz eindeutig *vor ihm* dort gewesen. Möglicherweise war sie Frühaufsteherin und schon an Deck, um auf den Sonnenaufgang zu warten …

Was hatte er schon zu verlieren, wenn er nachsah?

Kurz entschlossen zog er sich an, verließ seine Kabine und machte sich auf den Weg zum Sonnendeck.

Zu seiner Überraschung fand er die Tür nach draußen verschlossen, und das war nicht nur einigermaßen komisch, sondern seinem Wissen nach auch noch nie geschehen. Das so genannte *Sonnendeck* gehörte bei den Frischluftfanatikern unter den Passagieren – also auch bei seinen Eltern – zu den beliebtesten Plätzen an Bord. Warum sollte jemand ausgerechnet diese Tür abschließen?

Aber so schnell ließ sich Ben natürlich nicht entmutigen. Er rüttelte noch zweimal völlig sinnlos an der Türklinke, dann machte er kehrt und eilte die Treppe wieder hinunter. Allerdings nicht, um in seine Kabine zurückzugehen und vielleicht etwas so Lächerliches zu tun, wie sich von einer versehentlich abgeschlossenen Tür aufhalten zu lassen. Stattdessen eilte er an seiner Kabine und an allen anderen auf diesem Deck vorbei, ging eine weitere kurze Treppe hinab und zögerte schließlich doch kurz, bevor er die mahagonigetäfelte Tür an ihrem Ende durchschritt. Das unübersehbare Verbotsschild daneben ignorierte er ebenso wie die Erinnerung an sein unangenehmes Gespräch mit Kapitän Schulz, als er genau dasselbe getan hatte und prompt erwischt worden war. Ein zweites Mal, das war ihm klar, würde der Kapitän ihn wohl kaum ungeschoren davonkommen lassen, aber das war ihm jetzt egal. Er würde eben aufpassen müssen, dass man ihn *nicht* erwischte. Dort draußen war eine weiße Gestalt und er kannte niemanden an Bord außer Sasha, der so herumlief. Dass die verschlossene Tür oben sie genauso aufgehalten hätte wie ihn gerade, kam ihm gar nicht in den Sinn.

Der Schritt durch die Tür führte ihn in eine vollkommen andere Welt. Hier gab es keine kostbaren Wandvertäfelungen und antiken Bilder, sondern grau gestrichenen Stahl, sichtbar verlegte Kabel und Rohrleitungen, und die Luft roch nicht nach Möbelpolitur und Raumspray, sondern nach Maschinenöl und Farbe und Schweiß. Schnell und gebannt lauschend, um nicht irgendeinem Frühaufsteher unter den Besatzungsmitgliedern in die Arme zu laufen, folgte er dem Gang bis zu einer wuchtigen Metalltür, von der er wusste, dass sie ebenfalls auf das Vorderdeck des Schiffes hinausführte. Um sie zu öffnen, drehte er an einem dreispeichigen Metallrad, das sich angesichts seiner Massigkeit und Größe überraschend leicht bewegen ließ. Umso mehr Mühe bereitete es ihm, die Tür zu öffnen; Ben musste sich mit der Schulter gegen das schwere Schott stemmen und mit aller Gewalt drücken und schieben, damit es sich auch nur ein paar Zentimeter bewegte. Aber schließlich hatte er es geschafft und einen Spalt geschaffen, durch den er sich, wenn auch nur mit einiger Anstrengung, hindurchquetschen konnte. Dahinter erwartete ihn allerdings nichts Dramatischeres als völlige Dunkelheit. Und außerdem schlug ihm eine so eisige Kälte entgegen, dass er nicht nur fröstelnd die Schultern hochzog, sondern auch ernsthaft überlegte, ob es nicht doch klüger wäre, in seine Kabine zurückzugehen und sich die Warterei bis zum Frühstück mit der Jagd auf eine gar nicht vorhandene Spinne zu vertreiben.

Natürlich tat er es nicht. Er machte sich im Gegenteil daran, den Spalt noch ein wenig zu verbreitern – und fuhrt im nächsten Moment zurück, als er eine Bewegung aus den Augenwinkeln wahrnahm.

Und das keine Sekunde zu früh. Die ganz in Weiß gekleidete Gestalt, die urplötzlich vor ihm auftauchte, hätte ihn trotzdem gesehen, hätte sie auch nur ungefähr in seine Richtung geschaut, aber das tat sie nicht.

Ben blieb mit klopfendem Herzen und angehaltenem Atem stehen, während der Mann mit gesenktem Blick an ihm vorüberging. Er war ein gutes Stück größer als er, und Ben konnte trotz der dick gefütterten Kleidung, die er trug, erkennen, dass er von außerordentlich kräftiger Statur war. Seine Stiefel, Hose, Jacke und Handschuhe waren weiß und er trug einen ebenfalls weißen Gürtel mit zahllosen Taschen, an dem ein paar kompliziert aussehende Geräte hingen. Auch sie waren weiß. Mit schnellen Schritten passierte er Bens Versteck und verschwand hinter einem der wuchtigen Decksaufbauten, und Ben wagte es endlich wieder, zu atmen. Er hatte das völlig verrückte Gefühl, gerade einer großen Gefahr entronnen zu sein.

Was für ein Unsinn! Das Schlimmste, was ihm hier passieren konnte, war ein Anpfiff von Kapitän Schulz und anschließend eine Gardinenpredigt seiner Eltern, und wahrscheinlich nicht einmal das, schließlich war er keine zwölf mehr.

Trotzdem blieb er weiter reglos und mit jagendem Puls stehen, und als er sich schließlich wieder bewegte, tat er es unendlich behutsam und vorsichtig. Anscheinend, dachte er spöttisch, hatte sich ein Teil seines Unterbewusstseins noch immer nicht gänzlich aus dem Albtraum gelöst.

Oder er hatte einfach zu viele schlechte Action-Filme gesehen.

Wie auch immer – er schlich geduckt und vollkommen lautlos zu einem der kantigen Decksaufbauten hin und spähte mit angehaltenem Atem um die Ecke.

Im nächsten Moment war er sehr froh, sich so albern benommen zu haben.

Die weiß gekleidete Gestalt, der er um ein Haar in die Arme gelaufen wäre, war nicht allein auf dem Vorderdeck. Insgesamt gewahrte Ben ein halbes Dutzend Männer in gefütterten weißen Tarnanzügen, von denen mindestens zwei bewaffnet waren – der Mann, der an ihm vorbeigelaufen war, trug eine großkalibrige Pistole am Gürtel, ein anderer sogar ein Gewehr an einem Schulterriemen, und alle schienen furchtbar beschäftigt zu sein, auch wenn Ben nicht sagen konnte, womit. Was ging hier vor?

Eine innere Stimme – vielleicht die seiner Vernunft – flüsterte ihm zu, dass er jetzt besser kehrtmachen und in seine Kabine zurückgehen sollte, aber Ben wäre nicht Ben gewesen, hätte er auf sie gehört. Er warf einen sichernden Blick nach rechts und links und huschte dann rasch ein paar Schritte weiter, bis er eine Deckung erreichte, von der aus er einen besseren Überblick hatte.

Jetzt konnte er erkennen, dass zwei der Männer eine eigenartige Konstruktion im Bug der *Princess of the Dawn* aufstellten: einen gut einen Meter durchmessenden, sichtlich schweren Teller, den man leicht für eine Satellitenschüssel hätte halten können, hätte er nicht auf einem wuchtigen Dreibein gestanden und wäre seine Rückseite nicht über und über mit bunten Lichtern, Schaltern und Knöpfen bedeckt gewesen. Das Gebilde erinnerte ihn an irgendetwas, aber er konnte nicht sagen, woran.

Was er jedoch sagen konnte, war, dass hier etwas nicht mit rechten Dingen zuging. Bewaffnete Männer in Tarnanzügen, die nachts an Deck umherschlichen und seltsame Apparate aufbauten … was sollte das?

Abermals riet ihm seine Vernunft, sich schleunigst zu verkrümeln und später mit seinen Eltern über das zu reden, was er beobachtet hatte. Doch natürlich hörte er auch diesmal nicht auf sie, sondern ließ seine Augen hektisch umherschweifen auf der Suche nach einem Versteck, von dem aus er den Männern in Weiß noch ein bisschen genauer auf die Finger schauen konnte. Zumindest musste er sich keine Sorgen darüber machen, dass sie ihn hörten, denn der Sturm übertönte mit seinem Gebrüll jeden anderen Laut und –

Welcher Sturm?

Ben richtete sich erschrocken kerzengerade auf. Sein Herz hämmerte so laut, dass er meinte, das rasende Klopfen müsse überall auf dem Schiff zu hören sein, auf dem es jetzt totenstill war! Da war kein Sturm. Das Meer rings um das Schiff lag so glatt und reglos da wie ein schwarzer Spiegel!

Aber das war doch verrückt! Noch vor einer Sekunde hatte er nicht nur das Heulen des Sturmes gehört, sondern auch die eisigen Bisse des Windes im Gesicht gespürt, aber es gab keinen Wind, geschweige denn einen Sturm!

Ganz allmählich bekam es Ben nun doch richtig mit der Angst zu tun. Nicht vor den Männern in Weiß, sondern vor sich selbst. Was war nur mit ihm los? Wenn er sich bisher stets und unter allen Umständen auf etwas hatte verlassen können, dann auf sich selbst und seine fünf Sinne. Und jetzt gelang es ihm nicht einmal mehr, sich ganz aus diesem verrückten Traum zu lösen!

Möglicherweise hätte in diesem Moment doch seine Vernunft die Oberhand gewonnen und er wäre wieder in seine Kabine zurückgekehrt (was rein gar nichts an dem geändert hätte, was danach geschah), doch nun war das Schicksal gegen ihn. Gerade als er hinter seiner Deckung hervorhuschen wollte, näherten sich ihm zwei der weiß vermummten Gestalten, und statt Fersengeld zu geben, presste sich Ben noch fester gegen das eisige Metall und wartete mit angehaltenem Atem darauf, dass die beiden an seinem Versteck vorübergingen.

Das taten sie auch, allerdings gingen sie nicht annähernd so weit, wie es ihm recht gewesen wäre. Kaum drei Schritte von seinem Versteck entfernt traten die beiden Männer an die Reling heran und machten sich daran zu schaffen. Ben runzelte überrascht die Stirn. Er hatte immer noch ein bisschen Angst, aber seine Neugier war größer.

Mit wenigen geschickten Handgriffen schraubten die beiden Männer einen Teil der Reling ab, sodass Ben aus seinem Versteck heraus einen Blick in das Metallrohr werfen konnte, das sich unter dem polierten Edelholz verbarg. Es war hohl, aber nicht leer. Ein gut fünf Zentimeter dickes, mit schwarzem Gummi ummanteltes Kabel verbarg sich in der nostalgischen Reling. Ben beobachtete verwirrt, wie die Männer ein kurzes Stück davon rauszogen und die Gummiummantelung aufschnitten, unter der eine Anzahl dicker Kupferlitzen zum Vorschein kam. Während einer von ihnen mit einem Taschenmesser die letzten Gummireste entfernte, trug der andere eine Kabelrolle herbei. Das eine Kabelende war mit einem massigen Plastikstecker versehen, das andere verschwand in Richtung Bug in der Dunkelheit.

Ein Starkstromkabel? Wozu brauchte eine Satellitenschüssel ein Starkstromkabel, das dick genug aussah, um eine kleine Stadt zu versorgen?

Er fand keine Antwort auf diese Frage, sah aber weiter interessiert zu, wie die beiden die Kabel rasch miteinander verbanden und die Reling wieder zusammenbauten. Als sie nach wenigen Minuten fertig waren, war das zusätzliche Kabel beinahe unsichtbar verlegt. Selbst wenn jemand den schwarzen Gummischlauch bemerken würde, der sich ein kleines Stück an der Reling entlang über das Deck zog, würde er sich bestimmt nichts dabei denken, schon gar nicht, dass unter seinen Füßen vermutlich zigtausende Volt pulsierten …

Die beiden Männer verschwanden wieder, und Ben atmete erleichtert auf. Zumindest im Moment war er allein auf diesem Teil des Schiffes. Jetzt hatte er eine Chance, unentdeckt zu verschwinden. Aber nun dachte er nicht mehr daran, denn sowohl seine Neugier als auch sein Misstrauen waren jetzt erst richtig geweckt. Irgendetwas ging hier nicht mit rechten Dingen zu. Das waren bestimmt keine normalen Reparaturarbeiten, die man nur nachts durchführte, um die gut zahlenden Passagiere nicht damit zu belästigen. Nicht einmal auf einem Schiff wie diesem trugen die Mechaniker weiße Tarnanzüge und Gewehre!

Ben sah sich noch einmal vorsichtig um, wechselte abermals seine Deckung und entdeckte schließlich eine zweite schmale Tür unweit jener, durch die er herausgekommen war. Sie stand einen Spalt offen. Kurz entschlossen huschte er hin und schlüpfte rasch und lautlos hindurch. Erst als er in dem dahinter liegenden Gang angelangt war und sich mit klopfendem Herzen gegen die Wand presste, wurde ihm bewusst, dass er sich kaum anders benahm als vorhin in seinem Traum, in dem er um sein Leben gerannt war.

Er hatte Todesangst.

Ben lächelte nervös und eigentlich nur, um sich selbst zu beruhigen.

Er führte sich wirklich auf wie ein Idiot. Gut, hier ging etwas vor, was offensichtlich nicht für jedermanns Augen bestimmt war, und wenn ihn die Kerle dort draußen erwischten, dann würde er eine Menge Ärger bekommen, aber mehr auch nicht. Er war ganz bestimmt nicht in Gefahr – und schon gar nicht in *Lebens*gefahr!

Aber warum fühlte er sich dann so?

Ben belegte sich in Gedanken mit einigen wenig schmeichelhaften Namen, lauschte noch einmal angestrengt nach draußen und sah sich zugleich zum ersten Mal aufmerksam in seiner neuen Umgebung um. Sehr viel gab es allerdings nicht zu sehen. Der Korridor unterschied sich kaum von dem, den er vorhin benutzt hatte, um nach draußen zu gelangen, endete jedoch schon nach ein paar Schritten an einer weiß gestrichenen Metalltreppe, die tiefer in den Bauch des Schiffes hinunterführte. Gedämpfte Geräusche drangen an sein Ohr; Stimmen, das dumpfe Wummern von Motoren, aber auch andere, beunruhigendere Laute, die Ben nicht genau einordnen konnte.

Er hätte immer noch umkehren können, aber er war nicht so weit gekommen, um jetzt einfach aufzugeben. Was sollte er Kapitän Schulz sagen, wenn er ihn zur Rede stellte? Dass er ein paar Männer dabei beobachtet hatte, wie sie nachts an Deck ein Kabel verlegten? Was für ein abscheuliches Verbrechen!

Langsam näherte, er sich der Treppe und stieg dann vorsichtig hinab. Er hatte erwartet, dass sie unter seinem Gewicht scheppern und ächzen würde, aber die filigran anmutende Konstruktion erwies sich als überraschend massiv; seine Schritte verursachten nicht das geringste Geräusch auf den Gitterstufen.

Unten angekommen erwartete ihn ein weiterer, nur spärlich beleuchteter Gang. Die Maschinengeräusche und die Stimmen waren lauter geworden. Durch eine halb offen stehende Tür am Ende des Ganges fiel kaltes Neonlicht. Ben schlich auf Zehenspitzen weiter und machte sich erst gar nicht die Mühe, noch einmal hinter sich zu blicken. Wenn in diesem Moment jemand die Treppe herunterkam, war er sowieso geliefert.

Aber er hatte Glück. Hinter ihm wurden keine aufgebrachten Stimmen laut und es schoss auch niemand auf ihn. Unbehelligt erreichte er die Tür und lugte durch den Spalt.

Auf der anderen Seite erstreckte sich ein weitläufiger, hoher Raum mit nackten Wänden, der von einer ganzen Batterie Neonröhren in schattenlose Helligkeit getaucht wurde. Offensichtlich einer der Laderäume der *Princess of the Dawn.* Nur dass sich auf dem Stahlboden keine Kisten mit Champagner, Kaviar und anderen Luxusgütern stapelten.

Etwa zehn Schritte von der Tür entfernt stand ein lastwagengroßes, wuchtiges Gefährt, das wie eine – vollkommen misslungene – Mischung aus einem Sattelschlepper und einem Schlauchboot aussah: ein Luftkissenboot, das in einem matten Weiß lackiert war und schmale, dunkel getönte Scheiben hatte, was ihm ein irgendwie bösartiges Aussehen verlieh. Auf dem hinteren Teil des Hovercrafts, der eine Art Ladeplattform bildete, erhob sich ein mit einer weißen Plane abgedeckter Umriss, bei dem Ben ziemlich sicher war, dass es sich um eine Kanone handelte oder zumindest um ein reichlich groß geratenes Maschinengewehr.

So viel zu der Möglichkeit, dass die Männer oben an Deck harmlose Mechaniker waren, die nur eine etwas sonderbare Arbeitsauffassung hatten, dachte Ben. Bewaffnete Männer in Tarnanzügen und ein Hovercraft mit einer Flugabwehrkanone im Frachtraum eines Luxusliners? Hier war etwas oberfaul! Ben warf nun doch einen nervösen Blick über die Schulter zurück. Er war plötzlich gar nicht mehr so sicher wie noch gerade eben, dass er mit ein paar unangenehmen Worten davonkommen würde, wenn man ihn hier unten erwischte. Aber der Gang hinter ihm war leer. Noch.

Der Laderaum vor ihm allerdings nicht. Rings um das Luftkissenboot standen zahlreiche, zum Teil fast mannshohe Stapel, von denen nur einige mit weißen Planen abgedeckt waren, sodass Ben erkennen konnte, dass sie aus weißen Plastikcontainern bestanden. Mindestens vier oder fünf Männer bewegten sich hektisch zwischen den Stapeln umher. Auch sie trugen weiße Hosen und Stiefel, aber nur Pullover oder weiße Windjacken, und keiner von ihnen war bewaffnet. Trotzdem gab es für Ben nicht den kleinsten Zweifel daran, dass es sich um Soldaten handelte.

Er hatte genug gesehen. Ben machte auf dem Absatz kehrt …

… und blieb wieder stehen, als er das Geräusch der Tür am oberen Ende der Treppe hörte. Sein Herz schien vor Schreck einen Schlag zu überspringen und hämmerte dann dreimal schneller weiter, als er die schweren Schritte vernahm, die sich der Treppe näherten.

Für einen Moment drohte er in Panik zu geraten. Es gab nichts, wo er sich verstecken konnte. Und wenn er in den Frachtraum zurückwich, dann würden ihn die Männer dort drinnen sehen.

Er saß in der Falle.

Dummerweise hatte er aber auch keine Wahl.

Am oberen Ende der Treppe erschien ein Paar weiße Stiefel, und Ben fuhr blitzartig herum, schlüpfte durch den Türspalt und war mit zwei, drei gewaltigen Sätzen bei einem der Containerstapel. Kaum zu einem klaren Gedanken fähig fiel er auf Hände und Knie herab und kroch unter die weiße Kunststoffplane. Das Material war so steif und schwer wie nasses Segeltuch und knirschte so laut, dass die Männer es einfach hören *mussten*!

Ben kroch auf Händen und Knien vorwärts, quetschte sich zwischen die glatten Plastikcontainer, so weit er nur konnte, und lauschte mit angehaltenem Atem.

Zuerst hörte er nichts außer dem rasenden Pochen seines eigenen Herzens und begann schon zu hoffen, dass er noch einmal Glück gehabt hatte. Doch dann näherten sich langsame Schritte seinem Versteck, die immer wieder innehielten. Schließlich hörte er ein Geräusch, bei dem ihm der Atem stockte: das harte Knistern, mit dem die Plastikplane über seinem Versteck angehoben wurde!

Draußen in der Halle fiel eine Tür mit einem dumpfen Knall ins Schloss und eine scharfe Stimme sagte: »Was zum Teufel ist hier los? Ich habe gesagt, dass diese verdammte Tür immer geschlossen zu sein hat!«

Die Plane sank knisternd wieder zurück und die Schritte entfernten sich hastig. »Aber sie war doch –«

»– sperrangelweit offen, verdammt noch mal!«, fuhr die erste Stimme ärgerlich fort. »Was glaubst du wohl, wie ich hier reingekommen bin? Muss ich denn hier *alles* selbst machen, zum Teufel noch mal?«

Ben wagte es endlich, wieder zu atmen, aber nur vorsichtig und so leise wie möglich. Seine Hände zitterten und in seinen Ohren rauschte das Blut so laut, dass er die Antwort des Mannes nicht einmal verstand. Vorsichtig drehte er sich herum und hätte um ein Haar aufgeschrien, als er gerade noch aus den Augenwinkeln etwas Kleines, Haariges auf dünnen Beinen davonhuschen sah.

Diesmal war er sicher, es sich nicht nur eingebildet zu haben. Es *war* eine Spinne gewesen. Und er hätte in diesem Moment seine rechte Hand darauf verwettet, dass es sich um dieselbe Spinne handelte, die auf seinem Gesicht gehockt hatte, als er erwacht war.

Das konnte doch kein Zufall sein!

Es dauerte gut zwei oder drei Sekunden, bis ihm klar wurde, wie albern dieser Gedanke war. Hier unten ging irgendetwas vor, das seltsam und vermutlich gefährlich war, aber das hatte ganz gewiss nichts mit dieser *Spinne* zu tun! Vielleicht brauchte die *Princess of the Dawn* dringend die Dienste eines Kammerjägers, doch das war auch schon alles. Es war Zeit, sich mit dem eigentlich Problem zu befassen.

Unendlich behutsam, um nicht gegen die Plane zu stoßen und sie zu einem verräterischen Knistern zu veranlassen, drehte er sich herum, kroch auf dem Bauch zum Rand seines Verstecks und spähte unter der Plane hervor.

Der Mann, der ihn beinahe erwischt hätte, stand nur zwei oder drei Schritte entfernt da, wandte ihm aber den Rücken zu. Ben konnte nur seine Stiefel erkennen, die sich bei genauerem Hinsehen allerdings nicht als gewöhnliches Schuhwerk entpuppten, sondern als *Kampfstiefel* samt Stahlkappen und einer Messerscheide an der Seite.

»Wie weit seid ihr?«, fuhr die erste, scharfe Stimme fort. Sie klang noch immer wütend. »In fünf Minuten müssen wir verschwunden sein! Dann wimmelt es an Deck von Passagieren! Und ich möchte keiner aufgebrachten Luxusmami erklären müssen, warum ihr kleiner Liebling gerade Boule mit einer scharfen Handgranate spielt!« Polternde Schritte näherten sich, dann erschien ein zweites Paar weiße Kampfstiefel in Bens engem Blickfeld. »Ist hier alles fertig?«

»In zehn Minuten, spätestens.«

»Fünf, und keine Sekunde länger! Dann ist hier alles verstaut und abgedeckt. Und ihr verschwindet in eure Kojen! Ruht euch aus, solange ihr es noch könnt. Und jetzt beeilt euch, verdammt noch mal, oder ich mache euch Beine!«

Der andere schien es auf einmal sehr eilig zu haben, und nach einem weiteren Moment entfernte sich auch das zweite Paar Stiefel. Stimmen und Schritte hallten noch aufgeregter durcheinander, aber das Wunder geschah: Niemand hatte ihn entdeckt.

Unendlich erleichtert ließ sich Ben ganz zu Boden sinken, schloss die Augen und schickte ein stummes Dankgebet zum Himmel.

Dann wartete er.

Fünf Minuten …

5

... DIE ZU EINER EWIGKEIT WURDEN.

Wahrscheinlich brauchten die Männer nicht einmal fünf Minuten, um ihre Arbeit zu beenden, aber für Ben dehnten sie sich ins Endlose. Immer wieder kamen sie seinem Versteck so nahe, dass er erschrocken den Atem anhielt, und einmal hätte er sich um ein Haar selbst verraten, als jemand die Plane streifte, unter der er lag, und er beinahe laut aufgeschrien hätte. Aber das Glück blieb ihm zumindest für eine Weile noch treu. Er wurde nicht entdeckt. Auch sein alter Kumpel, die Spinne, kam nicht zurück, und schließlich verklangen die Schritte und das Rumoren, das Licht wurde gelöscht und die Tür fiel ins Schloss.

Trotzdem kroch Ben noch nicht unter seiner Plane hervor. Er blieb völlig reglos liegen und begann zu zählen. Er würde sich nicht von der Stelle rühren, bis er nicht mindestens bei hundert angekommen war und besser bei zweihundert.

Als er bei fünfunddreißig war, polterte etwas in der Halle.

Ben fuhr so heftig zusammen, dass er mit dem Hinterkopf gegen die Plane stieß – sie knisterte laut –, lauschte zehn Sekunden mit angehaltenem Atem und wagte erst dann, die Plane um wenige Millimeter anzuheben.

Der geisterhafte Strahl einer Taschenlampe huschte nur wenige Zentimeter von ihm entfernt über den Boden, verharrte kurz und glitt dann zitternd nach rechts und links und wieder zurück wie ein kleines, nervöses Insekt, das auf der Flucht war und nach einem Schlupfwinkel Ausschau hielt. Er hatte sich nicht getäuscht. Jemand war hier und er suchte nach ihm. Er würde ihn finden, das war Ben plötzlich klar. Und dann wurde ihm noch etwas klar: Nämlich, dass er sich so dumm benommen hatte, wie es ging.

Nein, das stimmte nicht. Er hatte sich *dümmer* benommen, als es ging. Er war ganz allein hier heruntergekommen. Niemand wusste, wo er war. Niemand wusste, dass er seine Kabine überhaupt verlassen hatte, und niemand wusste, dass es diesen Frachtraum gab, geschweige denn ein Dutzend bis an die Zähne bewaffneter Soldaten. Wenn sie ihn erwischten, dann konnten sie mit ihm machen, was sie wollten. Selbst wenn ihnen der Sinn danach stand, ihm den Hals umzudrehen und seinen Leichnam über Bord zu werfen.

Ben versuchte sich einzureden, dass er übertrieb. Dass die Männer hier etwas taten, von dem die Passagiere nichts wussten, machte sie nicht automatisch zu Mördern. Sicher, er würde *eine Menge* Ärger bekommen, wenn er ihnen in die Hände fiel, aber sie würden ihn bestimmt nicht umbringen. So etwas passierte nur in schlechten Filmen, niemals in der Wirklichkeit.

Trotzdem blieb er weiter mucksmäuschenstill liegen und blickte wie hypnotisiert die bleiche Pfütze aus Licht an, die die Taschenlampe vor ihm auf den Boden malte. Sie zitterte noch eine kleine Ewigkeit nervös hin und her und bewegte sich dann – fast widerwillig – von ihm fort, um einen anderen Teil der Halle zu erkunden. Ben hörte gedämpfte Schritte, zögernd und so leise, wie es mit stahlkappenverstärkten Kampfstiefeln möglich war, dann ein helles Knistern, als würde eine der Plastikplanen angehoben.

Nein, verbesserte er sich in Gedanken, nicht als *würde*. Es war ganz eindeutig das charakteristische Geräusch, das entstand, wenn jemand eine steife Kunststoffplane anhob, um darunterzusehen.

Jetzt war er endgültig geliefert. Einer der Männer schien zurückgeblieben zu sein, weil er misstrauisch geworden war, und kontrollierte nun einen Stapel nach dem anderen. Ben meinte sich zu erinnern, dass es eine Menge Stapel waren, aber früher oder später würde er ihn entdecken. Er musste hier weg!

Aber wohin?

Es gab in dieser Halle nichts außer den Containerstapeln … und dem Hovercraft.

Ben versuchte sich die Position des Luftkissenbootes ins Gedächtnis zu rufen, aber er war derartig in Panik, dass er für einen Moment nicht einmal sicher war, ob es das Ding überhaupt gab. Vielleicht existierte ja nichts von alledem hier. Vielleicht hatte er nur geträumt, dass er aufgewacht war, und sein verrücktes, imaginäres Abenteuer ging einfach weiter.

Links. Jetzt erinnerte er sich. Das Hovercraft war irgendwo links von ihm, nur ein paar Meter entfernt.

Er riskierte es. Als er das Knistern der Plastikplane das nächste Mal hörte, glitt er so leise wie möglich unter seiner Deckung hervor, erhob sich auf Hände und Knie und kroch los. Auf dem ersten Stück ging es unerwartet gut. Das Eisen des Schiffsdecks unter seinen Händen war so kalt, dass er erschrocken die Luft einsog, aber die Plane knisterte weiter und die schweren Schritte waren beruhigend weit von ihm weg. Dann und wann blitzte das Licht der Taschenlampe auf, aber es bewegte sich gottlob von ihm fort statt in seine Richtung.

Mutiger geworden beschleunigte Ben sein Tempo – und begriff im nächsten Moment, leider aber trotzdem zu spät, dass Mut und Leichtsinn nur zu oft Hand in Hand gehen. Er stieß gegen ein Hindernis, das in der Halle, wie er sie im Kopf hatte, ganz und gar nicht vorhanden war und mit gewaltigem Scheppern und Getöse umfiel. Die Schritte hinter ihm brachen schlagartig ab und der bleiche Strahl einer Taschenlampe zielte wie ein Speer auf ihn. Ben erstarrte mitten in der Bewegung.

Der Lichtstrahl glitt so dicht an ihm vorbei, dass er seine Berührung zu spüren glaubte, tastete aufmerksam über den Containerstapel, unter dem er gerade noch gelegen hatte, und entfernte sich dann wieder. Aber er würde zurückkommen. Ihm blieben jetzt nur noch Sekunden. Ben setzte alles auf eine Karte. Das kurze Aufblitzen des Lichtstrahls hatte ihm gezeigt, dass sich das Hovercraft tatsächlich nur noch wenige Meter vor ihm befand. Er sprang auf, rannte los und stieß nach fünf oder sechs Schritten gegen den zusammengefalteten Gummiwulst des Luftkissenbootes. Er wurde nach vorn geschleudert, verlor das Gleichgewicht und konnte gerade noch die Hände nach oben reißen, ehe er gegen den stählernen Decksaufbau prallte. Hinter ihm wurde das Tasten und Suchen des Lichtstrahles immer hektischer und die Schritte näherten sich nun schnell. Ben schluckte den Schmerzenslaut hinunter, der über seine Lippen kommen wollte, tastete in blinder Panik um sich und bekam so etwas wie eine Reling zu fassen, an der er sich mit der puren Kraft der Verzweiflung hochzog. Er hatte das Gefühl, dabei genug Lärm zu machen, um noch auf der anderen Seite des Schiffes gehört zu werden, aber die Schritte seines Verfolgers polterten noch viel lauter über das Deck. Er tastete weiter blindlings um sich, fühlte erneut hartes Metall und begriff irgendwie, dass es eine Tür war. Ohne auch nur einen Gedanken daran zu verschwenden, was ihn dahinter erwarten mochte, riss er sie auf und schlüpfte hindurch. Hinter ihm wurden die schweren Schritte immer lauter und brachen dann wie abgeschnitten ab, als er die Tür ins Schloss drückte.

Ben atmete erleichtert auf, lehnte sich mit geschlossenen Augen gegen das kalte Metall und wartete darauf, dass sein Herz aufhörte wie verrückt zu hämmern. Als er die Augen wieder öffnete, stellte er fest, dass er sich im Ruderhaus des Hovercrafts befand, auch wenn es kein Ruder gab, sondern nur ein kompliziert wirkendes Instrumentenpult mit einem zu groß geratenen Joystick. Durch die schräg nach innen geneigten Scheiben drang der bleiche Widerschein der Taschenlampe, außerdem schimmerten etliche der Instrumente in einem gespenstischen mattgrünen Phosphorlicht, sodass er seine Umgebung halb erkennen und halb erahnen konnte. Der Raum war kleiner, als er erwartet hätte, und bot höchstens drei Personen Platz, und irgendwie kam ihm alles hier drinnen … seltsam vor. Vollkommen anders, als es eigentlich sein sollte.

Bevor Ben weiter darüber nachdenken konnte, fiel der Strahl der Taschenlampe direkt ins Ruderhaus, und er fand nicht einmal mehr Zeit, sich zu ducken, als das grelle Licht sein Gesicht erreichte. Instinktiv wollte er herumfahren und wieder nach draußen stürmen, tat dann aber fast zu seiner eigenen Überraschung das genaue Gegenteil und erstarrte zu Reglosigkeit. Er erinnerte sich, wie unheimlich das Hovercraft von außen ausgesehen hatte: wie ein geduckt dahockendes weißes Ungeheuer mit geschlitzten schwarzen Augen. Die Scheiben waren getönt; vielleicht stark genug, dass man ihn von außen nicht sah.

In dem bleichen Licht, das nun weiter durch den winzigen Raum wanderte, konnte er weitere Einzelheiten erkennen, die ihn allerdings eher noch mehr verwirrten. Überall waren Gerätschaften und Apparaturen zu sehen, Skalen und Knöpfe und Schalter, Monitore und Hebel … das Ganze hier wirkte zugleich furchtbar altmodisch und ultramodern.

Aber im Moment hatte er andere Sorgen.

Der Lichtstrahl blieb wieder an seinem Gesicht hängen, lange genug, um Ben zu der Erkenntnis gelangen zu lassen, dass sein Versteck doch nicht so genial gewählt war, wie er geglaubt hatte. Das Ruderhaus hatte keinen zweiten Ausgang. Wenn sein Verfolger auf die Idee kam, hier drinnen nachzusehen, dann saß er in der Falle.

Doch das Licht machte nur noch eine weitere Runde durch das Ruderhaus und zog sich dann quälend langsam zurück – und da entdeckte Ben in der Dunkelheit etwas: In direkter Linie vor dem Bug des Hovercrafts war ein schmaler, senkrechter Lichtstreifen zurückgeblieben, den er vorher noch nicht bemerkt hatte. Es verging eine geschlagene Sekunde, bis er begriff, was er da sah: Sein Verfolger hatte beim Reinkommen vergessen, die Tür hinter sich zu schließen.

Zuerst war er einfach nur fassungslos. Es erschien ihm schwer vorstellbar, dass jemand, der so professionell vorging, einen solchen Fehler machen sollte. Aber möglicherweise wusste er ja auch gar nichts von Bens Anwesenheit, sondern war nur aus einem Gefühl heraus noch einmal zurückgekehrt, um nach dem Rechten zu sehen … und welche Rolle spielte das auch? Jetzt, wo ihm der Lichtstreifen den Weg zur Tür wies, hatte er eine winzige Chance, hier herauszukommen.

Ben lauschte. Sein Herz klopfte so laut, dass es jedes andere Geräusch verschluckte, aber nach einer Weile meinte er doch, ein dumpfes Stampfen zu hören, das allmählich näher kam – die Schritte seines Verfolgers?

So oder so – Ben wagte es nicht, die Tür zu öffnen und das Ruderhaus auf dem gleichen Weg zu verlassen, auf dem er es betreten hatte. Selbst wenn die Schritte nur ein Produkt seiner überreizten Fantasie waren, schlich der Kerl ganz bestimmt irgendwo in der Nähe des Hovercrafts herum, und Ben war nicht sicher, ob er ein Wettrennen mit ihm gewinnen würde.

Aber möglicherweise gab es ja einen anderen Weg.

Mit vorgestreckten Händen tastete Ben nach dem Fenster und fuhr mit den Fingerspitzen über das eisige Metall des Rahmens. Er hatte es kaum zu hoffen gewagt, aber seine Finger stießen fast sofort auf den Widerstand, nach dem er gesucht hatte: einen Riegel. Das Fenster ließ sich öffnen!

So schnell er konnte, fummelte er den Riegel auf, versuchte das Fenster hochzuschieben und geriet fast in Panik, als es ihm nicht sofort gelang. Vielleicht war dieses Boot ja wirklich so alt, wie es aussah, und das Fenster war schlichtweg festgerostet. Erst als er sich mit der Schulter gegen den Rahmen und beide Füße gegen den Boden stemmte, schaffte er es, das Fenster Zentimeter für Zentimeter aufzuschieben. Allerdings quietschte es so erbärmlich, dass der Mann in der Halle es gar nicht überhören konnte!

Seine Befürchtung bewahrheitete sich, als plötzlich abermals ein bleicher Lichtstrahl in das Ruderhaus fiel, diesmal durch das winzige Fenster in der Tür, durch die er hereingekommen war! Jetzt, wo er nichts mehr zu verlieren hatte, verdoppelte Ben seine Anstrengungen, bis der Spalt breit genug war, dass er hindurchpasste.

Und das keinen Sekundenbruchteil zu früh.

Er hatte sich noch längst nicht ganz durch das Fenster geschoben, als die Tür hinter ihm aufflog und eine ganz in Weiß gekleidete Gestalt hereinstürmte.

»He!«, brüllte eine Stimme. »Bleib da, verdammt noch mal!«

Ben hatte nicht vor, etwas derart Dummes zu tun. Verzweifelt quetschte er sich weiter durch die Fensteröffnung. Das harte Metall des Fensterrahmens schrammte über seine Rippen, dann über seinen Hüftknochen, und gerade als er glaubte, es geschafft zu haben, und mit wild pendelnden Armen nach vorne kippte, schloss sich eine Hand mit der Gewalt eines Schraubstockes um seinen Knöchel und hielt ihn fest.

Ben hing in einer wirklich unglücklichen Haltung da: Seine rechte Hand klammerte sich um die Reling und versuchte ihn irgendwie in der Schwebe zu halten. Sein linker Arm und sein rechtes Bein fuhrwerkten ebenso wild wie sinnlos durch die Luft, und seine Hüfte, auf der unglückseligerweise im Moment sein gesamtes Körpergewicht lastete, presste sich so hart gegen den Fensterrahmen, dass ihm der Schmerz die Tränen in die Augen trieb.

Ohne auch nur darüber nachzudenken, was er tat, trat er zu.

Er musste wohl auch irgendetwas getroffen haben, denn der stahlharte Griff um seinen Knöchel lockerte sich zwar nicht, aber hinter ihm ertönte ein lauter Fluch. Ganz instinktiv stieß Ben noch einmal den rechten Fuß nach hinten, und diesmal *spürte* er, dass er traf. Sein Häscher heulte schmerzerfüllt auf und gab seinen Fuß frei, und Ben landete kopfüber und so hart auf dem eisernen Deck, dass er Sterne sah. Hinter ihm polterte es, der Mann schrie irgendetwas, aber in Bens Ohren rauschte das Blut so laut, dass er die Worte nicht verstand.

Er war auch ziemlich sicher, dass er sie gar nicht verstehen *wollte.*

Immer noch halb benommen, doch auch von der Kraft erfüllt, die ihm die schiere Todesangst verlieh, rappelte er sich auf, flankte ungeschickt über die Reling und stürzte prompt erneut, weil er sich in der Höhe verschätzt hatte; das Deck des Hovercrafts lag jetzt, wo die Turbinen ausgeschaltet waren und es kein stützendes Luftkissen gab, nicht einmal kniehoch über dem Boden.

Hinter ihm wurde die Tür des Ruderhauses aufgerissen, hämmernde Schritte näherten sich und die aufgebrachte Stimme seines Verfolgers schien nun unmittelbar neben ihm zu erschallen. Ben sprang hoch, erblickte den Lichtstreifen irgendwo vor sich und taumelte darauf zu.

Es waren nur wenige Schritte, höchstens ein Dutzend, aber Ben war bei jedem einzelnen davon überzeugt, dass es sein letzter sein würde. Er zweifelte nicht daran, dass er schneller laufen konnte als sein Gegner, aber der Kerl hatte eine Pistole, und schneller als eine *Kugel* war er vermutlich dann doch nicht.

Doch das Wunder geschah: Er erreichte die Tür, warf sich hindurch und besaß sogar noch die Geistesgegenwart, die Tür nicht nur hinter sich zu schließen, sondern auch herumzufahren und den Riegel vorzulegen.

Irgendetwas prallte mit der Wucht einer Kanonenkugel gegen die andere Seite der Tür, und diesmal brüllte die Stimme so laut, dass er den ordinären Fluch durch das dicke Metall hindurch hören konnte.

Ben gönnte sich eine Sekunde, in der er nichts anderes tat als dazustehen und unendliche Erleichterung zu empfinden, dann aber fuhr er herum und rannte mit weit ausgreifenden Schritten auf die Treppe zu. Hinter ihm wurde noch zweimal gegen die Tür gehämmert, dann war Stille, doch das beruhigte ihn keineswegs. Wahrscheinlich suchte der Typ nur nach einem anderen Ausgang, außerdem konnten am oberen Ende der Treppe durchaus noch ein paar der bewaffneten Männer warten, die er vorhin gesehen hatte. Er stürzte die Treppe hinauf, wurde dann langsamer und blieb schließlich auf der Hälfte ganz stehen um zu lauschen.

Er hörte nichts, aber das Licht am oberen Ende der Treppe schien sich irgendwie verändert zu haben. Vermutlich, dachte er missmutig, war sein Verfolger inzwischen nicht nur auf der Suche nach einem zweiten Ausgang, sondern brüllte gerade in ein Walkie-Talkie. Es nutzte nichts. Er konnte hier warten, bis sie ihn erwischten, oder das Risiko eingehen. Und mit jeder Sekunde, die er ungenutzt verstreichen ließ, verschlechterten sich seine Chancen.

Ben entschied sich für das Risiko.

Mit zum Zerreißen gespannten Nerven ging er weiter. Erst als er das obere Ende der Treppe erreichte, ohne in den Lauf einer Maschinenpistole zu starren, wagte er es wieder, zu atmen. Tatsächlich war *niemand* hier, und er hatte jetzt auch die Erklärung für das Licht: Die Tür, durch die er hereingekommen war, stand sperrangelweit offen, und dahinter war die Sonne aufgegangen. Sein kleiner Ausflug in die stählernen Eingeweide der *Princess of the Dawn* musste wohl doch etwas länger gedauert haben, als er angenommen hatte.

Was nicht bedeutete, dass sie nicht draußen auf ihn warteten.

Es gab nur einen Weg, um das herauszufinden.

Ben setzte sich wieder in Bewegung, hielt dicht hinter der Tür noch mal an und spähte vorsichtig auf das Deck hinaus. Im allerersten Moment durchfuhr ihn ein eisiger Schreck, als er die weiß gekleidete Gestalt sah, die am Bug des Schiffes stand und auf das Meer hinausblickte, dann aber erkannte er den Unterschied: Sie trug keinen weißen Tarnanzug, sondern einen fellbesetzten Mantel, und was er für eine Kapuze gehalten hatte, das war glattes weißes Haar, das im Wind flatterte. Sasha. Zumindest in dieser Hinsicht hatte er sie richtig eingeschätzt. Sie *war* eine Frühaufsteherin und gekommen, um den Sonnenaufgang zu genießen.

Seine Freude währte nur kurz und machte einem Gefühl nagender Sorge Platz. Wenn die Kerle wirklich hinter ihm her waren und es ernst meinten, dann war nicht nur er in Gefahr, sondern auch das Mädchen, wenn er jetzt blindlings auf das Deck hinausstürmte. Er durfte sie auf gar keinen Fall in diese Geschichte hineinziehen.

Ben überlegte kurz, umzudrehen und wieder in den Laderaum zurückzugehen. Der Kerl, der ihn verfolgt hatte, war sicher längst weg und durch eine andere Tür auf dem Weg nach oben, und dort unten würde er ihn zuallerletzt suchen. Und dann? Er wäre allein in dem riesigen Maschinenraum, noch dazu ohne Licht und die geringste Ahnung, wie er zurück nach oben kommen sollte. Prima Idee.

Ben trat auf das Deck hinaus und hätte fast laut gejubelt, als er feststellte, dass Sasha nicht die einzige Sonnenanbeterin an Bord war, die es so früh hinausgetrieben hatte. Nicht weit von ihr entfernt lehnte ein älteres Pärchen an der Reling, und ein anderer Passagier hatte es sich in einem Liegestuhl bequem gemacht; er bildete sich anscheinend ein, sie seien gerade in der Karibik, in der nur rein zufällig zehn Grad minus herrschten. Er war gerettet. Selbst wenn seine Verfolger jetzt hinter ihm auftauchten, war er in Sicherheit. Sie würden wohl kaum ein Blutbad an Deck anrichten, nur um ihn zum Schweigen zu bringen.

Er ging weiter und warf einen fast sehnsüchtigen Blick zu der weiß gekleideten Gestalt am Bug hin, schwenkte dann aber scharf nach links und steuerte die Tür an, die er in der vergangenen Nacht verschlossen vorgefunden hatte.

Zwei oder drei Schritte, bevor er sie erreichte, wurde sie von innen aufgestoßen und ein weiß gekleideter Riese trat heraus. Er trug einen Tarnanzug und Kampfstiefel, und obwohl er seine Jacke mit einer raschen Bewegung schloss, sah Ben deutlich die schwere Pistole, die er im Gürtel trug. Er hatte ein breites, brutal wirkendes Gesicht und stechende Augen und auf seinen Wangen lag der graue Schimmer von Bartstoppeln. Was Ben aber am meisten erschreckte, war seine rechte Hand. Sie hatte ein paar frische Kratzer, so als wäre zum Beispiel ein Stiefelabsatz darüber geschrammt …

Er reagierte mit einer Geistesgegenwart, die ihn selbst erstaunte. Ohne auch nur in der Bewegung innezuhalten, drehte er sich herum und steuerte nun den Bug des Schiffes an. Aus den Augenwinkeln sah er, wie der Mann hinter ihm einen raschen Schritt machte und erst dann zu bemerken schien, dass sie nicht allein an Deck waren, denn er zuckte sichtbar zusammen, blieb wieder stehen und sah sich unsicher um. Ben ging ungerührt weiter und hielt nun direkt auf Sasha zu.

Wie gestern Morgen stand sie reglos da und sah gebannt nach Süden, wenn auch nicht in derselben Haltung, denn heute hatte sie sich neben die vermeintliche Satellitenschüssel quetschen müssen, die sich an der äußersten Spitze des Bugs erhob. Fast beiläufig registrierte Ben, dass das Durcheinander aus Lämpchen und Knöpfen auf ihrer Rückseite hinter einer glatten weißen Plastikabdeckung verschwunden war, und auch das Stromkabel war nahezu perfekt getarnt. So gut es der beschränkte Platz zuließ, drängte er sich auf der anderen Seite neben die Satellitenschüssel, stützte sich mit den Unterarmen auf die Reling und versuchte Sashas Blick einzufangen.

Es gelang ihm nicht. Sie musste ihn sehen, aber sie starrte weiter aus ihren großen, sonderbaren Augen nach Süden und nahm keinerlei Notiz von ihm. Schließlich räusperte er sich laut, aber auch das nutzte rein gar nichts.

»Guten Morgen«, sagte er. »Stehst du immer so früh auf?«

Schweigen. Dafür glaubte er schwere Schritte hinter sich zu hören.

»Ich weiß, es muss dir wie eine plumpe Anmache vorkommen«, fuhr er mit einem nervösen Lächeln fort, »aber ich wundere mich nur, wie jemand freiwillig so früh aufstehen kann. Noch dazu im Urlaub.«

Sasha rührte sich nicht, aber hinter ihm sagte eine tiefe Stimme: »Gib dir keine Mühe, Kleiner. Sie hört dich nicht.«

Nichts wie herumfahren und davonrennen!, durchzuckte es Ben, und wenn er dazu wie Jesus über das Wasser latschen musste! Stattdessen drehte er sich so ruhig wie möglich herum und sah nun aus einer Entfernung von vielleicht dreißig Zentimetern in dasselbe brutale Gesicht wie gerade eben hinauf.

»Das heißt, ich bin nicht ganz sicher, ob sie dich hört oder nicht«, meinte der Mann. »Aber sie wird ganz bestimmt nicht darauf reagieren. Die Kleine ist nämlich vollkommen meschugge. Eine himmelschreiende Verschwendung, wenn du mich fragst, aber so ist es nun mal.«

Verwirrt sah Ben wieder zu Sasha hin. Der Fremde hatte so laut gesprochen, dass sie ihn einfach gehört haben musste, aber sie zeigte nicht einmal den Ansatz einer Reaktion auf seine Worte. Entweder sie hatte sich so perfekt in der Gewalt, wie er es noch bei keinem Menschen erlebt hatte, oder mit ihr stimmte tatsächlich etwas nicht.

Er wandte sich wieder dem Fremden zu. Sein Gesicht wirkte nicht ganz so brutal, wie es ihm in seinem ersten Schrecken erschienen war, aber im Moment auch alles andere als freundlich. Ben schätzte sein Alter auf Ende zwanzig. Er hatte kräftige, markante Züge und streichholzkopfkurzes blondes Haar, und seine Augen wären attraktiv gewesen, hätten sie nicht vor mühsam unterdrückter Wut gelodert.

Ben hielt ihrem Blick ein paar Sekunden lang trotzig stand, dann wollte er sich abwenden und an ihm vorbeigehen, aber der blonde Riese vertrat ihm mit einem raschen Schritt den Weg und schüttelte den Kopf.

»Nicht so eilig, Jungchen. Ich würde mich gern ein bisschen mit dir unterhalten.«

»Mein Name ist Ben, nicht Jungchen«, antwortete Ben scharf.

»Ben«, grinste der andere. »Freut mich, dich kennen zu lernen, Ben. Ich bin Harry. Und jetzt, wo wir uns ja kennen und gute Freunde sind, gehen wir ein Stück spazieren, einverstanden?«

Harry? Ben starrte ihn nur an. Harrys Schlägertrupp. Er rührte sich nicht von der Stelle.

»Nun komm schon, Kleiner«, sagte Harry lächelnd und mit einer Stimme, die ungefähr genauso Vertrauen erweckend klang wie die eines ausgehungerten Wolfes, der ein Geißlein zum Abendessen einlädt. »Ich möchte mich nur mit dir unterhalten, Ehrenwort. Ich tu dir nichts.« Er deutete auf Sasha. »Aber du möchtest doch nicht, dass deine kleine Freundin da mehr hört, als gut für sie ist, oder?«

Ben schwieg. War das eine Drohung? Wahrscheinlich.

Widerwillig setzte er sich in Bewegung und Harry (*Harry?*) gab nicht nur endlich den Weg frei und schloss sich ihm an, sondern legte ihm auch in einer fast freundschaftlich anmutenden Geste den Arm um die Schulter. Vielleicht packte er ein wenig zu kräftig zu. Genau genommen hatte Ben das Gefühl, seine Knochen knirschen zu hören. Aber das sah ja niemand.

»Die Kleine ist wirklich niedlich, nicht wahr?«, flötete Harry. »Ich habe gehört, was du gerade zu ihr gesagt hast. Du hast Recht, weißt du? Sie steht jeden Tag stundenlang am Bug. Weiß der Teufel, was sie dort sieht. Sie ist nun mal leider wunderschön, aber auch bekloppt. Schade drum.« Er seufzte tief, ließ endlich Bens Schulter los, versetzte ihm aber gleichzeitig einen Stoß, der ihn rückwärts gegen die Reling warf.

»Und«, fuhr er fort, »sie ist Frühaufsteherin. Deshalb hast du sie bisher auch noch nie gesehen. Es soll ja Leute geben, die erst gegen Mittag aus den Federn kriechen. Eine sehr löbliche Angewohnheit, wenn du mich fragst. Leute, die zu früh aufstehen und herumschnüffeln, sehen manchmal Dinge, die äußerst ungesund für sie sind.«

»Was willst du von mir?«, fragte Ben. Er versuchte möglichst gelassen zu klingen, aber er konnte selbst hören, wie kläglich es misslang.

Statt zu antworten sah Harry ihn eine Sekunde lang stirnrunzelnd an und sagte dann in nachdenklichem Ton: »Ben? Du bist doch der Sohn von diesem Gehirnklempner, oder?«

»Wieso?«, fragte Ben.

Harry hob die Schultern. »Och, nur so. Ich wollte nur sichergehen.«

Das *war* eine Drohung.

»*Was* willst du von mir?«, fragte Ben noch einmal.

»Wie gesagt, nur ein bisschen plaudern. Du bist heute ziemlich früh aufgestanden für deine Verhältnisse, nicht wahr? Da bildet man sich manchmal ein, Dinge zu sehen, die gar nicht da sind. Manchmal kann man Traum und Wirklichkeit schwer auseinander halten, wenn man gerade erst wach geworden ist, du verstehst?«

»Und wenn ich es doch kann?«, entgegnete Ben trotzig. Zugleich fragte er sich, ob er komplett den Verstand verloren hatte. Er musste auf dem Selbstvernichtungstrip sein. Er *bettelte* ja geradezu darum, dass Harry Ernst machte.

Der stoppelhaarige Riese schien es wohl genauso zu sehen, denn sein ohnehin nicht überzeugendes Lächeln erlosch und seine Augen schienen sich in schwarze Steine zu verwandeln. »Du willst doch nicht wirklich Ärger bekommen, Kleiner?«

Ben schwieg. Im Moment erschien ihm das das Klügste, was er tun konnte.

»Siehst du?«, meinte Harry zufrieden. »Ich wusste, dass du ein kluger Junge bist. Und jetzt benimm dich auch weiter so und leg dich brav ins Bett. Und wenn du aufwachst, dann erinnerst du dich einfach an einen verrückten Traum, den du gehabt hast. Einverstanden?«

6

ER GING WIRKLICH AUF DEM SCHNELLSTEN WEG in seine Kabine zurück, aber er legte sich natürlich nicht ins Bett um zu schlafen, sondern verriegelte die Tür hinter sich und lehnte sich minutenlang mit geschlossenen Augen dagegen und wartete darauf, aufzuwachen. Seine Gedanken führten einen wahren Veitstanz hinter seiner Stirn auf und er zitterte am ganzen Leib, und es wurde schlimmer, je länger er dastand, nicht besser. Jetzt hatte er also eines der Abenteuer erlebt, die er in seinen Büchern und DVDs so liebte, aber es war nicht lustig gewesen. Es war *ganz und gar nicht* lustig gewesen, nicht einmal spannend.

Und es war vermutlich noch nicht einmal vorbei. Schon auf dem Weg hierher hatte er das Gefühl gehabt, verfolgt zu werden, und waren das nicht Schritte, die er draußen auf dem Gang hörte?

Natürlich waren das Schritte, schalt er sich. Die Sonne war aufgegangen, rings um ihn herum begann das Schiff allmählich zu erwachen, und schließlich schlichen die anderen Passagiere nicht auf Zehenspitzen durch die Gegend.

Aber auch nicht auf genagelten Kampfstiefeln, flüsterte eine andere Stimme in seinem Kopf. Ben versuchte erst gar nicht, sie zum Schweigen zu bringen, schon weil sie Recht hatte. Immerhin hatte der Typ ihm gerade ganz unmissverständlich gedroht und keinen Zweifel daran gelassen, dass er ihn von nun an im Auge behalten und sich nicht mit ein paar groben Worten begnügen würde. Und das betraf nicht nur ihn, sondern auch seine Eltern und – zumindest indirekt – auch Sasha.

Aber das war noch nicht einmal das Schlimmste.

Das Schlimmste war … Harry.

Dieser Name.

Der Name aus seinem Traum. Und nicht nur das. Erst allmählich war ihm klar geworden, dass es noch sehr viel mehr Ähnlichkeiten gab. Harry und seine Begleiter hatten genauso ausgesehen wie die Männer aus seinem Traum, und sie waren ebenso schwer bewaffnet gewesen.

Fehlten noch gesichtslose Affen – als Piraten, die drei Finger auf ihn abschossen, oder zwei Meter große Spinnen aus Eis, die noch größere Netze woben.

Vielleicht, dachte er, wurde es langsam Zeit, dass er sich bei seinem Vater eine Privatvisite schnorrte; nicht als Sohn, sondern als Patient.

Er presste sich noch einmal mit Schultern und Hinterkopf gegen die Tür und genoss, wie beruhigend massiv und stabil sich diese Barriere zwischen ihm und dem Rest des Schiffes anfühlte; auch wenn er wusste, dass es nur eine Illusion war. Die Tür bestand nicht aus Stahl, sondern aus millimeterdünnem Furnier und Sperrholz, und würde nicht einmal einem ernst gemeinten Fausthieb standhalten.

Niemand würde ihm etwas tun, versuchte er sich selbst zu beruhigen. Wenn dieser Harry wirklich vorhätte, ihm etwas anzutun, dann wäre er kaum so dumm gewesen, ihn in aller Öffentlichkeit zu bedrohen. Ganz bestimmt nicht.

Leider nutzte diese Überlegung nicht viel, ganz im Gegenteil. Es gelang ihm zwar, der Panik Herr zu werden, die von seinen Gedanken Besitz ergreifen wollte, aber die nagende Furcht blieb und schien eher noch größer zu werden. Schließlich hatte er das Gefühl, es hier drinnen nicht mehr auszuhalten. Er würde in den Frühstücksraum gehen und mit seinen Eltern reden. Ben kam sich ein bisschen albern dabei vor, wie ein kleines Kind zu Vater und Mutter zu laufen, aber das hier war kein Spaß mehr. All die Männer und Waffen an Bord mussten etwas zu bedeuten haben. Ben konnte sich beim besten Willen nicht vorstellen, was, aber die *Princess of the Dawn* war bestimmt nicht bis an die Zähne bewaffnet und mit einer kleinen Armee ausgerüstet, um Jagd auf Pinguine zu machen. Wenn es hier irgendwo eine Gefahr gab, dann mussten die Passagiere es wissen. Und vor allem seine Eltern.

Er tauschte den schweren Parka gegen eine leichte Windjacke, schlüpfte statt in die klobigen Stiefel in die Turnschuhe, die an Bord zu tragen Kapitän Schulz sie alle gebeten hatte, um die teuren Fußböden zu schonen, und machte sich dann auf den Weg zum Frühstücksraum.

Das Restaurant war noch nicht ganz so gut besucht wie am vergangenen Morgen, doch seine Eltern waren bereits da, ganz wie er es erwartet hatte, und saßen an einem Tisch am Fenster, von dem aus sie freie Sicht auf die See hatten. Wäre Ben in der Stimmung dafür gewesen, hätte er den grandiosen Sonnenaufgang über dem Meer sicher zu würdigen gewusst. Aber das war er nicht.

Seine Mutter machte große Augen, als sie ihren Sohn zwischen den anderen Tischen hindurch auf sich zukommen sah. Sein Vater bemerkte ihren Blick, drehte rasch den Kopf und ein Ausdruck höchsten Erstaunens erschien auf seinem Gesicht.

»Guten Morgen«, sagte er, und Bens Mutter fragte: »Bist du aus dem Bett gefallen oder wird das jetzt eine schlechte Angewohnheit von dir, so früh aufzustehen?«

Ben blieb ernst. »Ich bin nicht sicher, ob es ein guter Morgen wird. Ich muss mit euch reden. Hier geht etwas –« Er verstummte mitten im Satz, als er sich herumdrehte, um Platz zu nehmen, und sein Blick dabei zufällig den Eingang streifte. Kapitän Schulz hatte das Restaurant betreten und er war nicht allein. Ein Ben völlig unbekannter, sehr großer Mann begleitete ihn. Obwohl er Zivil trug – Jeans und einen schlichten schwarzen Pullover –, wusste Ben sofort und ohne jeden Zweifel, dass er zu den Männern gehörte, die er vorhin unten im Laderaum gesehen hatte. Schulz und er steuerten in raschem Tempo auf sie zu. Der Gesichtsausdruck des Kapitäns verhieß nichts Gutes.

»Was hast du?«, fragte Robert Berger. Sein Blick folgte dem Bens und eine steile Falte erschien zwischen seinen Augenbrauen. »Was bedeutet das? Hast du irgendetwas angestellt, wovon ich wissen sollte?«

»Nein, machen Sie sich keine Sorgen, es ist alles in Ordnung.« Es war Kapitän Schulz, der die Frage beantwortete, nicht Ben. Offenbar hatte er die letzten Worte seine Vaters gehört. Während sein hoch gewachsener Begleiter in zwei Schritten Abstand vom Tisch stehen blieb und die muskulösen Arme vor der Brust verschränkte – wenn *das* keine Drohung war! –, nahm er unaufgefordert Platz.

Sein Vater sah Ben mit finsterer Miene an und wollte sich dann an Schulz wenden, doch der Kapitän kam ihm zuvor.

»Ich muss mich für diesen Überfall entschuldigen.«

»In der Tat«, sagte Jennifer Berger kühl.

»Aber es ist wichtig«, fuhr Schulz ungerührt fort. »Ich muss Ihnen etwas erklären. Und vor allem Ihrem Sohn.«

Diesmal starrten ihn seine *beiden* Eltern an. »Was hast du –?«, begann sein Vater.

»Nichts.« Schulz hob rasch die Hand. »Wirklich, Ihren Sohn trifft keine Schuld. Wenn überhaupt, dann muss ich mir selbst Vorwürfe machen oder meiner Mannschaft.«

»Das ist löblich«, entgegnete sein Vater, »aber würden Sie uns freundlicherweise verraten, was überhaupt passiert ist?« Seine Augen funkelten. Ben war sich nicht ganz sicher, wem der nur noch mühsam unterdrückte Zorn darin galt – Schulz oder ihm –, aber von dem stets sanftmütigen, freundlichen Menschen, als den Schulz ihn bisher kennen gelernt hatte, war nicht mehr viel geblieben. Ben fragte sich, ob der Kapitän auch nur ahnte, *wie* unangenehm sein Vater werden konnte, wenn es sein musste.

»Ihr Sohn hat nichts getan, bitte beruhigen Sie sich«, sagte Schulz rasch. »Allenfalls hat er sich in einem Bereich des Schiffes aufgehalten, der für die Passagiere normalerweise nicht zugänglich ist. Aber das ist ja keine Todsünde.« Er fuhr sich mit der Zungenspitze über die Lippen. Man konnte ihm ansehen, wie schwer es ihm fiel, weiterzusprechen. »Bedauerlicherweise hat er dabei etwas gesehen, was nicht für aller Augen bestimmt war.«

»Und was?«, fragte Bens Vater.

»Soldaten«, antwortete Ben, bevor Schulz es tun konnte. Seine Stimme zitterte ganz leicht, aber in diesem Fall war Angriff nicht nur die beste, sondern möglicherweise die *einzige* Verteidigung. »Und jede Menge Waffen.«

»Wie bitte?«, keuchte Jennifer Berger. Ihr Mann riss ungläubig die Augen auf, und Schulz machte hastig eine beschwichtigende Geste. Er schaute sich nach allen Seiten um, ehe er weitersprach.

»Das ist richtig, aber es ist nicht so, wie es auf den ersten Blick aussieht, glauben Sie mir.«

»Aha«, sagte sein Vater. »Wie sieht es denn auf den ersten Blick aus?«

»Beeindruckend«, meinte Ben. »Maschinengewehre, Handgranaten, ein komplettes Luftkissenboot mit einer Flugabwehrkanone …« Er wandte sich an Schulz. »Habe ich etwas vergessen?«

Dem Blick nach zu urteilen, mit dem Schulz ihn maß, dachte er gerade darüber nach, wo er den Strick finden konnte, mit dem er ihn am liebsten erwürgt hätte.

»Was bedeutet das, Herr Kapitän?«, wollte nun auch seine Mutter in scharfem Ton wissen.

»Wie gesagt: Nicht das, wonach es aussieht«, antwortete Schulz unglücklich. »Ich kann es Ihnen erklären, aber bitte beruhigen Sie sich und geben Sie mir fünf Minuten.« Statt jedoch endlich damit anzufangen, drehte er sich um und nickte dem dunkelhaarigen Hünen kurz zu. Der Bursche faltete die Arme auseinander und verschwand mit schnellen Schritten. Ben fragte sich, ob er ging, um mit Verstärkung zurückzukommen oder gleich in einem Panzer.

»Ich muss ein wenig weiter ausholen«, begann Schulz. »Aber keine Sorge. Ich werde mich so kurz wie möglich fassen.«

»So, so«, sagte Robert Berger. Sein Tonfall verhieß nichts Gutes.

»Was Ihr Sohn sagt, ist wahr«, sagte Schulz unbehaglich. »Allerdings besteht nicht die geringste Gefahr für das Schiff oder gar für die Passagiere. Wie Sie ja wissen, führt unser Kurs sehr weit nach Süden. Wir nähern uns der Küste der Antarktis bis auf vier oder fünf Seemeilen.«

»Heute Abend, ich weiß«, sagte Bens Mutter. Das Schiff würde in Sichtweite der Küste vor Anker gehen und für den Sonnenuntergang waren eine große Party an Deck und sogar ein Feuerwerk geplant; einer der – vielen – Höhepunkte der Reise.

»Nicht allzu weit von unserem Ankerplatz entfernt befindet sich eine internationale Wetterstation«, fuhr Schulz fort. »Man hat uns gebeten, die Truppe, die Ihr Sohn gesehen hat, dorthin zu bringen, so einfach ist das.«

»Soldaten?«, fragte Bens Vater zweifelnd. »Und ein bewaffnetes Luftkissenboot? Was für eine Wetterstation soll das denn sein, die eine kleine Armee braucht?«

»Es sind nur ein Dutzend Leute und ich weiß es nicht. Ich habe auch nicht gefragt, wenn ich ehrlich sein soll. Wir haben nur den Transport übernommen. Eigentlich sollten sie heute Nacht von Bord gehen, ohne dass jemand beunruhigt worden wäre.«

Ben glaubte ihm nicht. Das, was Schulz sagte, und das, was er unten im Laderaum erlebt hatte, passte nicht zusammen.

»Deshalb haben die Männer heute am frühen Morgen oder besser letzte Nacht auch dieses komische Ding am Bug aufgebaut«, meinte er spöttisch.

»Welches *komische* Ding?«, fragte Jennifer Berger alarmiert.

Schulz sah plötzlich *sehr* unglücklich aus und begann herumzudrucksen, und hinter Ben sagte eine Stimme: »Ihr Sohn meint sicherlich die Satellitenschüssel, die meine Leute aufgestellt haben.«

Ben fuhr auf seinem Sitz herum und hätte fast aufgeschrien. Hinter ihm war niemand anderes als – Harry aufgetaucht. Allerdings erkannte er ihn auf den ersten Blick kaum wieder. Auch er hatte die Zeit genutzt, um sich umzuziehen, und trug nun schlichte Jeans, Turnschuhe und ein ärmelloses weißes T-Shirt, das seine muskulösen Oberarme gut zur Geltung brachte (was wahrscheinlich der Grund war, warum er es gewählt hatte, denn hier drinnen war es viel zu kühl dafür), und sein Gesicht kam Ben nicht mehr annähernd so Furcht einflößend vor wie vorhin unten an Deck. Er lächelte sogar.

»West«, stellte er sich vor, während er die Hand ausstreckte. »Harry West. Ich bin sozusagen der Chef der kleinen Truppe, die Ihren Sohn so erschreckt hat.«

Niemand machte Anstalten, nach seiner Hand zu greifen, was ihn aber nicht zu stören schien. Er grinste unerschütterlich weiter, schob einen Stuhl zurück und setzte sich, ohne auf eine Einladung zu warten.

»Eine Satellitenschüssel«, wiederholte Ben spöttisch. »Und die bauen deine Soldaten auf? Wem willst du denn das erzählen?«

»Ich sehe, ihr beide kennt euch schon«, sagte sein Vater.

»Ja, wir sind uns bereits begegnet«, grollte Ben.

»Und ich fürchte, ich muss mich bei dir entschuldigen«, fügte Harry hinzu. »Ich war wohl ein bisschen grob. Tut mir leid. Ich war genauso erschrocken wie du, weißt du?«

»Hat der Kerl dich angefasst?«, fragte sein Vater.

»Nein«, erklärte Harry rasch. »Aber ich habe nicht ganz richtig reagiert und ein paar Dinge gesagt, die ich besser für mich behalten hätte. Es tut mir wirklich leid.«

»Sicher«, antwortete Ben. »Den Eindruck hatte ich auch. Den

Quatsch mit der Satellitenschüssel kannst du jemand anderem erzählen, am besten einem, der sich die Hose mit der Kneifzange anzieht. Eine Satellitenschüssel, die ein Starkstromkabel braucht?«

»Du bist ein guter Beobachter«, lobte Harry. Er lächelte weiter, aber er sah nicht wirklich amüsiert aus.

»Hauptmann West sagt die Wahrheit«, mischte sich Schulz ein. »Es handelt sich um eine Satelliten-Empfangsanlage der neuesten Generation. Leider ist sie *so* supermodern, dass unsere Techniker nicht damit zurechtgekommen sind. Hauptmann West war so freundlich, die Anlage von seinen Leuten installieren zu lassen. Sie kennen sich offensichtlich besser aus als unsere Techniker.«

»Klar, weil sie ja ausgebildete Fernsehtechniker sind«, spöttelte Ben. »Ich verstehe. Aus diesem Grund haben sie das Ding auch mitten in der Nacht aufgebaut, und das bis an die Zähne bewaffnet.«

Harry setzte zu einer Antwort an, aber Bens Vater kam ihm zuvor. »Was uns zu einer interessanten Frage bringt: Wieso fordert eine *Wetterstation* an der antarktischen Küste eine Abteilung bewaffneter Soldaten an?«

»Piraten«, antwortete Harry.

Robert Berger starrte ihn an. »Piraten?«

»Piraten«, bestätigte Harry. Er machte ein finsteres Gesicht. »Das ist seit ein paar Jahren leider ein großes Problem, fast überall auf der Welt. Auch die Gewässer rund um die Antarktis sind schon lange nicht mehr sicher. Die einzelnen Regierungen legen keinen großen Wert darauf, dass die Sache bekannt wird, deshalb hört man auch nicht sehr viel davon, doch es *gibt* ein Problem.«

»Aber diese Wetterstation liegt doch auf dem Festland«, sagte Jennifer Berger.

»Ja, das haben die Piraten auch schon bemerkt«, bemerkte Harry trocken. »Meilenweit entfernt von der nächsten ganzjährig besetzten Forschungsstation. Sie ist allein im letzten Jahr dreimal überfallen worden.«

»Aber was gibt es denn in einer Wetterstation zu holen?«, wollte Bens Mutter wissen.

»Jede Menge wissenschaftliche Geräte. Lebensmittel, Bargeld, Kleidung … Die Jungs sind nicht wählerisch. Sie nehmen alles mit, was sie tragen können. Und sie sind dabei nicht zimperlich. Es gab einen Toten und etliche Schwerverletzte.«

»Jemand überfällt eine Wetterstation in der Antarktis?«, fragte Bens Vater zweifelnd. »Das klingt … ziemlich dämlich.«

»Wenn die Jungs nicht ziemlich dämlich wären, dann wären sie keine Piraten geworden«, antwortete Harry. »Leider sind sie auch ziemlich brutal. Deshalb hat man uns ja auch um Hilfe gebeten.« Er lachte leise. »Meine Leute sind auch nicht gerade zimperlich.«

»Sie sind keine Soldaten, habe ich Recht?«, fragte Ben. »Ihr seid Söldner.«

»Der Ausdruck *privater Sicherheitsdienst* wäre mir lieber«, entgegnete Harry säuerlich.

»Und warum schickt man keine richtigen Soldaten?«, fragte Bens Mutter. Sie klang kein bisschen überzeugt.

Harrys Lächeln wirkte jetzt ein bisschen gequält. »Weil das eine internationale Forschungsstation ist. Niemand möchte, dass sich ein russischer Wissenschaftler bei seiner Regierung beschwert, weil er sich von einem amerikanischen Soldaten herumkommandiert fühlt oder umgekehrt.«

»Und außerdem kann sich ein privater Schlägertrupp weit mehr herausnehmen als richtige Soldaten«, fügte Ben hinzu.

»Ben!«, sagte sein Vater scharf.

»Schon gut«, meinte Harry. »Das habe ich verdient. Ich habe vorhin auch ein paar Dinge gesagt, die nicht so nett waren. Und im Prinzip hat er sogar Recht. Wir haben einen etwas größeren Handlungsspielraum als *richtige* Soldaten.«

Das war eine durchaus fantasievolle Ausrede, dachte Ben, die er Harry gar nicht zugetraut hätte – aber mehr auch nicht. Und angriffslustig, wie er im Moment war, hielt er mit seiner Meinung auch nicht hinter dem Berg. »Ich glaube dir kein Wort. Hier stimmt doch etwas nicht!«

»Aber was soll denn sonst dahinterstecken?«, fragte Kapitän Schulz. »Du glaubst doch nicht wirklich, dass wir irgendetwas tun, was das Schiff und seine Passagiere in Gefahr bringt?«

»*Sie* nicht«, sagte Ben betont, während er einen feindseligen Blick in Harrys Richtung abschoss.

»Es ist gut, Ben«, mischte sich sein Vater ein. »Ich glaube Kapitän Schulz. Natürlich würde er nichts tun, was das Schiff gefährden könnte.« Aber ganz überzeugt klang auch er nicht.

»Und aus diesem Grund möchte ich dich auch eindringlich bitten, deine Entdeckung für dich zu behalten«, wandte sich Schulz nun direkt an Ben. »Wir müssen die Passagiere doch nicht unnötig beunruhigen. Heute Nacht gehen Hauptmann West und seine Leute von Bord. Bitte rede mit niemandem über die Sache.«

»Und danach?«, fragte Ben.

»Es besteht keinerlei Gefahr«, wiederholte Schulz stur, aber auch irgendwie resignierend. »Bitte, glauben Sie mir. Ich hätte wohl sonst auch kaum meine Tochter mit auf diese Fahrt genommen.«

»Ihre Tochter?«

Schulz winkte einen Steward herbei. »Würden Sie bitte Alexandra holen?«

Der Mann entfernte sich wortlos, und Schulz wandte sich an Bens Mutter. »Sie begleitet mich auf fast jeder Reise. Ich mache normalerweise keine Reklame damit. Als Tochter des Kapitäns ist man für manchen der anderen Passagiere eben kein *gewöhnlicher* Gast.«

»Und Sie haben auch so schon genug *ungewöhnliche* Gäste an Bord, ich weiß«, fauchte Ben giftig. Sein Vater seufzte, sagte aber nichts mehr, und seine Mutter hatte sichtlich Mühe, ein Lächeln zu unterdrücken.

»Kann ich mich darauf verlassen, dass die Sache unter uns bleibt?«, fragte Schulz.

»Selbstverständlich«, antwortete Robert Berger. »Auch wenn ich keinen Hehl daraus mache, dass ich nicht begeistert bin, Herr Kapitän. Sie hätten uns das sagen müssen.«

»Um Sie völlig ohne Grund aufzuregen?« Schulz schüttelte den Kopf. »Sie an meiner Stelle hätten nicht anders gehandelt.«

»*Ich* an Ihrer Stelle«, erwiderte Bens Vater betont, »hätte diese Männer nicht an Bord genommen. Und ihre Waffen schon gar nicht.«

»Es war eine Entscheidung der Reederei, gegen die ich leider machtlos war.«

»Ich dachte, ein Kapitän hat auf seinem Schiff das Sagen?«, meinte Ben.

»Auf See, ja«, bestätigte Schulz. »Nicht, was die Ladung und den Zielhafen angeht. Und ich kann dir noch einmal versichern, dass – oh, da ist sie ja schon!«

Aller Aufmerksamkeit wandte sich einem Punkt hinter Ben zu. Er drehte sich umständlich auf seinem Stuhl herum – und riss dann ungläubig die Augen auf. Der Steward, den Schulz geschickt hatte, um seine Tochter zu holen, kam zurück. Er war nicht mehr allein, sondern führte ein fünfzehn- oder sechzehnjähriges Mädchen am Arm, das ganz in Weiß gekleidet war und auch schneeweißes Haar hatte.

»Sasha!«, rief er überrascht.

»Ich sehe, ihr seid euch schon begegnet«, sagte Schulz. Es war nicht zu erkennen, ob ihm das gefiel oder nicht. Er winkte den Steward heran, stand auf und wartete ab, bis sich seine Tochter gesetzt hatte. Oder – um genauer zu sein – bis der Steward sie *hingesetzt* hatte. Der Mann brachte sie zum Tisch, drehte sie an den Schultern herum und drückte sie dann mit sanfter Gewalt auf den Stuhl. Sasha ließ alles vollkommen willenlos mit sich geschehen und ihre Augen blieben dabei auf dieselbe fast unheimliche Weise leer wie am Morgen, als sie draußen an der Reling gestanden und auf das Meer hinausgesehen hatte. Bens Eltern tauschten einen fragenden Blick.

»Meine Tochter Alexandra«, sagte Schulz noch einmal.

»Ich denke, sie heißt Sasha?«, meinte Ben verwundert.

»Das ist richtig. Sasha ist die russische Koseform von Alexandra. Ihre Mutter hat sie immer so genannt, als sie noch ein Baby war. Sie war Russin.«

»War?«, fragte Robert Berger.

»Sie ist gestorben, aber schon vor langer Zeit. Seitdem ist Sasha alles, was ich noch habe. Glauben Sie wirklich, ich hätte sie mit auf diese Reise genommen, wenn auch nur die geringste Gefahr bestünde?« Er schüttelte den Kopf und griff über den Tisch hinweg nach Sashas Hand. Ein zärtliches Lächeln breitete sich auf seinem Gesicht aus, aber seine Tochter reagierte weder auf die Berührung noch auf seine Worte.

»Was hat sie?«, fragte Ben.

»Benjamin!«, sagte sein Vater streng.

»Das ist schon in Ordnung«, beschwichtigte Kapitän Schulz. »Sasha ist Autistin, seit ihrer Geburt. Du kannst ruhig Fragen stellen Ben. Es macht mir nichts aus, darüber zu sprechen. Wäre es anders, müsste ich sie für den Rest ihres Lebens vor der Öffentlichkeit verstecken.«

»Autistin?«, vergewisserte sich sein Vater. Täuschte sich Ben oder hörte er so etwas wie berufliches Interesse in seiner Stimme?

Ben sah sie durchdringend an, dann sagte er leise: »Die Bekloppte.«

Für einen Augenblick wurde es so still, dass man die berühmte Stecknadel hätte fallen hören können. Seine Eltern starrten ihn entsetzt an, und der Ausdruck auf Schulz' Gesicht wandelte sich von Überraschung zu Unglauben und schließlich zu blankem Zorn. Ben schwieg gerade lange genug, um seine Worte richtig wirken zu lassen, dann setzte er das unschuldigste Gesicht auf, das er zu Stande brachte, deutete auf Harry und fuhr fort: »Das waren nicht meine Worte. Er hat das gesagt. Das stimmt doch, nicht wahr?«

In Harrys Miene stand pure Mordlust. Er schwieg.

»Er hat auch gesagt, dass es die reinste Verschwendung wäre«, fuhr Ben fort. »Das waren doch deine Worte, oder? Lass mich überlegen … so wunderschön, aber völlig meschugge.«

»Ben, das reicht«, sagte sein Vater in scharfem Ton.

»Kapitän Schulz, das ist –«, begann Harry, aber Schulz unterbrach ihn mit einer herrischen Geste.

»Ich denke, wir sollten das Gespräch an dieser Stelle beenden, Herr Hauptmann. Ich bin sicher, es handelt sich nur um ein dummes Missverständnis.«

Es vergingen zwei oder drei Sekunden, in denen Harry abwechselnd ihn und Ben anstarrte, dann aber stand er mit einem Ruck auf und ging ohne sich zu verabschieden. Schulz blickte ihm kopfschüttelnd nach.

»Das wäre wirklich nicht nötig gewesen, Ben«, sagte sein Vater.

»Lassen Sie es gut sein, Doktor«, meinte Schulz. »Ich konnte den Kerl nie leiden. Gottlob ist er ja bald verschwunden.«

»Und in einem Punkt hat er sogar Recht, was Alexandra betrifft … *Sasha*«, sagte Ben. »Sie ist wirklich wunderschön.«

Für einen Moment sah Schulz fast empört aus, doch dann lächelte er; auch wenn es ein bisschen traurig wirkte.

»Ja, das ist sie. Leider wird sie dir auf dieses Kompliment nicht antworten. Autisten nehmen ihre Umwelt nicht so wahr wie wir, weißt du? Ich bin nicht einmal sicher, ob sie deine Worte überhaupt hört. Sie ... sie lebt in ihrer eigenen kleine Welt. Niemand weiß, wie es darin aussieht oder was überhaupt zu ihr durchdringt. Manchmal glaube ich, dass sie versteht, was man zu ihr sagt, aber ich bin nicht sicher.«

Ben sah aus den Augenwinkeln, dass sein Vater dazu ansetzte, etwas zu sagen, dann aber nur mit den Achseln zuckte und es bleiben ließ.

»Spricht sie denn gar nicht?«, fragte Ben.

»Sie spricht nie«, erklärte Schulz und lächelte sonderbarerweise dabei. »Doch das bedeutet ganz und gar nicht, dass sie ihre Wünsche nicht artikulieren könnte oder keinen eigenen Willen hätte. Sind dir ihre Kleider aufgefallen?«

»Sie sind hübsch«, sagte Ben.

»Sie sind *weiß*«, berichtigte ihn Schulz. »Sie trägt immer nur Weiß. Schon als sie ein ganz kleines Kind war, hat sie sich mit aller Macht gewehrt, wenn sie auch nur einen Faden am Leib tragen sollte, der nicht weiß war. Sie ist nicht dumm.«

»Ich weiß«, stimmte Ben ihm fast ein bisschen zu eifrig zu. »Es heißt ja, dass manche Autisten in Wahrheit sehr intelligent sind.«

Schulz selbst sagte nichts dazu, wandte sich aber mit einem beinahe um Zustimmung heischenden Blick an Bens Vater. Der ließ ein paar Sekunden verstreichen, in denen er sich zunehmend unbehaglicher zu fühlen schien, bevor er schließlich antwortete.

»Ja, das sagt man.« Er räusperte sich. »Aber ich bin nicht sicher, ob es wirklich stimmt. Ich meine: Ich bin kein Spezialist auf diesem Gebiet, wenn es das ist, was Sie gehofft haben, Herr Kapitän. Ich fürchte, das ist niemand.«

»Wie meinst du das?«, fragte Ben.

»In dieser Hinsicht wird eine Menge geforscht und man hat auch schon ein paar Erkenntnisse gewonnen, aber im Grunde weiß niemand ganz genau, was die Krankheit auslöst oder ob es überhaupt eine Krankheit im herkömmlichen Sinne ist.« Er streifte Sashas Gesicht mit einem bedauernden Blick, ehe er sich wieder direkt an Schulz wandte und fortfuhr: »Dafür wird umso mehr Unsinn erzählt, fürchte ich. Es gibt Fälle, in denen sich ein Autist als Mathematikgenie erweist oder über irgendeine andere außergewöhnliche Fähigkeit verfügt, die uns so genannte Normale in Erstaunen versetzt. Aber das sind Ausnahmen. Nur ganz wenige dieser Fälle sind verbürgt. Bei den meisten handelt es sich um Gerüchte. Die Menschen neigen dazu, so etwas zu glauben. Sie *wollen* es glauben.«

»Weil es uns dann leichter fällt, damit fertig zu werden«, meinte Schulz. »Ich weiß. Auf diese Weise beruhigen wir unser eigenes schlechtes Gewissen.«

»Sie haben Sasha allein aufgezogen?«, vermutete Robert Berger.

»So gut ich es konnte.«

»Dann sind Sie in diesem Fall wohl eher der Spezialist und nicht ich. Es tut mir wirklich leid, wenn ich Sie enttäuschen muss.«

»Ich bin nicht enttäuscht. Ich wollte mir auf diese Weise keine kostenlose Beratung bei Ihnen ergattern.« Schulz lächelte wieder und seine Hand schloss sich fester um die seiner Tochter. »Es ist in Ordnung, so wie es ist. Ich glaube, dass sie glücklich ist.«

Niemand antwortete. Ben hatte plötzlich einen Kloß im Hals, der ihm das Atmen schwer machte. Schulz mochte durchaus glauben, was er da sagte, aber was Ben sah, war etwas anderes. Sasha wirkte nicht unglücklich, gewiss nicht, aber auch alles andere als glücklich.

»Es wird allmählich Zeit«, meinte Schulz. Er stand auf. »Ich habe noch eine Menge Arbeit. Schon wegen der Party heute Abend. Kann ich mich darauf verlassen, dass Sie über die Anwesenheit von Hauptmann West und seinen Leuten Stillschweigen bewahren?«

»Selbstverständlich«, antwortete Bens Vater.

Und nach einer weiteren Sekunde nickte auch Ben.

7

ES WAR NUN SCHON DER ZWEITE MORGEN, an dem das gemeinsame Frühstück mit einem Missklang endete, und obwohl seine Eltern ihm noch einmal ausdrücklich versicherten, dass ihn keine Schuld traf und sie ihm also auch nichts übel nahmen, war die Stimmung doch nicht so, dass sie zum Bleiben einlud. Ben entschuldigte sich schon bald unter einem fadenscheinigen Vorwand und ging in seine Kabine zurück.

Die nächsten Stunden verbrachte er damit, wahllos irgendwelche DVDs einzulegen, ohne auch nur eine ganz zu schauen. Als er beim dritten oder auch schon vierten Film angekommen war, ohne sich erinnern zu können, was er bisher gesehen hatte, kapitulierte er und schaltete den Fernseher ab.

Zumindest der Blick auf die Uhr brachte eine halbwegs angenehme Überraschung: Es war fast Mittag. Damit hatte er immerhin einen weiteren halben Tag auf diesem famosen Schiffchen herumgebracht, und mit jeder Minute, die verging, rückte der Moment näher, in dem die *Princess of the Dawn* ihren Zielhafen erreichen würde und sie endlich von Bord gehen konnten.

Bens Laune sank schlagartig noch weiter, als ihm klar wurde, dass er anfing, den Aufenthalt hier an Bord wie eine Gefängnisstrafe zu betrachten. Er gebärdete sich ja schon wie ein Strafgefangener, der eine Strichliste an der Wand seiner Zelle führt und dem Ende seiner Verbannung entgegenfiebert. Gut, die letzte Nacht und vor allem der Morgen waren nicht besonders angenehm gewesen, aber *so* schlimm war es nun auch wieder nicht. Vielleicht sollte er einfach noch einmal an Deck gehen und sich von der eisigen Polarluft die düsteren Gedanken aus dem Kopf blasen lassen.

Außerdem bestand ja auch noch die klitzekleine Möglichkeit, dass er Sasha wiedersah …

Er beschloss kurzerhand, das Mittagessen auszulassen – besonders hungrig war er ohnehin nicht, und er hatte weder Lust, seinen Eltern zu begegnen noch Kapitän Schulz, ganz zu schweigen von Harry oder einem Mitglied seiner so genannten *privaten Sicherheitstruppe* –, vermummte sich zur Abwechslung mal wieder wie ein Weihnachtsmann mit Schüttelfrost und marschierte auf das Sonnendeck hinauf.

Obwohl die Schlacht ums Büfett mit Sicherheit schon angefangen hatte, war er nicht allein an Deck. Etliche Passagiere lehnten an der Reling und blickten aufs Meer hinaus, und auch der Verrückte im Liegestuhl war wieder da; oder auch noch. Ben war nicht ganz sicher, ob er nicht inzwischen auf seinem Klappstuhl festgefroren war.

Sasha war nicht da.

Vielleicht, überlegte Ben enttäuscht, kam sie nur heraus, wenn die Sonne aufging, oder ihr Vater ließ sie nur einmal am Tag ins Freie; vorzugsweise zu einer Uhrzeit, zu der sie möglichst wenige Passagiere sahen. Er wollte sich schon herumdrehen und wieder ins Warme gehen, um möglicherweise doch einen Happen zu essen oder sich schlimmstenfalls noch ein wenig länger durch die DVD-Sammlung des Schiffes zu langweilen, als ihm etwas auffiel. Im ersten Moment konnte er nicht sagen, was. Irgendetwas war anders als heute Morgen und es waren nicht die Passagiere.

Dann wusste er es.

Es hatte sich nichts verändert, doch er hatte jetzt erkannt, worum es sich bei der angeblichen *Satellitenschüssel* wirklich handelte.

Plötzlich war ihm die beißende Kälte egal. Ohne auf die erstaunten Blicke der anderen Passagiere zu achten, sprang er die kurze Treppe hinab, wobei er immer zwei Stufen auf einmal nahm, und legte die Strecke zum Bug im Laufschritt zurück. Mit einem Mal war alles so klar, dass er sich eine Sekunde lang verblüfft fragte, wie er so blind hatte sein können.

Das Ding war nicht dazu gedacht, Navigationsdaten oder Fernsehprogramme zu empfangen. Es war überhaupt nicht dazu gedacht, irgendetwas zu empfangen, ganz im Gegenteil.

Es war noch nicht allzu lange her, dass er einen Bericht im Discovery-Channel gesehen hatte, in dem es um dieses Gerät gegangen war. Ben hatte die genaue Bezeichnung vergessen, aber wenn er sich die Plastikabdeckung an der Rückseite, die das Durcheinander von Knöpfen und Skalen verbarg, wegdachte, dann hatte der Bericht von exakt diesem Gerät gehandelt, sogar die Farbe stimmte. Das Ding war nichts anderes als –

»Dachte ich es mir doch, dass ich dich hier finde«, sagte eine Stimme hinter ihm.

Ben fuhr erschrocken herum und sah verdattert ins Gesicht seines Vaters. Er war so leise hinter ihn getreten, dass er es nicht gehört hatte, und trug noch immer denselben dünnen Strickpullover wie am Morgen, in dem er schrecklich frieren musste.

»Ich erinnere mich jetzt!«, sprudelte Ben los. »Ich verstehe gar nicht, warum ich es nicht gleich gesehen habe!« Er deutete aufgeregt auf die vermeintliche Satellitenschüssel. »Willst du wissen, was das wirklich ist?«

»Nein«, antwortete sein Vater. »Jedenfalls jetzt nicht. Ich bin aus einem anderen Grund hier.«

»Und … der wäre?«, fragte Ben unbehaglich.

Auch seinem Vater war anzumerken, dass er sich nicht unbedingt wohl in seiner Haut fühlte. Er druckste ein bisschen herum und antwortete schließlich, ohne Ben dabei anzusehen. »Sasha.«

»Sasha?«

»Versteh mich jetzt bitte nicht falsch. Aber deiner Mutter und mir ist aufgefallen, wie du sie heute Morgen angeschaut hast.«

»So?«, fragte Ben überrascht. Worauf wollte sein Vater hinaus?

»Ja. Und Kapitän Schulz übrigens auch.«

»Und?«, meinte Ben. »Wie habe ich sie denn angeschaut?«

»Wie ein junger Mann eben ein so wunderschönes Mädchen anschaut.« Sein Vater hob die Schultern und lächelte nervös. »Oder eben nicht nur so, wie man ein hübsches Mädchen anschaut … jedenfalls kam es uns so vor.«

Allmählich wandelte sich Bens Verwirrung in etwas anderes. »Was soll das heißen?«

»Sie ist wirklich wunderschön, nicht wahr?«, fragte sein Vater, ohne auf Bens Frage einzugehen. »Ich meine, sie ist keine Superschönheit, aber sie … sie hat etwas.« Sein Lächeln wurde noch nervöser. »He, ich bin auch nur ein Mann, auch wenn für dich jeder über vierzig ein Tattergreis ist.«

»Über dreißig«, verbesserte ihn Ben, blieb aber trotzdem ernst. »Und was genau willst du damit sagen?«

»Ich möchte dir nur eine Enttäuschung ersparen. Genau wie deine Mutter und Kapitän Schulz. Diese Sasha … sie ist wirklich hübsch und sie … sie hat irgendetwas, zweifellos, aber es wäre vielleicht besser, wenn du ein bisschen mehr … auf Abstand bleibst.«

»Weil sie behindert ist?«, fragte Ben spröde.

Er konnte sehen, wie sein Vater unter diesen Worten zusammenzuckte, als hätte er ihm ins Gesicht geschlagen, und ihm war auch sehr wohl bewusst, wie unfair er sich verhielt, aber er war einfach … empört. Warum sagte sein Vater diese Dinge?

»Natürlich nicht«, antwortete sein Vater. Auch er schien wütend zu sein, wenn auch lange nicht so sehr, wie Ben nach seiner ungeheuerlichen Unterstellung erwartet hätte. »Aber wir sind nur noch ein paar Tage an Bord dieses Schiffes und danach wirst du sie nie wiedersehen. Das ist dir doch hoffentlich klar, oder?«

»Darf ich sie deshalb nicht mehr anschauen?«

»Darum geht es doch gar nicht. Ich möchte nur nicht, dass du dir falsche Hoffnungen machst, das ist alles.«

»Und Kapitän Schulz auch nicht, nehme ich an.«

Sein Vater überging die Frage oder beantwortete sie doch zumindest nicht direkt. »Du wärst nicht der Erste, dem das passiert, weißt du? Menschen wie Alexandra sprechen unsere Beschützerinstinkte an. Das kommt immer wieder vor – vor allem bei uns Männern. Sie sind schön, und wir fühlen uns sofort verpflichtet ihnen zu helfen, auch wenn sie gar keine Hilfe brauchen. Nur reicht das auf die Dauer nicht.« Er sah zugleich verlegen wie mitfühlend aus. »Ich möchte einfach nicht, dass du eine Enttäuschung erlebst … oder dich gar schuldig fühlst.«

»Jetzt verwechselst du etwas«, erwiderte Ben kalt. »Wenn ich eine Sitzung auf deiner Couch brauche, besorge ich mir einen Krankenschein und komme in deine Praxis.« Er war … vollkommen verwirrt. Und zornig. Was sollte das alles? Nur weil er Sasha *angeschaut* hatte?

»Das war jetzt wirklich unfair und das weißt du auch. Ich wollte doch nur –«

»Dich in Dinge einmischen, die dich nichts angehen?«, unterbrach ihn Ben eisig. Er erschrak fast selbst über den Klang seiner Stimme, aber seine Empörung wurde immer größer. Nicht nur dass seinen Vater dieses spezielle Thema nun wirklich nichts anging – es gab auch überhaupt keinen Grund für diesen Überfall! Gut, er fand Sasha nett, und sie übte eine Faszination auf ihn aus, die er noch nicht richtig in Worte fassen konnte – aber sein Vater führte sich auf, als hätte er ihm gerade gestanden, unsterblich verliebt zu sein, und er fürchte sich nun davor, dass sein Sohn den Romeo spielen und schon mal vorsorglich nach einem Messer fragen könnte.

»Ich wollte dir nur helfen«, sagte sein Vater leise, allerdings erst nach ein paar Sekunden, in denen er seine Worte verdauen musste. »Ich habe kein gutes Gefühl bei diesem Mädchen, das ist alles.«

»Ich schon. Und sollte es schief gehen, dann weiß ich ja, wo ich professionelle Hilfe finde, nicht wahr?«

Das war nun wirklich unfair, aber die Worte waren heraus, bevor Ben sie zurückhalten konnte, und er war nicht in der Stimmung, sich zu entschuldigen. Sein Vater wirkte ehrlich verletzt, aber das war *er* schließlich auch.

Sein Vater setzte zu einer Antwort an, runzelte dann jedoch plötzlich die Stirn und blickte aus zusammengekniffenen Augen an ihm vorbei aufs Meer.

»Was ist denn das?«, murmelte er. Ben drehte sich herum und stellte sich im nächsten Moment in Gedanken dieselbe Frage.

Vor dem Bug der *Princess of the Dawn*, noch ein gutes Stück von ihnen entfernt, wie es schien – allerdings waren Entfernungen auf einem glatten Ozean ohne den geringsten Bezugspunkt schwer abzuschätzen –, war … *etwas* aufgetaucht.

»Hm«, murmelte er.

Sein Vater warf ihm einen schrägen Blick zu und quetschte sich mit einiger Mühe an der *Satellitenschüssel* vorbei, um einen besseren Blick über den Bugspriet hinaus auf die See zu haben, und Ben tat auf der anderen Seite dasselbe. Viel schlauer wurden sie dadurch allerdings auch nicht.

In direkter Linie vor dem Schiff, so präzise, als hätte jemand ein riesiges Lineal genommen und den Kurs der *Princess* damit verlängert, *be-*

wegte sich etwas sonderbar Flackerndes, Weißes, das manchmal da zu sein schien und dann wieder nicht. Wie ein scheues Tier, das genau spürt, dass es beobachtet wird, und sich den Blicken seiner Verfolger immer wieder zu entziehen versucht. Ben konnte nicht erkennen, ob es sich auf dem Wasser befand oder ein Stück darunter oder vielleicht sogar *über* der Wasseroberfläche schwebte. Es war weiß, das war alles, was er mit Sicherheit sagen konnte. Und groß.

»Gruselig«, meinte sein Vater. »Das gefällt mir nicht. Wir sollten wohl besser dem Kapitän Bescheid geben.«

Er drehte sich herum, gewahrte einen Schiffssteward und winkte ihn heran. Der Mann kam herbei und nickte gehorsam, während Bens Vater sein Anliegen vorbrachte, aber auch sein Blick irrte immer wieder zu der gespenstischen Erscheinung auf dem Meer. Das Wasser sah nun an dieser Stelle aus, als würde es brodeln, und unter dem Weiß schien ein formloser Schatten zu entstehen; als begänne etwas Riesiges aus der Tiefe nach oben zu steigen.

Nachdem der Steward gegangen war, um den Kapitän zu informieren, standen sie eine ganze Weile schweigend da und starrten nach Süden, und sie waren nicht die Einzigen. Nach und nach gesellten sich alle Passagiere, die sich momentan auf dem Vorderdeck befanden, zu ihnen, selbst Käpt'n Iglo eiste sich von seinem Liegestuhl los und trat an die Reling, und etwas Seltsames geschah: Die Männer und Frauen schauten gebannt auf das merkwürdige Schauspiel im Meer und bald breitete sich auf ihren Gesichtern derselbe betroffen-nachdenkliche Ausdruck aus. Was immer dort vorne war, es schien jeden hier mit Unbehagen zu erfüllen.

Und Ben selbst vielleicht am allermeisten, denn er musste plötzlich wieder an den vergangenen Morgen und das vage Angstgefühl denken, das er empfunden hatte, als er neben Sasha gestanden und ganz genau in diese Richtung geblickt hatte. Gestern war es ein Schatten am Horizont gewesen und heute? Oder war das Ganze nur ein Zufall?

Es vergingen nur wenige Minuten, bis der Kapitän kam. Er nickte Ben und seinem Vater zu und sah dann eine ganze Weile ebenso konzentriert wie sie Richtung Süden. Und genauso unglücklich, fand Ben.

»Was ist das?«, fragte sein Vater schließlich.

»Ich habe nicht die geringste Ahnung«, gestand Schulz unumwunden. »Möglicherweise ein … ein Wetterphänomen.« Er hob die Schultern. »So etwas wie eine Fata Morgana.«

»In der Antarktis?«, fragte Ben zweifelnd.

Schulz zuckte nur mit den Schultern, zog ein kleines Funkgerät aus der Tasche und sprach mit gedämpfter Stimme hinein. Nach kaum einer Minute steckte er es wieder weg und wirkte noch ein bisschen besorgter.

»Auf dem Radar ist nichts zu sehen. Das ist seltsam.« Er überlegte kurz. »Wahrscheinlich ist es vollkommen harmlos, aber ich werde vorsichtshalber trotzdem den Kurs ändern.« Er gab sich einen sichtbaren Ruck, trat einen halben Schritt zurück und fuhr dann mit leicht erhobener Stimme und an die Allgemeinheit gewandt fort: »Meine Damen und Herren, ich muss Sie leider bitten unter Deck zu gehen, bis wir die wahre Natur dieses Phänomens geklärt haben.«

»Das ja vollkommen harmlos ist«, knurrte Ben.

Schulz warf ihm einen ärgerlichen Blick zu. »Mit fast hundertprozentiger Sicherheit *ist* es harmlos. Aber die Sicherheit der Passagiere ist nun mal oberstes Gebot an Bord, und solange wir nicht genau wissen, worum es sich handelt, muss ich Sie bitten das Deck zu räumen. Sie können gerne in die Lounge gehen und von dort aus weiter zusehen. Ich werde dafür sorgen, dass man Ihnen kostenlose Erfrischungen serviert.«

Durch die Menge ging ein Murren und Raunen, aber die Aussicht auf ein paar Gratisdrinks besänftigte die Gemüter offensichtlich, denn die Ersten wandten sich bereits um und gingen. Nur Ben und sein Vater rührten sich nicht.

»Wenn ich Sie dann auch bitten dürfte …«, meinte Schulz schließlich, als nur noch sie auf dem Vorderdeck standen. Bens Vater, der in seinem viel zu dünnen Pullover mittlerweile erbärmlich frieren musste, machte Anstalten, sich herumzudrehen und nach drinnen zu verschwinden, und wahrscheinlich wäre Ben ihm auch ohne zu zögern gefolgt – doch in diesem Moment wurde die Tür, die zum Laderaum führte, aufgestoßen und Harry kam heraus, in seiner weißen Kampfmontur und sogar mit einer Pistole, die er für jeden sichtbar am Gürtel trug.

»So, ein vollkommen harmloses Phänomen, wie?«, fragte Ben. Schulz wirkte eher überrascht als ärgerlich; und wenn überhaupt, dann schien sich sein Ärger gegen Harry zu richten, nicht gegen ihn.

»Was suchen Sie hier?«, fuhr er ihn an, als er näher kam und noch bevor Harry auch nur ein Wort herausbringen konnte. »Sind Sie verrückt geworden, so hier aufzutauchen? Und noch dazu mit einer Waffe!«

Harry musterte ihn kühl, zog aber die Pistole aus dem Halfter und ließ sie in der Jackentasche verschwinden. Jetzt hing ein deutlich sichtbarer *leerer* Pistolengurt an seiner Hüfte. Wie beruhigend. Wortlos schob er Ben und seinen Vater aus dem Weg, quetschte sich an der *Satellitenschüssel* vorbei und zauberte einen Feldstecher aus den Tiefen seiner Jacke, mit dem er etliche Sekunden auf die brodelnde Stelle im Meer spähte.

»Verdammt!«, murmelte er dann.

»Was?«, fragte Schulz alarmiert.

Harry reichte ihm schweigend den Feldstecher, und Ben konnte erkennen, wie auch der Kapitän ein wenig blass wurde, als er das Glas ansetzte.

»Was ist los?«, fragte er. »Was ist dort?«

»Nichts«, antwortete Harry, ohne sich die Mühe zu machen, ihn anzusehen. »Verschwinde, Kleiner!«

»Wohl kaum. Es sei denn, du legst Wert darauf, dass in zehn Minuten jeder an Bord weiß, was dieses *Ding* da wirklich ist.« Ben machte eine Kopfbewegung auf die angebliche Satellitenschüssel hin.

Harry wollte auffahren, aber Schulz legte ihm rasch die Hand auf den Unterarm und reichte Ben den Feldstecher. »In zehn Minuten sieht er es sowieso.«

Durch diese Worte nicht unbedingt beruhigt, setzte Ben das Fernglas an und brauchte einen Augenblick, bis er es scharf gestellt und wieder in die richtige Position gehoben hatte. Dann stieß er überrascht die Luft zwischen den Zähnen aus.

Er konnte noch immer nicht genau erkennen, was da vor der *Princess of the Dawn* war. Durch das Fernglas betrachtet sah es aus wie eine gewaltige Nebelwand, die unmittelbar auf dem Wasser lag, oder eine Wolke, die vom Himmel gefallen war. Und darin … bewegte sich etwas. Es waren nur Umrisse, Schemen, die sich immer wieder neu bildeten und auseinander trieben, kurz bevor der Blick sie richtig erfassen konnte. Mal glaubte er etwas wie ein riesiges Schiff zu erkennen, dann wieder ein formloses, glitzerndes Ding mit harten Kanten, ein gigantisches Meeresungeheuer, eine irgendwie verzerrt wirkende menschliche Gestalt, ein gewaltiges Etwas mit peitschenden Tentakeln, ein nur fast menschliches Gesicht, das ihn aus glühenden Augen anstarrte … es waren tausend Dinge und keines, die er in den wenigen Momenten sah. Und der Anblick jagte ihm eine Angst ein, die ihm schier den Atem abschnürte.

Schließlich reichte er das Fernglas wortlos an seinen Vater weiter, der genauso verstört schien wie Ben gerade, als er hindurchblickte.

»Was ist das?«, fragte Ben.

»Keine Ahnung«, antwortete Harry, »aber es gefällt mir nicht.«

»Und es scheint näher zu kommen«, fügte Schulz hinzu. Er klang besorgt. »Ich gehe auf die Brücke und verändere den Kurs.«

»Und ich sage meiner Truppe Bescheid«, meinte Harry grimmig. »Keine Sorge – wir sind so diskret wie möglich. Wahrscheinlich ist es wirklich nur ein Wetterphänomen, aber man kann nie wissen.«

»Was kann man nie wissen?«, fragte Bens Vater, während er das Fernglas an seinen Besitzer zurückgab. Er sah bestürzt aus.

»Nichts«, erwiderte Harry. »Gehen Sie bitte in die Lounge. Wenn es irgendetwas Neues gibt, dann informiere ich Sie.«

8

ANSCHEINEND HATTE ES SICH BEREITS HERUMGESPROCHEN, dass Kapitän Schulz einen ausgab, denn die an drei Seiten verglaste Lounge war überfüllt, als Ben und sein Vater eintrafen. Er machte sich nicht die Mühe, sie zu zählen, aber er war ziemlich sicher, dass sich so gut wie alle Passagiere hier eingefunden hatten. Die Stewards kamen mit dem Servieren kaum nach und der Raum summte vor aufgeregten Stimmen. Natürlich gab es nur ein Thema: die unheimliche Wolke, die vor dem Schiff aufgetaucht war. Die allgemeine Stimmung war allerdings eher heiter. Ben fing genug Gesprächsfetzen auf um zu begreifen, dass der Großteil der Passagiere wohl eher erfreut als beunruhigt auf diese unerwartete Unterbrechung der monotonen Reise reagierte.

Aber sie hatten die Wolke ja auch nicht durch das Fernglas gesehen, so wie Ben und sein Vater …

Seine Mutter musste ziemlich früh in der Lounge gewesen sein, denn sie hatte einen Platz am Fenster ergattert, zu dem sie sich mit einiger Mühe vorkämpften. Ihre linke Augenbraue rutschte ein Stück weit nach oben, als sie ihren Mann, bibbernd vor Kälte in seinem viel zu dünnen Pullover, erblickte, aber sie verlor kein Wort darüber, sondern wandte sich wieder dem Fenster zu und dem Geschehen unter ihnen an Deck, während sie Platz nahmen. »Was ist da draußen los?«

Ihr Mann hob die Schultern. »Keine Ahnung. Wahrscheinlich nur eine harmlose Nebelbank. Aber sie wollen eben auf Nummer Sicher gehen, du kennst doch Schulz, Jennifer.«

Ben sagte vorsichtshalber nichts dazu, zumal sich der Anblick des Vorderdecks in der kurzen Zeit, die sie für den Weg hier herauf gebraucht hatten, radikal verändert hatte. Schulz war verschwunden, dafüt wuselte ein gutes halbes Dutzend Männer um Harry herum, alle in weißen Polarmonturen, aber, soweit er erkennen konnte, wenigstens ohne Waffen. Zwei von ihnen waren dabei, die Plastikabdeckung wieder von der Rückseite der *Satellitenschüssel* zu entfernen.

Bens Vater runzelte überrascht die Stirn, als er sah, was darunter zum Vorschein kam. Selbst auf die große Entfernung war das Gewirr von Knöpfen und Skalen deutlich zu erkennen. »Du wolltest mir noch sagen, was das ist«, erinnerte er mit einem Blick in Bens Gesicht und in leicht verstörtem Tonfall.

Und du wolltest es nicht hören, dachte Ben, aber er sprach es nicht laut aus, sondern warf einen raschen Blick nach rechts und links und antwortete fast im Flüsterton, damit keiner der anderen Passagiere in ihrer Nähe es mitbekam: »Eine Schallkanone.«

»Eine was?«, wiederholte sein Vater verständnislos.

»Ich habe einen Bericht darüber gesehen. Sie haben sogar erklärt, wie sie funktioniert, aber ehrlich gesagt habe ich es nicht richtig kapiert. Im Prinzip ist es nichts anderes als ein riesiger Lautsprecher, der einen eng gebündelten Schallimpuls abgibt.«

»Wie eine Strahlenkanone aus einem Science-Fiction-Film?«, fragte seine Mutter. Sie versuchte spöttisch zu klingen, doch ganz gelang es ihr nicht, und Ben nickte auch nur sehr ernst.

»Ja. Nur dass sie keine Todesstrahlen verschießt, sondern Lärm. Schall, bis zu hundertvierzig Dezibel.«

»Die Schmerzgrenze liegt bei hundertzehn, nicht wahr?«, fragte sein Vater.

»Hundertsiebzehn«, erwiderte Ben. »Hundertvierzig sind genug, um jeden aus den Latschen zu hauen.«

»Und vermutlich ziemlich ernsthaft zu verletzten«, fügte seine Mutter finster hinzu. »Ein geplatztes Trommelfell dürfte das Mindeste sein, was man davonträgt.«

Ben hätte ihr sagen können, dass einhundertvierzig Dezibel Radau ausreichend waren, um einen Menschen zu *töten*, wenn er Pech hatte, aber das behielt er lieber für sich. Seine Eltern waren auch so schon besorgt genug.

Er auch. Er konnte es von hier aus nicht richtig erkennen, aber was immer Harrys Männer dort unten trieben – sie taten es mit großem Ernst. Ihre Anspannung war fast körperlich zu spüren. Und das alles nur, weil vor ihnen eine *Nebelbank* aufgetaucht war?

Er musste an die Schemen denken, die er darin gesehen hatte. Ganz sicher war es nur eine optische Täuschung gewesen, aber die seltsamen Bilder gingen ihm einfach nicht mehr aus dem Kopf. Und er konnte darüber nachdenken, so lange er wollte – das Phänomen *lag* genau in der Richtung, in die Sasha so gebannt geblickt hatte.

Die übrigens genau in diesem Moment dort unten zwischen Harrys Männern auftauchte.

So konzentriert, wie sie arbeiteten, schienen sie sie gar nicht zu bemerken, zumal sie in der gleichen Farbe gekleidet war wie alle anderen an Deck. Aber ihr wehendes weißes Haar und ihre viel schlankere, kleinere Gestalt waren zumindest für Ben unübersehbar. Und auch sein Vater entdeckte sie fast im gleichen Augenblick wie er.

»Ist das nicht Schulz' Tochter?«, fragte er überrascht.

Ben war bereits wieder auf den Beinen und zog seinen Reißverschluss hoch. »Ich hole sie!«

Sein Vater sah aus, als wäre er alles andere als begeistert von dieser Idee, aber Ben gab ihm keine Gelegenheit, seine Einwände in Worte zu kleiden, sondern fuhr herum und bahnte sich grob seinen Weg zum Ausgang. Er trat auf mehr als einen Fuß, und seine Rippen machten Bekanntschaft mit mehr als einem Ellbogen, bevor er den Ausgang erreichte, das war ihm jedoch egal; ebenso wie die zornigen Blicke und gemurmelten Flüche, die ihm auf seinem Weg nach draußen folgten. Immer zwei Stufen auf einmal nehmend, jagte er die Treppe hinunter, erreichte nach kaum einer Minute den Ausgang und stürmte auf das Vorderdeck hinaus.

Obwohl kaum Zeit vergangen war, hatte sich die Szene dramatisch verändert. Harrys Männer hatten Sasha mittlerweile doch entdeckt, und nun versuchten sie gleich zu zweit, sie irgendwie von Deck zu schaffen. Im Moment blieb es allerdings bei dem Versuch. Die beiden Kerle mussten zusammengenommen ungefähr zwanzigmal so stark sein wie sie, aber es gelang ihnen nicht, sie zu bändigen. Sasha wehrte sich und schlug um sich wie besessen, und die Männer mussten immer wieder die Köpfe einziehen, um ihren Fingernägeln zu entgehen. Schließlich packte sie einer der Burschen von hinten grob an den Oberarmen und hielt sie fest. Zum Dank rammte ihm Sasha den Absatz ihres Stiefels mit so viel Wucht auf den Fuß, dass er trotz der Stahlkappen in seinen Schuhen ächzte und ihm die Augen ein Stück weit aus den Höhlen quollen.

»Lasst sie in Ruhe!«, brüllte Ben und rannte los. Einer von Harrys Männern stellte sich ihm in den Weg, aber Ben tauchte blitzartig unter seinen Armen hindurch und flitzte in einem gewagten Bogen an ihm vorbei. Sasha trampelte indessen fröhlich weiter auf den Stiefelspitzen des Mannes herum, der sie festhielt, und versuchte gleichzeitig, dem anderen das Gesicht zu zerkratzen. Ben erreichte die drei, rammte einen der Kerle mit der Schulter aus dem Weg und versetzte dem anderen einen Stoß, der ihn rücklings gegen die Reling taumeln ließ. Sasha riss sich los und stürzte mit wehenden Haaren und Kleidern davon.

Bens heldenhafte Rettungsaktion fand ein jähes Ende, als sich zwei gewaltige Pranken von hinten um seine Oberarme schlossen und ihn einfach in die Höhe hoben. Mit aller Kraft kämpfte er darum, sich zu befreien, er wand sich und trat nach hinten aus, aber es war aussichtslos. Ebenso gut hätte er versuchen können, die *Princess of the Dawn* mit bloßen Händen zum Kentern zu bringen. Der Druck auf seine Oberarme verstärkte sich nur noch und tat jetzt so weh, dass ihm die Tränen in die Augen schossen.

»Lass ihn los!«, erklang Harrys scharfe Stimme.

Der Mann hinter ihm gehorchte unverzüglich. Er ließ Ben los, sodass dieser reichlich unsanft auf das Deck plumpste und beinahe hingefallen wäre. Als er sich mühsam fing und aus tränenden Augen nach oben blinzelte, sah er direkt in Harrys schadenfrohes Grinsen.

»Sieh an«, feixte er. »Robin Hood ist gekommen, um Mad Mary vor den Bösen zu retten.«

»Es heißt Maryan, Blödmann«, fauchte Ben. »Und wenn deine Leute sie noch einmal anrühren, dann lernst du mich kennen!« Er drängte sich an Harry vorbei und eilte zu Sasha, die mittlerweile ihren üblichen Beobachtungsposten im Bug wieder eingenommen hatte. Die Schallkanone machte es beinahe unmöglich für sie, nebeneinander zu stehen, aber irgendwie quetschte er sich trotzdem an ihre Seite. Sasha schien es so wenig zu registrieren wie alles andere, was er bisher gesagt oder getan hatte.

Ben schaute nach vorne. Die Nebelwand war deutlich näher gekommen, sodass man die Bewegung in ihrem Inneren jetzt mit bloßem

Auge erkennen konnte. Ein eisiger Schauer lief ihm über den Rücken. Mit einiger Mühe riss er sich von dem unheimlichen Bild los und sah in Sashas Gesicht.

Was er darin erblickte, war kaum weniger beunruhigend. Sasha starrte aus weit aufgerissenen Augen nach Süden. Sie blinzelte nicht, und Ben war nicht einmal sicher, ob sie überhaupt atmete in diesem Moment. Ihre Pupillen waren so groß, dass ihre Augen vollkommen schwarz wirkten. Unwillkürlich wandte auch er sich wieder dem Meer zu.

Für die Dauer eines Herzschlages stockte ihm der Atem.

Es war nicht etwa so, dass er irgendetwas Außergewöhnliches sah; jedenfalls nichts Außergewöhnlicheres als vorhin durch Harrys Fernglas. Aber er … *spürte* etwas. Es war wie ein eiskalter Hauch, der von der dräuenden Nebelwand ausging, etwas wie das leibhaftige Böse, das sich der *Princess of the Dawn* näherte und dunkle Schatten auf seine Seele warf. Nur mit äußerster Anstrengung gelang es ihm, sich wieder zu Sasha herumzudrehen.

»Wir müssen jetzt hier weg«, drängte er.

Natürlich reagierte sie nicht, aber wie als Reaktion auf seine Worte begann das Kunststoffgehäuse der Schallkanone plötzlich sacht zu vibrieren und Harry sagte:

»Eine hervorragende Idee. Vor allem, wo ihr doch bestimmt nicht im Weg stehen wollt, wenn ich mein neues Spielzeug ausprobiere, oder?«

Ben funkelte ihn an, was Harrys dämliches Grinsen nur noch breiter werden ließ. Er hatte auf der anderen Seite des klobigen Geräts Aufstellung genommen und so etwas wie übergroße Kopfhörer aufgesetzt, die allerdings kein Kabel hatten, und tippte fröhlich auf irgendwelchen Schaltern und Knöpfen herum.

»Das wagst du nicht!«, sagte Ben finster. »In Gegenwart Sashas. Wenn das Kapitän Schulz erfährt –«

»Wenn ich *was* erfahre?«, fragte Schulz' Stimme. Ben sah hoch, und Harry fuhr wie von der Tarantel gestochen herum und starrte Schulz an, der lautlos hinter ihnen aufgetaucht war. Er trug jetzt ebenfalls eine pelzgefütterte weiße Jacke, die allerdings nicht annähernd so martialisch wirkte wie Harrys, sondern nur zwei dezente goldene Streifen an der rechten Schulter aufwies.

»Wenn ich was erfahre?«, fragte Schulz wieder. Noch bevor Harry antworten konnte, fiel sein Blick auf dessen Kopfhörer und die vermeintliche Satellitenschüssel und er riss erschrocken die Augen auf. »Was tun Sie da?«

»Ach nichts«, sagte Ben. »Er wollte nur seine Schallkanone ausprobieren und wir standen zufällig im Weg herum.«

»Schallkanone?«, wiederholte Schulz verständnislos.

Jetzt war es an Ben, ihn eine Sekunde verwirrt anzustarren. Dann begriff er. »Sie wissen es wirklich nicht«, sagte er verblüfft. »Harry hat Ihnen nicht gesagt, was das ist?«

»Was *was* ist?«, fragte Schulz. »Eine Satellitenantenne, um getarnte Schiffe aufzuspüren.« Er starrte Harry an. »Das ist es doch, oder?«

Harry schwieg, und obwohl er ihm den Rücken zudrehte, glaubte Ben doch zu erkennen, dass er sehr blass wurde.

»Nö«, antwortete er an Harrys Stelle. »Das ist eine Waffe, die mit Infraschall arbeitet. Das Modernste vom Modernen.«

»Eine Waffe?«, ächzte Schulz. Mit einem Schritt war er an Harry vorbei und bei seiner Tochter. Obwohl sie sich heftig widersetzte, ergriff er sie bei den Schultern, drehte sie mit sanfter Gewalt herum und sah ihr aufmerksam ins Gesicht. »Geht es dir gut, mein Engel?«

»Ihr ist nichts passiert«, erklärte Ben schnell. »Harry hatte ja noch nicht angefangen.«

Schulz ließ Sasha los – sie wandte sich sofort wieder der Nebelbank zu – und trat zornbebend auf Harry zu. Obwohl er fast zwei Köpfe kleiner war als der blonde Hüne, schien es plötzlich Harry zu sein, der zu ihm hochsehen musste. »Sie wagen es, eine Waffe an Deck meines Schiffes aufzustellen, und halten es nicht einmal für nötig, mich darüber zu informieren?«

Anscheinend war das der falsche Ton. Harry blinzelte noch einen Moment irritiert, aber dann konnte Ben regelrecht sehen, wie er sich wieder fing und das übliche überhebliche Lächeln auf sein Gesicht zurückkehrte.

»Weil Sie gewiss nicht damit einverstanden gewesen wären, Herr Kapitän«, antwortete Harry kühl.

»Da haben Sie verdammt Recht!«, fauchte Schulz. »Sie werden dieses Ding auf der Stelle abbauen!«

»Ich fürchte, das kann ich nicht tun. Letzten Endes dient es der Sicherheit Ihres Schiffes und Ihrer Passagiere, Herr Schulz.«

»Kapitän Schulz. Und als Kapitän dieses Schiffes bestimme ich, was hier geschieht! Also bauen Sie dieses verdammte Ding ab, bevor ich es meine Leute tun lasse und Sie und Ihre ganze Bande in die Brigg werfe!«

»Jetzt überschreiten Sie Ihre Kompetenzen, Herr Kapitän. Der Auftrag der Reederei ist ganz klar. Ich bin für die Sicherheit des Schiffes verantwortlich, nicht Sie.«

»Sie können sich gern bei der Reederei beschweren, sobald wir zurück sind«, zischte Schulz. »Hier an Bord bestimme nur ich. Und als Kapitän dieses Schiffes befehle ich Ihnen, mir Ihre Waffen auszuliefern und diese Höllenmaschine abzubauen!«

»Ach?«, fragte Harry. »Und wie genau wollen Sie mich dazu zwingen?« Er schüttelte den Kopf und schlug seine Jacke ein Stück zurück; ganz gewiss nicht durch Zufall so, dass der Griff der Pistole zu sehen war, die er darunter im Gürtel trug.

Wenn er jedoch geglaubt hatte, den Kapitän damit einzuschüchtern, so täuschte er sich. Schulz ächzte, nicht vor Furcht, sondern vor Empörung. »Haben Sie jetzt völlig den Verstand verloren? Sie wollen mich bedrohen? Auf meinem eigenen Schiff? Das ist Meuterei! Ich werde dafür sorgen, dass Sie ins Gefängnis kommen!«

Bevor Harry etwas erwidern konnte, trat einer seiner Männer neben ihn und berührte ihn am Arm. Mit der anderen Hand deutete er nach vorne. Harrys Blick folgte der Geste, und auch Ben und Schulz drehten sich instinktiv wieder zum Bug.

In den wenigen Augenblicken, die der Streit gedauert hatte, war die Nebelbank um eine erstaunliche Strecke näher gekommen. Das Wogen und Gleiten unter ihrer Oberfläche war deutlicher geworden, auch wenn man immer noch keine Einzelheiten ausmachen konnte. Nur einer der Schemen schien allmählich klarer zu werden. Er war nicht besonders groß, jedenfalls nicht im Vergleich zu den anderen, die sich im Inneren der Wolke bewegten, und von schlankerer Form, doch auch als er langsam aus der Nebelbank heraus und ins helle Sonnenlicht glitt, war nicht zu erkennen, worum es sich handelte.

Oder vielleicht doch – nur sah es so bizarr aus, dass es Ben im ersten Moment schwer fiel. Es war ein Schiff – aber das sonderbarste Schiff, das Ben jemals gesehen hatte. Es war vollkommen weiß, und zwar so strahlend weiß, dass es beinahe wehtat, es direkt anzusehen, und seine Umrisse waren seltsam … weich und fließend. Es gab keine scharfen Kanten, keine klar erkennbaren Linien und schon gar keine rechten Winkel. Das ganze Gebilde sah aus wie eine Skulptur aus Eis, die anfing in der Sonne zu schmelzen. An Deck war nicht die geringste Bewegung zu erkennen. Wenn das Schiff eine Besatzung hatte, dann hielt sie sich verborgen.

»Was ist denn das?«, murmelte Kapitän Schulz.

»Ich habe keine Ahnung«, antwortete Harry. »Aber es könnte sein, dass es jetzt ernst wird. Sie und Ihre Tochter und ihr kleiner Freund da – gehen jetzt besser unter Deck.«

»Was soll das heißen: Es wird ernst?«, wollte Schulz wissen.

»Warum rufen Sie nicht die Reederei an und erkundigen sich?«, gab Harry zurück. »Ich bin sicher, man wird Ihnen dort gerne Auskunft geben. Und bei der Gelegenheit können Sie sich gleich nach meinen *Kompetenzen* erkundigen.« Er wedelte ungeduldig mit der Hand. »Jetzt verschwinden Sie endlich. Hier könnte es gleich ziemlich ungemütlich werden.«

Schulz starrte ihn eine Sekunde lang an und schien nicht zu wissen, ob er aus der Haut fahren oder Harry gleich an die Kehle gehen oder doch lieber in Ohnmacht fallen sollte. Doch dann tat er keines von alledem, ging stattdessen zu Sasha und begann mit leiser Stimme auf sie einzureden. Als das nichts nutzte, versuchte er sie sanft von der Reling wegzuziehen, aber auch das gelang ihm nicht; Sasha klammerte sich mit aller Kraft an das polierte Holz. In ihren Augen lag ein Ausdruck nackter Angst.

Rasch trat Ben zu ihnen und beugte sich so weit vor, dass Sasha ihn ansehen musste, ob sie es nun wollte oder nicht.

»Bitte, Sasha«, sagte er eindringlich. »Wir müssen jetzt hier weg. Ich weiß nicht, was hier vorgeht, aber es könnte gefährlich werden.«

Und das Unglaubliche geschah. Ben hatte selbst vielleicht zuallerletzt damit gerechnet, doch Sasha blickte in sein Gesicht, löste die Hände von der Reling und ließ es sogar zu, dass er sie behutsam an der Schulter berührte und an der wuchtigen Schallkanone vorbeidirigierte. Harry schürzte anerkennend die Lippen, während Sashas Vater ihn fassungslos anstarrte.

»Jetzt aber los!«, drängte Harry. »Ihr könnt ja von oben aus zusehen.«

»Worauf Sie sich verlassen können!«, fauchte Schulz. »In dieser Angelegenheit ist das letzte Wort noch nicht gesprochen.«

»Wenn Sie Wert auf weitere Gespräche mit mir oder irgendjemand anderem legen, dann gehen Sie jetzt besser unter Deck, Herr Kapitän«, antwortete Harry kühl und begann seine Männer mit raschen Gesten umherzuscheuchen. Schulz funkelte ihn noch einen Moment mit zornigen Augen an, fuhr dann auf dem Absatz herum und stampfte ein paar Schritte weit davon, bevor er wieder stehen blieb und darauf wartete, dass Ben und seine Tochter ihm folgten. Als sie zu ihm aufschlossen, sah er Ben auf eine Art an, als würde sich sein Zorn nun auf ihn entladen, doch er schüttelte den Kopf und fragte: »Wie hast du das gemacht?«

»Was?«

»Alexandra. Sie reagiert normalerweise auf niemanden. Meistens noch nicht einmal auf mich.«

»Ich weiß es nicht«, antwortete Ben wahrheitsgemäß. »Womöglich hat sie eingesehen, dass wir Recht haben.«

Er hörte selbst, wie wenig überzeugend das klang. Schulz blickte ihn dann auch nur skeptisch an, bevor er sich seiner Tochter zuwandte. Sasha hatte sich erneut herumgedreht und starrte die Nebelbank an – die Nebelbank, nicht das weiße Schiff, wie Ben keineswegs entging –, doch sie blieb, wo sie war.

»Jetzt verschwinden Sie endlich, Käpt'n«, rief Harry. »Wenn Sie hier bleiben, dann tun Sie das auf eigene Gefahr. Haben das alle gehört?«

Tatsächlich ging Schulz ein paar Schritte weiter, um dann abermals innezuhalten. Ben registrierte beiläufig, dass er jetzt neben dem Decksaufbau stand, hinter dem er selbst vor zwei Nächten Deckung gesucht hatte.

Das Schiff befand sich mittlerweile nur noch hundert oder hundertfünfzig Meter von der *Princess of the Dawn* entfernt. Aber auch aus der Nähe betrachtet wirkte es nicht weniger gespenstisch. Es erweckte nach wie vor den Eindruck, zur Gänze aus einem einzigen großen Eisblock zu bestehen, der nur zufällig die Form eines ungefähr zehn bis fünfzehn Meter langen Bootes mit niedrigen Aufbauten hatte. Es bewegte sich lautlos und von einer Besatzung war immer noch nichts zu sehen.

Harry streckte fordernd die Hand aus und einer seiner Männer reichte ihm ein Megafon. Im ersten Moment erscholl nur eine quietschende Rückkopplung, dann regelte er hastig die Lautstärke herunter.

»Achtung, unbekanntes Schiff! Hier spricht die *Princess of the Dawn*! Bitte identifizieren Sie sich!«

Er bekam genau die Antwort, mit der Ben gerechnet hatte, nämlich keine. Ungerührt wiederholte er seine Aufforderung noch zweimal, dann änderte er den Text.

»Achtung, unbekanntes Schiff! Drehen Sie unverzüglich bei! Sie befinden sich auf Kollisionskurs! Drehen Sie bei oder Sie begeben sich in Lebensgefahr!«

Voller Schrecken erkannte Ben, dass er Recht hatte. Das Eisboot hielt in spitzem Winkel direkt auf die *Princess* zu, und wenn er die Geschwindigkeit richtig einschätzte, dann würden sie unweigerlich kollidieren, wenn das andere Schiff Kurs und Tempo nicht änderte.

»Was geschieht, wenn wir es wirklich rammen?«, fragte er leise.

Kapitän Schulz schüttelte den Kopf. »Der Computer lässt eine Kollision nicht zu.«

»Wenn dieses Ding auf dem Radarschirm auftaucht«, murmelte Ben.

Schulz sah ihn nachdenklich an, konzentrierte sich kurz darauf aber wieder ganz auf das Geschehen vor dem Bug der *Princess of the Dawn.* Anscheinend, dachte Ben, war sein Vertrauen in die Technik seines Schiffes unerschütterlich. Er hoffte nur, dass Schulz sich nicht täuschte. Wenn dieses kleine Schiff mit der riesigen *Princess* kollidierte, dann würde es wie eine dünne Eisscholle zersplittern.

Und wie es aussah, drohte ganz genau das zu passieren.

Das Eisschiff hielt unerschütterlich seinen Kurs, und auch die *Princess* pflügte weiter mit gut zwanzig Knoten durch die Wellen, ohne auch nur einen Millimeter von ihrer südlichen Ausrichtung abzuweichen. Schulz sah immer nervöser über die Schulter zur Brücke hinauf. Wenn der Computer noch eingreifen wollte, dann wurde es Zeit.

Aber er griff nicht ein und schließlich war es das Eisschiff, das im buchstäblich letzten Moment herumschwenkte und so einen Zusammenstoß vermied.

»Achtung, unbekanntes Schiff!«, brüllte Harry. Er klang ziemlich aufgebracht. »Drosseln Sie unverzüglich Ihre Maschinen und gehen Sie längsseits! Wir kommen an Bord!«

Natürlich reagierte das Schiff nicht – oder wenigstens nicht so, wie Harry es vermutlich gern gehabt hätte. Es ging längsseits und passte seine Geschwindigkeit mühelos der der *Princess* an, aber der Abstand war viel und groß, als dass irgendjemand an Bord gehen konnte, der keine Flügel hatte und zugleich nicht auch noch lebensmüde war.

»Achtung, unbekanntes Schiff!«, rief Harry noch einmal. »Das ist die allerletzte Warnung! Gehen Sie längsseits oder wir machen von der Schusswaffe Gebrauch! Sie haben zehn Sekunden!«

»Der Kerl ist wohl total durchgeknallt«, hauchte Ben, und Schulz nickte zustimmend.

Harry wiederholte seine Aufforderung nicht noch einmal, aber er ließ gut zwanzig Sekunden verstreichen statt der angekündigten zehn. Dann jedoch war seine Geduld erschöpft.

»Also gut«, knurrte er. »Dann wollen wir den Jungs mal ein bisschen Kopfschmerzen bereiten.«

Er befestigte mit einer einzigen Bewegung etwas an der Rückseite der Schallkanone, das wie ein viel zu groß geratener Pistolengriff aussah, schwenkte das gesamte Gerät herum und richtete die flache Vorderseite auf das Eisboot. Ein dumpfes Brummen erklang, und Ben wartete instinktiv auf den reißenden Schmerz, der folgen musste, aber nichts geschah. Auch an Bord des Eisschiffes war rein gar nichts zu beobachten; höchstens dass sich das Wasser ringsum ein wenig kräuselte.

Jedenfalls im ersten Moment. Dann erschien eine Gestalt in seinem Bug. Und das wortwörtlich.

Sie kam nicht etwa irgendwie an Deck. Da war keine Tür, die aufging, keine Klappe, die sich öffnete. Sie war von einem Sekundenbruchteil auf den anderen einfach *da*.

Und das war noch nicht einmal das Schlimmste.

Viel mehr als die Art, wie die Gestalt erschienen war, erschreckte Ben ihr Aussehen.

Auf den ersten Blick schien es sich um einen Menschen zu handeln, der – selbstverständlich – ganz in Weiß gekleidet war. Doch seine Proportionen stimmten nicht. Er war zu gedrungen und hatte zu lange Arme. Und er hatte kein Gesicht. Wo es hätte sein sollen, war nur eine konturlose weiße Fläche, die blitzend das Sonnenlicht reflektierte.

Es war die Kreatur aus seinem Traum!, dachte Ben entsetzt. Der Affen-Eispirat!

Harry schien der Anblick mindestens genauso zu überraschen wie Ben, denn er stand nur da und glotzte, und die gesichtslose Gestalt hob fast gemächlich den linken Arm und streckte die Finger in Richtung des Decks aus. Es waren nur drei.

»*In Deckung!*«, brüllte Ben.

Er hätte nicht sagen können, warum, und Harry und seine Männer wahrscheinlich noch viel weniger, doch sie waren eben Soldaten, und die Reaktion auf diese Worte war ihnen wohl so in Fleisch und Blut übergegangen, dass sie nicht mehr zu denken brauchten. Jedenfalls duckten sich die Männer hastig, zwei oder drei warfen sich auch gleich auf den Boden, während Ben herumfuhr und sich vor Sasha stellte.

Und das keinen Augenblick zu früh.

Rings um sie herum hob plötzlich ein gewaltiges Scheppern und Klirren und Bersten an, als regne es Glasscherben. Ben konnte nicht viel erkennen, denn er hatte Sasha einfach zu Boden gerissen und sich mit seinem Körper schützend über sie geworfen, aber er hörte einen Schrei und sah aus den Augenwinkeln, wie überall auf dem Deck winzige glitzernde Fontänen aufstoben. Es dauerte fast eine halbe Minute, bis das tödliche Klingen und Klirren endlich leiser wurde und dann ganz abbrach.

Mit klopfendem Herzen hob er den Kopf und blickte sich um. In seinem Traum hatte der Affen-Eispirat seine Finger auf ihn abgeschossen. Wenn sein Zwilling aus der Wirklichkeit dasselbe getan hatte, dann musste er über ziemlich viele Finger verfügt haben, nicht nur die drei, die er gerade gesehen hatte. Das Deck der *Princess* sah aus wie nach einem Schneesturm: Millionen unterschiedlich kleiner und großer Eissplitter bildeten einen schimmernden Teppich, manche davon kaum größer als einzelne Kristalle, andere fast fingerlang. Hier und da hatte sich ein Eisdorn wie eine blitzende Klinge tief in das harte Holz gebohrt. Schulz stand wie erstarrt da, hatte die Hand ans Gesicht gehoben und blinzelte völlig fassungslos auf das Blut an seinen Fingerspitzen, das aus einem kleinen Schnitt auf seiner Wange quoll.

Unter ihm bewegte sich Sasha unruhig. Ben sprang hastig auf, zog sie unbeholfen auf die Füße und maß sie mit einem besorgten Blick. »Bist du verletzt?« Natürlich bekam er keine Antwort, aber sie schien unversehrt, soweit er erkennen konnte.

Nicht alle an Deck hatten so viel Glück gehabt. Die Reling auf der dem Eisschiff zugewandten Seite war mit scharfkantigen Splittern gespickt. Zwei von Harrys Männern krümmten sich stöhnend auf dem Boden, aus dem Oberschenkel des einen ragte ein langer, schimmernder Dolch aus Eis, der andere blutete heftig im Gesicht.

Harry selbst war unverletzt, dafür jedoch umso wütender. »So! Ihr wollt es auf die harte Tour? Das könnt ihr haben!«

Ben sah, wie er den Leistungsregler der Schallkanone mit einem Ruck bis zum Anschlag aufdrehte und dann abdrückte.

Das Ergebnis war ... spektakulär.

Das sanfte Vibrieren, das Ben schon einmal gehört hatte, erklang erneut und steigerte sich zu einem Brummen, das nicht sehr laut, aber so machtvoll war, dass das gesamte Schiff unter seinen Füßen zu erbeben schien.

Als wäre es von einem unsichtbaren Riesenhammer getroffen worden, zerplatze das Eisschiff im Bruchteil einer Sekunde zu Millionen Eissplittern, die in alle Richtungen davonstoben. Ein klirrender Laut erscholl, als wäre eine Glasscheibe von der Größe des Mount Everest zerbrochen, und nur einen Atemzug später regnete es schon wieder Eisscherben auf das Deck, auch wenn sie diesmal nicht annähernd so gefährlich waren. Als Ben es wagte, den Kopf wieder zu heben, war das Eisschiff verschwunden. Wo es gewesen war, brodelte das Wasser. Unzählige Eisstücke tanzten auf seiner Oberfläche.

Harry starrte fassungslos auf die Schallkanone vor sich. »Aber das ist doch ... das ist doch gar nicht möglich«, stammelte er.

»Was ist nicht möglich?«, murmelte Schulz. Dann schrie er: »Sind Sie wahnsinnig geworden, Mann? Sie bringen eine solche Waffe auf ein Passagierschiff?«

»Aber die Waffe dient doch nur dazu, den Gegner für einige Zeit außer Gefecht zu setzen, nicht mehr«, verteidigte sich Harry. Er sah irgendwie hilflos aus und klang auch so. »Das Schlimmste, was passieren kann, ist ein geplatztes Trommelfell.«

»Ja, und das eine oder andere explodierte Schiff, wie?«, brüllte Schulz

»Er hat Recht, Herr Kapitän«, sagte Ben. Schulz sah ihn unwillig an, aber Ben fuhr mit einer erklärenden Geste auf das klobige Gerät vor Harry fort: »Ich habe eine Menge über diese Dinger gehört. Ich bin wirklich der Letzte, der Harry verteidigen würde, aber in diesem Punkt hat er Recht. Diese Geräte können im Ausnahmefall einen Menschen töten, wenn er sehr viel Pech hat; sie können ein Weinglas sprengen; aber um einen solchen Schaden anzurichten, haben sie einfach nicht genug Leistung. Sonst würde man sie auf einem zivilen Schiff doch niemals zulassen.«

»Das Schiff ist aber explodiert«, entgegnete Schulz. Seine Stimme hörte sich plötzlich schwach an.

»Ja, weil es kein Schiff war«, antwortete Ben. »Jedenfalls kein richtiges.«

»Und was sonst?«

»Da treibt jemand im Wasser!«, rief einer von Harrys Männern. »Ein Überlebender!«

»Dann holt ihn raus!«, befahl Harry. »Worauf wartet ihr? Ein Schlauchboot ins Wasser! Sofort!«

Zwei seiner Männer eilten hastig davon, um seinen Befehl auszuführen. Ben übergab Sasha rasch in Schulz' Obhut und ging dann ebenfalls zur Reling. Im ersten Moment hatte er Mühe, die Gestalt zwischen den zahllosen winzigen Eisschollen überhaupt zu erkennen, dann entdeckte er sie zwanzig oder dreißig Meter von der *Princess* entfernt. Sie trieb mit dem Gesicht nach unten im Wasser. Ihr rechter Arm fehlte, und auch wenn das nicht der Fall gewesen wäre, glaubte Ben kaum, dass der Mann (Mann?) eine Überlebenschance hatte. Das Wasser war vier oder fünf Grad kalt. Wer bei diesen Temperaturen über Bord ging, lebte noch ein paar Minuten, wenn überhaupt.

Falls dieses *Ding* da unten jemals gelebt hatte …

Harry tauchte wutschnaubend neben ihm auf. »Was war das gerade? Woher hast du gewusst, was passieren wird?«

»Gewusst?«, wiederholte Ben – hauptsächlich um Zeit zu gewinnen.

Anscheinend war das die falsche Taktik. »Verkauf mich nicht für blöd, Kleiner! Du weißt doch etwas!« Er machte eine herrische Geste. »Aber gut, das klären wir später. Kapitän Schulz!« Der Kapitän kam gehorsam näher, sah dabei jedoch immer wieder aufs Meer hinaus. Er schien Harrys Kommisston gar nicht zu registrieren.

»Bringen Sie diesen kleinen Schlaumeier unter Deck!«, fauchte Harry. »Sobald ich hier fertig bin, komme ich nach und dann unterhalten wir uns.«

»Worüber?«, fragte Schulz, aber er wirkte nach wie vor leicht abwesend.

»Ich glaube, das weiß Ihr junger Freund da sehr genau.« Harry wedelte ungeduldig mit der Hand. »Bringen Sie ihn weg oder soll ich es einen meiner Leute tun lassen?« Tatsächlich setzten sich gleich zwei seiner Männer in vorauseilendem Gehorsam in Bewegung und traten auf Ben und den Kapitän zu, doch Schulz hob rasch und besänftigend die linke Hand. Seine andere lag auf Sashas Unterarm und hielt sie fest, obwohl sie sich bisher nicht gerührt hatte.

»Schon gut. Ich bringe ihn in meine Kabine.« Ben wollte widersprechen, aber Schulz ließ ihn gar nicht zu Wort kommen. »Es ist wirklich besser, wenn wir jetzt von hier verschwinden. Das Ding da … gefällt mir nicht.«

Er deutete auf die Nebelwand. Sie war nicht näher gekommen, sondern wogte und brodelte ungefähr zwei Kilometer von der *Princess* entfernt auf der Stelle. Ben konnte immer noch nicht erkennen, was es war, das sich in ihrem Inneren bewegte, aber eines wusste er plötzlich mit unerschütterlicher Sicherheit: Es war böse.

Und was immer hier vorging, es war noch lange nicht vorbei.

9

AUF DEM WEG ZUR KABINE des Kapitäns kamen ihm seine Eltern entgegen. Sie hatten die bizarre Szene – wie nahezu alle anderen Passagiere übrigens auch – von der Lounge aus mit angesehen und ließen es sich natürlich nicht nehmen, sich persönlich davon zu überzeugen, dass er in Ordnung und unverletzt war. Vor allem seine Mutter zeigte sich höchst empört über Harrys Benehmen, obwohl sowohl Kapitän Schulz als auch Ben selbst eine deutlich entschärfte Version dessen erzählten, was der Söldner gesagt hatte. Und natürlich war sie über die Maßen besorgt. Ohne Schulz' geharnischte Proteste auch nur zur Kenntnis zu nehmen, bestand seine Mutter darauf, Ben, Sasha und den Kapitän in dessen Kabine zu begleiten und sie dort rasch, aber doch sehr gründlich zu untersuchen. Es blieb dabei: Sie waren unverletzt, sah man von dem winzigen Kratzer auf Schulz' Wange ab, der so harmlos war, dass es seine Mutter nicht einmal für nötig hielt, ein Pflaster darauf zu kleben.

»So«, begann sie, nachdem sie ihre ärztliche Pflicht erfüllt hatte und in einem grimmig-entschlossenen Ton, den Ben nur zu gut kannte. »Und jetzt will ich wissen, was da draußen los war, Herr Kapitän. Und kommen Sie mir nicht mit irgendwelchen Ausreden!«

»Ich versichere Ihnen, ich habe nicht die geringste Ahnung, meine Gnädigste«, antwortete Schulz gequält. »Was ich Ihnen gestern von Hauptmann West und seinen Leuten erzählt habe, ist zugleich auch alles, was ich über sie weiß.«

»Sicher«, erwiderte sie spöttisch. »Und Sie haben auch keine Ahnung, dass dieser Verrückte irgendeine Science-Fiction-Strahlenkanone auf Ihrem Schiff aufbaut, nicht wahr, und auch nicht wozu.«

»Nein«, beharrte Schulz. Er streifte Ben mit einem Blick, als gäbe er ihm ganz allein die Schuld an allem, was geschehen war. »Ich wäre auch ganz bestimmt nicht damit einverstanden gewesen.«

»Es fällt mir, ehrlich gesagt, ein wenig schwer, das zu glauben«, meinte Jennifer Berger. »Nach dem, was ich gerade gesehen habe.«

»Sie glauben doch nicht im Ernst, dass ich mein Schiff mit über hundert Passagieren und seiner Besatzung hierher gebracht hätte, wenn ich annehmen müsste, dass auch nur die geringste Gefahr besteht?« Schulz schüttelte zornig den Kopf. »Dieser West ist entweder vollkommen größenwahnsinnig geworden oder die Reederei hat mir eine Menge verschwiegen.«

Bens Vater hob besänftigend die Hand. »Immerhin hat er den Angriff abgewehrt«, gab er zu bedenken.

»Welchen Angriff?«, fragte Schulz. »Nach allem, was ich gesehen habe, hat *er* zuerst geschossen. Dabei ist ein Mensch ums Leben gekommen – mindestens einer, wenn nicht mehr. Das wird Konsequenzen haben, das versichere ich Ihnen.«

»Aber die Leute auf dem Schiff haben –«

»– mit ein paar Schneebällen nach uns geworfen«, fiel ihm Schulz ins Wort. »*Nachdem* dieser Verrückte seine Schallkanone auf sie abgeschossen hat. Es gab keinen Grund, gleich ihr ganzes Schiff zu versenken.« Er presste die Lippen aufeinander und stand dann mit einer heftigen Bewegung auf. »Ich werde sofort mit der Reederei telefonieren und den Leuten dort ein paar sehr unangenehme Fragen stellen.«

»Wir sollten uns erst einmal Klarheit verschaffen, was da draußen gerade *wirklich* passiert ist«, sagte Robert Berger. »Ich glaube nicht, dass dieses seltsame Schiff ganz zufällig hier aufgetaucht ist, wissen Sie?«

»Ich auch nicht«, stimmte ihm Schulz zu. Er schien immer wütender zu werden, was gar nicht zu diesem sonst so umsichtigen Mann passte. Er funkelte Bens Vater an, und als kein weiterer Widerspruch erfolgte, wandte er sich mit einer ärgerlichen Bewegung zur Tür und stürmte hinaus. Bevor er sie hinter sich zuwarf, konnte Ben sehen, dass draußen auf dem Gang einer von Harrys Männern stand und Wache hielt. Plötzlich kam er sich wie ein Gefangener vor, aber er wandte hastig den Blick ab, ehe sein Vater oder gar seine Mutter ihn ebenfalls entdecken konnten und vielleicht alles nur noch schlimmer wurde.

»Ich werde mich auf jeden Fall bei der Reederei beschweren, sobald wir an Land sind«, versprach sein Vater, dann runzelte er die Stirn und fügte etwas leiser und fast nur an sich selbst gewandt hinzu: »Aber warum so lange warten?«

Er griff in die Hosentasche, zauberte sein winziges Handy hervor und klappte es auf. Ein ungeduldiger Ausdruck erschien auf seinem Gesicht, der nach ein paar Augenblicken zu Ärger wurde, nachdem er ein paar Mal vergeblich versucht hatte das Gerät einzuschalten.

»Kein Netz?«, fragte Ben.

»Was für eine Überraschung«, fügte seine Mutter hinzu. »Wo wir doch nur in der Nähe des Südpols sind.«

»Das Ding funktioniert überhaupt nicht«, antwortete ihr Mann ärgerlich. »Ich kann es nicht einmal einschalten.«

»Ist der Akku leer?«

»Ich habe ihn gestern Abend erst aufgeladen.« Er probierte es, vollkommen sinnloserweise, noch ein- oder zweimal, dann zuckte er mit den Achseln und steckte das Handy wieder ein. »Mistding. Ist es ein Naturgesetz, dass die Dinger immer im gleichen Maße mehr versagen, in dem man sie eigentlich dringend braucht?«

Ben versuchte ein oder zwei Sekunden lang, diesen Satz in Gedanken zu sortieren, gab es aber dann auf und wandte sich wichtigeren Dingen zu – zum Beispiel Sasha, die neben ihm auf der Couch saß. Sie hatte sich weder bewegt, als Bens Mutter sie untersucht hatte, noch in der ganzen Zeit danach. Ihr Gesicht war wieder so ausdruckslos wie immer, doch zumindest die grenzenlose Furcht in ihren Augen war erloschen. Was immer ihr solche Angst gemacht hatte, es war nicht mehr da.

Unwillkürlich streckte er die Hand aus und berührte ihre Finger. Sashas Haut war so kalt, dass er das Gefühl hatte, eine Skulptur aus Eis zu berühren. Ein eisiger, prickelnder Schauer lief ihm über den Rücken.

Dann geschah etwas völlig Unerwartetes: Sasha zog ihre Hand nicht nur nicht zurück, wie er eigentlich erwartet hatte, sondern erwiderte seinen Griff sogar, und das so fest, dass es beinahe wehtat. Und dann erschien etwas in ihren Augen. Er wusste nicht, was, aber die schreckliche Leere ihres Blickes wich etwas anderem. Zum allerersten Mal hatte er das Gefühl, dass sie ihn *ansah*, statt einfach durch ihn hindurchzusehen.

Der Augenblick verging so schnell, wie er gekommen war, und Ben zog seine Hand erschrocken zurück. Die Leere in Sashas Augen war wieder da.

»Was ist los?«

Ben drehte sich wie ertappt herum und begegnete dem Blick seiner Mutter. Mit einem Gefühl der Verlegenheit, das er sich selbst nicht genau erklären konnte, wurde ihm klar, dass sie bemerkt hatte, was gerade passiert war. Hastig schüttelte er den Kopf.

»Nichts. Ich dachte nur, sie ...« Er brach mit einem hilflosen Schulterzucken ab.

»Das ist seltsam«, meinte seine Mutter. »Hat uns Kapitän Schulz nicht gesagt, dass sie ihre Umwelt praktisch nicht wahrnimmt und auf nichts reagiert?«

»Da wäre ich nicht so sicher«, warf Bens Vater ein. »Auf jeden Fall würde ich mich nicht darauf verlassen, dass sie nichts von dem mitbekommt, was um sie herum vorgeht. Nur weil sich jemand nicht artikulieren kann wie wir, heißt das nicht, dass er taub und blind wäre.« Er lächelte Sasha an und bekam natürlich keine Reaktion, und sein Blick wurde deutlich ernster, als er nun Ben ansah.

»Was war vorhin oben an Deck los?«, fragte er dann geradeheraus.

»Ich weiß es nicht«, gestand Ben. »Ich hatte nur das Gefühl, dass ...« Er zögerte.

»Ja?«

Das war verrückt, dachte Ben, aber es war genau so: »Dass sie vorher gewusst hat, was passiert.«

»Du weißt schon, wie sich das anhört?«, erkundigte sich sein Vater.

»Sicher.« Ben lächelte gequält und versuchte – vergebens – Sashas Blick wieder einzufangen. Ihre Augen blieben leer. Möglicherweise hatte er es sich auch nur eingebildet, weil er es sich so sehr wünschte. »Aber diese Nebelbank war mir auch irgendwie ... unheimlich, weißt du?«

»Ja«, sagte sein Vater. »Das ging mir genauso. Und ich glaube, allen anderen auch, die sie gesehen haben. Aber wir sind hier in einem Teil der Welt, über den man im Grunde kaum etwas weiß. Ich schätze, dieser Nebel ist noch eines der harmlosesten Wetterphänomene, die man hier beobachten kann.«

»Du meinst, diese ...« Bens Mutter suchte einen Herzschlag lang – ohne Erfolg – nach einem anderen Wort. »... die *Piraten* haben sich ganz bewusst diese Nebelwand als Deckung ausgesucht, um sich an uns heranzuschleichen, Robert?«

In diesem Moment ging die Tür auf und Kapitän Schulz kam zurück. Er musste die Strecke zur Brücke hinauf und wieder zurück im Laufschritt bewältigt haben. Er wirkte irritiert, als er sah, dass sie alle irgendwie Sasha anstarrten, aber er ging nicht darauf ein, sondern wandte sich an Jennifer Berger.

»Es tut mir leid, wenn ich Sie noch einmal belästigen muss, aber ich fürchte, ich brauche Ihre Hilfe.«

»Wobei?«

»Sie sind doch Ärztin«, sagte Schulz.

»Das stimmt schon, aber –«

»Einer von Harrys Männern ist anscheinend schwerer verletzt, als es den Anschein gehabt hat. Wir haben zwar einen Arzt an Bord, doch es wäre mir lieber, wenn Sie ebenfalls einen Blick auf ihn werfen könnten … falls Sie dazu bereit sind, heißt das.«

»Selbstverständlich. Aber ich muss Sie warnen. Eine oberflächliche Untersuchung wie eben ist kein Problem, doch wenn der Mann wirklich schwer verletzt ist … es ist schon ein paar Jahre her, dass ich als Ärztin praktiziert habe.«

Gut zwanzig, dachte Ben. Schulz musste das ebenso klar sein wie ihm, aber er nickte trotzdem.

»Ich möchte nicht, dass man mir vorwirft, wir hätten nicht alles für diesen Mann getan, was in unserer Macht steht. Vor allem nicht, wenn ich mir diesen Burschen vorknöpfe.«

»West?«, fragte Bens Vater. »Haben Sie mit der Reederei gesprochen?«

»Ich bekomme im Moment keine Verbindung. Der Funk scheint gestört zu sein.«

»So wie mein Handy«, bemerkte Robert Berger.

Schulz wirkte für eine Sekunde alarmiert, aber dann zuckte er mit den Achseln. »Das muss nichts bedeuten«, sagte er und fuhr sich geistesabwesend mit den Fingerspitzen über den winzigen Schnitt in seiner Wange. »Ich versuche es später noch einmal. Jetzt sollten wir uns um diesen Soldaten kümmern.« Als Bens Mutter gehorsam auf ihn zutrat, machte er eine wedelnde Handbewegung auf die geschlossene Tür hinter sich. »Der Mann draußen bringt Sie zu ihm.«

Sie ging ohne ein weiteres Wort. Bens Vater wollte ihr folgen, doch Schulz hielt ihn mit einer fast verstohlenen Geste zurück. Er wartete, bis sich die Tür wieder geschlossen hatte, bevor er sich mit einem – unbehaglichen – Räuspern direkt an Ben wandte.

»Ich muss ... mit dir reden, Ben.«

»So?« Ben hatte plötzlich ein ungutes Gefühl.

Schulz anscheinend auch, denn er wich seinem Blick aus, als er weitersprach. »Genauer gesagt muss ich mich bei dir entschuldigen.«

»Wofür?«

»Dein Vater hat mir erzählt, worüber ihr vorhin gesprochen habt. Oben an Deck, bevor dieses ... dieses Ding aufgetaucht ist. Also, um es kurz zu machen, ich möchte nicht, dass du deinem Vater irgendetwas übel nimmst. Es war nicht seine Idee.«

»Was war nicht seine Idee?«, fragte Ben verwirrt.

»Ich habe ihn gebeten, mit dir zu sprechen. Es war dumm. Ich weiß. Ich entschuldige mich dafür. Aber mir ist aufgefallen, wie du Alexandra angesehen hast, und ich wollte nicht, dass ...« Er atmete hörbar ein und fuhr sich erneut mit den Fingerspitzen über die verschorfte Wunde. »Dass sie verletzt wird.«

»Verletzt? Wie meinen Sie das?« Ben hätte jetzt zornig werden sollen. Er wusste sehr wohl, was Schulz meinte, aber irgendwie gelang es ihm nicht, ihm wirklich böse zu sein.

»Alexandra ist ein hübsches Mädchen, und sie ist kein Kind mehr, sondern eine junge Frau«, sagte Schulz. »Du wärst nicht der erste junge Mann, dem das auffällt und der glaubt, sie sei ...«

Er sprach nicht weiter, sondern begann nervös von einem Bein auf das andere zu treten, und Ben tat ihm den Gefallen, den Satz für ihn zu Ende zu sprechen.

»Der glaubt, sie sei leichte Beute.«

»Mm«, machte Schulz.

»Das ist dann wohl auch der Grund, aus dem Sie sie mehr oder weniger verstecken«, vermutete Ben.

»Wie gesagt, ich habe dich falsch eingeschätzt«, antwortete Schulz. »Es tut mir leid.«

Es war seltsam – Ben konnte machen, was er wollte, es gelang ihm einfach nicht, wütend auf Sashas Vater zu sein, und trotzdem glaubte er zugleich so etwas wie Unaufrichtigkeit in den Worten zu spüren. Es war wirklich seltsam. Und verwirrend.

»Schon gut«, meinte er schließlich kühl.

Man konnte Schulz ansehen, dass er auf eine andere Reaktion gehofft hatte, aber er ließ sich seine Enttäuschung nicht allzu deutlich anmerken, sondern ging wortlos zu seiner Tochter und ergriff sie sanft am Arm. Ben fragte sich, wie er wohl reagiert hätte, hätte er gesehen, was gerade zwischen ihnen geschehen war. Aber das hatte er nicht. Und vielleicht war ja auch gar nichts geschehen.

»Ich bringe Alexandra in ihre Kabine«, sagte er. »Und danach versuche ich noch einmal, die Reederei zu erreichen. Möchten Sie hier bleiben?« Die letzte Frage galt Bens Vater, der ihren Sinn offensichtlich nicht begriff – und wie auch? Er wusste ja nicht, was zwischen Harry und ihnen vorhin an Deck vorgefallen war.

»Harry will noch einmal mit mir reden«, erklärte Ben. »Er hat gesagt, ich soll hier auf ihn warten.« Genau genommen hatte er es ihm *befohlen*, aber im Moment war es vermutlich klüger, wenn er auf diesen kleinen Unterschied nicht bestand. Sein Vater wirkte auch so schon ärgerlich genug.

»Ich glaube, ich muss mich einmal ein wenig eingehender mit diesem Spielzeugsoldaten unterhalten«, grollte er.

»Kein Problem, Doktorchen.« Harry schob die Tür hinter sich zu und nickte auffordernd mit dem Kopf. »Worüber wollen Sie denn mit mir reden?«

Keiner von ihnen wusste, wann er in den Raum getreten war; offensichtlich aber auf jeden Fall früh genug, um den *Spielzeugsoldaten* mitzubekommen.

»Zum Beispiel darüber, was Sie mit meinem Sohn zu besprechen haben«, erwiderte Robert Berger. »Und noch dazu, ohne mich zu informieren.«

Harry setzte zu einer Antwort an, doch Schulz unterbrach ihn, indem er rasch die Hand hob. »Warten Sie, nur eine Minute.«

Er ging zur Tür, berührte eine von mehreren rechteckigen Tasten, die daneben in die hölzerne Wandvertäfelung eingelassen waren, und trat wieder zurück, und er hatte die Bewegung kaum zu Ende gebracht, da ging die Tür abermals auf und der Steward kam herein, den Ben schon am vergangenen Morgen kennen gelernt hatte. So schnell, wie er aufgetaucht war, musste er wohl draußen auf dem Gang gewartet haben.

»Bitte bringen Sie Alexandra in ihre Kabine«, sagte Schulz. »Ich komme nach, sobald wir hier fertig sind.«

Der Steward nickte und wollte nach Sashas Arm greifen, doch sie zog ihre Hand hastig zurück. Als der Mann ganz automatisch nachfassen wollte, wich sie mit zwei, drei schnellen Schritten zurück und versteckte sich hinter Bens Rücken. Der Steward riss erstaunt die Augen auf, und auch Schulz wirkte regelrecht schockiert. Eine Sekunde oder zwei sagte niemand etwas, dann drehte sich Ben langsam herum und blickte Sasha ins Gesicht.

»Geh ruhig mit ihm. Es ist alles okay. Wir müssen nur noch ein paar Dinge besprechen, dann kommen wir nach.«

Sashas Augen blieben so leer wie immer, und auch auf ihrem Gesicht war nicht die mindeste Regung zu erkennen – aber sie trat gehorsam vor und ließ es zu, dass der Steward sie am Arm ergriff und aus der Kabine führte. Ihr Vater starrte ihr fassungslos hinterher.

»Wie rührend«, meinte Harry spöttisch. »Können wir jetzt zum Thema kommen?«

»Das da wäre?«, fragte Robert Berger.

Harry ignorierte ihn. »Ich will jetzt endlich alles wissen«, sagte er in scharfem Ton und direkt an Ben gewandt. »Und komm mir bloß nicht mit irgendwelchen dämlichen Ausreden, klar? Meine Geduld ist ziemlich am Ende.«

»Was soll das?«, schnappte Bens Vater. »Wie kommen Sie auf die Idee, dass mein Sohn irgendetwas über diese Geschichte weiß?«

»Er wusste zum Beispiel, dass diese Piraten auf uns schießen würden.«

»Quatsch!«, sagte sein Vater inbrünstig. »Woher hätte er das wissen sollen, bitte schön?«

»Genau das will ich ja von ihm wissen. Du hast uns gewarnt, ganz kurz *bevor* die Kerle auf uns geschossen haben! Verdammt, zwei meiner Männer sind verletzt worden, einer davon schwer!«

»Das ist wahr«, mischte sich Schulz ein. »Und ohne Bens Warnung hätte es noch sehr viel mehr Verletzte gegeben. Möglicherweise sogar Tote!«

»Und dafür bin ich ihm auch sehr dankbar«, antwortete Harry gereizt. »Ich frage mich nur, ob es *gar keine* Verletzten gegeben hätte, hätte ich früher gewusst, was uns erwartet.« Er trat herausfordernd auf Ben zu. »Also? Was weißt du über diese Piraten?«

»Nichts!«, behauptete Ben. »Wie kommst du auf die Idee?«

»Das frage ich mich allerdings auch«, sagte sein Vater. »Sie wollen doch wohl nicht im Ernst andeuten, dass mein Sohn irgendetwas mit diesem Zwischenfall zu tun hat?«

Harry funkelte ihn einen Atemzug lang zornig an, aber dann schüttelte er den Kopf. »Nein, natürlich nicht. Aber ich glaube dennoch, dass er etwas weiß.«

»Aber ich weiß nichts«, beharrte Ben. »Ich hatte nur so eine Ahnung, das ist alles.«

»Eine Ahnung!« Harry lachte hässlich. »Wem willst du den Bockmist erzählen? Und du hattest auch *nur so eine Ahnung*, was passiert, wenn ich die Schallkanone auf das Schiff abfeuere, habe ich Recht?«

»Jetzt hören Sie aber endlich auf!«, rief sein Vater. »Das ist doch lächerlich!«

»Er hat Recht«, sagte Ben leise.

Alle starrten ihn an. Lange. »Wie?«, murmelte sein Vater schließlich.

»Er hat Recht. Ich … ich wusste, was passieren würde. Und dass diese Piraten keine richtigen Menschen sind.«

»Keine richtigen Menschen?«, wiederholte sein Vater verständnislos. »Was soll das heißen?«

»Woher wusstest du das?«, schnappte Harry.

»Das würdest du mir sowieso nicht glauben«, seufzte Ben, aber Harry machte nur eine ärgerliche Handbewegung.

»Versuch es doch einfach. Ich glaube eine ganze Menge. Du wärst erstaunt, wie viel.«

»Das nicht«, sagte Ben. »Aber gut, ganz wie du willst. Ich habe diese … diese Geschöpfe schon einmal gesehen.«

»Wo?«

»In einem Traum. Ich habe von ihnen geträumt. Zweimal. Einmal vergangene Nacht und einmal in der Nacht zuvor.«

»Das ist wohl die dümmste Ausrede, die ich je gehört habe«, meinte Harry verächtlich.

»Aber es ist so«, betonte Ben. »Etwas anderes kann ich dir nicht sagen. Ich hatte einfach verrückte Träume, in denen sie vorgekommen sind. Das ist alles.« Nun ja, das war bestenfalls die stark überarbeitete Kurzfassung. Aber er hatte das Gefühl, die anderen würden nicht sonderlich gut darauf reagieren, wenn er ihnen erzählte, dass in diesem Traum die *Princess of the Dawn* untergegangen und außer ihm und Harry keiner mit dem Leben davongekommen war. Und nicht einmal er selbst, wenn er es genau nahm ...

»Was für eine tolle Geschichte«, sagte Harry böse. »Na gut, dann will ich dir mal erzählen, wie *ich* die Sache sehe. Du hast irgendetwas damit zu tun, Kleiner. Ich will nicht so weit gehen, zu behaupten, dass du mit den Piraten unter einer Decke steckst, aber irgendetwas weißt du über die Sache. Und ich werde herausfinden, was, das verspreche ich dir!«

Sein Vater wollte zu einer, zweifelsohne, wütenden Entgegnung ansetzen, doch dann drehte er sich nur herum und sah Ben sehr nachdenklich an. Er sagte nichts, aber Ben bildete sich einen Moment lang ein, seine Gedanken lesen zu können. Es war auch nicht sonderlich schwer.

»Wieso nennst *du* sie eigentlich immer Piraten?«, fragte er schließlich, wieder an Harry gewandt.

»Weil sie das sind.«

»Und woher weißt du das so genau?«

Diesmal antwortete Harry nicht, und nach einer weiteren Sekunde sagte Schulz: »Es sieht beinahe so aus, als ob es hier noch jemanden gibt, der uns nicht alles erzählt hat, was er weiß.«

Harry starrte ihn an, die Lippen zu einem blutleeren Strich zusammengepresst, schwieg aber beharrlich weiter.

»Ich finde es sowieso heraus«, sagte Schulz. »Spätestens, wenn wir zurück sind.«

»Also gut«, antwortete Harry widerwillig. »Aber das bleibt unter uns, ist das klar?« Er sprach erst weiter, nachdem er sie der Reihe nach angesehen und sie alle drei genickt hatten. »Es waren Piraten.«

»Wie bitte?«, fragte Schulz.

»Die *Princess of the Dawn* ist nicht das erste Schiff, das angegriffen worden ist«, fuhr Harry fort. »Im Laufe des letzten Jahres gab es drei Überfälle auf Passagierschiffe in dieser Gegend. Gottlob wurde niemand ernsthaft verletzt und auch der Sachschaden hält sich bisher in Grenzen. Eigentlich ist er sogar lächerlich. Sie haben ein paar Brieftaschen erbeutet, ein, zwei Rolex-Uhren und etwas Schmuck, aber das war auch alles. Unser Einsatz hier kostet zigmal so viel, wie sie bisher insgesamt erbeutet haben. Aber Sie können sich vorstellen, dass die Reedereien und die gesamte Touristikbranche nicht sehr erbaut über diese Zwischenfälle sind.«

»Und da hat man sich entschlossen, Sie und Ihre Männer zu engagieren, um das Problem möglichst diskret aus der Welt zu schaffen«, vermutete Bens Vater.

»Das glaube ich nicht!«, rief Schulz. »Wieso habe ich nichts davon gehört?«

»Weil die Reedereien keinen Cent für Public Relations ausgegeben haben, in dieser Angelegenheit«, antwortete Robert Berger an Harrys Stelle. »Habe ich Recht?«

»Dann hätten sie auch gleich Konkurs anmelden können«, bestätigte Harry.

»Soll das heißen, die Reederei hat gewusst, was passieren wird, und mich ahnungslos hierher fahren lassen?«, keuchte Schulz. Er wurde blass.

»Sie waren keine Sekunde lang in Gefahr«, antwortete Harry. »Außerdem konnte niemand damit rechnen, dass sie so dreist sein würden, am helllichten Tag anzugreifen, und noch dazu ein so großes Schiff wie die *Princess.*« Er zuckte mit den Achseln. »Aber das hat sich ja nun erledigt. Ich meine, die Piraten sind tot, und niemand wird je erfahren, was wirklich passiert ist. Und sollte einer von euch dreien irgendetwas von dem erzählen, was ich euch gerade anvertraut habe, werde ich natürlich alles abstreiten.«

»Weil Sie ja so vertrauenswürdig sind, ich weiß«, sagte Schulz spitz.

»Und wem wäre damit gedient, wenn wir im Nachhinein noch für Panik sorgen?«, fragte Harry.

»Der Wahrheit?«, schlug Bens Vater vor.

»Und außerdem vergessen Sie anscheinend, dass es mehr als hundert Augenzeugen gibt«, sagte Schulz.

»Darum kümmert sich die Reederei«, erwiderte Harry ruhig. »Keine Sorge, Herr Kapitän – die haben Erfahrung in so was. Und kommen Sie nicht auf dumme Ideen. Wenn Sie irgendetwas anderes behaupten, könnte das durchaus das Ende Ihrer Karriere bedeuten. Ich weiß nicht, was die Öffentlichkeit von einem Kapitän halten wird, der seine geistig behinderte Tochter auf eine so gefährliche Reise mitnimmt. Das hört sich nicht nach einem verantwortungsbewussten Mann an.«

»Aber er hat doch gar nichts davon gewusst«, protestierte Ben.

»Ja, und das wiederum wissen leider nur die Menschen in diesem Raum«, gab Harry lächelnd zurück. »Und was dich angeht, Kleiner – willst du wirklich irgendjemandem erzählen, dass du von diesen Piraten *geträumt* hast?« Er lachte laut. »Da ist die Erklärung, dass du und dein Vater irgendetwas mit diesen Piraten zu schaffen habt, doch schon viel glaubhafter, meinst du nicht auch?«

»Das wagen Sie nicht, so etwas zu behaupten«, sagte Robert Berger.

»Natürlich nicht«, räumte Harry ein. »Aber das brauche ich auch gar nicht. Ich muss nur erzählen, was passiert ist. Auf die entsprechenden Gedanken kommen die Leute dann schon von selbst.« Er grinste für einen Moment noch breiter und wandte sich dann, schlagartig wieder ernst, an Ben: »Womit wir beim Thema wären, Kleiner. Woher hast du es gewusst?«

»Aber das habe ich dir doch schon erzählt«, antwortete Ben.

»Hast du«, bestätigte Harry. »Aber jetzt will ich gern die Wahrheit hören.«

»Es *ist* die Wahrheit«, fuhr Ben auf. »Ich kann es sogar beweisen!«

»Ach? Und wie?«

»Ihr habt doch einen der Kerle aus dem Wasser gefischt, oder?«, fragte Ben.

»Nicht mehr ganz lebendig, aber im Prinzip ja. Warum?«

»Dann dürfte dir wohl auch aufgefallen sein, dass er ziemlich komisch ausgesehen hat.«

»Ich habe ihn mir nicht angeschaut«, antwortete Harry. »Die Jungs haben die Leiche in einen leeren Lagerraum gebracht. Was soll denn so *komisch* an ihm sein?«

»Zum Beispiel, dass er kein Gesicht hat. Und nur drei Finger an den Händen. Und außerdem sieht er nicht wirklich wie ein Mensch aus.«

»Nein, weil er in Wahrheit ein Alien vom Planeten Ipselblonk ist«, meinte Harry spöttisch.

»Weil ich genau das in meinen Träumen gesehen habe!«, entgegnete Ben aufgebracht. »Wenn du so sicher bist, dass ich nur Unsinn rede, warum gehen wir dann nicht nach unten und sehen ihn uns an?«

»Weil das allerhöchstens beweisen würde, *dass* du etwas über diesen Piraten weißt, nicht, woher du es weißt. Aber meinetwegen, gehen wir nach unten und schauen uns den Kerl an.« Harry warf Bens Vater einen fragenden Blick zu. »Möchten Sie uns begleiten?«

»Sie glauben doch nicht wirklich, dass ich meinen Sohn auch nur eine einzige Sekunde lang mit Ihnen allein lasse?«

»Dann sind wir uns ja einig«, sagte Harry lächelnd. »Kommen Sie.«

10

HINTEREINANDER UND ESKORTIERT von gleich vier von Harrys Söldnern, verließen sie Schulz' Kabine. Ben hatte erwartet, sofort von zahllosen Neugierigen bestürmt zu werden, doch der mahagonivertäfelte Korridor war leer, und dasselbe galt auch für die Treppe, die sie hinunterstiegen. Vermutlich hatte Harry seinen Leuten befohlen, den Teil des Schiffes abzuriegeln, den sie durchqueren mussten. Er war nicht ganz sicher, was er davon halten sollte. Vermutlich dasselbe wie von Harry selbst: nichts.

»Wohin haben Sie den Toten gebracht?«, fragte Schulz nach ein paar Minuten. Sie hatten den für die Passagiere zugänglichen Bereich des Schiffes längst hinter sich gelassen und waren auf dem Weg nach unten; nicht genau in den Bereich der *Princess*, den Ben in der vergangenen Nacht auf eigene Faust erkundet hatte, aber doch in einen, der ihm auf unangenehme Weise ähnlich sah.

»In einen leeren Raum, unten bei den Maschinen«, erklärte einer der Männer in ihrer Begleitung, nicht Harry selbst. »Möglichst weit weg von den Passagieren und anderen neugierigen Blicken. Einer der Jungs steht vor der Tür und hält Wache.«

»Mit anderen neugierigen Blicken meinen Sie meine Mannschaft, nehme ich an«, grollte Schulz. »Allmählich frage ich mich, wer das Kommando auf diesem Schiff hat.«

»Im Moment ich«, antwortete Harry gelassen. »Abgesegnet von der Reederei. Aber keine Sorge – nur so lange, wie diese Krisensituation andauert, danach gebe ich das Kommando selbstverständlich an Sie zurück. Und ich nehme sowieso an, dass das Ganze eigentlich schon vorbei ist. Wir werden uns jetzt noch diesen angeblichen Alien ansehen, und ich muss noch einige Kleinigkeiten klären, aber wenn du morgen Früh aufwachst, Ben, sind meine Leute und ich von Bord verschwunden, und mit ein bisschen Glück sehen wir uns nie wieder.«

Sie stiegen eine schmale Eisentreppe hinunter, die unter ihren Schritten dröhnte und zitterte. Die Beleuchtung war hier nicht so hell wie in den oberen Bereichen des Schiffes, und es roch durchdringend nach Öl und Treibstoff. Eine Woge stickiger Wärme schlug ihnen entgegen. Schließlich betraten sie einen niedrigen Gang, unter dessen Decke ein Gewirr aus unverkleideten Rohren und Leitungen entlanglief, sodass Schulz und Ben die Einzigen waren, die nicht gebückt gehen mussten. Die Blicke, mit denen Bens Vater seine Umgebung musterte, wurden immer verwirrter. Nach all dem übertriebenen Luxus und Pomp, den er bisher an Bord dieses Schiffes erlebt hatte, musste ihn diese Umgebung direkt schockieren. Aber er sagte nichts.

»Wie viele Männer hast du in deiner Truppe?«, wandte sich Ben an Harry, und zu seiner Überraschung bekam er sogar eine Antwort.

»Dreizehn, mich mitgerechnet.«

»So wenige?«

Harry lächelte herablassend. »Eigentlich sind wir schon viel zu viele. Normalerweise sind wir niemals mehr als sechs oder sieben, der Rest bleibt als Reserve zurück. Glaub mir, ein halbes Dutzend gut ausgebildeter Söldner ist mehr als genug, um fast jede Aufgabe zu lösen.«

»Aber diesmal habt ihr mit mehr Ärger gerechnet?«

Harry sah ihn an, als wisse er nicht, ob er lachen oder wütend werden sollte. »Wir sind hier fast am Ende der Welt. Eine Reserve nutzt nicht besonders viel, wenn sie eine Woche braucht, bis sie da ist, meinst du nicht auch?«

»Sei jetzt still, Ben«, sagte sein Vater plötzlich.

»Warum?«

»Weil ich es für besser halte, wenn du nicht mit diesem Herrn sprichst«, antwortete sein Vater steif. »Jedenfalls nicht mehr als unbedingt notwendig.«

Harry sah ihn stirnrunzelnd an, beließ es dann aber bei einem Achselzucken. »Wir sind ohnehin da«, sagte er mit einer Kopfbewegung nach vorne.

Bens Blick folgte der Geste. Am Ende des niedrigen Ganges, den sie betreten hatten, befand sich eine massive Metalltür, vor der einer von Harrys Söldnern stand. Bisher hatte er lässig an das Metallschott gelümmelt dagestanden, aber als er ihr Näherkommen bemerkte, richtete er sich hastig auf und versuchte Haltung anzunehmen.

»Schon in Ordnung«, sagte Harry und winkte ab. »Gab es irgendwelche Vorkommnisse?«

»Keine. Niemand war hier.« Der Söldner wirkte ein bisschen nervös, fand Ben – aber das mochte durchaus daran liegen, dass er im Gegensatz zu allen anderen hier einen Blick auf das geworfen hatte, was hinter der Tür in seinem Rücken verborgen war.

»Gut.« Harry nickte. »Dann mach auf und pass auf, dass uns niemand stört.«

Der Söldner lehnte hastig sein Gewehr gegen die Wand, zog einen Schlüsselbund aus der Tasche und entriegelte die Tür. Das Schloss sprang mit einem dumpfen Knacken auf, und der Soldat zog die Tür nach außen, was ihm sichtliche Anstrengung bereitete, dann trat er zur Seite, um Harry vorbeizulassen, was Ben in seiner Überzeugung bestärkte, dass er das *Ding* gesehen hatte, das seine Kameraden aus dem Meer geborgen hatten, und keinen besonderen Wert auf einen zweiten Blick legte.

Harry, der seine Männer inzwischen angewiesen hatte, wieder nach oben zu gehen, trat an ihm vorbei, machte aber nur einen einzigen Schritt in den Raum hinein und blieb dann stehen, um sich rasch nach rechts und links umzuschauen. »Wo ist er?«

»Genau vor dir«, antwortete der Söldner. »Auf dem Tisch. Ich habe ihn selbst –«

»Hier ist niemand«, unterbrach ihn Harry.

Der Söldner machte ein verwirrtes Gesicht. »Aber das ist doch nicht möglich. Ich habe ihn doch –« Er sprach nicht weiter, sondern trat hinter Harry durch die Tür – und erstarrte mitten in der Bewegung.

»Und wo genau soll er sein?«, fragte Harry gefährlich leise.

Ben tauschte einen überraschten Blick mit seinem Vater – und stürmte los. Rücksichtslos quetschte er sich an Harry und dem Söldner vorbei und wurde mit dem Anblick einer winzigen Kammer mit nackten Metallwänden belohnt, die nur von einer einzigen funzeligen Glühbirne erhellt wurde, die geschützt von einem Drahtkorb unter der Decke brannte. Vor Harry und dem Soldaten stand ein zerschrammter

Tisch aus fleckig angelaufenem Metall, dessen Oberfläche nass schimmerte. Das war alles.

»Aber … aber das verstehe ich nicht«, murmelte der Söldner. In seiner Stimme schwang ein leiser Unterton von Panik mit. »Das kann doch gar nicht sein! Ich habe den Kerl selbst hierher gebracht! Mike und ich haben ihn auf den Tisch gelegt!«

»Und wo ist er dann?«, erkundigte sich Harry, noch immer in demselben tückisch leisen Ton. »Ich meine: Ist er aufgestanden und hinausmarschiert?« Er lächelte sogar, während er die Frage stellte – aber in seinen Augen war etwas, das Ben einen kalten Schauer über den Rücken laufen ließ.

Dem Söldner anscheinend auch, denn der Anteil von Panik in seiner Stimme war deutlich größer geworden, als er antwortete. »Aber ich schwöre dir, er war hier. Ich habe die Tür abgeschlossen und mich nicht von der Stelle gerührt!«

Harry sagte nichts, aber sein finsterer Blick sprach Bände, und der bedauernswerte Soldat schien regelrecht in sich zusammenzuschrumpfen. Ben konnte ihn gut verstehen. Man musste den Raum nicht gründlich durchsuchen um festzustellen, dass er keinen zweiten Ausgang hatte. Es gab ein winziges Lüftungsgitter in einem Winkel unter der Decke, das war alles.

»Jetzt raus mit der Sprache!«, sagte Harry schließlich. »Was ist passiert? Bist du eingeschlafen?«

»Nein!«, protestierte der Söldner. »Ich habe die ganze Zeit draußen vor der Tür Wache gestanden! Niemand war hier und die Tür ist auch nicht aufgegangen!«

»Verarsch mich nicht!«, donnerte Harry. »Willst du mir erzählen, der Kerl hätte sich in Luft aufgelöst?«

Der Soldat zog es vor, gar nichts mehr zu sagen, was im Moment wahrscheinlich auch das Klügste war, was er tun konnte, und Ben trat mit langsamen Schritten an den Metalltisch heran. Unter seinen Füßen klatschte Wasser, und ihm fiel erneut auf, wie warm es hier drinnen war. Der Raum musste sich unmittelbar in der Nähe der Maschinen befinden. Aus irgendeinem Grund erschien ihm dieser Gedanke wichtig.

»Vielleicht nicht in Luft«, murmelte er versonnen.

»Wie meinst du das?«, fauchte Harry.

Statt direkt zu antworten, tauchte Ben die Fingerspitzen in das Wasser, das auf dem Tisch schimmerte. Es war eiskalt, und wenn man genau hinsah, konnte man Millionen winziger Eissplitter erkennen, die darin glitzerten. Auch der Boden stand einen guten Zentimeter hoch unter Wasser. Zögernd hob er die Hand, berührte seine Fingerspitzen – sehr vorsichtig – mit der Zunge und verzog angeekelt das Gesicht. Er spuckte ein paar Mal aus, bevor er sagte. »Das ist Salzwasser.«

Doch nicht nur. Das Wasser schmeckte salzig, aber da war auch noch mehr; ein schwacher, aber unbeschreiblich ekelhafter Beigeschmack, der ihn an nichts erinnerte, was er kannte. Er spie noch zwei- oder dreimal aus, ohne den widerwärtigen Geschmack ganz von der Zunge zu bekommen.

»Das ist Salzwasser«, meinte er trotzdem noch einmal.

»Das war noch nicht da, als wir ihn reingebracht haben«, erklärte der Söldner hastig. »Der Raum war trocken, das schwöre ich!«

Und so warm, wie es hier drinnen war, dachte Ben, würde er das auch in spätestens einer Stunde wieder sein.

»Wollt ihr beiden Spinner mir jetzt erzählen, der Kerl sei weggeschmolzen?«, fragte Harry böse. »Vielleicht ist er ja auch zu Staub zerfallen und wurde durch die Klimaanlage davongeweht.«

Der Söldner, der nun wirklich *sehr* unglücklich wirkte, blickte einen Moment lang zu dem Lüftungsgitter unter der Decke, als ziehe er diese Möglichkeit ernsthaft in Betracht. Aber er war nicht lebensmüde genug, um den Gedanken laut auszusprechen.

Es war auch nicht nötig. Harry schien ihn deutlich von seinem Gesicht abzulesen und sein Blick verdüsterte sich noch mehr. »Ich kriege schon raus, was hier passiert ist.«

»Aber ich schwöre dir, ich –«, begann der Söldner und brach dann mitten im Satz ab, als Harry sich wütend von ihm abwandte, während Ben sich in die Hocke sinken ließ und die Fingerspitzen nun auch in das Wasser auf dem Boden tauchte. Es war ebenso kalt wie das auf dem Tisch, aber es schwammen mehr Eisstückchen darin. Ben beging nicht den Fehler, noch einmal davon zu kosten – er hatte den grässlichen Geschmack noch immer auf der Zunge –, aber er schnupperte vorsichtig an seinen Fingerspitzen. Das Wasser roch genauso scheußlich, wie es schmeckte.

»Hör mit dem Quatsch auf!«, fauchte Harry.

»Es ist kein Quatsch.« Ben stand auf und wischte sich sorgfältig die Hand an der Hose ab. »Mit diesem Wasser stimmt was nicht.«

»Hier stimmt *überhaupt* etwas nicht«, grollte Harry. Er ließ sich ebenfalls in die Hocke sinken, tauchte die Fingerspitzen ins Wasser und wollte die Hand zum Mund führen.

»Nicht!«, sagte Ben hastig.

Harry erstarrte mitten in der Bewegung und sah zu ihm hoch. »Wie meinst du das?«

»Es ... es wäre besser ... wenn du das ... nicht tust«, antwortete Ben zögernd.

Harrys Augen wurden schmal, aber er sagte nichts mehr, sondern schnupperte nur vorsichtig an seinen Fingerspitzen und schien zu dem Schluss zu kommen, dass es besser war, auf Bens Warnung zu hören. Er verzog kurz und angewidert das Gesicht und erhob sich dann wieder.

»Hier stinkt etwas ganz gewaltig«, erklärte er grimmig. »Und ich finde raus, was es ist. Das schwöre ich euch. Und jetzt raus hier! Dieser Raum bleibt verschlossen, bis ich genau weiß, was hier abgegangen ist.« Ungeduldig scheuchte er Ben und den Söldner aus der Kammer, zog die Tür hinter sich zu und streckte fordernd die Hand aus. Der Soldat reichte ihm gehorsam den Schlüssel, und Harry drehte ihn im Schloss herum und ließ den gesamten Schlüsselbund dann in der Jackentasche verschwinden. »Gibt es noch einen Schlüssel für diesen Raum?«

Die Frage galt Schulz, der den Kopf schüttelte. Harry sah nicht unbedingt überzeugt aus, bohrte aber nicht weiter nach. »Dann brauchen wir auch keine Wache mehr, nicht wahr? Gehen wir!«

»Sie meinen, Sie erlauben mir auf meinem eigenen Schiff, wieder an meine Arbeit zurückzukehren?«, fragte Schulz spitz.

»Sie können gehen, wohin Sie wollen, Herr Kapitän. Wollten Sie nicht mit der Reederei telefonieren ... ach ja, Ihr Funkgerät streikt ja im Moment.«

»Ich werde mit ihnen reden, keine Angst«, antwortete Schulz finster. »Und wenn ich eine Brieftaube schicken muss.«

Harry griente nur breit und machte eine einladende Geste zum Ausgang hin, und zu seiner Erleichterung verzichtete Schulz darauf, die Schraube noch um eine weitere Umdrehung anzuziehen, und setzte sich gehorsam in Bewegung. Ben spürte jedoch, wie schwer es ihm fiel, sich zu beherrschen, was ihn ein wenig erstaunte. Sicher – Harry hatte sich alle Mühe gegeben, den Kapitän zu provozieren, aber er hatte Schulz bisher als einen Mann kennen gelernt, der sehr ruhig und überlegt zu Werke ging und sich nicht so leicht reizen ließ.

Niemand sagte etwas auf dem Weg nach oben. Der Soldat schlich wie ein geprügelter Hund mit hängendem Kopf und Schultern vor ihnen her und verschwand dann unter einem fadenscheinigen Vorwand, kaum dass sie die Treppe hinter sich gebracht hatten, und auch Kapitän Schulz beschleunigte plötzlich seine Schritte und war dann ebenfalls fort. Robert Berger blieb stehen und blickte ihm kopfschüttelnd nach.

»Sie sollten ihn nicht so provozieren«, wandte er sich an Harry. »Letzten Endes macht er nur seine Arbeit, genau wie Sie.«

Der Anführer der Söldner lachte ohne die geringste Spur von Humor. »Sie sagen es, Doktorchen. Ich mache meinen Job. Ich werde dafür bezahlt, für die Sicherheit dieses Schiffes und der Menschen an Bord zu sorgen, und ich nehme meine Aufgabe ernst.«

»Das glaube ich Ihnen sogar«, antwortete Bens Vater – offensichtlich nicht nur zu Bens, sondern auch zu Harrys Überraschung. »Aber wenn Sie ihn ständig demütigen, und das noch dazu vor seiner Mannschaft und den Passagieren, machen Sie es ihm und sich selbst nur unnötig schwer.«

»Danke für den professionellen Rat, Herr Professor«, meinte Harry zynisch. »Muss man eigentlich promovierter Psychologe sein, um so einen Stuss zu reden?«

»Nein«, erwiderte Bens Vater ruhig. »Ein bisschen Menschenkenntnis reicht da schon.«

Harry warf ihm eine eisigen Blick zu, drehte sich abrupt um und ging weiter, und auch Ben und sein Vater setzten sich wieder in Bewegung. Ben wartete darauf, dass sich Harry endlich verkrümelte, aber der Söldner hatte sich offensichtlich vorgenommen, ihn bis zu seiner Kabine zu begleiten. Ben war es gleich. Er wollte nur noch weg hier und seine Ruhe haben. Er fühlte sich nicht besonders. In seinem Mund war noch immer der widerliche Geschmack des Wassers, und er hatte das Gefühl, dass sein gesamter Mund und seine Lippen prickelten und zugleich allmählich taub zu werden begannen. Er musste etwas trinken und sich vielleicht einen Moment lang hinlegen und ausruhen, so absurd ihm dieser Gedanke auch selbst vorkommen mochte.

Als sie den Gang erreichten, auf dem ihre Kabinen lagen, kam ihnen seine Mutter entgegen. Sie wirkte zugleich erleichtert und besorgt, als sie Ben und seinen Vater erkannte, und anscheinend fiel es ihr nicht schwer, im Gesicht ihres Mannes zu lesen, denn sie runzelte die Stirn. Dennoch steuerte sie zielsicher auf Harry zu.

»Hauptmann West! Ich habe Sie schon gesucht.«

»So?«, knurrte Harry. »Dann haben Sie mich ja gefunden.«

Bens Mutter ignorierte seinen unhöflichen Ton. »Ich habe mich um Ihre beiden Männer gekümmert.«

»Und? Wie geht es ihnen?« Harrys Unleidlichkeit war wie weggeblasen. Er wirkte jetzt aufmerksam und fast ein bisschen alarmiert. Anscheinend sorgte er sich tatsächlich um seine Leute.

»Der eine hat nur einen Kratzer«, antwortete sie, »kaum der Rede wert. Aber der andere gefällt mir nicht. Er hat eine ziemlich üble Stichwunde im Oberschenkel.«

»Was genau heißt: *ziemlich übel?*«, wollte Harry wissen.

»Es besteht keine Lebensgefahr, wenn Sie das meinen. Die Arterie wurde glücklicherweise nicht verletzt, und die Blutung hat Ihr Sanitäter bereits zum Stillstand gebracht. Aber es ist wirklich eine tiefe Stichwunde, mit der nicht zu spaßen ist. Der Mann sollte sich wenigstens drei Tage lang nicht bewegen. Besser eine Woche – wenn Sie Wert darauf legen, dass er von dieser Verletzung keine bleibenden Schäden davonträgt.«

Harry überlegte einen Moment und nickte dann wenig begeistert. »Das kriegen wir hin. Wir gehen zwar heute Nacht von Bord, aber zur Not muss er eben auf der *Princess* bleiben. Kapitän Schulz hat bestimmt nichts dagegen, wenn ich ihn ganz lieb darum bitte.«

Jennifer Berger sah ihn einen halben Atemzug lang verdutzt an. Sie hatte von dem Streit zwischen ihm und Schulz ja nichts mitbekommen. Dann tat sie das Thema mit einem Schulterzucken ab.

»Da ist noch etwas.«

»So?«

»Ich bin nicht sicher«, fuhr sie – zögernd – fort, »aber sein Zustand lässt sich eigentlich nicht mit der Stichwunde allein erklären.«

»Was meinen Sie damit?«, fragte Harry, plötzlich *sehr* aufmerksam.

»Wie gesagt, ich bin nicht sicher und ich habe hier auch nicht die nötigen Mittel, um ein großes Blutbild zu erstellen, aber es kommt mir fast vor wie eine Vergiftung. Nehmen Ihre Männer irgendwelche Drogen?«

»Sind Sie verrückt?«, fauchte Harry.

»Ich bin nicht von der Polizei oder von der Drogenfahndung. Ich stelle diese Frage als Ärztin. Wenn es da irgendetwas gibt, dann sollten sie es mir sagen. Es könnte mir helfen, den Mann schneller gesund zu machen. Das ist alles, was mich interessiert.«

Harrys Aufregung hatte sich wieder gelegt. »Da ist nichts. Ich würde höchstpersönlich jedem den Kopf abreißen, den ich auch nur mit einer Haschzigarette erwische.«

»Gut, dann muss ich in einer anderen Richtung weitersuchen«, seufzte sie. »Vielleicht war die Wunde verunreinigt oder es hat ihn doch schlimmer erwischt, als ich dachte. Ich werde später noch einmal nach ihm sehen. Und mit Kapitän Schulz rede ich selbst. Der Mann kann hier an Bord in der Krankenstation bleiben und wieder zu Ihnen stoßen, wenn er ganz gesund ist.«

Harry sah so aus, als hätte er eine Menge dazu zu sagen, aber was immer es auch war, er schluckte es hinunter und nickte nur finster, und Bens Mutter wandte sich ohne ein weiteres Wort um und öffnete die Tür zu Bens Kabine.

Sie traten ein. Ben steuerte wortlos und sehr schnell die Minibar an, öffnete eine Flasche Cola und leerte sie in einem Zug fast zur Hälfte, aber es nutzte nichts. Der widerliche Geschmack wurde eher noch stärker, und seine Unterlippe war mittlerweile vollends taub, sodass ihm ein wenig Cola aus dem Mundwinkel lief und an seinem Kinn hinuntertropfte. Hastig wischte er es weg, bevor er sich zu seinen Eltern herumdrehte.

Seine Mutter sah ihn auf eine Art an, die ihm nicht gefiel. »Was ist los?«

»Was soll los sein?«, erwiderte Ben unbeholfen.

»Versuch nicht, mich für dumm zu verkaufen, junger Mann«, sagte sie streng. »Ich bin deine Mutter und kenne dich. Und deine Frau«, fügte sie mit ärgerlichem Blick in Richtung ihres Mannes hinzu. »Also macht mir nichts vor, ihr beiden. Ihr seht aus, als wäre euch das Ungeheuer von Loch Ness über den Weg gelaufen!«

Ben rettete sich in ein reichlich verunglücktes Lächeln, und sein Vater versuchte dasselbe, schüttelte aber dann den Kopf und erzählte in knappen Worten, was gerade unten im Schiff geschehen war. Bens Mutter hörte schweigend und mit einem Gesichtsausdruck, der immer skeptischer wurde, zu, doch sie unterbrach ihn kein einziges Mal.

»Das ist eine wirklich mysteriöse Geschichte«, sagte sie endlich. »Aber ihr beide fangt doch nicht etwa an, an Geister zu glauben oder Tote, die sich in Luft auflösen oder wegschmelzen?«

»Natürlich nicht«, antwortete Ben, selbst für seinen Geschmack ein wenig zu hastig. »Die Geschichte ist einfach nur … komisch.«

»Ja, so kann man es ausdrücken. Ich möchte nicht in der Haut des armen Kerls stecken, wenn er diesem Harry beichtet, was wirklich passiert ist. Aber das erklärt nicht, was mit dir los ist, Ben.«

»Was soll mit mir los sein? Nichts.« Im nächsten Moment machte Ben einen hastigen Schritt zur Seite, um sein Gleichgewicht zu wahren, als ihm plötzlich schwindelig wurde.

»Ja, das sieht man«, antwortete seine Mutter spöttisch. Mit zwei schnellen Schritten war sie bei ihm, ergriff mit der linken Hand seinen Arm, um nach seinem Puls zu tasten, und legte die andere flach auf seine Stirn. »Du hast Fieber. Und erhöhten Puls. Was ist passiert? Die Wahrheit!«

»Nichts«, sagte Ben – fast – wahrheitsgemäß.

»Wahrscheinlich war es zu viel für ihn«, meinte sein Vater.

»He!«, protestierte Ben.

»Du bist so etwas nicht gewohnt«, beharrte nun auch seine Mutter. »Wer weiß? Vielleicht hast du dir eine Erkältung eingefangen, vorhin an Deck. Dazu die Aufregung …« Sie machte eine befehlende Geste zum

Bett. »Du legst dich jetzt eine Stunde hin, und ich komme später wieder und bringe dir etwas gegen das Fieber.«

Ben war empört. Was fiel seinen Eltern ein, ihn plötzlich wie ein kleines Kind zu behandeln? Er setzte zu einem geharnischten Protest an, doch statt auch nur irgendetwas von dem auszusprechen, was ihm auf der Zunge lag, ließ er sich willenlos von seiner Mutter zum Bett führen und schlief ein, noch bevor sein Kopf das Kissen berührte.

11

DER HIMMEL WAR SCHWARZ. Jeder einzelne der Millionen und Abermillionen Sterne, die an einem Firmament von so vollkommener Schwärze standen, wie er es noch nie zuvor gesehen, ja vielleicht niemals für möglich gehalten hatte, wirkte wie eine winzige, grell leuchtende Wunde, und genau im Zentrum dieses schimmernden, kalten Diadems prangte ein kreisrundes, noch schwärzeres Loch, wo etwas das Licht der Sterne verdeckte.

Es war der Todesbote, der näher gekommen war.

Es war hundert Nächte her, dass er am Himmel erschienen war, nicht mehr als ein winziger Schmutzfleck am Anfang, kaum groß genug, um einen einzigen Stern zu verdecken, und überhaupt nur zu sehen, wenn das Auge genau wusste, wonach es zu suchen hatte. Inzwischen war er zu einem Koloss angeschwollen, der ein Fünftel des Firmaments verschlungen hatte und dessen Schatten sich erst bei Nacht dräuend und unheilschwanger über die Welt legte. In weiteren hundert Nächten, das hatten die Geister des Kommenden vorausgesagt, würde er das gesamte Firmament ausfüllen und schließlich die Berge berühren, doch das würde niemand mehr erleben, denn dem großen Tod, den der Bote von den Sternen brachte, eilte ein kleinerer voraus; klein allerdings nur in kosmischen Begriffen.

Für alles Leben auf dieser Welt war er groß genug.

Ganz anders als in den Nächten zuvor war sich Ben der Tatsache bewusst, dass er träumte. Er war sich sogar des Umstands bewusst, dass es ein Albtraum war, einer von der ganz üblen Sorte, aber dieses Wissen schützte ihn nicht vor der Angst, die dieser Nachtmahr mit sich brachte.

Dennoch war es zugleich ein äußerst bizarrer Traum, so sonderbar, dass seine Neugier und sein Erstaunen fast genauso stark waren wie die Panik, die seine Gedanken verheerte.

Alles, was er sah, war … fremd. An einem Horizont, der unmöglich weit entfernt schien und zugleich zum Greifen nahe und mit dessen Krümmung etwas nicht stimmte, erhoben sich Berge, unvorstellbar hoch und so kantig, dass ihr Anblick in den Augen wehtat, und auch sie waren von einem Schwarz, das es eigentlich nicht gab. Die Luft, die er atmete, war keine Luft, sondern etwas anderes. Und der Himmel … Die Sterne standen nicht in der richtigen Position und es waren zu viele. Dafür gab es keinen Mond. War er überhaupt auf der Erde oder hatte ihn dieser Traum, der irgendwie nicht wirklich ein Traum zu sein schien, in eine andere Welt entführt?

Die Antwort lautete nein. Es *war* die Erde, das spürte er mit einer Gewissheit, die so groß war, dass ihn allein der Gedanke an irgendeinen Zweifel beinahe körperlich schmerzte, aber eine Erde, die so radikal fremdartig war, dass Worte nicht ausreichten, um den Unterschied zu beschreiben.

Es waren nicht nur Berge, die er sah. Zwischen den schartigen, schwarzen Spitzen und ihm befanden sich … *Dinge*, aber er konnte nicht erkennen, was. Etwas in ihm schrak davor zurück, sie anzublicken.

Schließlich hob er den Kopf wieder und sah den gigantischen schwarzen Todesboten am Himmel an. Die Geister des Kommenden hatten ihm gesagt, was geschehen würde, aber ihre Prophezeiung wäre im Grunde nicht einmal notwendig gewesen. Seit einigen Nächten schon bebte die Erde; nicht besonders stark, aber sie *bebte*, und das Ammoniak in den Ozeanen brach sich jetzt mit größerer Wucht an den schwarzen Klippen. Der Todesbote war am Anfang nur ein Schmierfleck am Himmel gewesen.

Ben war verwirrt. Was waren das für Gedanken? Nicht seine eigenen, ganz bestimmt nicht, aber sie schienen dennoch irgendwie zu ihm zu gehören, so als wäre er nicht mehr ganz er selbst, sondern auch etwas anderes, Unheimliches, das viel mehr Teil dieser bizarren Welt war als der seinen. Die Geister des Kommenden? Was sollte das sein?

Er fand keine Antwort auf diese Frage, aber etwas anderes geschah: Aus dem Wogen zwischen dem Horizont und ihm löste sich eine Gestalt – vielleicht eine Gestalt, vielleicht auch etwas, das zu identifizieren sich seine Augen genauso weigerten wie die anderen … *Dinge* – und kam langsam auf ihn zu. Sie war groß, wogend und peitschend, mit gewaltigen, glotzenden Augen und schnappenden Kiefern und sie strahlte etwas so Feindseliges aus, dass sich Ben vor Furcht und Entsetzen krümmte wie ein getretener Wurm. Er wollte schreien, herumfahren und weglaufen, doch er konnte nichts von alledem. In seinem Traum war er zu Reglosigkeit und Schweigen verdammt und alles verschlingender Furcht, die ihn wie eine kalte Flamme von innen heraus verzehrte. Aber wenn er doch wusste, dass er träumte, warum konnte er dann nicht aufwachen?

Er konnte es nicht. Er konnte nur dastehen und das peitschende Ding anstarren, das auf ihn zuglitt und -schlabberte. Etwas wie ein schwärender Tentakel mit einer mörderischen Schere am Ende tastete sich in seine Richtung, und er wusste, dass etwas Schreckliches geschehen würde, wenn ihn diese Klaue berührte. Etwas, was tausendmal schlimmer war als der Tod, aber er war nicht fähig sich zu rühren. Das *Ding* kam näher, zitternd, schnappend, ein Versprechen auf unvorstellbares Grauen mit sich bringend, hatte ihn jetzt beinahe erreicht und dann …

… war plötzlich eine strahlend weiße Gestalt zwischen ihnen, ein schimmernder Engel ohne Flügel, der sich schützend vor ihn stellte und das Ungeheuer durch seine bloße, gleißende Anwesenheit zurückwarf. Und …

12

... **BEN FUHR MIT EINEM KEUCHENDEN LAUT HOCH** und starrte eine geschlagene Sekunde verständnislos in ein Gesicht, das ebenfalls schön und Vertrauen erweckend war, aber nicht dem Engel aus seinem Traum gehörte. Das konnte es auch nicht, denn er träumte nicht mehr, sondern lag schweißgebadet in seinem Bett, japste nach Luft wie ein Fisch auf dem Trockenen und hoffte, dass sein Herz es sich im letzten Moment doch noch anders überlegte und seine Versuche einstellte, mit Gewalt durch seine Rippen brechen zu wollen.

»Was ist los?«, fragte seine Mutter erschrocken.

»Nichts«, antwortete Ben mühsam. Er versuchte sich aufzurichten, schaffte es aber erst beim zweiten Anlauf. »Ich ... ich glaube, ich hatte einen Albtraum.«

»Aber jetzt ist er vorbei?«, erkundigte sich seine Mutter vorsichtig.

»Ich ... ähm ... glaube schon.« Er versuchte sich möglichst unauffällig in der Kabine umzusehen, was seine Mutter natürlich erst recht beunruhigte. Doch wenigstens wusste er jetzt, dass in seiner Kabine alles so war, wie es sein sollte. Nichts lauerte in den Schatten, nichts versuchte, ihn aus dem Nichts heraus anzuspringen, es gab keine Schlabbermonster, keine Todesboten und keine Spinnen.

»Ist auch wirklich alles in Ordnung mit dir?«, wollte seine Mutter wissen.

»Ja«, behauptete Ben mit einem nervösen Lächeln, aber umso weniger Glaubwürdigkeit. »Es ist wirklich alles okay. Aber was machst du denn hier? Du wolltest doch erst in einer Stunde zurückkommen.«

»Stimmt. Und das war vor *zwei* Stunden. Ich wurde aufgehalten, tut mir leid.«

»Zwei Stunden?«, vergewisserte sich Ben blinzelnd.

»Plus die eine, die ich angekündigt hatte.«

Drei Stunden?, dachte Ben erschrocken. Er hatte *drei* Stunden geschlafen? Angestrengt kramte er in seiner Erinnerung. Sicher, der

Traum war entsetzlich gewesen, vielleicht das Schlimmste, was er jemals erlebt hatte, doch er hatte trotzdem nur ein paar Augenblicke gedauert. Wo war der Rest dieser drei Stunden geblieben?

Andererseits war es eine sehr kurze Zeit, um eine Milliarde Jahre und wieder zurück zu überwinden.

»Eine Milliarde?« Wie kam er jetzt wieder auf *diese* Zahl?

»Eine Milliarde?«, wiederholte seine Mutter und schüttelte den Kopf. »Nein, keine Sorge. *So* teuer ist eine Sprechstunde bei mir nun auch wieder nicht.«

Ben glotzte sie verwirrt an, bevor ihm klar wurde, dass er seinen letzten Gedanken offensichtlich laut ausgesprochen hatte. »Es ... es war nichts«, sagte er verlegen. »Ich glaube, es war wirklich ein übler Traum. Ich sollte ins Bad gehen und mir ein bisschen kaltes Wasser ins Gesicht spritzen.«

»Gute Idee«, lobte seine Mutter. »Und über den Rest am besten gleich auch. Du riechst ein wenig streng, Sohn.«

Während Ben mühsam die Beine aus dem Bett schwang und sich, noch immer ein bisschen benommen, aufzusetzen versuchte, sah er an sich herab und musste seiner Mutter im Stillen Recht geben. Er hatte sich in seinen Kleidern aufs Bett sinken lassen und war so schweißgebadet, dass seine Klamotten troffen, als wäre er damit ins Wasser gefallen. Seine Mutter hatte es noch diskret ausgedrückt. Er roch nicht ein wenig streng, er stank.

»Fünf Minuten«, murmelte er.

»Oh, lass dir ruhig Zeit«, meinte seine Mutter, während er sich hochstemmte und mit hängenden Schultern ins Bad schlurfte. »Aber tu mir und dem Rest des Schiffes einen Gefallen und zieh frische Kleider an, nachdem du geduscht hast.«

Ben nahm – widerwillig – den Umweg zum Kleiderschrank in Kauf, angelte wahllos irgendetwas heraus und verbrachte die nächsten fünf Minuten unter der Dusche und mit dem Versuch, sich sowohl den Schweiß als auch die Erinnerung an den Albtraum abzuwaschen. Mit dem Schweiß funktionierte es (mittels einer halben Flasche Duschgel) hervorragend, der Albtraum ... war eben ein Albtraum, basta. Wahrscheinlich hatte sein Vater Recht: Es war alles ein bisschen viel für ihn gewesen, schließlich war er es nun wirklich nicht gewohnt, sich mit Eispiraten und wild gewordenen Möchtegernrambos herumzuschlagen. Da wunderte er sich, wenn seine Fantasie Amok lief? Ein bisschen frische Luft, ein heißes Getränk – vielleicht, ein Wiedersehen mit Sasha? – würden ihn schon auf andere Gedanken bringen.

Mit einem Handtuch um die Hüften und ohne auch nur an die Kleider zu denken, die er eigens mit ins Bad genommen hatte, ging er in seine Kabine zurück. Seine Mutter zog die Augenbrauen zusammen und spitzte dann anerkennend die Lippen. »Oh, là là. Also, wenn ich nicht verheiratet wäre …«

»Und alt genug, um meine Mutter zu sein«, fügte Ben hinzu.

»Stimmt.« Sie lächelte unerschütterlich weiter, aber ihre Augen blickten plötzlich sehr ernst. »Und als die frage ich mich natürlich, was wirklich mit dir los ist.«

»Nichts«, erwiderte Ben, während er zum Schrank ging und sich die zweite Garnitur frischer Kleidung heraussuchte. »Ich habe mir ein bisschen zu viel zugemutet, das ist alles.«

»Das meine ich nicht. Vorhin an Deck … ich habe nichts gehört, aber man konnte schlecht übersehen, dass du mit diesem Harry ganz schön aneinander geraten bist.«

»Hm«, machte Ben. Er begann sich anzuziehen, was sich als gar nicht so einfach erwies, ohne das Handtuch fallen zu lassen. Aber die vier oder fünf Schritte zum Bad zurückzugehen war ihm im Moment viel zu mühsam. Da machte er schon lieber komische Verrenkungen und hüpfte abwechselnd auf dem rechten und dem linken Bein herum.

»›Hm‹ ist nicht unbedingt das, was ich jetzt hören wollte.«

»Viel mehr kann ich dir aber nicht sagen.« Ben begann mit seiner linken Socke zu kämpfen, aber sie erwies sich als unerwartet störrisch und weigerte sich schlichtweg, sich über seinen Fuß streifen zu lassen.

»Soll ich dir helfen?«, fragte seine Mutter spöttisch.

»Ich komme schon klar«, grollte Ben.

»Dann könntest du mir auch meine Frage beantworten«, bohrte sie unerbittlich weiter. »Was war los?« Ben resignierte. Er kannte seine Mutter gut genug um zu wissen, dass sie jetzt nicht aufgeben würde.

»Ich weiß es wirklich nicht«, sagte er trotzdem. »Aber du hast diesen Irren doch gesehen. Er hat mit seiner Schallkanone ein Schiff zerstört und war wohl wütend, weil ich ihn deswegen zur Rede gestellt habe.« Nun ja, das enthielt zumindest genug Wahrheit, um nicht vollkommen gelogen zu sein.

»Einen Mann wie diesen Harry *zur Rede* zu stellen«, sagte sein Mutter, »zeugt entweder von einer gehörigen Portion Mut oder von ziemlicher Dummheit.«

Ben hatte den Kampf gegen seinen widerspenstigen Strumpf endlich gewonnen und nahm das Hemd in Angriff, während er sich zu ihr herumdrehte. Er machte wieder nur: »Hm.«

»Was war wirklich los?«, fragte sie geradeheraus. »Dein Vater hat mir von deinem Benehmen unten im Maschinenraum erzählt.«

»Und jetzt zweifelst du an meinem Verstand«, vermutete Ben. »Keine Angst, mit mir ist alles in Ordnung. Ich habe ein paar schlechte Träume gehabt, das ist alles.« Er zuckte mit den Achseln. »Vielleicht ist das meine persönliche Art der Seekrankheit.«

»Das kann sogar sein. Jeder reagiert anders auf Stress. Du hattest schon immer eine lebhafte Fantasie.«

»Danke für das Kompliment.«

»Ich meine es ernst. Und es ist auch nichts Schlimmes dabei. Dein Fieber scheint ja weg zu sein, und von diesem Harry und seinen Leuten ist seit Stunden nichts mehr zu sehen. Ich schlage vor, du bist ausnahmsweise einmal ein Kavalier der alten Schule und begleitest deine greise Mutter auf den Ball heute Abend. Das bringt dich auf andere Gedanken.«

»Was für ein *Ball*?«, fragte Ben.

»Ihr jungen Leute nennt das wohl eher Party. Die Feier, weil wir die Küste erreichen. Schon vergessen?«

»Nein, aber ich dachte, Kapitän Schulz würde sie absagen, nach dem, was passiert ist.«

»Er wird sich hüten. Ganz im Gegenteil. Nach der hässlichen Geschichte von heute Mittag tut er alles, um an Bord wieder zur Normalität zurückzukehren. Die Party kommt ihm wie gerufen, nehme ich an. Die Leute sprechen über nichts anderes mehr.«

»Und du meinst, das tun sie auf der Party nicht?«

»Doch«, gestand seine Mutter schmunzelnd. »Aber nach dem ersten halben Dutzend kostenloser Martinis sieht die Welt schon ein bisschen anders aus.«

»Kostenlose Martinis?«

»Du bist noch nicht volljährig, junger Mann. Alkohol bekommst du nur über meine Leiche. Wenn du also nicht zu drastischen Maßnahmen greifen willst, dann musst du entweder warten, bis du erwachsen bist oder ich an Altersschwäche gestorben bin.«

»Die ganzen zwei Wochen?«, ächzte Ben.

Seine Mutter warf mit einem Kopfkissen nach ihm. Ben duckte sich lachend unter dem improvisierten, nichtsdestoweniger aber sehr zielsicher geschleuderten Wurfgeschoss – und dann blieb ihm das Lachen im Halse stecken, als sein Blick auf das Bett fiel. Genau dort, wo das Kissen gelegen hatte, hockte eine fette, haarige Spinne.

Sein Schrecken musste sich wohl deutlich auf seinem Gesicht abzeichnen, denn seine Mutter runzelte die Stirn und wollte den Kopf drehen, um seinem Blick zu folgen, und Ben bückte sich hastig, klaubte das Kissen auf und warf es wuchtig zurück. Es landete in ihrem Gesicht, und nachdem sie sich schnaubend davon befreit hatte, war auch die Spinne nicht mehr da. Spinnen sahen nicht besonders gut, soweit Ben wusste, aber die hektische Bewegung musste sie wohl verscheucht haben. Das hätte ihm noch gefehlt, dachte er – eine hysterische Mutter, die vor Schreck zum Ventilator hochsprang und sich daran festklammerte!

»Das war heimtückisch!«, beschwerte sich seine Mutter.

»Und? Ich bin jung. Ich darf das.«

»Falsch! Du bist jung und du darfst *dumm* sein. Heimtücke ist das Vorrecht des Alters.« Plötzlich war das Misstrauen in ihren Augen wieder da. »War … irgendetwas? Du bist blass geworden.«

»Nein, nichts«, versicherte Ben hastig. »Mir ist … ähm … nur ein bisschen schwindelig, das ist alles.« Das war nicht einmal gelogen. Die rasche Bewegung war offensichtlich zu viel für seinen immer noch angeschlagenen Kreislauf gewesen.

»Ich sollte dich wohl doch noch einmal gründlich untersuchen«, sagte seine Mutter. Sie stand auf und kam näher. Sie versuchte weiterhin zu lächeln, aber es gelang ihr nicht ganz, die Sorge zu verhehlen, die sie empfand.

»Wegen einer simplen Erkältung?« Ben hob abwehrend die Hände. »Jetzt übertreib es nicht. Ich bin kein Baby mehr.«

»Dann benimm dich auch nicht so.« Sie tastete nach seinem Puls, fühlte seine Stirn und sah ihm dann kurz, aber sehr aufmerksam zuerst in die Pupillen und dann in den Hals. »Fieber hast du jedenfalls keines mehr«, meinte sie, nachdem Ben ihre improvisierte Untersuchung über sich ergehen hatte lassen. »Und dein Puls ist auch wieder in Ordnung. Dein Hals ist ein bisschen rot, aber das kann an der Kälte liegen. Ich weiß nicht … vielleicht solltest du doch besser im Bett bleiben, statt auf diese Party zu gehen.«

»Und die einzige Unterbrechung in zwei Wochen Langeweile verpassen?«, empörte sich Ben. »Nichts da! Und wenn ich auf Händen und Knien hinkriechen muss.«

»Also gut, meinetwegen«, seufzte seine Mutter widerstrebend. »Aber beschwer dich nicht bei mir, wenn du auf Händen und Knien *zurück*kriechen musst. Und erwarte nicht, dass ich dir helfe.«

»Natürlich erwarte ich das«, gab Ben mit einem breiten Grinsen zurück. »Immerhin bist du Ärztin und hast diesen komischen Eid des Hippokrates geschworen.«

»Aber ich bin auch deine Mutter«, erwiderte sie schnippisch. »Und als solche bekomme ich von jedem Gericht mildernde Umstände. Jedenfalls, wenn der Richter auch Kinder hat.« Sie maß ihn mit einem abschließenden kritischen Blick und trat dann zurück. »Also gut. Es geht in einer guten Stunde los. Wir treffen uns in der Lounge, einverstanden? Oder sollen dein Vater und ich dich abholen?«

»Nur wenn ich den Weg allein nicht finden sollte«, antwortete Ben in übertrieben beleidigtem Ton. »Ihr könnt mich ja abholen kommen, wenn ich nicht auftauche.«

»Worauf du dich verlassen kannst.« Seine Mutter bekräftigte ihre Worte mit einem grimmigen Nicken und sah dann auf die Armbanduhr. »Aber jetzt muss ich gehen. Ich habe noch einen anderen Patienten, um den ich mich kümmern muss. Und so was nennt sich Urlaub!«

»Den Söldner? Wie geht es ihm?«

»Nicht besonders gut, fürchte ich. Die Wunde ist nicht so schlimm, aber sein Fieber sinkt einfach nicht. Der Mann gehört in ein Krankenhaus, doch das nächste ist ziemlich weit entfernt.«

»Gibt es denn hier an Bord keinen Arzt?«

»Doch. Er ist gut. Wahrscheinlich besser als ich, ehrlich gesagt. Immerhin ist es ziemlich lange her, dass ich praktiziert habe. Aber auch er kann nicht zaubern. Wenn man einem Menschen helfen will, dann muss man erst einmal wissen, was ihm eigentlich fehlt.« Sie sah ihn mit schräg gehaltenem Kopf an. »Du warst doch dabei. Bist du ganz sicher, dass es nur ein Eissplitter war, der ihn getroffen hat?«

»Nein«, antwortete Ben wahrheitsgemäß. »Nicht ganz, aber ziemlich. Was soll es denn sonst gewesen sein?«

»Wenn ich das wüsste.« Seine Mutter seufzte tief und hob noch einmal die Schultern. »Ich sehe noch einmal nach ihm. Wir treffen uns dann auf der Party. Komm nicht zu spät. Wenn ich Kapitän Schulz richtig verstanden habe, dann bringt er seine Tochter mit.« Und damit ging sie.

Er wartete, bis sie die Tür hinter sich geschlossen hatte, dann nahm er sich eine Zeitung, faltete sie zu einer praktischen Spinnenklatsche zusammen (normalerweise hätte er ein so harmloses Tierchen niemals umgebracht, das schließlich nichts dafür konnte, dass es hässlich war, aber mittlerweile ging ihm das Mistvieh gehörig auf die Nerven) und verbrachte einen Gutteil der Stunde, die ihm noch blieb, mit der Suche nach einem gewissen achtbeinigen blinden Passagier, ohne ihn allerdings zu finden. Er hatte auch nicht ernsthaft damit gerechnet. Wenn es irgendetwas gab, was die Gefräßigkeit von Spinnen übertraf, dann war es ihre Meisterschaft im Verstecken. Wahrscheinlich saß das kleine Scheusal jetzt in irgendeiner finsteren Ecke und lachte sich einen Ast über seine plumpen Versuche, es aufzuspüren.

»Fühl dich bloß nicht zu sicher«, erklärte er dem leeren Zimmer. »Früher oder später kriege ich dich, mein Wort drauf.«

Weder die Kabine noch die Spinne antworteten ihm, aber plötzlich musste Ben lachen, als ihm klar wurde, dass er sich gerade genauso angehört hatte wie Harry.

Doch seine gute Laune verflog sofort wieder. Die Sache war wirklich ... komisch. Ben hatte weder jetzt noch das letzte Mal unter der Plane genau hinsehen können – aber er war trotzdem beinahe sicher, dass es immer dieselbe Spinne gewesen war. Irgendwie schien sie einen Narren an ihm gefressen zu haben. Ben hätte sich weiß Gott ein niedlicheres Haustier vorstellen können als ausgerechnet eine *Spinne*, doch vielleicht würde sich der kleine Arachnide seine Anhänglichkeit ja noch überlegen, wenn er erst anfing, ihm ein Bein nach dem anderen auszureißen, und das schön langsam ... Ben runzelte erschrocken die Stirn. Was waren das für Gedanken? Ganz egal aus welchem Grund, er würde niemals ein Tier quälen!

Nein, irgendetwas stimmte nicht.

Schlimmstenfalls nicht mit ihm.

13

OBWOHL ER SICH ZEIT LIESS und den Weg zur Lounge so langsam zurücklegte, dass er genauso gut auf Händen und Knien hätte kriechen können, gehörte er mit zu den Ersten, die dort oben eintrafen, was auch nicht wirklich erstaunlich war. Bis zum offiziellen Beginn der Party war noch fast eine Stunde Zeit, und bis sie richtig losging, vermutlich noch sehr viel mehr. Um Mitternacht, quasi als Höhepunkt des Festes, war ein großes Feuerwerk geplant, auch wenn es bis dahin noch nicht richtig dunkel sein würde. Der kurze Sommer der Antarktis neigte sich dem Ende entgegen. Direkt am Südpol war bereits eine fast sechs Monate dauernde Nacht angebrochen, und hier in Küstennähe herrschte im Moment – zumindest für seine Begriffe – einfach ein einziges Durcheinander aus Hell und Dunkel. Die Nächte dauerten nur wenige Stunden, das aber wiederum nur für wenige Tage, bis sie nach und nach länger wurden und es gar nicht mehr richtig hell wurde.

Da er nichts Besseres zu tun hatte und sich zwischen all den Stewards und Kellnern, die noch eifrig damit beschäftigt waren, das Büfett und die Getränke für den erwarteten Ansturm der Gäste vorzubereiten, reichlich deplatziert vorkam, trat er an das große Fenster heran und sah nach Süden. Bald würde die Küste der Antarktis in Sicht kommen, und etwa eine Stunde später, sobald die kurze Dämmerung einsetzte, würden sie anhalten und die Party würde richtig losgehen. Er hatte Schulz gefragt, warum sie sich dem antarktischen Kontinent nicht weiter näherten; ein Blick auf die Küste aus nächster Nähe wäre verlockend gewesen und das Meer war dort tief genug für die *Princess.* Doch Schulz hatte das rundheraus abgelehnt, unter Hinweis auf die unberechenbaren Strömungen und noch unberechenbareren Windverhältnisse. Kein verantwortungsbewusster Kapitän, so hatte er betont, würde sein Schiff und die Menschen an Bord einem solchen Risiko aussetzen.

Damals hatte Ben ihm geglaubt.

Genau genommen, dachte er, hätte er den Braten da schon riechen können. Wind- und Strömungsverhältnisse waren schon zehn Kilometer vor der Küste unberechenbar und daher gefährlich, aber die *Princess* musste bis auf diese Distanz an das Festland heran, damit Harry und sein Schlägertrupp von Bord gehen konnten.

Apropos Harry und sein Schlägertrupp: Zwei der weiß vermummten Gestalten tauchten in diesem Moment auf dem Vorderdeck auf und begannen die *Satellitenschüssel* abzubauen. Der Anblick hätte ihn beruhigen sollen, aber das genaue Gegenteil war der Fall. Bei der Vorstellung, dass die Männer die Schallkanone abbauten, fühlte er sich plötzlich hilf- und schutzlos. Dabei gab es keinen Grund mehr für die Anwesenheit dieses Monstrums an Bord. Die Piraten waren vernichtet, die Gefahr vorbei.

Und wenn es noch mehr von ihnen gab?

Unwillkürlich sah er wieder in die Richtung, in der die Nebelbank aufgetaucht war, und für einen Augenblick bildete er sich ein, sie zu sehen, aber dann musste er über seinen eigenen Gedanken lächeln. Piraten, die im einundzwanzigsten Jahrhundert ein Kreuzfahrtschiff überfielen, das war schon ungewöhnlich genug – aber gleich eine ganze Flotte?

Das war lächerlich!

Er drehte sich mit einem Ruck vom Fenster weg und stellte erleichtert fest, dass er mittlerweile nicht mehr der einzige Gast in der Lounge war. Ungefähr ein Dutzend weiterer Passagiere war inzwischen eingetrudelt, unter ihnen auch seine Eltern. Ben ging auf sie zu und blieb dann abrupt wieder stehen, als er den Mann erkannte, mit dem sein Vater gerade sprach. Er drehte ihm den Rücken zu und er trug jetzt einen schicken, dunkelgrauen Anzug, in dem er ihn sich bisher nicht einmal hätte vorstellen können ... aber es war zweifelsohne Harry.

Was zum Teufel hatte sein Vater mit Harry zu besprechen?

Es gab nur einen Weg, das herauszufinden.

Ben ging weiter, erwiderte das erfreute Lächeln seiner Mutter flüchtig und klaubte sich im Vorbeigehen ein Glas Orangensaft vom Tablett eines Kellners, ehe er provozierend dicht neben seinem Vater Aufstellung nahm. Sein Vater nickte nur, aber Harry prostete ihm mit einem Glas Mineralwasser zu und sagte: »Hallo, Ben. Schön, dass wir uns noch einmal sehen.«

»Ach?«, fragte Ben.

»Hauptmann West und seine Leute gehen heute Nacht von Bord«, erklärte sein Vater.

»Ich weiß«, sagte Ben. Er deutete auf Harrys Anzug. »So?«

»Oh, wir haben noch Zeit«, antwortete Harry in fast fröhlichem Ton. »Wir gehen erst von Bord, wenn es dunkel geworden ist … oder was sich hier so Dunkelheit nennt. Schließlich wollen wir die Passagiere ja nicht noch mehr beunruhigen.«

»Wozu?«, fragte Ben.

»Du meinst, weil sie uns sowieso schon gesehen haben?«

»Nein.« Ben nippte an seinem Orangensaft und suchte aufmerksam in Harrys Gesicht nach einer Spur von Unaufrichtigkeit oder Spott, fand aber keine. »Warum geht ihr an Land? Wollt ihr immer noch zu dieser Wetterstation?«

»Das war unser ursprünglicher Auftrag«, antwortete Harry, »und daran hat sich nichts geändert. Unsere Freunde von heute Morgen waren nur eine kleine Zugabe. Die Forscher dort drüben warten immer noch auf uns.«

»Obwohl die Piraten ausgeschaltet sind?«

»Wenn es dieselben waren.« Harry zuckte mit den Schultern. »Ich persönlich glaube zwar nicht, dass es gleich zwei Banden gibt … aber man weiß nie. Die Eierköpfe in der Wetterstation fühlen sich auf jeden Fall sicherer, wenn meine Leute und ich bei ihnen sind.« Er unterbrach sich und sah Bens Mutter fast verlegen an. »Entschuldigung.«

»Wie, Eierköpfe?«, sie lachte. »Schon gut, das sind wir gewohnt. Für uns *Eierköpfe* ist das schon fast ein Kompliment. Sie meinen also, es bestünde keine Gefahr mehr für die Station?«

»Ich gehe prinzipiell davon aus, dass Gefahr besteht«, antwortete Harry ernst. »Das gehört zu unserem Beruf. Aber ich glaube tatsächlich, dass die Station jetzt sicher ist. Ein paar Monate Schneeurlaub ohne allzu großen Stress werden meinem Trupp sicher gut tun.«

»Und Sie haben gar keine Skrupel, für eine Leistung zu kassieren, die Sie gar nicht erbringen?«, erkundigte sich Jennifer Berger.

»Streng genommen haben wir sie schon erbracht. Die Piraten sind erledigt, oder?«

Bens Mutter wollte antworten, doch ihr Mann kam ihr zuvor. »Wie lange bleiben Sie auf dieser Wetterstation?«

»Wenn nichts Unvorhergesehenes passiert, bis Mitte November. Dann fängt ja hier der Sommer an«, antwortete Harry.

»Den ganzen Winter über?« Vater starrte ihn an.

»Ja – wieso?«

»Oh, nichts«, meinte Bens Vater. Plötzlich schien er alle Mühe zu haben, ein schadenfrohes Grinsen zu unterdrücken. »Sie wissen natürlich, was ein Winter in der Antarktis bedeutet.«

»Es wird ziemlich kalt«, schnappte Harry.

»Ja, so könnte man es ausdrücken«, bemerkte sein Vater trocken. Mit einem Male grinste er. »Das kommt ganz darauf an, wie man das Wort *kalt* definiert.«

Harry starrte ihn fast wütend an, dann aber gab er sich einen sichtbaren Ruck, zwang sich zu einem Lächeln und wandte sich erneut an Bens Mutter.

»Ich bin nur gekommen, um mich noch einmal bei Ihnen zu bedanken, Frau Doktor«, sagte er ein wenig steif. »Sie haben sich wirklich ausgezeichnet um meine Männer gekümmert.«

»Dafür bin ich da. Auch wenn Sie auf einen von ihnen wohl bis zu Ihrer Rückkehr verzichten müssen, fürchte ich. Wie geht es dem anderen?«

»Ganz wunderbar. So ein kleiner Kratzer wirft meine Jungs nicht um, keine Sorge.«

»Der *kleine Kratzer* ist ein acht Zentimeter langer Schnitt am Hals«, erwiderte Jennifer Berger streng. »Übertreiben Sie es nicht. Gönnen Sie ihm noch ein paar Tage Ruhe.«

»Sie meinen, nur zweihundert Kniebeugen am Morgen statt der üblichen vierhundert?«, fragte Harry.

»Hundert, allerhöchstens. Das ist eine ärztliche Anweisung.«

Harry seufzte. »Dann bleibt mir wohl keine andere Wahl.« Er zog eine Grimasse, dann drehte er sich wieder zu Ben um und streckte ihm die Hand entgegen. »Friede?«

Etwas Überraschenderes hätte er kaum tun können. Ben starrte ihn drei Sekunden lang einfach nur an und dann noch einmal mindestens ebenso lange seine ausgestreckte Hand, doch dann fing er einen fast beschwörenden Blick seines Vaters auf und griff widerstrebend zu. Aber er konnte sich nicht verkneifen zu sagen: »Waffenstillstand?«

»Auch gut«, erwiderte Harry grinsend. Er drückte deutlich fester zu, als nötig gewesen wäre, doch Ben tat ihm nicht den Gefallen, sich den Schmerz anmerken zu lassen. Eher hätte er sich die Finger brechen lassen. Nicht dass Harry weit davon entfernt gewesen wäre …

»Ben, bitte«, sagte sein Vater missbilligend.

»Schon gut.« Harry setzte seine Bemühungen fort, jeden einzelnen Knochen seiner Hand zu Mus zu zerquetschen, zauberte aber trotzdem ein strahlendes Lächeln auf sein Gesicht. »Das ist schon mehr, als ich zu hoffen gewagt habe, nach allem, was passiert ist. Zwischen uns ist eine Menge schief gelaufen … leider.«

»Es war ja auch ziemlich hektisch«, meinte Ben. Das war ganz und gar nicht das, was er eigentlich gern gesagt hätte, doch in Gegenwart seiner Eltern wollte er nicht schon wieder einen Streit vom Zaun brechen – und wozu auch? Noch ein paar Stunden und Harry war auf Nimmerwiedersehen aus seinem Leben verschwunden.

»Ziemlich.« Harry wirkte mit einem Male verlegen und ließ endlich seine Hand los. »Und Sie freuen sich darauf, noch die letzten Tage an Bord zu genießen, Dr. Berger?«, fragte er unbeholfen.

»Ja. In Australien beginnt für uns wieder der Ernst des Lebens.«

»Der graue Alltag«, vermutete Harry.

»Der *warme* Alltag«, verbesserte ihn Bens Vater.

Harry schwieg ein paar Augenblicke. Ein paar Augenblicke, in denen er Ben fast leidtat. Aber eben nur fast.

»Wann genau geht ihr von Bord?«, wollte Ben wissen.

»Kannst es nicht abwarten, wie?«, fragte Harry. Aber er lachte dabei und es wirkte ehrlich. Dann schüttelte er den Kopf. »In drei oder vier Stunden.« Er sah auf die Uhr und verbesserte sich: »Drei. Möchtest du zusehen?«

»Wobei?«

»Beim Ausschiffen. Das volle Programm. Die Hälfte von uns geht mit dem Hovercraft von Bord, die andere mit Schlauchbooten; komplett aufmunitioniert und in voller Kampfmontur. Sag nicht, dass dich das nicht interessiert.«

»Doch, schon«, antwortete Ben verdutzt. Aber –«

»Dann treffen wir uns in zweieinhalb Stunden unten im Laderaum. Du weißt ja, welchen ich meine.« Und damit drückte er Ben sein Wasserglas in die Hand und ging.

Bens Vater sah ihm kopfschüttelnd hinterher. »Was für ein …«

»Arschloch?«, schlug seine Frau vor, als er nicht weitersprach.

»Ja. Etwas in der Art hat mir vorgeschwebt. Auch wenn ich natürlich empört bin, ein solch unflätiges Wort aus deinem Mund zu hören. Aber im Prinzip … ja, die Richtung stimmt.«

Ben sah seine Eltern abwechselnd und mit wachsender Verblüffung an. »Aber wenn ihr ihn beide für ein solches … *Arschloch* haltet, warum wart ihr dann so freundlich zu ihm?«

»Höflich«, korrigierte ihn sein Vater. »Ich war höflich, nicht freundlich.«

»Das ist ein Unterschied«, fügte seine Mutter hinzu.

»Ein gewaltiger«, sagte sein Vater.

»Aha«, machte Ben. Musste er das verstehen?

»Das ist die Art von uns Erwachsenen, sich zu streiten«, erklärte sein Vater.

»Immer zivilisiert«, ergänzte seine Mutter.

»Und die Quittung bekommt er noch«, sagte sein Vater nun wieder. »Vom Schicksal höchstpersönlich. Der Kerl hat doch in Wirklichkeit keine Ahnung, was ein Winter in der Antarktis bedeutet.« Er lachte, leise und voller unverhohlener Schadenfreude. »Aber das wird er noch früh genug merken.«

»Du meinst, weil es fast ein halbes Jahr lang dunkel bleibt?«

»Wenn das alles wäre … Glaub mir, der Soldat, der unten im Krankenzimmer liegt, hat in Wahrheit das große Los gezogen. Er wird Gott noch auf den Knien für den Eiszapfen danken, der ihn getroffen hat.«

»Wie geht es ihm überhaupt?«, fragte Ben.

»Ein bisschen besser«, antwortete seine Mutter. »Jedenfalls als ich das letzte Mal bei ihm war.« Sie zögerte einen Moment, dann: »Aber etwas anderes: Ich habe mir diesen Lagerraum angesehen. Den, aus dem der Gefangene verschwunden ist. Hauptmann West hat mich reingelassen.«

»*Verschwunden.* So kann man es auch nennen.«

Seine Mutter sah ihn irritiert an, ging aber nicht auf seine Bemerkung ein. »Er war voller Wasser. Am Anfang dachte ich, die Söldner hätten es irgendwie mit hereingebracht, als sie den Toten an Bord geschafft haben.«

»Und?«, fragte Ben, als sie nicht weitersprach. Sie schien sich unbehaglich zu fühlen. Wenn ihr das Thema so unangenehm war, fragte er sich, warum hatte sie dann überhaupt davon angefangen?

»Ich habe mir dieses Wasser ein bisschen genauer angesehen«, fuhr sie schließlich fort. »Es ... es roch irgendwie komisch, fand ich.«

Und es hat sogar noch komischer geschmeckt, fügte Ben in Gedanken hinzu, hütete sich aber, es laut auszusprechen. »Ich weiß«, sagte er nur.

»Jedenfalls habe ich eine Probe von dem Zeug genommen«, fuhr sie fort. »Ich werde sie untersuchen. Wer weiß, was ich finde. Es könnte ja sein, dass das schon des Rätsels Lösung ist.«

»Du meinst, es könnte irgendwie ... vergiftet sein?«, fragte Ben leicht erschrocken. Er fuhr sich unwillkürlich mit der Zungenspitze über die Lippen. Aber der schlechte Geschmack war fort.

»Das Wort *verunreinigt* wäre mir in diesem Zusammenhang lieber. Aber im Prinzip hast du Recht. Es gibt ein kleines Labor unten in der Krankenstation. Wenn Kapitän Schulz es mir gestattet, dann benutzte ich es morgen.«

»Aber ich gestatte Ihnen doch alles, was Sie möchten, meine Gnädigste«, ertönte eine Stimme hinter ihnen. Überrascht drehte sich Ben herum und sah in Schulz' Gesicht, der so lautlos hinter ihnen aufgetaucht war, als hätte er sich angeschlichen. »Ich weiß zwar nicht, worum es geht, aber mein Schiff gehört Ihnen.«

»Hätte ich das vorher gewusst, hätte ich ein paar andere Wünsche geäußert«, erwiderte Jennifer Berger lächelnd. »Nein, es geht um –«

»Ich habe es gehört«, unterbrach sie Schulz. »Sie können das Labor benutzen, solange Sie wollen. Mich interessiert übrigens auch, was da unten wirklich passiert ist – auch wenn ich das nicht zugeben würde, solange dieser Aushilfs-James-Bond in Hörweite ist.« Er blickte sich demonstrativ um. »Wo ist er überhaupt?«

»Ich schätze, er zieht sich um«, antwortete Ben. »Seine Leute gehen ja in ein paar Stunden von Bord.«

»Und ich mache drei Kreuze hinter ihnen«, brummte Schulz. Sein Blick verfinsterte sich. »Ich möchte nicht in der Haut des Idioten aus der Reederei stecken, der sich diesen Blödsinn ausgedacht hat. Nachdem ich mit ihm fertig bin, kann er froh sein, wenn man ihn noch das Deck schrubben lässt.«

Das hatte wohl witzig klingen *sollen*, aber das, was Ben dabei in seinen Augen las, machte die beabsichtigte Wirkung zunichte.

Seine Eltern tauschten einen bezeichnenden Blick, und schließlich räusperte sich sein Vater und fragte: »Haben Sie schon Kontakt mit der Reederei aufgenommen?«

»Nein, noch nicht. Der Funk streikt noch immer.«

»Genau wie mein Handy.«

»Ihr Handy?« Schulz blinzelte.

»Es geht einfach nicht an. Ich kann versuchen, was ich will. Das Ding ist hin.«

»Das ist seltsam«, meinte Schulz. »Mein Telefon streikt ebenfalls. Und das meines Offiziers auch. Ich wollte es mir leihen.«

»Wir sind hier fast am Südpol«, wandte Jennifer Berger ein. »Wahrscheinlich mitten im größten Funkloch der ganzen Welt.«

Schulz schüttelte den Kopf. »Ich habe ein Iridium.«

»Aha«, machte Bens Mutter und sah ihn völlig verständnislos an.

»Das ist ein spezielles Netz, das überall auf der Welt funktioniert«, erklärte Ben. Nach einer halben Sekunde fügte er in leicht bewunderndem Tonfall hinzu: »Sauteuer.«

Schulz schenkte ihm ein rasches Lächeln. »Aber eben leider nicht ganz so zuverlässig, wie man mir versprochen hat. Es funktioniert nicht.« Er zuckte mit den Achseln und begann mit den Fingernägeln an der verschorften Wunde auf seiner Wange zu kratzen, während er weitersprach. »Wahrscheinlich wieder eine atmosphärische Störung, wie sie in dieser Gegend häufig vorkommt. Es hat schon seinen Grund, warum man diese Wetterstation ausgerechnet hier gebaut hat. Und vielleicht ist es ganz gut so.«

»Was?«, fragte Ben.

Seine Mutter sagte: »Lassen Sie das.«

Schulz ließ schuldbewusst die Hand sinken, auch wenn es zu spät war. Die Wunde war wieder aufgegangen und ein einzelner Blutstropfen lief an seiner Wange herab, ohne dass er ihn zu bemerken schien. Er beantwortete Bens Frage.

»Manchmal ist es einfach besser, wenn man eine Nacht über einer Entscheidung schläft, statt in der ersten Wut etwas zu sagen, was man anschließend bereut.«

Das klang vernünftig, fand Ben – aber irgendwie sah Schulz nicht so aus, als ob er diese Worte auch ernst meinte.

Bens Mutter ging zum Büfett, kam mit einer Papierserviette zurück und tunkte einen Zipfel davon kurzerhand in ihr Wasserglas. Schulz runzelte überrascht die Stirn und wollte den Kopf zurückziehen, als sie sich damit seinem Gesicht näherte, aber sie sagte streng: »Halten Sie still!«

»Jawohl, Frau Doktor.« Schulz hielt still, bis sie das Blut von seinem Gesicht getupft hatte. Aber damit schien sie noch nicht zufrieden zu sein. Während sie die Serviette in der Faust zusammenknüllte, neigte sie sich vor und musterte die kleine Wunde auf seiner Wange aus konzentriert zusammengekniffenen Augen.

»Das sieht gar nicht gut aus.«

Schulz wollte instinktiv die Finger wieder ans Gesicht heben, doch Bens Mutter schlug seine Hand einfach beiseite, und Ben beugte sich – unhöflich oder nicht – vor und besah sich den Kratzer in Schulz' Gesicht.

Seine Mutter hatte Recht. Die Wunde war nicht besser geworden. Im Gegenteil. Sie hatte sich nicht vergrößert, aber sie sah … *hässlicher* aus: entzündet, mit dick verschorften Rändern, und es war noch dazu ein sehr sonderbarer Schorf; eher weiß als braun oder rot. Wenn man genau hinsah, erkannte man, dass er winzige weiße Ausläufer in die umgebende Haut geschickt hatte, wie mikroskopisch feine Ärmchen. Ein leises Ekelgefühl machte sich in Ben breit, doch es gelang ihm, es sich nicht anmerken zu lassen.

Seiner Mutter ging es offensichtlich ähnlich. »Das gefällt mir nicht. Ich würde gern mit Ihnen hinunter ins Krankenzimmer gehen und die Wunde versorgen.«

»Aber das ist doch nur ein Kratzer«, protestierte Schulz.

»Der sich offensichtlich entzündet hat«, versetzte Bens Mutter. »Möchten Sie für den Rest Ihres Lebens eine Narbe im Gesicht haben?«

Schulz kapitulierte. »Gegen einen Arzt ist man offensichtlich machtlos«, seufzte er.

»Wem sagen Sie das?«, fügte Ben hinzu. »Ich habe zwei davon in der Familie.«

14

DA SASHA auch innerhalb der nächsten halben Stunde nicht auf der Party auftauchte (die überdies alles tat, außer in Schwung zu kommen), verkrümelte sich Ben wieder in seine Kabine und schlug die nächsten eineinhalb Stunden damit tot, sich einen Film anzusehen, an den er sich schon nicht mehr erinnerte, bevor der Abspann auch nur halb vorüber war. Zu seiner eigenen Überraschung war er so müde, dass er mit aller Macht darum kämpfen musste, nicht einzuschlafen. Doch ehe das geschah und er sich womöglich in einem noch viel schrecklicheren Albtraum wiederfand, zog er sich lieber um und ging hinunter zu Harry und seinen Männern, um ihrer Abreise zuzusehen.

Ben hätte es niemals laut zugegeben, aber Harry hatte den Nagel auf den Kopf getroffen: Die Vorstellung, dieser kleinen Armee beim Abrücken zuzusehen und sich dabei auszumalen, dass sie gerade in eine heroische Schlacht zog, bei der es um eine Kleinigkeit wie die Rettung der Welt oder zumindest doch die Zukunft der gesamten Menschheit ging, hatte etwas Prickelndes, das zwar von einem sachten schlechten Gewissen begleitet wurde, was die Sache aber eher noch interessanter machte. Und solange sich alles nur in seinem Kopf abspielte – wem schadete er schon damit?

Nun ja, vielleicht sich selbst.

Aber mit einem bisschen Schwund musste man eben leben.

Da er keinen anderen Weg kannte, ging er über das Vorderdeck und trat durch die schmale Tür, die er auch bei seinem ersten Ausflug in die metallenen Eingeweide der *Princess* benutzt hatte. Anders als damals war der dahinter liegende Gang jetzt taghell erleuchtet, und aus der Tiefe drang ihm nicht nur der schwere, eiserne Herzschlag der Turbinen entgegen, sondern auch ein Durcheinander von Stimmen, Schritten und Gepolter und anderem Lärm. Harrys Männer legten jetzt keinen Wert mehr darauf, möglichst leise zu sein. Wozu auch?

Die Tür zum Laderaum, der nun ebenfalls hell erleuchtet war, stand sperrangelweit offen. Die zahllosen Containerstapel waren verschwunden, dafür waren wie aus dem Nichts zwei große weiße Schlauchboote aufgetaucht, jedes länger als das Hovercraft und schwer beladen. Ein paar von Harrys Leuten hatten bereits in den Booten Platz genommen, fummelten an ihren Waffen herum oder langweilten sich einfach. Zu seiner großen Überraschung entdeckte er auch zwei Frauen unter ihnen, die ihm bisher nie aufgefallen waren. Harry selbst stand auf der Ladefläche des Luftkissenbootes und überprüfte offenbar die Funktionstüchtigkeit des Maschinengewehrs, von dem die Abdeckplane inzwischen entfernt worden war. Ben sah seine Vermutung von gestern Nacht bestätigt: Es *war* ein ganz außergewöhnlich großes Maschinengewehr, eher schon so etwas wie eine kleine Autokanone. Worauf wollte Harry eigentlich Jagd machen? Auf Dinosaurier?

»Was machst du hier, Kleiner?« Einer von Harrys Söldnern hatte ihn entdeckt und stürmte mit finsterem Gesicht auf ihn los. »Dieser Teil des Schiffes ist für die Passagiere –«

»Lass ihn, Matthias!«, rief Harry ihm zu. »Der Junge ist in Ordnung.«

Der Söldner wirkte ein bisschen enttäuscht, gab aber dann den Weg frei, und Ben ging weiter und setzte mit einem Sprung über die niedrige Reling des Luftkissenbootes hinweg.

»Kannst es wohl wirklich nicht abwarten, uns verschwinden zu sehen, wie?«, empfing ihn Harry, allerdings mit einem breiten Grinsen. Er rammte ein Magazin in die Waffe, dessen Patronen schon fast die Dimension kleiner Raketen hatten.

»Nein, aber die Party war wirklich zu aufregend. Das halten meine Nerven nicht aus.«

»Ich verstehe. Na ja, eine Südpol-Kreuzfahrt mit einer Hundertschaft Rentner ist wohl auch nicht der richtige Urlaub für jemanden in deinem Alter.«

Ben ignorierte den Seitenhieb auf seine Eltern und die anderen Passagiere und deutete auf das Maschinengewehr. »Ein ganz schönes Kaliber. Erwartest du größere Schwierigkeiten?«

Harry überzeugte sich mit einem kräftigen Schlag vom richtigen Sitz des Magazins, bevor er sich ganz zu ihm umwandte. »Eigentlich nicht.

Aber erstens kann man nie wissen und zweitens: Was nutzt einem die beste Waffe, wenn sie nicht geladen ist?«

Ben dachte vorsichtshalber nicht über diesen Unsinn nach, sondern zeigte sich gebührend beeindruckt. »Wann geht es los?«

»Jetzt. Das Schiff hat mehr Fahrt gemacht, als ich erwartet habe. Wahrscheinlich hat Kapitän Schulz ein paar Kohlen mehr nachlegen lassen, damit er uns möglichst schnell loswird.«

»Ich kann es ihm nicht verübeln«, erwiderte Ben. Harry blickte zornig, und Ben fügte rasch hinzu: »Ich meine: Es ist eine Menge schief gegangen auf dieser Reise.«

»Ja, das stimmt«, gestand Harry widerwillig. »Aber jetzt ist es ja vorbei. Noch ein paar Minuten und ihr seid uns los.«

Aus seiner Jackentasche drang ein knackendes Rauschen. Harry unterbrach sich, zog ein Sprechfunkgerät in einer wasserfesten Hülle aus der Tasche und hielt es ans Ohr. Er lauschte einen Moment, nickte dann, ohne ein Wort zu sagen, und setzte dazu an, das Gerät wieder einzustecken, überlegte es sich dann aber anders und behielt es in der Hand.

»Du bist gerade noch rechtzeitig gekommen. Es geht los.«

»So schnell?«

»So schnell.« Harry ließ den Sicherheitsbügel seiner Monsterwaffe einrasten und zog die Plane wieder über den Lauf. »Ich fürchte, ich muss auf das große Shakehands zum Abschied verzichten, aber es wird Kapitän Schulz vermutlich nicht das Herz brechen, wenn er keinen Abschiedskuss von mir bekommt.«

Die meisten seiner Leute waren inzwischen in die Schlauchboote gestiegen, und zum ersten Mal fragte sich Ben, wie die Soldaten diese Boote aus dem Laderaum bekommen wollten; von dem gewaltigen Luftkissenfahrzeug ganz zu schweigen.

»Wie wollt ihr mit dem Ding an Land kommen? Wir sind fast zehn Kilometer von der Küste entfernt.«

»Das Hovercraft ist hochseetüchtig. Und die beiden Schlauchboote auch – wenigstens in gewissem Ausmaß. Ich würde damit nicht bis nach Australien durchfahren wollen, aber der Hüpfer bis zur Küste ist eine Kleinigkeit. Vor allem bei so ruhiger See wie heute.«

»Und wie kommt ihr hier raus?«

»Du kannst an Bord bleiben und es am eigenen Leib miterleben oder du gehst ein paar Schritte zurück – ich würde dir raten, ein paar Schritte mehr zu machen –, geduldest dich eine Minute und siehst es.« Damit wandte er sich in Richtung Ruderhaus, drehte sich dann aber noch mal um und streckte Ben den Arm entgegen. Erst nach ein paar Sekunden begriff Ben, dass er ihm das Funksprechgerät hinhielt.

»Was soll ich damit?«

Harry hob die Schultern. »Nur zur Sicherheit. Für den Fall, dass dir doch noch was einfällt ... oder du mir liebe Grüße ausrichten willst. Mit ein bisschen Glück reicht die Verbindung bis zum Ufer.«

Er machte eine ungeduldige Kopfbewegung, woraufhin Ben nach dem Walkie-Talkie griff und es in die Jackentasche gleiten ließ. Harry hatte sich schon abgewendet und verschwand gleich darauf hinter der Tür des Ruderhauses. Der Anblick weckte Erinnerungen in Ben, die ihm nicht gefielen.

Hinter ihm kletterten die letzten beiden Soldaten über die niedrige Reling des Hovercrafts, dann konnte er spüren, wie die kräftigen Motoren des Luftkissenfahrzeugs unter seinen Füßen zum Leben erwachten. Plötzlich hatte er es sehr eilig, es zu verlassen. Er sprang auf das Deck der Laderampe zurück und wäre um ein Haar gestürzt, denn in diesem Augenblick erhob sich das Luftkissenboot fauchend auf seinem Gummiwulst, und sein Fuß verfing sich in der Reling. Irgendwie gelang es ihm zwar, auf den Beinen zu bleiben, aber er warf den getönten Scheiben des Ruderhauses trotzdem einen wütenden Blick zu. Er war ziemlich sicher, dass Harry das mit Absicht gemacht hatte.

Dann änderte sich etwas. Im allerersten Moment konnte er nicht genau sagen, was, doch dann begriff er, dass das Maschinengeräusch verstummt war. Die riesigen Turbinen der *Princess of the Dawn* hatten angehalten. Sie hatten ihren Ankerplatz zehn Kilometer vor der Küste erreicht.

Er hatte zwar keine Ahnung, was als Nächstes geschehen würde, aber er erinnerte sich gut an Harrys Warnung. Hastig durchquerte er den Frachtraum und entfernte sich so weit von dem Hovercraft und seinen beiden kleineren Schwestern, wie es ging.

Seine Eile wäre jedoch gar nicht notwendig gewesen. Es verstrichen noch gut fünf Minuten, bis sich etwas tat, was dann dafür um so dramatischer war: Der Boden unter seinen Füßen begann wieder zu zittern, als andere, aber kaum weniger kraftvolle Maschinen ansprangen, das Licht flackerte, weil etwas plötzlich große Mengen Strom verbrauchte, und ein dumpfes, rasch lauter werdendes Summen erklang. Hoch unter der Decke, am anderen Ende der Halle, entstand ein schmaler schwarzer Spalt, der sich rasch verbreiterte und mit nadelspitzen weißen Lichtern füllte, die glänzten und funkelten wie ein riesiges schimmerndes Diadem. Zunächst begriff Ben nicht, was er da sah. Erst nach zwei oder drei Sekunden wurde ihm klar, dass sich die gesamte hintere Wand des Laderaumes zu senken begonnen hatte, wobei sie gleichzeitig nach außen kippte und auf diese Weise eine schräge Rampe bildete, die bis zum Meer hinunterführte.

Der Anblick, der sich ihm bot, war durch und durch grandios. Der Himmel war nicht grau oder von irgendeiner anderen verwaschenen Farbe, wie es in diesen, im Grunde nur aus verschiedenen Graden der Dämmerung bestehenden Nächten hier üblich war, dieser Himmel war vollkommen schwarz, und die Sterne strahlten so unnatürlich hell, dass sie ihm wie Fremdkörper vorkamen, zugleich aber unbeschreiblich schön. Das Bild erinnerte ihn an den Traum, den er am Nachmittag gehabt hatte.

Dann erwachten die Motoren des Hovercrafts mit einem gewaltigen Dröhnen zum Leben, und das Geräusch riss ihn in die Wirklichkeit zurück. Ein eisiger Windstoß fauchte von draußen herein, trotzdem roch es plötzlich durchdringend nach Benzin. Das Hovercraft stemmte sich ächzend weiter auf seine Gummiwülste hinauf und begann sich gleichzeitig auf der Stelle zu drehen. Eine ganze Batterie greller Scheinwerfer flammte an seinem Bug auf und ließ Ben blinzeln, trotzdem erkannte er jetzt die beiden fast armdicken Gummiseile, mit denen die beiden Schlauchboote am Heck des Luftkissenfahrzeuges befestigt waren. Ein heller, schleifender Laut erklang, als das Hovercraft langsam die Rampe hinunterglitt und die beiden Schlauchboote dabei hinter sich herzog, und nach kaum einer Minute war der ganze Spuk vorbei. Er sah noch, wie die beiden Schlauchboote mit einem heftigen Schlag ins Wasser klatschten und die Verbindungstaue zum Hovercraft gekappt wurden, dann begann sich die Rampe wieder zu heben und verwandelte sich zurück in die Rückwand des Laderaums, die mit einem dumpfen Dröhnen einrastete.

Schaudernd schlug Ben den Pelzkragen seiner Jacke hoch und verließ die nun leere Halle, warf aber noch einmal einen Blick über die Schulter zurück, bevor er durch die Tür trat. Von der riesigen Öffnung war nur noch eine dünne Linie geblieben, die man selbst bei genauerem Hinsehen leicht mit einer Schweißnaht verwechseln hätte können. Dieses vermeintliche Passagierschiff war doch immer wieder für eine Überraschung gut.

Aber vielleicht war es ja die letzte Überraschung gewesen, die er auf dieser Reise erlebte.

15

BEN HATTE NOCH EINEN KLEINEN UMWEG in seine Kabine gemacht, um die schwere Jacke auszuziehen, war dann aber – ohne sich umziehen – gleich wieder zur Party aufgebrochen, sodass seit dem Moment, in dem Harry und seine Truppe abgefahren waren, kaum mehr als fünf Minuten vergangen sein konnten. Trotzdem war die kleine Flotte bereits zu einem winzigen Lichtpunkt weit draußen auf dem Ozean zusammengeschrumpft, den er kaum noch erkennen konnte, nachdem er sich bis zum Fenster durchgekämpft hatte. Und nach nicht einmal einer weiteren Minute war sie verschwunden.

Von einem Gefühl des Verlustes erfüllt, das er sich beim besten Willen nicht erklären konnte, drehte sich Ben von der riesigen Panoramascheibe weg und ließ seinen Blick durch die überfüllte Lounge schweifen. Die Party war in vollem Gange, aber irgendwie hatte Harry Recht gehabt: Auf einer kleinen Empore am anderen Ende des an drei Seiten verglasten Raumes spielte eine Tanzkapelle etwas, was sie wohl selbst für Musik hielt, was für Ben aber verdächtig nach Körperverletzung klang, und das Durchschnittsalter der Gäste, die Ballkleider und Smokings oder doch zumindest schwarze Anzüge trugen, hätte einen Methusalem vor Neid erblassen lassen. Seine Eltern mussten nahezu die Jüngsten hier an Bord sein, sah man einmal von Sasha und ihm selbst und dem einen oder anderen Besatzungsmitglied ab.

Apropos Sasha. Wo war sie überhaupt? Hatte seine Mutter nicht gesagt, dass sie auch auf der Party sein würde?

Er blickte sich suchend um. Sasha konnte er nirgends entdecken, dafür sah er seine Eltern. Sie standen an einem der großen Fenster und blickten hinaus, offensichtlich hatten sie ihn bisher noch nicht bemerkt.

Einen Moment lang überlegte Ben ernsthaft, einfach in seine Kabine zurückzugehen und den restlichen Abend vor dem Fernseher zu verbringen – was sollte er hier? –, setzte sich dann aber doch in Bewegung und kämpfte sich irgendwie zu ihnen durch. Seine Eltern unterhielten sich angeregt und sie standen Arm in Arm da; etwas, das er schon seit sehr langer Zeit nicht mehr bei ihnen gesehen hatte. Auf dem Gesicht seiner Mutter lag ein entspannter, glücklicher Ausdruck, und kurz bevor Ben sie erreichte, legte sie den Kopf gegen die Schulter ihres Mannes, sodass er mitten im Schritt stehen blieb, weil er plötzlich das Gefühl hatte, zu stören. Seine Eltern führten eine gute Ehe; soviel er wusste, es gab keine größeren Probleme, so gut wie nie Streit – aber er konnte sich trotzdem nicht erinnern, wann er sie das letzte Mal so gesehen hatte. Obwohl sie von Menschen umgeben waren, wirkten die beiden so, als wären sie ein junges Liebespaar, das mutterseelenallein mitten in der Nacht an einem besonders romantischen Platz stünde.

Ben kam endgültig zu dem Entschluss, wieder in seine Kabine zurückzukehren, doch nun war es zu spät. Seine Mutter hatte ihn entdeckt – vielleicht auch nur die Spiegelung seines Gesichts auf dem Glas vor sich –, drehte sich herum und winkte ihm zu.

»Ben, da bist du ja! Wir wollten schon ein Suchkommando losschicken. Wo bist du gewesen?«

Beinahe widerwillig legte Ben die letzten paar Schritte zurück. »Unten im Laderaum. Ich habe Harry einen dicken Abschiedskuss gegeben.«

Seine Mutter lachte, aber sein Vater maß ihn – und vor allem seine unpassende Kleidung – mit einem missbilligenden Blick. Seine Mutter fragte: »Weil dir der Abschiedsschmerz sonst das Herz gebrochen hätte?«

»Ja. Außerdem wollte ich ganz sichergehen, dass sie auch wirklich verschwinden.«

»Sind sie es?«

Ben machte eine Kopfbewegung auf die Dunkelheit jenseits der Fenster. »Vor fünf Minuten in See gestochen. Mit zwei Schlauchbooten und einem Hovercraft.«

»Und damit wollen sie *zehn* Kilometer weit übers Meer?«, fragte seine Mutter.

»Harry meinte, seine Flotte sei hochseetüchtig. Und wenn nicht, dann ist er der Erste, der es merkt. Ich hoffe, er kann schwimmen. Ist Kapitän Schulz nicht hier?«

»Wenn du seine Tochter meinst, nein«, antwortete seine Mutter und blinzelte ihm zu. »Aber Schulz hat versprochen, später wiederzukommen und Alexandra mitzubringen. Spätestens zum Feuerwerk.«

Ben gab sich Mühe, sich seine Enttäuschung nicht allzu deutlich anmerken zu lassen. Das Feuerwerk war für Mitternacht geplant und das waren trotz der fast vollkommenen Dunkelheit draußen noch gut zwei Stunden. Bis dahin würde er auf dieser grässlichen Party entweder vor Langeweile sterben oder einen Hörsturz erleiden. Oder beides.

»Damit wäre das große Abenteuer dann wohl vorbei«, sagte sein Vater. »Ab sofort herrscht wieder der triste Alltag.«

»Trist trifft es ganz gut«, erwiderte Ben. Seltsam – als *Abenteuer* hatte er die Geschehnisse der beiden zurückliegenden Tage noch gar nicht betrachtet. Und es fiel ihm auch jetzt noch schwer. Er war einfach froh, dass alles vorbei war.

»In ein paar Tagen sind wir in Brisbane«, meinte sein Vater. »Und drei Wochen später sitzt du wieder im Flieger nach Hause. Glaub mir, wenn du erst einmal angefangen hast fürs Abi zu büffeln, dann wirst du dich noch auf dieses langweilige Schiff zurücksehnen.«

»Und vor allem nach einer gewissen Kapitänstochter«, fügte seine Mutter mit einem abermaligen Augenzwinkern hinzu.

Ben lächelte zwar pflichtschuldig, doch er fand, dass sie damit zu weit ging. Außerdem hatten ihn die Worte seines Vaters daran erinnert, dass sie in einer knappen Woche nicht nur ihr Ziel erreichen würden, er könnte auch Sasha danach nicht mehr wiedersehen, und das stimmte ihn traurig. Hauptsächlich um das Thema zu wechseln, fragte er: »Was ist mit dem verletzten Soldaten? Du warst doch in der Krankenstation.«

»Sein Fieber ist ein bisschen gesunken«, antwortete seine Mutter, plötzlich wieder sehr ernst, »aber sein Allgemeinzustand gefällt mir ganz und gar nicht.«

»Wäre es dann nicht besser, ihn in ein richtiges Krankenhaus zu bringen?«

»So schlimm ist es nun auch wieder nicht. Es besteht keine Lebensgefahr. Aber es geht ihm nicht gut. Ich werde später noch einmal nach ihm sehen. Nach dem Feuerwerk«, fügte sie hinzu, indem sie sich wieder an die Schulter ihres Mannes schmiegte. Ben unterdrückte ein Lächeln.

Bens Vater umschlang ihre Schulter mit einem Arm, seine andere Hand begann mit einer Locke ihres schulterlangen dunkelbraunen Haares zu spielen. »Das reicht jetzt. Du störst, Sohn. Geh und amüsier dich.«

Ben schnitt ihm eine Grimasse und verkrümelte sich gehorsam, und er versuchte sogar, den Rat seines Vaters zu befolgen und sich zu amüsieren, aber es blieb bei dem Versuch. Die Musik, die die Tanzcombo absonderte, änderte sich, je weiter der Abend voranschritt – das hieß: Sie wurde unerträglicher. Ben fand weder Kontakt zu den anderen Passagieren noch suchte er ihn; wozu auch, wenn sie in ein paar Tagen sowieso von Bord gingen? Doch ihm fielen sehr wohl die verstohlenen Blicke auf, die ihm zugeworfen wurden; und die getuschelten Gespräche, die hastig verstummten, wenn er in Hörweite kam. Am Anfang dachte er noch, es liege an seiner unpassenden Kleidung, doch dann begriff er, dass er selbst der Grund war. Jeder hier an Bord – zumindest jeder, der sich im Moment in der Lounge aufhielt – hatte gesehen, dass es zwischen ihm und Harry zu einer heftigen Meinungsverschiedenheit gekommen war, und vermutlich kochte die Gerüchteküche schon beinahe über. Kurz überlegte er, den Gerüchten noch neue Nahrung zu geben und mit ein paar gezielten Bemerkungen Öl ins Feuer zu gießen, sah dann jedoch ein, wie sinnlos das gewesen wäre.

Immer wieder blickte er zur Tür und wartete darauf, dass Schulz erschien (genauer gesagt: seine Tochter), aber es verging noch mehr als eine Stunde, bis der Kapitän endlich kam. Und als er es tat, war er allein.

Kapitän Schulz bot einen beeindruckenden Anblick. Er trug eine blütenweiße Galauniform mit zahllosen goldenen Litzen und Tressen und hatte – zum ersten Mal, wenn Ben es sich richtig überlegte – auch seine weiße Kapitänsmütze aufgesetzt. Die hässliche Wunde auf seiner Wange war unter einem dezenten Pflaster verschwunden.

Ben brauchte ein paar Sekunden, um seine Enttäuschung zu überwinden, dass er Sasha nicht mitgebracht hatte, dann aber fiel ihm der Gesichtsausdruck des Kapitäns auf. Um seinen Mund lag ein leicht verkniffener Zug, er wirkte angespannt, besorgt. Er sah sich kurz und suchend in der Lounge um und steuerte dann gezielt Bens Eltern an;

allerdings erst, nachdem er einen Umweg zu der Bar gemacht und sich ein Glas Champagner geholt hatte. Auch das fand Ben einigermaßen sonderbar. Er hatte Schulz noch niemals Alkohol trinken sehen und überdies auch angenommen, dass der Kapitän eines Schiffes das auf hoher See gar nicht durfte.

Aber es war ja auch nur ein einziges Glas Champagner ...

Ben sah, wie Schulz ein paar Worte mit seinen Eltern wechselte, woraufhin sich das Gesicht seiner Mutter schlagartig verdüsterte, und er empfand einen kurzen Ärger auf den Kapitän. Er wusste nicht, was los war, und zweifellos war es wichtig, aber seine Eltern hatten so glücklich ausgesehen, dass Schulz einfach kein Recht hatte, diesen magischen Moment zu stören.

Trotzdem war Bens Neugier jetzt geweckt, und statt in seine Kabine zurückzugehen, wozu er sich im Grunde schon entschlossen gehabt hatte, als er Schulz ohne Sasha unter der Tür erblickte, trat er rasch zu ihnen und fragte übergangslos:

»Was ist passiert?«

Schulz schrak zusammen und maß ihn bloß mit einem Blick, der deutlich sagte, das ginge ihn überhaupt nichts an, doch seine Mutter erklärte es ihm:

»Der Soldat ist aus der Krankenstation verschwunden.«

»Was heißt das, verschwunden?«, fragte Ben verwirrt.

»Was es eben heißt.« Jetzt war es Schulz, der antwortete. »Verschwunden. Die Tür zur Krankenstation wurde von innen aufgebrochen und er ist weg.« Er stürzte seinen Champagner in einem einzigen Zug hinunter und winkte gleich darauf einem Steward, ihm ein neues Glas zu bringen. »Vielleicht hat er ja Sehnsucht nach seinem Boss gehabt und hat sich heimlich davongemacht, um sich ihm anzuschließen.«

»Nein«, sagte Ben. »Ich war vorhin unten im Laderaum, als sie abgefahren sind. Er war nicht dabei.«

»Im Laderaum?«, vergewisserte sich Schulz. »Was hattest du da zu suchen?«

Ben blinzelte, überrascht von Schulz' unfreundlichem Ton. Seinen Eltern schien es nicht anders zu ergehen, und Ben dachte traurig, dass der glückliche Augenblick für sie wohl wirklich vorbei war und auch nicht wiederkommen würde. Dennoch antwortete er Schulz, so ruhig er konnte.

»Ich war neugierig. Und ich wollte mich überzeugen, dass sie auch tatsächlich abfahren.«

»Das hast du ja nun«, entgegnete Schulz. »Und ich wäre dir dankbar, wenn du ab sofort in den für die Passagiere bestimmten Bereichen des Schiffes bleiben würdest. Dort unten ist es gefährlich. Du könntest zu Schaden kommen, und ich möchte der Reederei nicht auch noch zu allem Überfluss erklären müssen, was ein minderjähriger Passagier in den Maschinenräumen verloren hatte.«

Den *minderjährigen* hätte er sich sparen können, dachte Ben ärgerlich. Er wollte eine entsprechende Bemerkung machen, aber sein Vater kam ihm zuvor. »Das ist kein Problem, Herr Kapitän. Ben wird in Zukunft keine Expeditionen auf eigene Faust mehr unternehmen. Versprochen.«

Er warf Ben einen beschwörenden Blick zu, auf den er mit einem widerwilligen Nicken reagierte. Auch Schulz nickte. Der Steward kam und brachte den bestellten Champagner, und Schulz schüttete auch dieses Glas mit einem einzigen Zug hinunter und bestellte mit einem Grunzen ein neues. Der Steward war mindestens ebenso überrascht wie Ben und seine Eltern, entfernte sich aber gehorsam und sehr schnell.

»Dann ist er also noch an Bord«, nahm seine Mutter schließlich das unterbrochene Gespräch wieder auf, wohl hauptsächlich, um das unangenehme Schweigen zu brechen, das sich zwischen ihnen breit zu machen begann. »Und irrt wahrscheinlich mit Fieber und halluzinierend durch das Schiff.«

»Wir finden ihn schon«, meinte Schulz. »Ich habe bereits ein paar Männer abgestellt, um ihn zu suchen. Im Augenblick brauche ich die meisten Leute hier und in der Küche, aber sobald diese Scheißparty vorbei ist, lass ich das gesamte Schiff auf den Kopf stellen.«

Nicht nur Ben starrte Schulz ungläubig an. Auch seine Eltern sahen ziemlich erschrocken aus, und Schulz setzte noch einen drauf, indem er hinzufügte: »Ich habe langsam die Schnauze voll von diesem Irren und seinen Leuten. Das Letzte, was ich jetzt brauche, ist ein durchgedrehter

Möchtegernkiller, der durch das Schiff schleicht und nicht genau weiß, was er überhaupt tut. Wenn dieser Kerl irgendeinen Mist baut, dann wird er von mir höchstpersönlich gekielholt.«

Das Schweigen, das diesen Worten folgte, dauerte noch länger und war noch peinlicher.

»Wann geht denn … das Feuerwerk los?«, fragte sein Vater schließlich, krampfhaft darum bemüht, das Thema zu wechseln.

»Gleich«, antwortete Schulz. »Deswegen bin ich gekommen. Nicht dass es mich wirklich interessiert, aber der Kapitän sollte bei dieser Art von Volksbelustigung präsent sein. Steht in den Vorschriften.«

Sein Vater reagierte auf diese neue Unhöflichkeit zwar mit einem Stirnrunzeln, ging jedoch nicht weiter darauf ein, sondern fragte: »Jetzt schon? Ich dachte, es sollte erst um Mitternacht –«

»Als ob jemand den Unterschied merkt«, fiel ihm Schulz ins Wort. »Je eher wir hier fertig sind, desto eher können wir verschwinden. Nur weg von diesem Irren!« Der Steward kam und Schulz stürzte das dritte Glas hinunter wie ein Verdurstender in der Wüste, der im allerletzten Moment eine Quelle gefunden hat.

»Und jetzt entschuldigen Sie mich bitte. Ich muss mich davon überzeugen, dass mit dem Feuerwerk alles in Ordnung geht. Nicht dass sich diese Trottel da am Schluss noch selbst in die Luft sprengen.«

Er ging. Bens Mutter sah ihm leicht verstört nach. »Was ist denn in den gefahren?«

»Stress«, antwortete ihr Mann. »Schulz ist kein junger Mann mehr. So etwas wie heute ist er bestimmt nicht gewohnt. Gib ihm eine Nacht und ein bisschen Schlaf, und er ist wieder der Alte.«

Das sollte wohl beruhigend klingen, war aber wenig überzeugend. Irgendetwas stimmte mit Schulz nicht, dachte Ben. Und er war ganz sicher nicht der Einzige hier, dem das klar war.

»Also gut«, meinte seine Mutter schließlich. »Hoffen wir, dass sich der Mann findet, bevor er wirklich zu Schaden kommt. Und bis dahin genießen wir die Party und das Feuerwerk.«

Als ob einer von ihnen dazu noch in der Stimmung gewesen wäre!

Sie versuchten es immerhin und begaben sich vorsorglich schon mal zum vorderen Ende der Lounge, um sich einen guten Platz am Fenster zu sichern. Der Anblick war vielversprechend: Die Schallkanone war verschwunden, aber das Vorderdeck der *Princess of the Dawn* sah trotzdem ein bisschen aus wie der Bug eines antiquierten Schlachtschiffes, das in den Krieg fährt. Dutzende von meterlangen Plastikrohren waren in verchromten Gestellen aufgerichtet worden oder auch einfach mit Draht und Klebestreifen an der Reling befestigt, und eine Anzahl Matrosen war emsig dabei, sie mit Feuerwerksraketen zu füllen.

Ben zog überrascht die Augenbrauen hoch, als er Schulz zwischen den dick vermummten Gestalten erblickte. Dort draußen war es grausam kalt, und schon in den wenigen Sekunden, die er selbst im Freien gewesen war, hatte er das Gefühl gehabt, dass der Wind wie mit unsichtbaren Messern in sein Gesicht schnitt. Trotzdem trug Schulz nur seine dünne Galauniform. Und irgendwie *bewegte* er sich auch nicht so, als ob er frieren würde.

»Ich glaube, unser guter Kapitän hat ein Glas Champagner zu viel getrunken«, sagte sein Vater.

»Er wird sich den Tod holen«, unkte Bens Mutter. »Jemand sollte ihn zur Vernunft bringen. Ich habe keine Lust auf noch einen Patienten.« Niemand trat vor, um sich freiwillig für diese Aufgabe zu melden, und schließlich zuckte seine Mutter mit den Schultern und nippte an ihrem Getränk.

Die Matrosen waren schneller mit ihren Vorbereitungen fertig, als sie wohl selbst erwartet hätten. Sie waren zu weit entfernt, die Musik und die Geräusche der Party zu laut und das Fensterglas zu dick, um auch nur den geringsten Laut zu vernehmen, dafür waren Schulz' Gesten aber umso unmissverständlicher: Er scheuchte seine Männer hektisch herum, und Ben glaubte sein zorniges Gebrüll direkt hören zu können. Auch seinen Eltern entging Schulz' aggressives Verhalten nicht, doch sie tauschten nur einen fragenden Blick miteinander und schwiegen darüber hinaus.

Es vergingen noch ein, zwei Minuten, dann beendete die Combo ihre Attacke auf Bens Trommelfelle endlich mit einem Tusch, und eine Lautsprecherstimme sagte: »Und nun zum Höhepunkt des Abends, meine sehr verehrten Gäste, dem Feuerwerk! Ich glaube, wir können mit Fug und Recht behaupten, dass es sich dabei nicht nur um eines der schönsten Feuerwerke, sondern auch um das südlichste Feuerwerk der Welt handelt! Wir werden nun das Licht ein wenig dämpfen, damit Sie das Schauspiel in aller Ruhe genießen können. Im Namen von Kapitän Schulz und der gesamten Besatzung wünsche ich Ihnen viel Vergnügen!«

Zwei oder drei Passagiere stürmten noch einmal zur Bar, um sich rasch noch etwas zu trinken zu organisieren, die allermeisten aber drängelten sich so ungestüm ans Fenster, dass Ben einen leichten Anfall von Platzangst bekam. Gleichzeitig wurde das Licht dunkler, und im selben Maße, in dem die Helligkeit sank, wurde das gläserne Dach der *Princess* durchsichtiger, bis es – nach weniger als einer Minute – vollends verschwunden zu sein schien. Über ihnen spannte sich jetzt ein prunkvolles Firmament, von dem ihnen Tausende von Sternen zublinzelten. Schulz hatte die Segel reffen lassen, sodass kaum etwas den Blick auf einen Himmel verwehrte, der hier viel klarer war als dort, wo Ben herkam. Es gab nicht eine einzige Wolke, als hätte sich sogar die Natur kräftig ins Zeug gelegt, um den Moment möglichst beeindruckend zu gestalten.

»Was macht er denn jetzt?«, murmelte sein Vater plötzlich.

Ben folgte seinem verwirrten Blick und runzelte dann ebenfalls überrascht die Stirn. Unten auf dem Vorderdeck hatten sich die Matrosen inzwischen in sichere Entfernung zu den Feuerwerkskanonen begeben, Schulz selbst aber stand weiter hoch aufgerichtet im eisigen Wind da. Er hielt jetzt etwas Kleines in der rechten Hand; vielleicht die Fernbedienung, mit der er das Feuerwerk zünden würde.

»Er wird schon wissen, was er tut«, sagte seine Mutter. Aber wirklich überzeugt klang sie nicht.

Bevor Ben oder sein Vater antworten konnten, erlosch das Licht in der Lounge ganz, und praktisch im gleichen Sekundenbruchteil fauchten die ersten Feuerwerksraketen in den Himmel, wobei sie lange Funkenspuren hinter sich herzogen, wie umgekehrte Kometen. Es war ein überwältigendes Schauspiel, aber Ben riss ungläubig die Augen auf, als er – möglicherweise als Einziger in der ganzen Lounge – seinen Blick von den aufsteigenden Raketen losriss und wieder nach unten sah. Das gesamte Vorderdeck der *Princess* schien zu brennen. Rakete auf Rakete zischte in den Himmel, manchmal drei, vier, fünf Stück gleichzeitig, und buchstäblich Millionen winziger weißer und roter Funken prasselten in einem feurigen Regen auf das Deck herab.

Schulz stand inmitten dieses Infernos und rührte sich nicht.

Er hatte den Kopf in den Nacken gelegt und starrte in den Himmel hinauf. Grelle Funken fielen auf ihn herunter, senkten sich auf seine Mütze, seine Schultern und seine Jacke, und berührten zu Dutzenden oder auch Hunderten sein Gesicht, ohne dass er es auch nur zu bemerken schien. Dann explodierte die erste Rakete und zauberte eine Blüte aus rotem und gelbem und weißem Feuer an den Himmel, und der Widerschein der gewaltigen Explosion überschüttete nicht nur das gesamte Vorderdeck mit grellem Licht, sondern ließ auch Schulz' Gesicht erglühen. Es war ein durch und durch Furcht erregender Anblick. Schulz' Augen reflektierten den roten Feuerschein ganz besonders stark, sodass es für den Bruchteil eines Atemzugs so aussah, als lodere dieser höllische rote Glanz *in* seinem Schädel, doch dann detonierte die nächste Rakete und die nächste und die nächste und die wiederum nächste, und das Vorderdeck der *Princess* wurde in gleißenden buntfarbenen Schein getaucht; der unheimliche Moment war vorüber.

Dafür explodierte über dem Schiff jetzt eine Rakete nach der anderen. Gewaltige feurige Blüten entstanden, die auseinander trieben und dabei ihre Farbe wechselten, wundersame Skulpturen aus reiner weißer Energie, kompliziertere Gebilde, die in tausend Farben loderten und sich immer wieder gegenseitig auslöschten, und es wurden immer mehr und mehr, bis der ganze Himmel über der *Princess* herrlich bunt leuchtete.

In der Lounge wurden beifälliges Gemurmel und Raunen laut und etliche Passagiere begannen zu applaudieren ... und dann fing der Himmel über dem Schiff Feuer.

Das Feuerwerk hielt mit unverminderter Heftigkeit an, aber nun war inmitten des tosenden künstlichen Gewitters ein anderes Feuer entstanden: eine Wand aus flimmernder rot-violetter Glut, die fast behäbig aus dem Bereich des Feuerwerks herauskroch und einen strahlenden Finger nach oben streckte. Und anders als die vergänglichen Gebilde unter ihm erlosch es nicht, sondern erhob sich höher und höher, sandte zitternde Ausläufer nach allen Seiten und wechselte dabei ständig die Farbe, bis sich nahezu die Hälfte des Firmaments hinter einem Vorhang aus pastellfarbenem, schwebendem Licht verborgen zu haben schien.

Ein Mann neben Ben keuchte überrascht, hier und da ertönte ein erschrockener Ausruf oder ein kleiner Schrei.

»Was um Gottes willen ist das?«, flüsterte eine Stimme. Irrte sich Ben oder schwang ein Unterton von Panik darin mit?

»Das müssen Nordlichter sein«, sagte jemand.

»Klar«, meinte Bens Mutter spöttisch. »Weil wir ja hier am Nordpol sind.«

Allmählich drohte die Stimmung zu kippen. Unruhe breitete sich aus, vor allem, als das Phänomen keineswegs nachließ, nachdem die letzte Feuerwerksrakete explodiert war, sondern sogar noch zunahm.

Der Lautsprecher über ihren Köpfen erwachte knackend zum Leben. »Meine Damen und Herren, es besteht kein Grund zur Beunruhigung. Ganz im Gegenteil. Sie werden Zeuge eines seltenen Naturschauspiels. Was Sie sehen, sind harmlose Polarlichter – auch wenn ich gestehen muss, dass selbst ich sie noch nie in einer solchen Ausprägung und Pracht beobachten konnte.«

Womit der Mann sicher Recht hatte – in jeder Beziehung, dachte Ben. Es war ein unglaublich schöner Anblick, und das Farbenspiel dehnte sich weiter und weiter aus. Der ganze Himmel leuchtete jetzt in zarten Pastelltönen, die von Türkis bis Hellgelb reichten – schwerelose Schleier, die einen verspielten Tanz über ihnen aufführten. Für einige Augenblicke überstrahlte das Licht sogar das des Mondes, der nahezu vollkommen rund im Zentrum dieses gewaltigen Schauspieles stand. Das Meer ringsum war fast taghell erleuchtet und dann …

… erlosch der Mond.

Die silbergraue Scheibe wurde schwarz und begann gleichzeitig anzuschwellen, bis sie nahezu ein Drittel des Himmels bedeckte. Immer noch weiter und weiter wuchs sie, als der Todesbote von den Sternen zu seinem endgültigen Sturm auf die Erde ansetzte. Ben ächzte.

»Was ist los?«, fragte seine Mutter in alarmierten Tonfall.

»Der Mond!«, keuchte Ben. »Der Todesbote!«

Seine Mutter sah hoch, runzelte die Stirn und machte dann ein fragendes Gesicht.

»Aber siehst du es denn –?«

Das *nicht* sparte er sich.

Es gab nichts zu sehen. Oder doch – nämlich den Mond, eine bis auf einen fingerbreiten Schatten perfekt gerundete Scheibe, die teilnahmslos und leuchtend wie seit Anbeginn der Zeiten am Himmel stand.

So, wie sie die ganze Zeit über dort oben gestanden hatte.

»*Was* sehe ich nicht?«, wollte seine Mutter wissen.

»Nichts«, murmelte Ben.

»Das klang aber gerade gar nicht nach *nichts*. Was hast du gesagt? Welcher Bote?«

»Nichts«, sagte Ben rasch. »Ich … ich muss mich getäuscht haben.«

Seine Mutter wirkte nicht beruhigt, zögernd wandte sie sich von ihm ab und sah wieder in den Himmel hinauf, und Ben tat dasselbe, wenn auch mit klopfendem Herzen. Was war das gewesen? Eine Sinnestäuschung? Sicher, aber sie war so unglaublich *realistisch* gewesen. Und während er dastand und den Mond anblickte, geschah etwas, was noch unheimlicher war. Plötzlich hatte er das Gefühl, dass er dort oben … nicht hingehörte. Der Gedanke war absurd, aber er dachte ihn mit absoluter Gewissheit.

»Das ist doch verrückt«, flüsterte er.

Seine Mutter warf ihm einen ebenso besorgten wie irritierten Blick zu, und Ben tat so, als konzentriere er sich ganz auf das Farbenspiel am Himmel.

Es hielt noch einige Minuten an und verblasste dann so schnell und lautlos, wie es angefangen hatte, und schließlich ging das Licht in der Lounge an und das Glasdach wurde wieder zu einer undurchsichtigen Fläche.

»Großartig«, meinte sein Vater. »Dafür allein hat sich die Reise schon gelohnt.«

Bens Mutter nickte zustimmend, sah Ben aber trotzdem aufmerksam und ein wenig misstrauisch an, was auch seinem Vater nicht entging. Er runzelte die Stirn und setzte zu einer entsprechenden Frage an, und Ben wandte sich hastig ab.

»Ich hole mir noch etwas zu trinken.«

Was angesichts des noch fast vollen Glases Orangensaft in seiner Hand keineswegs überzeugend klang …

Er ging zur Bar, tauschte sein Glas Orangensaft gegen ein volles Glas Cola, um zumindest den Schein zu wahren, und begann sich schon mal den Kopf über eine nicht allzu fadenscheinige Ausrede zu zerbrechen, mit der er sich von dieser ach-so-spannenden Party verabschieden konnte. In diesem Moment jedoch betrat Kapitän Schulz die Lounge, und sein Anblick ließ Ben alles andere vergessen.

Seine Uniform war durch und durch nass und völlig verdreckt. Hunderte von winzigen schwarzen Brandflecken verunzierten den ehemals blütenweißen Stoff, und auch Gesicht und Hände waren nicht ungeschoren davongekommen. Das Schlimmste aber war der *Ausdruck* auf seinem Gesicht. Er wirkte … wütend. Seine Augen blitzten und er schien regelrecht nach einer geeigneten Zielscheibe für seine miserable Laune zu suchen. Angesichts dessen, was er sich gerade selbst angetan hatte, dachte Ben spöttisch, sollte er einfach einen Blick in den Spiegel werfen und er hätte sie gefunden.

Statt die Party zu verlassen, schlenderte er wieder auf seine Eltern zu, die Kurs auf Schulz genommen hatten und ziemlich verstört aussahen – übrigens nicht als Einzige hier im Raum. Wer konnte, machte Schulz Platz, aber die riesige Lounge war nicht groß genug, als dass es nicht zu einer Anzahl zwar harmloser, aber recht grober Rempeleien gekommen wäre, bevor Schulz die Bar erreichte und sich kommentarlos ein Glas Champagner nahm, das er ebenso schnell hinunterstürzte wie die Gläser zuvor. Wenn Ben richtig gezählt hatte, war es das vierte.

»Sie sollten es ein wenig langsamer angehen lassen, Herr Kapitän«, sagte Bens Mutter. Sie hatte noch nie Probleme mit einem offenen Wort gehabt.

Schulz musterte sie finster und stürzte dann ein fünftes Glas Champagner hinunter.

»Mir ist kalt«, sagte er ruppig.

»Das glaube ich Ihnen gern. Aber dann ist Alkohol genau das Falsche. Er gibt Ihnen nur das Gefühl, Ihnen sei warm. In Wahrheit raubt er Ihnen auch noch das letzte bisschen Kraft.«

»Ach?«, machte Schulz und griff nach einem weiteren Glas. Der Mann hinter der Bar sah ihn erstaunt an, aber er hütete sich, auch nur einen einzigen Ton dazu zu sagen.

»Das … ähm … war ja ein prachtvolles Feuerwerk, Herr Kapitän«, meinte sein Vater in dem Versuch, die Situation irgendwie zu entspannen. Aber seine Mutter war nun einmal seine Mutter und sie sagte:

»Sie sollten das wirklich nicht tun, Herr Kapitän. Nicht nach dem, was Sie sich gerade zugemutet haben. Und ich frage erst gar nicht, warum.«

»Vielen Dank für Ihren ärztlichen Rat, Frau Doktor«, sagte Schulz böse, seine Augen schossen kleine, kalte Blicke in ihre Richtung ab, während er an seinem Glas nippte. Immerhin stürzte er es diesmal nicht in einem Zug hinunter.

»Wo ist Sasha?«, fragte Ben, um seinem Vater beizuspringen.

Schulz wandte sich betont langsam zu ihm um, und Ben stellte fest, dass die Blitze aus seinen Augen gar nicht so kalt waren, wie er bisher geglaubt hatte.

»Ich meine, wollten Sie sie nicht eigentlich mitbringen?«

»Du sagst es, Kleiner. Eigentlich. Aber dann habe ich mir die Gästeliste noch einmal genauer angesehen und bin zu dem Schluss gekommen, dass das hier doch nicht die richtige Gesellschaft für meine Tochter ist. Wenn du verstehst, was ich meine?«

Ben starrte ihn mit offenem Mund an, und das Gesicht seines Vaters verdüsterte sich schlagartig – doch nun war es seine Mutter, die schlichtend eingreifen wollte.

»Das hier ist wahrscheinlich auch nicht die richtige Umgebung für ein Mädchen wie sie.«

»Für eine Behinderte, meinen Sie?«, fragte Schulz eisig.

»Ich glaube, das reicht«, sagte Bens Vater. »Benjamin, Jennifer – mischen wir uns noch ein wenig unters Volk und genießen den Abend.« Er nickte ihnen auffordernd zu und drehte sich schnell, aber nicht überhastet weg, und seine Frau und Ben, Letzerer eher widerwillig, folgten ihm.

»Was ist denn mit dem los?«, fragte Ben verblüfft. »Vor ein paar Stunden hat er sich noch bei mir entschuldigt und jetzt …«

»Wahrscheinlich ist wirklich alles zu viel für ihn«, meinte seine Mutter. »Er hatte einen harten Tag. Und dann auch noch der Ärger mit dem verschwundenen Soldaten ...« Sie hob die Schultern. »Eine Nacht Schlaf und ein, zwei Tage normales Leben an Bord und er fängt sich wieder.«

Möglicherweise stimmte das sogar, dachte Ben. Aber es war seltsam – er war plötzlich sehr sicher, dass ihnen diese ein, zwei Tage nicht mehr bleiben würden.

Verrückt.

16

ES WAR DIE KLASSISCHE FALLE. Hinter ihnen stand das Schiff in Flammen. Auf der rechten Seite donnerte das Meer gegen das, was von der *Princess of the Dawn* übrig geblieben war; Wasser, das so kalt war, dass jede Woge einen hauchzarten, knisternden Eispanzer auf dem zerborstenen Rumpf zurückließ, der sofort wieder von der nächsten Welle zertrümmert und im Zurückweichen durch einen neuen ersetzt wurde. Und auf der linken Seite lag der Strand, der zu tödlichem, glitzerndem Leben erwacht war. Schreie und die hastigen, stolpernden Schritte der Flüchtenden mischten sich in das Prasseln der Flammen, und gegen jede Logik liefen die Turbinen der *Princess* noch immer und versuchten das mächtige Schiff auf den flachen Eisstrand hinaufzuschieben. Trotz ihrer ungezählten Pferdestärken gelang es ihnen natürlich nicht, aber die Schräglage der *Princess* nahm unaufhaltsam weiter zu, und der Moment war abzusehen, in dem er sich gar nicht mehr auf den Beinen würde halten können.

Es war schon jetzt schwer genug. Ben schleppte sich, an der Reling entlang und ununterbrochen hustend und würgend, in Richtung Bug, den einzigen Ort, an dem nicht der sichere Tod auf ihn wartete.

Nicht dass es dort wirklich besser gewesen wäre. Auch dort vorne wurde gekämpft, doch es wurde zumindest noch gekämpft und nicht nur gestorben. Ein paar beherzte Passagiere und die Reste von Harrys kleiner Armee hatten sich auf dem Vorderdeck verschanzt und wehrten sich verzweifelt gegen die Eiskrieger, die mit roboterhafter Sturheit immer und immer wieder angriffen. Soweit Ben es von hier aus erkennen konnte, setzten sie sich wacker zur Wehr. Die Maschinenpistolen der Soldaten und vor allem Harrys Schallkanone wüteten furchtbar unter den seelenlosen Angreifern. Das Vorderdeck war schon fast kniehoch übersät mit schimmernden Eissplittern; alles, was von den Kreaturen übrig blieb, wenn sie von einer Kugel oder den Infraschallwellen getroffen wurden. Aber früher oder später musste ihnen die Munition ausgehen, oder eine der Explosionen, die den Rumpf der *Princess* in rascher Folge erschütterten, würde die Stromzufuhr der Schallkanone unterbrechen, und dann war die Schlacht vorbei. Niemand an Bord hatte eine reelle Chance, die nächsten zehn Minuten zu überleben.

Er selbst übrigens auch nicht.

Wenn er nicht aufpasste, dann würden ihn die Eismonster noch vor Harry und seinen Männern erwischen.

Wie um ihm Recht zu geben, tauchte genau in diesem Augenblick eines der Ungeheuer keine fünf Meter vor ihm auf. Ben erstarrte vor Entsetzen, und das Ungetüm drehte sich langsam zu ihm herum und starrte ihn aus seinem grässlichen, leeren Gesicht an. Seine linke Hand hob sich und zielte auf ihn.

Ben duckte sich. Der erste fingerlange Eisdorn, den das Ungeheuer auf ihn abschoss, verfehlte ihn um Haaresbreite, der zweite bohrte sich knirschend in das harte Holz der Reling neben ihm, und der dritte hätte ihn getroffen, hätte Ben nicht die Reling losgelassen und sich zur Seite geworfen.

Er entging dem heimtückischen Geschoss, verlor aber auf dem schrägen und spiegelglatt gefrorenen Deck prompt den Halt und schlug der Länge nach hin. Hilflos rutschte er über das vereiste Holz, griff hektisch mit beiden Händen um sich und riss sich einen langen Splitter in den Finger, was höllisch wehtat, schaffte es aber nicht, seinen Sturz zu verlangsamen, sondern wurde im Gegenteil eher schneller, bis einer der Decksaufbauten seiner Schlitterpartie ein Ende setzte; und das so unsanft, dass ihm für einen Moment schwarz vor Augen wurde.

Als sich sein Blick wieder klärte, torkelte das Ungeheuer auf ihn zu. Wie alle seiner Art bewegte es sich schwerfällig, zugleich jedoch mit einer schrecklichen Unaufhaltsamkeit. Seine linke Hand hatte keine Finger mehr, und es würde eine Zeit lang dauern, bis sie wieder nachgewachsen waren, doch nun zielte seine rechte auf ihn. Auf diese kurze Distanz konnte es ihn praktisch gar nicht verfehlen. Ben warf sich herum, strampelte mit den Beinen und versuchte vergeblich, irgendwo Halt zu finden. Er kam einfach nicht hoch. Das erste Eisgeschoss bohrte sich knirschend nur wenige Zentimeter neben seinem Gesicht in das massive Metall des Schiffes, aber das bedeutete nichts. Immerhin hatte das *Ding* noch zwei weitere Versuche, und auch ohne Finger war es ein tödlicher Gegner.

Irgendwo tief im Rumpf der *Princess* explodierte etwas. Das ganze Schiff erbebte wie unter einem Fausthieb. Ben wurde zum zweiten Mal gegen den Decksaufbau geschleudert, und das Eismonster riss beide Arme in die Luft und kämpfte eine oder zwei Sekunden lang mit schon fast grotesk anmutenden Bewegungen um sein Gleichgewicht. Umsonst. Ebenso hilflos wie Ben gerade krachte es zu Boden, schlitterte über das Deck und prallte nur etwa einen Meter neben ihm gegen die Wand, wo es klirrend in tausend Stücke zerbarst. Ben warf im letzten Moment den Kopf herum und riss schützend die Arme vors Gesicht, als ein scharfkantiger, glitzernder Hagel auf ihn herunterprasselte.

Zwei oder drei hämmernde Herzschläge lang lag er mit angehaltenem Atem da, bevor er es wagte, die Arme wieder zu senken und den Kopf zu drehen. Von seinem Gegner war nur ein Haufen weißer Splitter übrig geblieben, aus dem eine zweifingrige, verkrüppelte Hand ragte, die immer noch in seine Richtung zielte. Er hatte Glück gehabt. Aber es war knapp gewesen, und Ben machte sich nichts vor. Eines der Ungeheuer war ausgeschaltet, doch ihre Zahl war endlos.

Mühsam rappelte er sich auf, balancierte mit ausgebreiteten Armen zur Reling zurück und klammerte sich mit beiden Händen daran fest, bevor er sich den Luxus erlaubte, sich für ein paar Augenblicke darüber zu freuen, dass er noch am Leben war.

Die Frage war nur, wie lange noch.

Das Maschinengewehrfeuer und das dumpfe Brummen der Infraschallkanone hielten unvermindert an, und auch das Prasseln der Flammen und das Brüllen der außer Rand und Band geratenen Elemente wurde nicht leiser, aber die Schreie und das Geräusch hastig trampelnder Schritte waren fast verklungen, und Ben wusste nur zu gut, was das bedeutete. Es waren nicht mehr viele Passagiere übrig, die vor den Eismonstern fliehen konnten.

Er musste von diesem verdammten Schiff herunter!

Hinter ihm ertönte ein berstender Laut, aber er gestattete sich nicht, sich umzudrehen, sondern machte sich zum zweiten Mal auf den Weg zum Bug, wo nach wie vor die Schlacht tobte. Noch hatten die Soldaten Munition und Harry selbst Strom für seine Schallkanone. Ben hatte nicht vor, sich an den Kämpfen zu beteiligen – ohne eine Waffe konnte er ihnen sowieso nicht helfen (so wenig wie *mit* einer Waffe, nebenbei bemerkt) –, doch der Sprung vom Bug erschien ihm die einzige Chance, das Schiff zu verlassen.

Die Frage, wohin er sich dann wenden sollte, stellte er sich vorsichtshalber nicht.

Verglichen mit dem, was bisher geschehen war, fiel es ihm beinahe leicht, den Abgang zum Vorderdeck zu erreichen, auch wenn er sich mit beiden Händen an der Reling festhalten musste und so stark nach vorne gebeugt ging, wie gegen einen unsichtbaren Orkan gestemmt. Er erhaschte einen kurzen Blick auf das Häuflein zum Untergang verurteilter Verteidiger im Bug. Harrys Männer (es waren noch fünf) feuerten, was die Läufe ihrer Waffen hergaben. Ihre Gesichter waren hinter weißen Kälteschutzmasken und dunklen Schneebrillen verborgen, während Harry selbst nicht einmal die Kapuze seiner weißen Polarjacke hochgeschlagen hatte. Ben suchte vergebens nach einer Spur von Angst oder wenigstens Anspannung auf seinem Gesicht. Ganz im Gegenteil: Harry wirkte richtiggehend begeistert, während er die Schallkanone mit raschen Bewegungen hin und her schwenkte, wobei der unsichtbare Strahl Dutzende der schimmernden Kreaturen wie ein Riesenhammer zertrümmerte. Aber es war aussichtslos. Für jedes Ungeheuer, das er und seine Männer erledigten, tauchte sofort ein neues auf. Immerhin hatten sie einen ganzen *Kontinent* voller Eis, aus dem sie schöpfen konnten. Und so war es auch vollkommen egal, wie viele der Eismonster sie erledigten und wie lange ihre Munition noch reichte.

Ben riss sich von dem Grauen erregenden Schauspiel los und suchte nach einer Lücke in der Front der Angreifer, und zu seiner eigenen Überraschung fand er sie. Die Eismonster schienen sich ganz auf den Angriff auf Harry und seine Truppe zu konzentrieren und weder von ihm noch von irgendetwas anderem Notiz zu nehmen, was rings um sie herum vorging. Und gar nicht weit von ihm entfernt, wenn auch auf der anderen Seite des Schiffes, hatte sich die Bordwand weit genug geneigt, dass er den Sprung auf den Strand wagen konnte. Es war riskant, aber welche Wahl hatte er schon?

Ben spurtete los, und beinahe hätte er es sogar geschafft.

Er hatte die halbe Strecke hinter sich gebracht, als eine gewaltige Explosion das Wrack der *Princess* erschütterte. Eine riesige Stichflamme schoss in den Himmel und löschte mit ihrem roten Licht alle anderen Farben aus, und obwohl er nicht hinter sich sah, konnte er *spüren*, wie sich das Heck des Schiffes in ein Chaos aus glühenden Trümmerstücken verwandelte, die in einem – zur Abwechslung einmal brennenden – Regen auf das Deck niedergingen.

Die Erschütterung hatte nicht nur ihn zu Boden geschleudert, sondern alles und jeden an Deck. Harry und seine Männer waren wild durch- und übereinander gestürzt, und auch die Eismonster waren kräftig durchgeschüttelt worden. Viele der schaurigen Gestalten waren zerbrochen, einigen fehlten Arme oder Beine, einem sogar der Kopf (was ihn allerdings nicht daran hinderte, schwankend wieder aufzustehen und den Angriff fortzusetzen), und doch wurde Ben mit einem Gefühl kalten Entsetzens klar, dass der Kampf nun praktisch vorüber war. Die Soldaten rappelten sich wieder auf und begannen unverzüglich zu feuern, doch als Harry seine Schallkanone herumschwenkte und auf den Auslöser drückte, geschah … nichts. Ein Ausdruck nackter Panik erschien auf seinem Gesicht, als er begriff, dass die Waffe keinen Strom mehr hatte.

Ben stemmte sich hoch und torkelte weiter. Das Deck zitterte und bebte jetzt ununterbrochen unter seinen Füßen, als hätten sich all die kleinen Explosionen, die den Rumpf der *Princess* von innen heraus verzehrten, nun zu einem einzigen anhaltenden Grollen vereinigt. Er achtete ebenso wenig darauf wie auf die fehlgeleitete Kugel, die dicht neben ihm Funken aus den Decksplanken schlug und als Querschläger davonheulte, wobei sie freundlicherweise eines der Eismonster zerschlug.

Irgendwie erreichte er die Reling, spürte, wie sich sein Verstand zu Wort melden wollte, um ihn zu warnen, wie gefährlich ein Sprung auf das Eis war, und gab ihm keine Gelegenheit, ihn mit diesem Unsinn zu belästigen. Er flankte mit einer entschlossenen Bewegung über das Hindernis hinweg.

Vielleicht hätte er besser auf seinen Verstand gehört.

Die kläglichen Reste der *Princess* waren ein gutes Stück weit auf den Strand hinaufgeglitten und hatten sich dabei tief in das brüchige Eis gebohrt; gleichzeitig hatte sich das Schiff so stark zur Seite geneigt, dass Ben sich nicht einmal mehr gewundert hätte, wenn es umgekippt wäre.

Aber zwischen ihm und dem stahlharten Eis des Strandes lagen immer noch gut acht oder zehn Meter.

Der Sturz schien endlos zu dauern, nahm in Wirklichkeit jedoch eine Zeitspanne in Anspruch, die nicht einmal messbar war. Ben schrie auf, zog instinktiv die Beine an den Leib und wartete darauf, dass ihm der Aufprall sämtliche Knochen im Leib zertrümmerte oder ihm das Rückgrat aus dem Hals heraustrieb. Als der Aufprall dann kam, war er hart, unvorstellbar *hart*, aber das Wunder geschah. Noch während er sich instinktiv abrollte und sich dabei drei-, vier-, fünfmal überschlug, spürte er, dass er sich nichts gebrochen hatte und auch sonst nicht ernsthaft verletzt war.

Trotzdem presste ihm der Schlag, mit dem er schließlich gestoppt wurde, mit einem pfeifenden Laut auch noch das allerletzte bisschen Luft aus den Lungen und ließ ein Feuerwerk aus Schmerz vor seinen Augen explodieren. Er japste nach Luft, und nach ein paar Augenblicken brachte er sogar das Kunststück fertig, sich aufzusetzen und umzusehen.

Das gestrandete Schiff ragte wie ein Berg aus vereistem Stahl über ihm auf. Der Strand war mit reglosen Körpern übersät, die meisten davon leuchtenden weiß, aber es waren auch einige andere darunter; Passagiere, die ebenso wie er ihr Heil in einem verzweifelten Sprung über Bord gesucht, aber offensichtlich weniger Glück als er gehabt hatten. Ben wurde mit schrecklicher Gewissheit klar, dass sie tot waren, denn wäre auch nur noch eine Spur von Leben in ihnen gewesen, hätten sich die Eismonster längst um sie gekümmert.

Ben hatte seine Benommenheit mittlerweile weit genug überwunden, um auch den Rest seiner Umgebung zur Kenntnis zu nehmen. Gar nicht weit von ihm entfernt richteten sich drei, vier, schließlich fünf der weißen Gestalten auf. Sie hatten sein Leben gespürt, das warme Blut, das in seinen Adern floss, und kamen, um es sich zu holen.

Aber da hatte er auch noch ein Wörtchen mitzureden.

Ben stand auf und zog eine Grimasse. Sein rechtes Bein war zwar nicht gebrochen, denn es trug sein Gewicht, aber als er es belastete, trieb ihm der Schmerz die Tränen in die Augen. Einen Hundert-Meter-Sprint würde er damit nicht gewinnen.

Dennoch humpelte er los. Erstaunlicherweise verzichteten seine Verfolger darauf, ihre Finger auf ihn abzuschießen, aber das mochte auch daran liegen, dass sie das gar nicht nötig hatten. Er war eingekreist. Selbst mit einem unverletzten Bein hätte er kaum eine Chance gehabt, dem Belagerungsring aus gleich fünf seiner Gegner zu entkommen.

Natürlich versuchte er es trotzdem. Er war gehandikapt, aber die Ungeheuer waren nicht besonders schnell, und mit ein bisschen Glück konnte er ihnen entwischen. Ohne auf den pochenden Schmerz in seinem Knöchel zu achten und mit zusammengebissenen Zähnen bewegte er sich vorwärts und entkam den grapschenden, dreifingrigen Händen der ersten drei Monster. Die eisigen Finger eines weiteren schrammten zwar über seine Schulter, konnten den dicken Stoff seiner Jacke aber nicht durchdringen. Das letzte Ungeheuer erwischte ihn am Arm, doch Ben verpasste dem Ding einen Fausthieb, der es zurücktaumeln und mit einem gewaltigen Klirren zu Boden gehen und dort in Stücke zerspringen ließ.

Noch ein Wunder in einer ganzen Kette von Wundern, denen er sein bisheriges Überleben zu verdanken hatte: Er entkam den Eismonstern, und sie verzichteten aus irgendeinem Grund auch jetzt wieder darauf, auf ihn zu schießen. Sie stapften nur mit torkelnden Schritten hinter ihm her; selbst in seinem angeschlagenen Zustand war er schneller als sie.

Zum allerersten Mal stellte sich Ben die Frage, was er jetzt *tun* sollte. Schulz hatte ihnen erklärt, wo die Wetterstation lag, aber Ben machte sich nichts vor: Die drei Kilometer zwischen Strand und Station, über die er normalerweise nur gelacht hätte, hätten ebenso gut drei Lichtjahre sein können. Er hatte nicht die geringste Chance, es bis dorthin zu schaffen. Der Strand vor ihm war voller Eisungeheuer, von denen das eine oder andere bereits erwachte, und in spätestens einer halben Stunde würde es dunkel werden, was nichts anderes bedeutete, als dass die Temperaturen dann ins Bodenlose stürzen mussten.

Er schleppte sich trotzdem weiter, versuchte die schimmernden Gestalten, die sich vor ihm zu bewegen begannen, vor dem weißen Eis auszumachen und ihnen auszuweichen, und beging dann den Fehler, den Kopf zu wenden, um einen Blick auf seine Verfolger zu werfen.

Sie waren weit zurückgefallen, aber zwischen ihnen und ihm bewegte sich eine Gestalt. Zuerst hielt Ben sie für ein weiteres Eisungeheuer, denn ihre Farbe unterschied sich nicht im Geringsten von der seiner Gegner, aber dann hob die Gestalt den Kopf, und er erkannte wehendes weißes Haar und ein Paar dunkle Augen, die flehend zu ihm herübersahen. Sein Herz machte einen Sprung bis in den Hals hinauf, um dort in rasendem Stakkato weiterzuhämmern.

Sasha!

Es war Sasha! Und die Eisungeheuer stapften unaufhaltsam auf sie zu!

Ben wirbelte herum, stürmte zurück und zerrte sie so heftig mit sich, dass sich ihr Gesicht vor Schmerz verzerrte. Als sie spürten, dass ihre schon sicher geglaubte Beute doch noch zu entkommen drohte, verdoppelten die Eismonster ihre Anstrengungen, sie zu erreichen – und zu Bens maßlosem Entsetzen gelang es ihnen. Eine riesige dreifingrige Klaue schloss sich um Sashas Handgelenk und riss sie mit so brutaler Kraft zurück, dass sie mit einem lautlosen Schrei auf den Lippen rücklings in den Schnee stürzte, aber das war nicht das Schlimmste.

Wo die Eispranke ihre Haut berührt hatte … *verblasste* sie. Ihre ohnehin schon bleiche Farbe wurde noch heller und verwandelte sich dann in ein schrecklich fahles Weiß. Wie ein Spinnennetz, das rasend schnell wuchs, überzogen winzige Linien ihr Handgelenk und ihre Hand und verschwanden im Ärmel ihrer pelzgefütterten Jacke, dann breitete sich das unheimliche Weiß auf ihrem gesamten Körper aus, wie ein Fleck aus weißer Tinte auf einem Blatt Löschpapier.

Als Allerletztes erloschen ihre Augen.

17

ER ERWACHTE MIT EINEM SCHREI, schweißgebadet und mit heftig klopfendem Herzen, aber die Angst, die aus dem Albtraum mit herüber in die Wirklichkeit gelangt war und ihre Krallen in seine Gedanken schlagen wollte, hielt nur für den Bruchteil einer Sekunde an; gerade so lange, wie er brauchte, um zu begreifen, dass er wach war, und aus dieser Erkenntnis abzuleiten, dass er vorher geschlafen hatte und somit alles nur ein Traum gewesen war. Wieder einmal. Dann machte die Erleichterung einem anderen, kaum weniger starken Gefühl Platz: Zorn auf sich selbst. Verdammt, was war nur mit ihm los? Ein Teil von ihm musste wohl auf dem Selbstvernichtungstrip sein und tat sein Allermöglichstes, um ihm die Nächte unangenehm zu gestalten. Er war mittlerweile fast so weit, dass er Angst vor dem Einschlafen hatte! Was sollte das?

Ben lauschte konzentriert in sich hinein, aber der renitente Teil seines Unterbewusstseins weigerte sich stur, diese Frage zu beantworten. Wahrscheinlich sparte er sich seine Energie für die nächsten Albträume, dachte er missmutig. Noch zwei oder drei Nächte wie diese und er brauchte seinen Vater wirklich, und zwar nicht als Vater, sondern als Arzt. Falls er nicht vorher einen Herzinfarkt bekam und die Dienste seiner Mutter in Anspruch nehmen musste, hieß das.

Wütend schlappte er ins Bad und verzichtete einmal mehr darauf, einen Blick in den Spiegel zu werfen, bevor er sich nicht etliche Hand voll eiskalten Wassers ins Gesicht geschaufelt hatte. Was er danach sah, als er all seinen Mut zusammenraffte und dem Blick seines eigenen Konterfeis in dem verspiegelten Glas begegnete, war allerdings auch nicht sehr viel erbaulicher: Obwohl er – von der Zeit her – ausreichend geschlafen hatte und sich körperlich sogar einigermaßen fit fühlte, wirkte sein Gesicht übernächtigt und blass. Die Ringe, die er vor zwei Tagen das erste Mal unter seinen Augen bemerkt hatte, waren noch dunkler geworden, und seine Haut sah aus wie schmuddeliger Kuchenteig, der entschieden zu lange liegen gelassen worden war.

Und er wunderte sich, dass seine Mutter sich Sorgen um ihn machte und ihn ununterbrochen mit der Frage löcherte, ob er sich auch wirklich wohl fühlte?

Ach ja, nicht zu vergessen die haarige, fette Spinne, die auf seiner rechten Schulter hockte und ihn angrinste ...

Ben kämpfte den jähen Schrecken nieder, der ihn bei diesem Anblick durchfuhr, verdrehte sich fast den Hals, um direkt auf seine Schulter schauen zu können, und stellte ohne die geringste Spur von Überraschung fest, dass da keine Spinne war.

Im Spiegel übrigens auch nicht, als er wieder hinsah.

Allmählich begann er sich *wirklich* über sich selbst zu ärgern – aber zugleich auch ein bisschen Sorgen zu machen. Vielleicht sollte er sich doch gleich seinen Eltern anvertrauen und seinen Vater bitten, ihm irgendetwas zu geben, was ihm zumindest für die Dauer dieser vermaledeiten Reise die Albträume ersparte. Sie waren zwar ziemlich weit von der nächsten Apotheke entfernt, doch er war sicher, dass sein Vater ein Schlafmittel dabeihatte oder notfalls in der Krankenstation irgendetwas zusammenbrauen konnte.

Aber war er nicht noch ein bisschen jung, um Träum-süß-Pillen zu nehmen? Außerdem: Noch ein paar wenige Nächte und der Spuk war vorbei. Irgendwie würde er die schon durchstehen.

Eigentlich waren die Träume auch gar nicht so schlimm, überlegte er, während er zurück in seine Kabine schlurfte und sich anzog. Abgesehen von der furchtbaren Angst, die sie in ihm auslösten. Gut, bisher war er jedes Mal auf die eine oder andere Art ums Leben gekommen oder hatte andere grauenhafte Dinge erlebt, aber im Grunde genommen hatte er sich ebenso gut geschlagen wie die Helden in seinen Abenteuergeschichten. Auch die gewannen schließlich nicht immer.

Aber wenigstens manchmal ...

Zumindest hatte ihn seine Amok laufende Fantasie heute nicht mitten in der Nacht geweckt. Draußen war die Sonne längst aufgegangen, seine Eltern saßen bestimmt schon im Frühstücksraum, und er würde sich zu ihnen gesellen, damit sie ein bisschen über die Party von gestern Abend und Kapitän Schulz lästern konnten. Und danach –

Plötzlich fiel ihm etwas auf. Etwas fehlte.

Ben lauschte einen Moment mit angehaltenem Atem. Trotz ihrer ungeheuren Leistung arbeiteten die Maschinen der *Princess of the Dawn* fast lautlos. Normalerweise war nur ein leises Hintergrundbrummen zu hören, das von einem sanften Vibrieren des Fußbodens und der metallenen Wände begleitet wurde, doch beides nahm man schon nach wenigen Stunden an Bord kaum mehr war. Jetzt waren die Maschinengeräusche und das Vibrieren verstummt. Die Turbinen waren abgeschaltet, und das bedeutete, dass die *Princess* reglos auf der Stelle lag und keine Fahrt machte.

Von wegen einige wenige Nächte.

Ben hatte es auf einmal sehr eilig, sich fertig anzuziehen und zu seinen Eltern in den Frühstücksraum zu kommen.

Draußen auf dem Gang war das Fehlen des Brummens der Motoren noch deutlicher zu spüren und etwas anderes fiel ihm auf. Eine hektische Nervosität schien in der Luft zu liegen. Irgendetwas war passiert, das wusste er, noch bevor er den Frühstücksraum überhaupt erreichte.

Und feststellte, dass seine Eltern nicht da waren. Ihr Stammplatz am Fenster war verwaist, und auch von Schulz oder gar Sasha war keine Spur zu entdecken. Ben spürte einen heftigen Stich der Enttäuschung und wunderte sich ein wenig über sich. Nach der hässlichen Szene am vergangenen Abend hatte er nun wirklich keinen Grund, sich auf ein Wiedersehen mit dem Kapitän der *Princess* zu freuen, und Sasha war schließlich noch nie zum Frühstück erschienen, ausgenommen das eine Mal, als ihr Vater sie ihnen praktisch vorgeführt hatte.

Aber immerhin hatte dieses sonderbare Mädchen ja schon einen Weg in seine Träume gefunden …

Zum ersten Mal – wenn auch mit gehöriger Verspätung – fragte sich Ben, ob er sich in Sasha verliebt hatte. *Richtig* verliebt, nicht nur verknallt, wie es ihm schon das eine oder andere Mal passiert war. Und allein die Tatsache, dass er sich diese Frage stellte, erschien ihm Antwort genug. Eine Antwort, die ihm ganz und gar nicht gefiel. Die Sache mit Sasha und ihm hatte keine Zukunft; einmal ganz davon abgesehen, dass die Reise in sechs Tagen vorbei war und sie sich danach nie wiedersehen würden, hatte sein Vater möglicherweise Recht: Vielleicht sprach Sasha in ihrer zerbrechlichen Hilflosigkeit nur seine Beschützerinstinkte an.

Selbst in seinem Traum hatte er kehrtgemacht und sich ins sichere Verderben gestürzt, um ihr beizustehen.

Ein Räuspern riss Ben jäh aus seinen verwirrenden Überlegungen. Hastig drehte er sich herum. Hinter ihm war einer der Stewards erschienen.

»Ja?«, fragte Ben.

»Suchst du deine Eltern?«, fragte der Mann in leicht unbehaglichem Ton. Ben nickte stumm, und der Steward fuhr fort: »Ich glaube, sie sind unten in der Krankenstation. Der Erste Offizier war vor ein paar Minuten hier, und ich habe gehört, wie er sie gebeten hat dorthin zu kommen.«

»Warum?«

»Kapitän Schulz hat sie wohl darum gebeten, mehr weiß ich auch nicht.«

Aber wozu, wenn der verwundete Söldner doch verschwunden war?, dachte Ben und wusste die Antwort auf seine Frage fast im gleichen Moment selbst. Sie hatten ihn gefunden, was ja auch kein Wunder war. Die *Princess* war ein großes Schiff, aber *so groß* nun auch wieder nicht, dass ein Mann – noch dazu ein verletzter Mann – sich lange darauf verstecken konnte.

»Dann gehe ich jetzt besser auch dorthin«, meinte er. Nach einer Sekunde und mit einem leicht verlegenen Lächeln fügte er hinzu: »Wenn ich sie finde. Erklären Sie mir den Weg?«

»Ich bringe dich hin«, erwiderte der Steward. »Es ist nicht weit, aber kompliziert zu beschreiben.«

Während Ben dem Mann folgte, warf er noch einen raschen Blick aus dem Fenster. Was er sah, bestätigte seinen Verdacht: Die *Princess* hatte sich nicht von der Stelle gerührt und lag noch immer vor der eisigen Küste der Antarktis. Jetzt, im klaren Licht des Morgens, war sie von einem verschwommenen Schatten zu einer dünnen weißen Linie am Horizont geworden, die das Sonnenlicht reflektierte, sodass man sie kaum ansehen konnte ohne sofort zu blinzeln. Aber hatte Schulz nicht gesagt, das Schiff würde sofort nach dem Feuerwerk weiterfahren und Kurs auf Australien nehmen? Immerhin war das sieben oder acht Stunden her und vermutlich musste auch die *Princess* so etwas wie einen Fahrplan einhalten.

Der Steward führte ihn durch eine schmale Seitentür und ein wahres Labyrinth von Gängen und Treppen, in dem er vermutlich schon nach der ersten Abzweigung hoffnungslos die Orientierung verloren hätte. Der Mann blickte immer wieder über die Schulter zu ihm zurück, und Ben hatte das Gefühl, dass er ihm etwas sagen wollte, aber er schwieg beharrlich. Sie erreichten die Krankenstation und der Steward übernahm sogar noch die Aufgabe, für ihn anzuklopfen und die Türklinke herunterzudrücken, verschwand dann jedoch so schnell, dass es schon fast wie eine Flucht wirkte.

Es war das erste Mal, dass Ben die Krankenstation sah, und wie so vieles hier war sie eine Überraschung. Er wusste selbst nicht genau, was er erwartet hatte, aber auf keinen Fall *das*. Der Raum hatte zwar kein Fenster und war nicht besonders groß, dazu ultramodern eingerichtet, wirkte jedoch trotzdem überraschend hell und behaglich; es war wie eine Mischung aus einem High-Tech-Operationssaal und einem gemütlichem Krankenzimmer mit zwei Betten.

Nur eines der Betten war belegt. Ben konnte nicht erkennen, mit wem, denn seine Eltern, Kapitän Schulz und ein weiterer Mann in einer leicht angeschmuddelten Borduniform versperrten ihm die Sicht auf den Kranken, aber er vermutete, dass es der verschwundene Söldner war. Nachdem er seine Eltern mit einem flüchtigen Kopfnicken begrüßt hatte – Schulz machte sich nicht einmal die Mühe, sich zu ihm herumzudrehen, obwohl ihm das Geräusch der Tür wohl kaum entgangen sein konnte –, drängte er sich behutsam an ihnen vorbei, um aufs Bett zu sehen … und sog erschrocken die Luft zwischen den Zähnen ein.

Es war der verschwundene Söldner, aber Ben erkannte ihn kaum wieder. Sein Anblick erinnerte ihn auf schreckliche Weise an die letzte Szene des Albtraums, aus dem er gerade erwacht war. Sein Haar, die Augenbrauen und Wimpern waren weiß, und seine Haut war mit einem widerlichen weißen Geflecht überzogen, wie ein brüchiges Spinnennetz aus Eis, sodass auch sie nahezu weiß wirkte. Merkwürdigerweise war er mit schweren Ledermanschetten an den Hand- und Fußgelenken ans Bett gefesselt und trug ein ledernes Stirnband, das wohl seinen Kopf fixieren sollte.

»Was ist denn hier passiert?«, fragte er verblüfft.

»Wir mussten ihn fixieren, damit er sich nicht selbst verletzt«, antwortete seine Mutter, und der Mann in der Stewarduniform neben ihr machte ärgerlich: »Ha!«

Ben fiel jetzt auf, dass nicht nur die Uniform des Mannes reichlich mitgenommen aussah, sondern er offensichtlich auch verletzt war. Seine Mutter war gerade dabei, einen ordentlichen weißen Verband an seinem rechten Handgelenk anzulegen.

»Was ist passiert?«, fragte er noch einmal.

»Der Dreckskerl hat mich gebissen, das ist passiert!«, fauchte der Matrose. Seine Mutter runzelte angesichts dieses rüden Tones zwar die Stirn, sparte sich aber jeden Kommentar. Vermutlich schrieb sie diese Entgleisung, wie Ben auch, dem Zustand des Mannes zu. Vielleicht hatte er Schmerzen.

»Er hat sich gewehrt«, vermutete Ben.

»Gewehrt? Der Kerl hat sich gebärdet wie ein Tollwütiger! Wir waren zu dritt und haben es kaum geschafft, ihn zu bändigen!« Der Matrose warf der reglosen Gestalt im Bett einen fast hasserfüllten Blick zu. »Eigentlich hätten wir ihm gleich den Schädel einschlagen sollen!«

»Er hat die Maschine sabotiert«, fügte Schulz erklärend hinzu. »Die Männer sind natürlich wütend auf ihn. Der Schaden ist nicht allzu tragisch, aber einen halben Tag Arbeit werden sie bestimmt haben, bis wir sicher weiterfahren können.«

Auch Schulz sah nicht besonders gut aus, fand Ben. Er hatte sich umgezogen und die hässlichen schwarzen Flecken in seinem Gesicht waren zu kaum sichtbaren roten Pünktchen verblasst, aber er wirkte nicht so, als hätte er in der zurückliegenden Nacht viel Schlaf gefunden. Das Pflaster auf seiner Wange war jetzt sehr viel größer und ließ sein gesamtes Gesicht irgendwie asymmetrisch erscheinen.

»Haben Sie wenigstens Kontakt mit der Reederei aufgenommen?«, fragte er den Kapitän.

»Der Funk ist immer noch gestört. Aber das habe ich in dieser Gegend schon mehrmals erlebt. Und auch wenn der Funk dauerhaft ausfallen würde, bestünde keiner Gefahr. Wir können selbst mit der beschädigten Maschine innerhalb eines Tages wieder eine vielbefahrene

Schifffahrtslinie erreichen.« Er blinzelte Ben zu. »Und wenn alle Stricke reißen, hat die *Princess* immer noch ihre guten alten Segel.« Er druckste einen Moment herum und gab sich dann sichtbar einen Ruck. »Wenn wir schon einmal dabei sind ... ich möchte mich für mein Benehmen von gestern Abend entschuldigen. Ich weiß selbst nicht, was in mich gefahren ist. Es tut mir aufrichtig leid.«

Bens Mutter warf ihm einen schrägen Blick zu, doch Bens Vater winkte gönnerhaft ab. »Schon vergessen. Immerhin erleben Sie bestimmt nicht jeden Tag einen solchen Stress.«

»Das ist wahr«, antwortete Schulz, schüttelte jedoch trotzdem den Kopf. »Aber es ist keine Entschuldigung. Ein Kapitän muss gerade in Stresssituationen die Nerven behalten. Dafür ist er da.« Er lächelte dünn. »Wenn man es genau nimmt, ist das der einzige Grund, warum ein schwimmender Supercomputer wie die *Princess* überhaupt noch einen Kapitän aus Fleisch und Blut braucht.«

»Jetzt übertreiben Sie nicht, Kapitän Schulz«, meinte Bens Vater. »Ich finde, Sie haben sich hervorragend geschlagen. Wenn es Ihnen hilft, erteile ich Ihnen gern meine Absolution als Psychologe. Sie haben nichts falsch gemacht. Immerhin muss ein Kapitän heutzutage nicht mehr unbedingt damit rechnen, dass sein Schiff von Piraten geentert wird.«

Schulz sah nicht so aus, als seien ihm diese Worte ein großer Trost, aber er lächelte immerhin, wenn auch ein wenig gequält, bevor er sich ganz zu Ben herumdrehte. »Ich möchte mich ganz besonders bei dir entschuldigen. Was ich gestern Abend gesagt habe, war unfair. Nimmst du meine Entschuldigung an?«

Er streckte Ben die Hand entgegen, und Ben griff zwar überrascht, aber trotzdem ohne das geringste Zögern danach; auch wenn es ihm peinlich war, dass sich ein Mann wie Kapitän Schulz bei ihm entschuldigte.

Es war ihm auch ein bisschen unangenehm, Schulz' Hand zu schütteln. Die Haut des Kapitäns fühlte sich kalt und trocken an und irgendwie ... unangenehm.

»Dann bin ich erleichtert«, sagte Schulz. »Ich werde nachher mit Sasha ein verspätetes Frühstück einnehmen, so in einer Stunde. Möchtest du dazustoßen?«

»Selbstverständlich«, antwortete Ben impulsiv.

»Gut.« Schulz ließ endlich seine Hand los und trat einen Schritt zurück. Er warf noch einen langen und nachdenklichen Blick auf den gefesselten Söldner – er schien zu schlafen –, ehe er sich dem Matrosen zuwandte. »Und was ist mit Ihnen? Können Sie Dienst tun?«

»Ja«, antwortete der Mann, und Bens Mutter sagte im gleichen Atemzug: »Nein.«

»Unsinn!«, widersprach der Matrose. »Mir fehlt nichts. Das ist doch nur ein Kratzer.«

Seine Mutter legte ihm für eine Sekunde die flache Hand auf die Stirn und nickte dann. »Ja, das habe ich mir gedacht. Sie haben leicht erhöhte Temperatur. Noch kein Fieber, aber erhöhte Temperatur. Und was Sie da an der Hand haben, ist eine ziemlich tiefe Wunde, kein Kratzer. Mit Menschenbissen ist nicht zu spaßen, wissen Sie das? Sie neigen dazu, sich zu entzünden.« Sie machte eine Kopfbewegung auf das zweite freie Bett. »Sie sollten sich wenigstens bis heute Abend ausruhen.«

»Ich bleibe ganz bestimmt nicht mit diesem Irren zusammen in einem Zimmer!«, antwortete der Matrose böse. »Gefesselt oder nicht!«

»Wie Sie meinen«, seufzte Bens Mutter. »Dann spritze ich Ihnen aber wenigstens prophylaktisch ein Antibiotikum. Und Sie melden sich nach dem Mittagessen bei mir und ich sehe mir Ihre Hand noch einmal an.«

»Aber –«, begann der Matrose.

»Keine Widerrede!«, unterbrach ihn Schulz grob. »Sie haben die Frau Doktor gehört, und Sie werden tun, was sie Ihnen sagt, haben Sie das verstanden? Das ist ein Befehl!«

»Jawohl, Herr Kapitän«, antwortete der Mann kleinlaut, obwohl seine Augen noch immer vor Zorn blitzten.

»Gut.« Der strenge Ausdruck verschwand von Schulz' Gesicht, und er wandte sich zum Gehen, drehte sich dann aber noch einmal zu Ben herum. »Ich muss auf die Brücke, um dort nach dem Rechten zu sehen. Hast du nicht Lust, mitzukommen? Das interessiert dich doch ganz bestimmt.«

»Sicher«, antwortete Ben überrascht. »Wenn ich nicht störe.«

»Kein bisschen. Die Einladung gilt selbstverständlich auch für deine Eltern.«

Bens Vater nickte erfreut, doch seine Mutter schüttelte den Kopf. »Im Prinzip gern, aber ich möchte mich noch einmal um den Verletzten kümmern.« Sie deutete auf den schlafenden Söldner. »Sein Zustand gefällt mir ganz und gar nicht. Ich würde ihn gern noch einmal untersuchen. Ehrlich gesagt habe ich so etwas noch nie erlebt.«

»Aber fass ihn nicht an«, entfuhr es Ben.

»Hältst du mich für dämlich, Sohn?«, fragte seine Mutter mit einem zuckersüßen Lächeln, wurde jedoch sofort wieder ernst und schüttelte den Kopf. »Keine Sorge, ich passe schon auf. Ich bin zwar neugierig, aber nicht lebensmüde. Und jetzt raus. Geht und führt ein paar Männergespräche. Ich komme nach, sobald ich hier fertig bin. Und Sie –«, sagte sie an den Matrosen mit der verbundenen Hand gewandt, »gehen in Ihre Kabine und legen sich hin.«

Sie verließen fast fluchtartig die Krankenstation. Der Matrose trat sogar wortwörtlich die Flucht an, indem er mit weit ausgreifenden Schritten vorauseilte und schon nach wenigen Augenblicken hinter einer Tür verschwand. Bens Vater schüttelte seufzend den Kopf.

»Was ist denn nun wirklich passiert?«, fragte Ben.

»Genau weiß ich es auch nicht«, gestand Schulz und fuhr sich geistesabwesend mit den Fingerspitzen über das riesige Pflaster auf seiner Wange. »Die Männer haben ihn unten im Maschinenraum gefunden. Er hatte sich in einen finsteren Winkel verkrochen und fing an, sich wie ein Berserker zu wehren, als sie ihn dort herausholen wollten. Sie haben erst später bemerkt, was er mit seinem Schraubenschlüssel angerichtet hat.«

»Schraubenschlüssel?«, vergewisserte sich Robert Berger. »Ich dachte, er hätte die gesamte Maschine lahm gelegt.«

»Sie würden sich wundern, welchen Schaden man mit einem simplen Schraubenschlüssel anrichten kann, wenn er groß genug ist und man weiß, was man tun muss«, erwiderte Schulz griesgrämig.

»Außerdem ist der Mann Soldat«, fügte Ben hinzu. »Und damit automatisch Spezialist im Kaputtmachen.«

»Wenigstens wenn er zu Harrys Truppe gehört.« Schulz lachte humorlos. »Keine Sorge. Der Schaden hält sich in Grenzen. In ein paar Stunden stechen wir wieder mit voller Kraft in See. Aber ich bin trotzdem froh, wenn diese Fahrt vorbei ist. Es gibt gewisse Abenteuer, auf die ich getrost verzichten kann.«

Sie tauschten noch ein paar Belanglosigkeiten aus, um die Zeit zu überbrücken, bis sie den Kontrollraum der *Princess* erreichten, aber Ben spürte genau, wie unangenehm Schulz die Geschichte war. Ganz egal wie glimpflich das Ganze ausgegangen war – mit seinem Selbstverständnis als Kapitän musste Schulz das Gefühl haben, in einer Krisensituation vollkommen versagt zu haben. Natürlich hatte er, realistisch betrachtet, rein gar nichts tun können – was denn auch gegen ein Dutzend bis an die Zähne bewaffneter Soldaten, deren Kommandant sich für die Reinkarnation von Dschingis Khan zu halten schien? –, aber das änderte letzten Endes nichts daran, dass er das Kommando über sein Schiff verloren hatte; für einen Kapitän wahrscheinlich das Schlimmste, was ihm überhaupt passieren konnte.

Schließlich kamen sie auf der Brücke an und traten nicht nur in eine andere Welt, sondern auch in ein anderes Jahrtausend, wenigstens erschien es Ben so. Hier gab es keinen Pomp, keine Edelhölzer an den Wänden und keine goldenen Kronleuchter und Bilderrahmen, sondern nur Chrom und Glas und surrende Computer und emsig flackernde Bildschirme. Kaum etwas erinnerte an die Brücke eines Schiffes, wenigstens nicht so, wie Ben sie sich vorgestellt hätte. Das einzige Fenster, das der Raum hatte, zog sich zwar über die gesamte Vorderfront, war aber kaum einen Meter hoch und damit eher ein Sehschlitz, und es gab nicht einmal ein Steuerruder.

»Enttäuscht?«, fragte Schulz. Anscheinend waren ihm seine Gefühle deutlicher anzusehen, als er gemeint hatte.

»Nein«, versicherte er hastig, aber wenig glaubwürdig. »Es ist nur …«

»Anders, als du es dir vorgestellt hast«, führte Schulz den Satz zu Ende und lächelte.

Ben nickte, und sein Vater fügte hinzu: »Mir geht es übrigens genauso.«

»Im Grunde geht es jedem so, der zum ersten Mal hierher kommt«, meinte Schulz. »Die Leute haben immer noch eine sehr romantische Vorstellung von einem Schiff. Sogar von einem so modernen Schiff wie der *Princess*.«

»Das glaube ich gern«, bemerkte Robert Berger. »Sieht eher aus wie die Computerzentrale des Finanzamts.«

»Dann kommen Sie jetzt bitte nicht auf die Idee, das Schiff schon einmal vorsorglich zu versenken«, bat Schulz. »Aber im Prinzip haben Sie Recht. Das hier ist viel mehr eine Rechenzentrale als die klassische Brücke eines Schiffes. Das elektronische Gehirn der *Princess* sozusagen. Nicht umsonst fährt die *Princess* eine Route, die noch vor ein paar Jahren von einem Kreuzfahrtschiff gar nicht zu bewältigen gewesen wäre, noch dazu in der kurzen Zeit.«

»Eigentlich«, sprach Ben aus, was ihm durch den Kopf ging, »erinnert es mich weniger an das Finanzamt als viel mehr an ein Raumschiff.«

»Mein Sohn liebt Science-Fiction-Geschichten«, erklärte sein Vater in einem Ton, als wäre es etwas, wofür man sich entschuldigen müsste.

»Ich auch«, antwortete Schulz. »Als ich in seinem Alter war, habe ich praktisch nichts anderes gelesen oder gesehen. Einen guten SF-Film weiß ich immer noch zu schätzen. Heute bleibt mir für diese Dinge leider kaum noch Zeit.« Er seufzte bedauernd und wandte sich dann wieder direkt an Ben. »Und so furchtbar falsch ist dein Vergleich auch gar nicht. So gewaltig ist der Unterschied zwischen einem Raumschiff und einem Schiff nie gewesen.«

Bens Vater sah ihn zweifelnd an, und Schulz fuhr mit einem bekräftigenden Nicken fort: »Raumschiffe sind sicher komplizierter und teurer – obwohl ich da im Falle der *Princess* nicht einmal so sicher wäre –, doch Raumschiff wie Schiff gehen auf lange Reisen, und bei beiden weiß man nie, was einen am Ende der Reise oder auch unterwegs erwartet.«

»Außer dass Sie mit der *Princess* nicht auf einem fremden Planeten landen«, sagte Robert Berger lächelnd.

Schulz sah ihn eine halbe Sekunde lang auf eine Art an, als hätte er gerade etwas sehr Dummes gesagt. Er antwortete nicht gleich, sondern ging zu dem schmalen Fenster am anderen Ende der Brücke und wartete, bis Ben und sein Vater ihm gefolgt waren, bevor er weitersprach. »Auch da wäre ich mir nicht so sicher.«

»Wie bitte?«, fragte Bens Vater.

»Natürlich ist es nicht wirklich ein fremder Planet, aber das da drüben ist auch nicht mehr unsere Erde. Jedenfalls nicht *die* Erde, wie Sie und ich sie kennen.«

»Ach?«, machte Bens Vater spöttisch.

»Es gibt dort atembare Luft, aber das ist auch schon so ziemlich alles. Und nicht einmal das stimmt wirklich«, erwiderte Schulz unbeeindruckt.

»Wollen Sie mir jetzt erzählen, es gäbe in Wirklichkeit keinen Sauerstoff am Südpol?«

»Im Moment geht dort drüben der Sommer in den Winter über«, sagte Schulz ernst. »Wir würden es wohl als Herbst bezeichnen, aber in der Antarktis spricht man in der Regel nur von Sommer und Winter. Im Winter, der sechs Monate des Jahres ausmacht, kann die Temperatur im Inland auf bis zu minus achtzig Grad Celsius sinken. Ein Mensch kann sich dann nur für kurze Zeit im Freien aufhalten, die Luft würde ihm die Lungen verbrennen, und überhaupt nur mit ungeheurem technischem Aufwand überleben. Und selbst die modernste Technik versagt in dieser Eiswelt manchmal schneller, als man Ersatz heranschaffen kann. Also für mich hört sich das ganz und gar nach einem fremden und lebensfeindlichen Ort an. Für Sie nicht?«

Bens Vater wirkte jetzt völlig verunsichert, und Schulz ließ ihn ein paar Sekunden mit belämmertem Gesicht dastehen und lachte dann.

»Nein, keine Sorge, ich bin nicht verrückt. Ich wollte Ihnen nur klar machen, dass es manchmal bloß eine Frage des Standpunktes ist, wie man eine Sache sieht. Natürlich ist das dort drüben die Küste der Antarktis, nicht die Oberfläche eines fremden Planeten.«

»Da bin ich aber froh«, sagte Bens Vater. »Sonst hätten wir es am Ende noch mit irgendwelchen blutrünstigen Aliens zu tun.«

Schulz lachte wieder, aber Ben fand diese Bemerkung nicht nur nicht lustig, sie jagte ihm auch einen eisigen Schauer über den Rücken.

Einer von Schulz' Offizieren sprach ihn mit gedämpfter Stimme an, und Schulz nickte und wandte sich dann mit um Verzeihung heischender Miene an Bens Vater. »Ich fürchte, ich muss mich um ein paar Dinge kümmern. Langweiliger Kram, doch er muss nun einmal erledigt werden. Ein paar Minuten nur, hoffe ich.«

»Wenn wir hier stören –«, begann sein Vater, aber Schulz unterbrach ihn sofort.

»Davon kann nicht die Rede sein. Es dauert wirklich nur ein paar Minuten. Sehen Sie sich einfach in Ruhe um. Ich bin bald wieder bei Ihnen und beantworte Ihnen dann gerne all Ihre Fragen.« Er zwinkerte Ben zu. »Aber fass nichts an, okay? Nicht dass du am Ende noch aus Versehen die Selbstvernichtungsanlage aktivierst.«

Er entfernte sich rasch, verließ die Brücke aber nicht, sondern trat an eines von mehreren großen Computerpulten am anderen Ende des gewaltigen Raumes und begann mit den Männern zu sprechen, die daran saßen.

»Ein seltsamer Bursche«, meinte sein Vater nachdenklich.

Seltsam? Ben lüpfte die linke Augenbraue.

»Na ja, ich schätze, er ist ganz in Ordnung. Komm, nutzen wir die Gelegenheit und sehen uns um.«

Das taten sie. Ben und sein Vater verbrachten die nächsten zehn Minuten damit, den Raum gründlich zu inspizieren und den Männern die eine oder andere Frage zu stellen, und obwohl Ben nur sehr wenig von dem verstand, was er sah oder zur Antwort bekam, verlor der Rundgang nichts von seiner Faszination. Ben kam sich wirklich ein bisschen so vor wie an Bord eines Raumschiffes, das auf dem Weg zu einem unbekannten und gefährlichen Planeten war.

Schließlich erreichten sie das Fenster, das Ben jetzt beim genauen Betrachten irgendwie merkwürdig erschien, auch wenn er nicht sagen konnte, warum. Doch als er nach draußen sah, vergaß er alles andere.

Der Anblick der antarktischen Küste passte in diesem Moment nur zu gut zu dem, was Schulz gerade gesagt hatte. Nach allem, was Ben über den südlichsten Teil der Erde wusste, war er wohl nicht ganz so lebensfeindlich, wie er behauptet hatte, aber fast. Und ja – es ging etwas Fremdartiges und Abweisendes von dieser eisigen Welt aus. Ben konnte noch immer nicht viel mehr erkennen als einen blitzenden Strich, doch er musste plötzlich daran denken, wie Sasha Morgen für Morgen am Bug des Schiffes gestanden und nach Süden gestarrt hatte. Er glaubte sie jetzt besser zu verstehen als bisher. Irgendetwas Bedrohliches lag über diesem kalten und schweigenden Land.

»So, da bin ich wieder.« Schulz' schon beinahe provozierend fröhliche Stimme riss ihn unsanft aus seinen Gedanken. »Ich habe Ihnen ja gesagt, es dauert nicht lange. Für die nächste Stunde habe ich frei. Wenn Sie also irgendwelche Fragen haben …«

»Die Wetterstation«, meinte Robert Berger. Schulz sah ihn fragend an. »Die Station, zu der Harry und seine Leute aufgebrochen sind. Kann man sie von hier aus sehen?«

»Ich fürchte, nein. Obwohl sie gar nicht weit von der Küste entfernt liegt. So ungefähr drei Kilometer … doch man kann sie *fast* sehen. Warten Sie.« Er berührte ein paar Tasten und in der nächsten Sekunde wurde Ben klar, warum ihm das Fenster so komisch vorgekommen war: Es war kein Fenster, sondern der größte Bildschirm, den Ben jemals gesehen hatte. Als Schulz die Tasten drückte, hatte man das Gefühl, dass die *Princess* herumschwenkte und gleichzeitig einen gewaltigen Satz auf die Küste zu machte, aber in Wahrheit zoomte er natürlich nur das Bild auf dem Fenstermonitor heran. Der Bildschirm filterte auch das blendende Licht heraus. Die Küste schien nun zum Greifen nahe, und man konnte erkennen, dass sie nicht gänzlich aus Eis bestand und auch nicht völlig glatt war, wie es von weitem den Anschein gehabt hatte. Der Strand, der eine Tiefe von vier- oder fünfhundert Metern hatte, war mit zahllosen bizarren Gebilden übersät, die zum Teil aus Eis, zum Teil aber auch aus verkrustetem schwarzem Fels bestanden. Wo der Strand aufhörte, ging er in eine senkrecht aufstrebende Klippe aus brüchigem Fels über.

»Siehst du die Klippe?«, fragte Schulz. Ben nickte, und Schulz tippte abermals auf seine Tastatur, woraufhin die Küste noch einmal ein gutes Stück näher heran und gleichzeitig zur Seite schwenkte. »Sie ist gut zwanzig Meter hoch, an manchen Stellen noch sehr viel höher, und ich wette, selbst ein Reinhold Messner würde daran scheitern. Hundert Millionen Jahre Eis und Sturm können sogar dem härtesten Granit ganz schön zusetzen. Dahinter befindet sich eine Hochebene, auf der die Wetterstation liegt.«

»Und wie ist Harry mit seinem Hovercraft die Klippe hinaufgekommen?«, wollte Ben wissen.

Das Bild schwenkte noch ein Stück weiter zur Seite. »Siehst du diesen Spalt?«

Nein, Ben sah nichts.

»Eine schmale Schlucht, durch die man auf die Ebene gelangt«, fuhr Schulz trotzdem fort. »Übrigens der einzige Zugang auf mindestens fünfzig Kilometern in diese Richtung. Das ist auch der Grund, warum sie die Station an dieser Stelle errichtet haben. Sollte einmal etwas passieren, ist das der einzige Fluchtweg zum Strand hinunter.«

»Und aus der Luft?«

»Für vier oder fünf Monate im Jahr«, sagte Schulz. »Während der restlichen Zeit lässt das Wetter die Landung eines Hubschrauber nicht zu. Oder eines Flugzeuges schon gar nicht.«

»Sie wissen eine Menge über dieses Land«, sagte Ben.

»Ich war ja auch schon oft genug hier. Leider war ich noch nie in der Wetterstation, aber irgendwann hole ich es nach, das habe ich mir fest vorgekommen.« Er sah auf die Uhr. »Jetzt wird es aber Zeit. Das Frühstück wartet.« Mit einem Augenzwinkern und an Ben gewandt fügte er hinzu: »Und Sasha.«

18

ER HATTE ERWARTET, dass Schulz sie in den Frühstücksraum führen würde, der mittlerweile ja zu einer Art improvisiertem Büro geworden war, aber sie gingen die Treppe weiter hinauf und in die Lounge, die zu dieser frühen Tageszeit nicht nur noch geschlossen war, sondern auch noch deutliche Spuren der Party von der vergangenen Nacht zeigte. Obwohl mehrere Fenster weit offen standen, roch die Luft nach Rauch und überall standen Gläser und benutztes Geschirr herum, mehrere Männer waren damit beschäftigt, das Chaos zu beseitigen, doch Ben glaubte nicht, dass sie eine reelle Chance hatten, diese Aufgabe in weniger als zwei oder drei Monaten zu bewältigen – und erst recht nicht in den wenigen Stunden bis zum Mittagessen, wenn die Lounge wieder für die Passagiere geöffnet wurde. Er hatte nicht gefragt, aber ein einziger Blick in die Runde machte ihm klar, dass die Party bis in die frühen Morgenstunden gedauert haben musste. Wahrscheinlich war der harte Kern erst vor ein paar Stunden gegangen.

Trotzdem war ein Tisch am Fenster inzwischen nicht nur aufgeräumt, sondern auch eingedeckt worden. Eine Kanne mit frisch aufgebrühtem Kaffee erwartete sie, Aufschnitt, frische Brötchen und eine brutzelnde Pfanne voller Speck und Rühreier … alles ein bisschen viel für vier Personen, dachte Ben – fünf, falls Sasha noch zu ihnen stieß. Der Anblick ließ ihm das Wasser im Mund zusammenlaufen und erinnerte ihn daran, dass er schon ziemlich lange nichts Vernünftiges mehr gegessen hatte.

Sie nahmen Platz. Schulz bedeutete ihnen mit einer Geste anzufangen und griff als Erster zu, und nach kurzem Zögern folgten Ben und sein Vater seinem Beispiel; sein Vater möglicherweise nur aus Höflichkeit – Ben nahm an, dass er und seine Mutter bereits gefrühstückt hatten –, aber Ben langte kräftig zu. Die Anwesenheit der emsig arbeitenden Männer ringsum bereitete ihm ein leicht schlechtes Gewissen, doch sein Appetit war zu groß, um darauf Rücksicht zu nehmen.

Das war allerdings nichts gegen die Gier, die Kapitän Schulz entwickelte. Zuerst war Ben viel zu sehr damit beschäftigt, zu mampfen, doch bald fiel es selbst ihm auf: Schulz vertilgte eine gewaltige Portion Rühreier mit Speck, mindestens fünf oder sechs belegte Brötchenhälften und ein halbes Toastbrot, eine Riesenladung Pudding und ein riesiges Stück Käse, das allein deutlich mehr gewesen wäre, als Ben sich zugetraut hätte – und er hielt sich für einen guten Esser. Dazu trank er fast eine ganze Kanne Kaffee.

Schließlich hörten sein Vater und er ganz auf zu essen und starrten Schulz einfach nur an. Der Kapitän aß nicht nur ungeheure Mengen, er schien auch seine Tischmanieren vergessen zu haben. Er aß eigentlich nicht, dachte Ben verwirrt, er *fraß*. Er stopfte sich den Mund so voll, dass es aussah, als hätte er die Backen aufgeblasen, schmatzte lautstark und schluckte immer hastiger, stopfte aber auch immer mehr und mehr in sich hinein. Speichel vermischt mit ekligen Essensresten lief an seinem Kinn hinab und tropfte auf seinen Teller, ohne dass er es auch nur zu bemerken schien.

Was ihm jedoch irgendwann nicht mehr entgehen konnte, das waren die fassungslosen Blicke, die ihm Ben und sein Vater zuwarfen. Er hörte auf zu kauen, blickte hoch – und dann war es, als erwache er aus einem Traum. Er erschrak, schluckte mühsam und sehr rasch hinunter, was er noch im Mund hatte, und tupfte sich mit einer Serviette über Lippen und Kinn. »Bitte entschuldigen Sie. Aber ich hatte wirklich großen Hunger.«

»Ja, das … das … ähm … war nicht zu übersehen«, sagte Bens Vater.

»Ich habe eine anstrengende Nacht hinter mir«, meinte Schulz verlegen und schien nicht mehr zu wissen, wohin mit seinem Blick.

»Wie wir alle, Herr Kapitän.« Bens Mutter kam um den Tisch herum und nahm auf einem der zwei freien Stühle Platz. »Aber zu hastiges Essen ist nicht gesund.« Obwohl sie gerade erst gekommen war, schien sie den Vorfall zumindest zum Teil beobachtet zu haben. Sie warf ihrem Mann einen fragenden Blick zu, auf den dieser zwar nicht reagierte, Schulz aber sehr wohl.

»Ich muss mich noch einmal entschuldigen«, sagte er mit einem unbehaglichen Räuspern. »Ich fürchte, ich habe für einen Moment meine gute Erziehung vergessen … Wie geht es dem Soldaten?«

Das war ein ziemlich durchsichtiges Ablenkungsmanöver, fand Ben, doch seine Mutter war diplomatisch genug, auf die Frage zu antworten; wenn auch wahrscheinlich nicht so, wie Schulz gehofft hatte.

»Ich fürchte, nicht sehr gut. Im Augenblick schläft er, und das wird er wohl auch noch den Rest des Tages. Ich habe ihm ein ziemlich starkes Beruhigungsmittel gespritzt. Aber ich muss gestehen, dass mir sein Zustand allmählich Angst macht. Wo ist überhaupt Ihr Arzt?«

Schulz ignorierte die Frage. »So schlimm?«

»Das weiß ich nicht«, gestand sie offen. »Und vielleicht ist es ja gerade das, was mir solche Sorgen bereitet. Ich weiß einfach nicht, was ihm fehlt. Der Mann gehört in ein Krankenhaus. Wie gehen die Reparaturarbeiten an der Maschine voran?«

Zumindest darauf antwortete Schulz. »Zwei oder drei Stunden wird es noch dauern, denke ich, aber danach fahren wir wieder mit voller Kraft. Wenn es sein muss, können wir den Mann binnen eines Tages zur nächsten ärztlichen Versorgungsstelle bringen.«

»So schnell?«, fragte Ben zweifelnd.

»Vierzig Knoten mal vierundzwanzig Stunden, da kommt man schon auf eine beachtliche Strecke«, antwortete sein Vater an Schulz' Stelle.

»Ja, aber das würde ich wirklich nur ungern tun«, fügte Schulz hinzu. »Natürlich werde ich nicht zögern, wenn es unbedingt notwendig ist, doch ich bitte Sie, nur darauf zu bestehen, wenn es wirklich sein muss. Immerhin habe ich an die hundert Passagiere an Bord, die viel Geld für diese Kreuzfahrt bezahlt haben.«

»Und ich werde nicht zögern, darauf zu bestehen, wenn ich es für nötig halte«, erwiderte Jennifer Berger kühl. »Aber noch ist es nicht so weit. Ich werde später noch einmal nach dem Mann sehen, heute Nachmittag, und dann entscheide ich ... oh, da ist Sasha!«

Ben sah erfreut hoch, und auch die anderen drehten die Köpfe in Richtung Eingang. Schulz' Tochter hatte die Lounge betreten, wie üblich in Begleitung des dunkelhaarigen Stewards, der wohl so etwas wie ihr persönlicher Bodyguard war und sie ausnahmsweise einmal nicht am Arm hinter sich herzog, sondern die rechte Hand auf ihre Schulter gelegt hatte und sie vor sich her dirigierte. Ihr Gesicht und ihre Augen waren so leer wie immer, und dennoch erfüllte ihr Anblick Ben mit Erleichterung, denn auch die abgrundtiefe Furcht, die er gestern darin gelesen hatte, war fort.

Hastig stand er auf und schob den letzten freien Stuhl am Tisch zurück, damit sie sich setzen konnte. War es Zufall, dass es ausgerechnet der Platz direkt neben ihm war, den seine Mutter frei gelassen hatte?

»Alexandra, Liebes!«, begrüßte sie Schulz, der aufgestanden war. »Wie geht es dir heute?«

Er bekam die übliche Antwort – nämlich keine –, womit er sich aber zufrieden zu geben schien, denn er wartete nur, bis Sasha sich gesetzt hatte, und nahm dann ebenfalls wieder Platz. Der Steward entfernte sich wortlos, wobei Ben das verwirrende Gefühl hatte, dass er sehr froh war, gehen zu können – warum eigentlich? –, und Schulz schnippte kurz mit den Fingern, woraufhin ein anderer Mann herbeieilte und ein frisches Gedeck für seine Tochter brachte.

»Was geschieht mit Sasha, wenn diese Fahrt vorüber ist?«, fragte Jennifer Berger.

Schulz zog die linke Augenbraue hoch. »Geschieht?«

»Das war ungeschickt formuliert«, entschuldigte sie sich. »Ich meine, die *Princess* bricht doch bestimmt nicht gleich am nächsten Morgen wieder auf, oder? Wo bleibt sie in dieser Zeit?«

»Sie haben Recht«, bestätigte Schulz. »Von Australien aus fahren wir zurück nach Südafrika, doch die nächste Reise beginnt erst wieder zwei Wochen danach. Ich habe ein kleines Haus in der Nähe von Kapstadt. Nichts Besonderes, aber mit einem unverbaubaren Blick auf den Tafelberg, und wir haben dort alles, was wir brauchen. Sasha liebt dieses Haus … warum fragen Sie?«

Seltsamerweise schwieg Bens Mutter und blickte ihren Mann erwartungsvoll an; als hätten sie bereits über dieses Thema gesprochen und sie würde jetzt um seine Unterstützung bitten.

Es war dann auch ihr Mann, der antwortete. »Nun, meine Frau und ich … würden Ihnen gern einen Vorschlag machen«, sagte er zögernd und ohne Schulz dabei direkt anzusehen. »Natürlich nur, wenn Sie einverstanden sind.«

»Dazu müsste ich erst einmal wissen, womit ich einverstanden sein soll«, erwiderte Schulz.

»Natürlich«, meinte sein Vater hastig. Ben konnte sich nicht erinnern, ihn in letzter Zeit so nervös gesehen zu haben. »Wir … wir haben über Sasha gesprochen. Sehen Sie, es ist so, dass wir beide noch zwei Wochen Zeit haben, bevor wir unsere neue Stellung antreten müssen. Wir würden Sasha gern einladen, diese Zeit bei uns zu verbringen … und Sie natürlich auch, wenn Sie wollen.«

»Wozu?«, fragte Schulz. Plötzlich klang seine Stimme um mehrere Nuancen kühler, beinahe eisig.

»Wozu? Nun, wir … wir dachten, eine neue Umgebung würde ihr gut tun, und … und ich könnte –«

»Ein bisschen mit ihr herumexperimentieren?«, fiel ihm Schulz ins Wort. Nicht nur Ben starrte ihn schockiert an.

»Natürlich nicht!«, antwortete sein Vater. »Sicher würde ich auch einen fachlichen Blick auf sie werfen, wenn Sie so wollen, aber darüber hinaus -«

»– würde es auch Ihrem sauberen Herrn Sohn ganz gut in den Kram passen, Sasha zwei Wochen lang in seiner Nähe zu haben, nicht wahr?«, unterbrach ihn Schulz. Seine Augen blitzten, und etwas in seinem Gesicht … *bewegte* sich. Nein, nicht *in* seinem Gesicht, dachte Ben schaudernd, sondern *darunter.*

Für gut fünf Sekunden herrschte schockiertes Schweigen. Selbst das Klirren und Rumoren der Angestellten, die ringsum arbeiteten, schien kurz innezuhalten; aber schließlich hatte Schulz auch laut genug gesprochen, um überall in der Lounge gehört zu werden.

»Kapitän Schulz, das geht zu weit«, sagte Bens Mutter schließlich, zwar sehr ruhig, aber auch mit etwas wie Eisen in der Stimme. »Mein Mann und ich wollten Ihnen lediglich einen Vorschlag machen, der uns sinnvoll erschien. Es tut mir leid, wenn Sie ihn falsch verstanden haben, aber wir hatten vor zwei Tagen den Eindruck, dass Sie es ganz gerne sehen würden, wenn sich mein Mann um Ihre Tochter –«

»Oh, ich glaube, ich habe Sie ganz gut verstanden«, unterbrach sie Schulz schneidend. »Aber meine Tochter ist kein Versuchskaninchen für Möchtegernforscher, wissen Sie? Und schon gar kein …« Er starrte Ben an und ließ den Satz unvollendet, aber die Fantasie der Anwesenden reichte wohl aus, um zu wissen, was er hatte sagen wollen.

»Ich denke, wir sollten gehen«, sagte Bens Mutter und stand auf.

Genauer gesagt: Sie *wollte* es, doch sie hatte die Bewegung noch nicht einmal halb ausgeführt, als die Tür mit solcher Wucht aufgerissen wurde, dass sie gegen die Wand flog und das Glas klirrend zerbarst, und eine Grauen erregende Gestalt hereintorkelte.

Ben hätte den Mann fast nicht erkannt. Es war der Matrose mit der Bisswunde, doch er hatte sich auf furchtbare Weise verändert: Seine Uniform, vorhin schon nicht allzu sauber, war hoffnungslos verdreckt, hing zum Teil in Fetzen und schien aus irgendeinem Grund nass zu sein, als hätte er in schmutzigem Wasser gebadet, und der Verband, den Bens Mutter erst vor kurzer Zeit angelegt hatte, war fleckig und ebenfalls zerfetzt. Sein Haar war völlig zerzaust und klebte ihm in nassen Strähnen im Gesicht, das totenbleich und wutverzerrt war. Er schrie irgendetwas, aber es waren nur Laute, keine artikulierten Worte, und irgendwie hörte sich seine Stimme nicht mehr wie die eines Menschen an. Ben bemerkte erst einen Atemzug später, dass er sich offensichtlich an der zerbrochenen Glastür geschnitten hatte, denn Blut lief über seinen bisher unverletzten Arm, aber das schien er gar nicht zur Kenntnis zu nehmen.

»Harmsen, ich habe Ihnen doch befohlen –«, polterte Schulz los. Erst da registrierte er den Zustand des Matrosen und brach mit einem entsetzten Keuchen ab.

Die Männer im vorderen Teil der Lounge waren herumgefahren. Ein besonders kräftiger Matrose, der an die zwei Meter messen musste und ganz so aussah, als ginge er keinem Streit aus dem Weg, überwand seine Überraschung als Erster und trat mit grimmigem Gesicht auf den Matrosen zu, und Ben schrie aus Leibeskräften:

»Nicht anfassen! Um Gottes willen – *rührt ihn nicht an!*«

Der Matrose sah ihn nur verdutzt an, ging jedoch nicht weiter auf den Eindringling zu, und die anderen Männer wichen hastig zurück.

Auch der verletzte Mann war stehen geblieben. Sein Kopf fuhr mit einem Ruck herum, und für eine einzelne, aber schreckerfüllte Sekunde starrte er Ben an. Er sah nicht nur ungefähr oder zufällig in seine Richtung, sondern sein Blick suchte gezielt den Bens, und in seinen Augen, die plötzlich weiß und milchig wie gesprungenes Eis waren, loderte ein kaltes, mörderisches Feuer auf. Dann riss er seinen Blick wieder von Ben los und wandte sich dem riesenhaften Matrosen zu.

Aber der kurze Moment hatte wohl auch dem Riesen gereicht, um sich eines Besseren zu besinnen. Er sah noch immer so aus, als könne er sein kleineres Gegenüber ohne die geringste Anstrengung in zwei Teile brechen, aber er wirkte jetzt unentschlossen. Vielleicht hatte er auch in die Augen des Mannes gesehen und das Gleiche darin erblickt wie Ben gerade. Als der Matrose auf ihn zuwankte, prallte er jedenfalls nicht nur mit einem erschrockenen Laut zurück, sondern ergriff regelrecht die Flucht (was angesichts des Größenunterschieds einigermaßen lächerlich aussah).

»Verdammt noch mal, schnappt euch den Kerl!«, befahl Schulz. Tatsächlich setzten sich zwei seiner Matrosen – der große war nicht dabei – zögernd in Bewegung, doch nun war es Bens Mutter, die sie mit einem scharfen Befehl zurückrief.

»Nein! Ben hat Recht! Niemand rührt ihn an! Was immer er hat, könnte ansteckend sein!«

Schulz warf ihr einen fast hasserfüllten Blick zu, aber die Männer wichen gehorsam und mit deutlichen Anzeichen von Erleichterung vor dem unheimlichen Eindringling zurück, der jetzt wie ein Betrunkener herumzutorkeln begann und dabei Gläser, Besteck und Geschirr von den Tischen fegte.

Als er den dritten Tisch umwarf und das Geschirr und Gläser klirrend auf dem Boden zerschellten, reichte es Schulz. Mit einem Knurren, das sich kaum von den fast tierhaften Lauten des Angreifers unterschied, riss er die Tischdecke herunter, woraufhin sich die Reste ihres Frühstücks scheppernd und klirrend zu dem Chaos auf dem Fußboden gesellten, schwang sie wie ein Torero sein rotes Tuch und drang damit auf den Matrosen ein. Der hörte prompt mit seinem Zerstörungswerk auf und wandte sich ganz in seine Richtung. Seine Hände, die plötzlich zu blitzenden Krallen verkrümmt waren, grabschten in Schulz' Richtung, aber der Kapitän wich ihm mit einer erstaunliche behänden Bewegung aus, tänzelte zur Seite und warf das Tischtuch wie ein Fischernetz über den kranken Mann. Im nächsten Sekundenbruchteil war er über ihm, umschlang ihn von hinten mit den Armen und riss ihn mit einer gewaltigen Kraftanstrengung einfach von den Füßen. Gleichzeitig presste er die Arme des Matrosen so fest an dessen Leib, dass er sich kaum noch rühren konnte.

»Helft mir!«, brüllte er. »Mehr Decken! Schnell!«

Endlich erwachten die anderen Männer aus ihrer Erstarrung. Schulz' Beispiel folgend rissen sie weitere Tischdecken herunter und warfen sie über den Tobenden. Erst dann wagte es Schulz, ihn loszulassen.

»Haltet ihn fest!«, befahl er grob. Während drei Männer den Kranken zu Boden drückten und zwei andere dabeistanden, um im Notfall rasch eingreifen zu können, trat Schulz an einen der wenigen Tische heran, die noch nicht verwüstet waren, griff sich ein Messer und drehte sich zu dem Gefangenen um.

»Was haben Sie mit dem Messer vor?«, fragte Ben beunruhigt. Schulz ignorierte ihn und ließ sich neben dem Mann auf die Knie fallen, setzte sein Messer an und säbelte den Stoff vor seinem Gesicht entzwei. Er ging sehr entschlossen, zugleich jedoch auch sehr vorsichtig zu Werke, konnte seine Hand aber trotzdem nur im allerletzten Moment zurückreißen, denn kaum war das Gesicht des Mannes frei, versuchte er nach ihm zu beißen. Dem Geräusch nach zu urteilen, mit dem die Kiefer des Matrosen zusammenklappten, hätte Schulz dabei gut ein paar Finger einbüßen können.

»Haltet den Kerl fest!«, brüllte Schulz. »Fesselt ihn!«

»Aber passen Sie auf, dass er Sie nicht verletzt«, fügte Jennifer Berger hinzu. »Fassen Sie ihn nicht an!«

Nicht dass diese Warnung nötig gewesen wäre. Die Männer rissen eine Tischdecke in Streifen und fesselten den Patienten, zwar äußerst behutsam, doch auch schnell und so sorgfältig, dass er hinterher nicht einmal mehr einen Finger rühren konnte.

»Ist jemand verletzt?«, fragte Bens Mutter, während sie sich bereits von ihrem Stuhl löste und auf den gefesselten Mann zueilte.

Sie erhielt nur ein allgemeines Kopfschütteln zur Antwort, aber die Gesichter der Männer waren schreckensbleich. Niemand musste sie auffordern, zurückzutreten und ihr Platz zu machen.

»Was ist los mit ihm?«, fragte Schulz. Sein Atem ging schnell und er klang noch immer angespannt und sehr besorgt.

»Woher soll ich das wissen?«, fragte seine Mutter unwirsch. Vorsichtig ließ sie sich neben dem Matrosen auf die Knie sinken und streckte die Hand nach ihm aus, zog den Arm aber dann hastig wieder zurück, als er nun auch nach ihr zu beißen versuchte.

»Entschuldigung«, sagte sie, ohne den Blick von dem totenbleichen Gesicht des Mannes zu nehmen. »Aber ich weiß nicht, was er hat. Um ehrlich zu sein … so etwas habe ich noch nie gesehen.«

»Ich auch nicht«, meinte Schulz schaudernd. »Er … er führt sich ja auf wie tollwütig.«

»Ja, ein bisschen«, bestätigte sie. Langsam streckte sie abermals den Arm aus, tastete über die Hand des Gefesselten und zog die Finger dann so hastig wieder zurück, als hätte sie glühende Kohlen berührt.

»Was?«, fragte Schulz alarmiert.

»Er ist eiskalt. Das ist seltsam. Ich hätte erwartet, dass er vor Fieber glüht, aber er ist viel zu kalt.« Sie überlegte einen Moment und wandte sich dann an die Matrosen, die noch immer in einem großen Kreis um sie herumstanden und vergebens versuchten, den Ausdruck großer Furcht von ihren Gesichtern zu verbannen. »Bringen Sie ihn ins Krankenzimmer, aber passen Sie um Gottes willen auf. Binden Sie ihn am Bett fest. Ich komme sofort nach.«

»Und zwei von euch bleiben als Wache bei ihm«, fügte Schulz hinzu.

Sie warteten schweigend, bis die Männer – mit deutlichen Anzeichen von Unbehagen – den Gefesselten aufgehoben und aus dem Raum getragen hatten, dann aber fuhr Schulz herum und wandte sich in scharfem Ton an Ben.

»Woher hast du das gewusst?«

»Was?«, fragte Ben verwirrt.

»Versuch nicht, mich für dumm zu verkaufen!«, zischte Schulz, während er bereits drohend auf Ben zutrat. »Du hast geschrien, dass ihn niemand anrühren soll! Woher hast du das gewusst?«

»Weil es das einzig Vernünftige war, Herr Kapitän«, kam ihm seine Mutter zu Hilfe. »Möglicherweise hat er einen oder mehrere Ihrer Männer vor demselben Schicksal bewahrt. Ich weiß nicht, was dieser Mann hat, aber bevor wir es nicht mit Sicherheit ausschließen können, sollten wir davon ausgehen, dass es ansteckend ist!«

Schulz funkelte ihn an. Die Antwort hatte den Kapitän offenbar längst nicht zufrieden gestellt. Sein Gesicht loderte derart vor Zorn, dass es aussah, als ob das große Pflaster auf seiner Wange pulsierte.

»Ich gehe jetzt zur Krankenstation und versuche herauszufinden, was mit dem Mann los ist«, erklärte Jennifer Berger. »Und Sie, Kapitän Schulz, suchen Ihren Bordarzt und schicken ihn zu mir – und Sie sollten mit Hilfe einiger Ihrer Männer herausfinden, ob der Soldat heute Morgen noch Kontakt mit anderen hatte. Es sei denn, Sie möchten eine Epidemie an Bord riskieren.«

Im ersten Moment schien es, als hätte Schulz die Worte gar nicht gehört. Zwei oder drei Sekunden lang starrte er Ben einfach nur weiter an, dann aber nickte er abgehackt, drehte sich mit einer schnellen Bewegung herum und ging zu seiner Tochter zurück. Auch Sasha war aufgesprungen – sehr ungewöhnlich bei ihr, wie Ben erst jetzt auffiel –, als der Tobsüchtige hereingekommen war. Vielleicht war sie auch nur aufgestanden, so genau hatte er nicht hingesehen. Aber immerhin hatte sie auf die Geschehnisse reagiert, und auch das war erstaunlich. Liebevoll schloss Schulz sie in die Arme und stand dann mit geschlossenen Augen einfach so da. Schließlich sagte er: »Sie haben Recht. Genau das werde ich tun. Und zwar sofort! Und sobald wir wieder mit voller Kraft fahren können, steuern wir die nächste ärztliche Versorgungsstelle an.«

»Das ist das erste vernünftige Wort, das ich seit gestern von Ihnen höre, Herr Kapitän«, lobte Bens Mutter. »Und nun entschuldigen Sie mich bitte. Ich muss mich um meinen Patienten kümmern. Ben, würdest du mich bitte begleiten?«

19

ALSO – WOHER HAST DU GEWUSST, dass mit dem Mann etwas nicht stimmt?«

Bens Mutter stellte diese Frage, kaum dass sie gemeinsam mit Bens Vater die Lounge verlassen und einigermaßen sicher außer Hörweite von Schulz und seinen Männern waren; laut und in so barschem Ton, dass Ben ein Stück von ihr zurückwich. Den verständnislosen Blick, mit dem er sie anstarrte, musste er in diesem Moment nicht einmal mimen.

»Wie?«, murmelte er.

Zwischen den Augenbrauen seiner Mutter entstand eine steile Falte. »Benjamin, woher hast du gewusst, dass mit dem Mann etwas nicht in Ordnung ist?«

»Das habe ich nicht. Ich habe doch nur ... ich ... ich meine ... aber du hast doch selbst zu Schulz gesagt –«

»Danke, ich kann mich noch erinnern, was ich selbst vor einer Minute gesagt habe«, fiel ihm seine Mutter ins Wort. »Aber Schulz hatte Recht. Du hast vorher gewusst, dass man diesen Mann auf keinen Fall anfassen darf. Ich will jetzt wissen, warum. Und komm mir nicht mit irgendwelchen Ausreden. Die Wahrheit!«

Ben warf seinem Vater einen flehenden Blick zu, aber der hielt sich wohlweislich raus. Wenn seine Mutter in dieser Stimmung war, dann tat man sehr gut daran, ihr nicht in die Quere zu kommen.

Man tat auch gut daran, bei der Wahrheit zu bleiben.

»Also meinetwegen«, seufzte er. »Aber du wirst mir sowieso nicht glauben.«

»Vielleicht solltest *du* mir glauben, dass meine Geduld allmählich erschöpft ist.«

Ben warf einen raschen Blick nach rechts und links, bevor er antwortete. »Du hast Recht. Ich ...« Er fuhr sich nervös mit der Hand übers Kinn und setzte dann neu an. »Ja, ich habe gewusst, dass man ihn nicht anfassen darf. Vorher. Ich ... ich habe es geträumt.«

»Geträumt?« Seine Mutter starrte ihn an.

»Ja. Ich habe dir doch gesagt, du würdest mir nicht glauben.«

Seine Mutter wirkte nachdenklich. »Diese seltsamen Träume, von denen du mir erzählt hast. Deine Albträume.«

Er nickte.

»Und du hast in deinen Träumen gesehen, was passieren wird?«, vergewisserte sich sein Vater. Er klang vollkommen ernst, und Ben suchte auch in seinen Augen vergeblich nach einer Spur von Ironie.

»Nicht genau«, ertwiderte er kopfschüttelnd. »Ich meine, ich habe nicht direkt von ihm geträumt. Aber ich habe in einem Traum gesehen, was passiert, wenn ein Mensch von einem dieser Eismonster berührt wird. Aber in diesem Traum war es Sasha.«

»Welches Eismonster?«, fragte sein Vater.

»Irgendein Eisungeheuer eben«, antwortete Ben ausweichend. »Es war wirklich ein verrückter Albtraum. Aber da … da ist noch mehr.« Er atmete hörbar ein. »Harry.«

»Harry?«

»Ich habe gewusst, wer er ist. Ich meine: Ich wusste, wer er war, *bevor* ich seinen Namen erfahren habe. Und ich wusste auch, *was* er war. Ich meine, ich … ich weiß, wie verrückt das klingt, aber es ist so. Ich träume plötzlich Dinge, die wahr werden. Nicht genau, aber im Prinzip. Wie … wie eine Warnung.«

Das Stirnrunzeln seiner Mutter vertiefte sich noch, aber sein Vater sah ihn fasziniert an. »Erzähl uns von diesen Eismonstern.«

»Ich sagte doch, es sind nur verrückte Träume. Aber sie sahen …« Ben räusperte sich. »Also der … Mann von diesem angeblichen Piratenschiff … dieser Tote, den sie aus dem Wasser gefischt haben und der dann verschwunden ist … also, der sah genauso aus.«

»Wie die Eisungeheuer aus deinem Traum?«

»Ich weiß, wie sich das anhört«, wiederholte Ben.

»Und was passiert, wenn diese … Eisungeheuer einen Menschen berühren?«, wollte seine Mutter wissen.

»Am Anfang haben sie nur versucht mich umzubringen«, erklärte er und fügte hastig hinzu. »Im Traum.«

»Versteht sich«, sagte seine Mutter.

Sein Vater fragte: »Und später?«

»Letzte Nacht habe ich wieder von ihnen geträumt. Sasha war dabei. Sie waren hinter uns her. Wir wären ihnen fast entkommen, aber dann haben sie Sasha erwischt. Als sie sie berührt haben, ist sie ebenfalls zu Eis erstarrt.«

»Und deshalb hattest du Angst, dass dir dasselbe passiert«, vermutete sein Vater, immer noch ohne jeden Spott. »Dass sich jeder, der diesen Mann berührt, zu Eis verwandelt.«

»Mm«, meinte Ben.

»Das macht Sinn.«

»Wie bitte?«, ächzte Bens Mutter, und auch Ben riss ungläubig die Augen auf.

»Natürlich wird bestimmt niemand zu Eis erstarren«, antwortete sein Vater todernst. »Aber trotzdem: Nach allem, was hier passiert ist … dazu Schulz' sonderbares Verhalten von gestern Abend …« Er hob die Schultern. »Kein Wunder, dass sich dein Unterbewusstsein eine passende Geschichte dazu gebastelt hat. Wahrscheinlich hast du geahnt oder befürchtet, dass der Mann irgendetwas Ansteckendes hat und es besser ist, ihn nicht anzufassen. Im Grunde hast du sehr gut reagiert.«

»Und Harry?«, fragte Ben. »Woher konnte ich wissen, wie er heißt und was er an Bord zu suchen hat?«

Sein Vater zog es vor, diesen Einwand zu überhören. Stattdessen wandte er sich an seine Frau. »Wir sollten uns diesen Mann noch einmal genauer ansehen.«

»Wir?«

»Wir«, bestätigte sein Vater. »Keine Sorge – Ben und ich kommen ihm nicht einmal nahe, heiliges Ehrenwort. Aber willst du nicht auch wissen, was hier eigentlich los ist?«

»Natürlich. Ich gehe jetzt zu ihm – aber ihr zwei haltet fünf Meter Abstand von ihm, mindestens!«

»Und mir wäre es lieber, wenn du ihm auch nicht deutlich näher kommst«, meinte Bens Vater, hob aber auch sofort abwehrend die Hände und sagte: »Ja, ich weiß, du bist Ärztin und musst dich um ihn kümmern und so weiter. Aber ich komme mit und passe auf dich auf.«

»Ich bin zwar Ärztin, aber ich bin nicht lebensmüde. Keine Sorge. In vierundzwanzig Stunden ist sowieso alles vorbei, und der Mann ist in einem Krankenhaus, wo er hingehört.«

»Das mit den Träumen …«, meinte sein Vater plötzlich, »das hast du schon einmal erzählt. Gestern, nachdem diese … *Piraten* angegriffen hatten.«

Ben bedauerte schon, überhaupt von seinen Träumen geredet zu haben, aber es war zu spät. Er kannte seinen Vater gut genug um zu wissen, dass er auf diesem Thema herumreiten würde, bis niemand es mehr hören konnte.

Seine Mutter schien es ganz ähnlich zu sehen, denn sie verdrehte kurz die Augen und sagte dann in betont beiläufigem Tonfall: »Das mag sein, aber jetzt werde ich mich erst einmal um meinen Patienten kümmern. Wenn du also unbedingt darauf bestehst, mich zu begleiten, dann komm.«

Sie ging los, bevor ihr Mann die Gelegenheit beim Schopf ergreifen und eine improvisierte Vorlesung über die Bedeutung von Träumen halten konnte. Nach kurzem Zögern schlossen sich sein Vater und Ben ihr an; der eine sichtlich enttäuscht, der andere ebenso sichtlich erleichtert – auch wenn Ben argwöhnte, dass der Vortrag seines Vaters nicht aufgehoben, sondern nur aufgeschoben war. Aber man musste schließlich auch für Kleinigkeiten dankbar sein …

Vor der Tür des Krankenzimmers hielt ein Mann aus Schulz' Besatzung Wache. Er blickte ihnen mit grimmigem Gesicht entgegen, aber er machte ihnen nicht nur wortlos Platz, sondern überschlug sich auch fast, ihnen die Tür zu öffnen.

Der erkrankte Matrose war nicht allein. Zwei weitere Männer bewachten ihn, die einen respektvollen Abstand zu der reglos auf dem Bett ausgestreckten Gestalt hielten, obwohl sie mit Stoffstreifen und Verbandsmull so fest an das Bett gebunden war, dass sie wahrscheinlich nicht einmal den kleinen Finger hätte heben können. Die Haltung der beiden Matrosen zeigte deutlich, wie wenig wohl sie sich in ihrer Haut fühlten.

Noch mehr Furcht schien ihnen jedoch der verletzte Söldner im zweiten Bett einzuflößen. Als Ben hinter seinen Eltern durch die schmale Tür trat, warf er ganz instinktiv einen Blick in seine Richtung und wünschte sich sofort, es nicht getan zu haben. Der Mann lag mit geschlossenen Augen und fast bis zum Kinn zugedeckt auf dem Bett, und obwohl praktisch nichts von ihm zu sehen war, fuhr Ben unter dem Gefühl, dass etwas *falsch* war, zusammen wie unter einem elektrischen Schlag. Hier drinnen war etwas, was nicht hierher gehörte.

Seiner Mutter schien seine Reaktion nicht entgangen zu sein, denn sie drehte kurz den Kopf und warf ihm einen besorgten Blick zu. Im Herumdrehen glitten ihre Augen auch über das zweite Bett. Sie runzelte flüchtig die Stirn, setzte ihren Weg aber unbeirrt fort und näherte sich dem gefesselten Matrosen. Die beiden Männer machten ihr hastig Platz; einer verließ das Zimmer, der andere nahm neben der Tür Aufstellung und schien nur darauf zu warten, ebenfalls entlassen zu werden. Bens Mutter tat ihm diesen Gefallen aber nicht, sondern zog sich einen Stuhl heran und setzte sich neben das Bett. Ben konnte hören, wie sie scharf die Luft zwischen den Zähnen einsog, als sie die Decke zurückschlug. Auch sein Vater ließ einen überraschten Laut hören, während Ben erschrocken die Augen aufriss. Seit sie den Mann das letzte Mal gesehen hatten, waren nur wenige Minuten vergangen, aber er sah aus, als wäre es Stunden her oder auch Tage. Seine Haut war noch blasser, und ein weißes Geflecht überzog nun das Gesicht, die Hände und das, was Ben von den Unterarmen und dem Hals sehen konnte. Auf seiner Stirn perlte Schweiß, doch Ben konnte *spüren*, wie kalt er war.

»Was … was ist denn das?«, murmelte sein Vater erschüttert.

Bens Mutter schwieg und starrte den Mann nur endlose Sekunden lang an, dann stand sie auf, ging zu einem kleinen Schränkchen und kam mit einem Paar dünner Gummihandschuhe und einem schmalen Skalpell zurück.

»Du willst ihn doch nicht etwa losschneiden?«, ächzte Ben.

Seine Mutter schüttelte den Kopf und streifte die Handschuhe über, während sie sich wieder setzte. »Wie ich schon sagte, ich bin nicht lebensmüde.«

Behutsam beugte sie sich vor, hob nur mit den Fingerspitzen das Hemd des Matrosen an und schlitzte es mit dem Skalpell auf. Darunter kam ein schmuddeliges Unterhemd zum Vorschein, mit dem sie auf die gleiche Weise verfuhr, und darunter wieder …

Diesmal verging nahezu eine Minute, in der sie vollkommen reglos dasaß, dann fragte sie: »Was um Himmels willen ist denn das?«

Niemand antwortete, aber Ben fand es alles andere als beruhigend, dass ausgerechnet eine Ärztin diese Frage stellte.

Der Anblick hätte ihn erschrecken müssen, doch eigenartigerweise tat er es nicht. Vielleicht weil er irgendwie damit gerechnet hatte.

Auch die Brust des Mannes war von dem seltsamen Spinnweb-Geflecht bedeckt, das hier aber viel dichter war als auf dem Gesicht oder den Armen. An manchen Stellen bildete es einen regelrechten Panzer, unter dem die eigentliche Haut gar nicht mehr zu sehen war.

Seine Mutter benutzte abermals ihr Skalpell, diesmal jedoch um den Verband zu entfernen, den sie selbst erst vor kurzem am Handgelenk des Mannes angelegt hatte. Als sie den zerschnittenen Mull mit der Spitze des Skalpells zur Seite streifte, sah Ben darunter das genaue Gegenteil von dem, was er erwartet hatte: Die Haut des Mannes war glatt und unversehrt.

Nur war er nicht ganz sicher, ob es sich noch um *Haut* handelte. Sie war glatt, schimmernd und weiß wie Eis, und man konnte ihr ansehen, wie hart sie war.

»Aber das ist doch nicht möglich«, flüsterte sein Vater.

Seine Mutter drehte das Skalpell herum und klopfte behutsam mit dem stumpfen Ende gegen das Handgelenk des Mannes.

Das Geräusch, das erklang, hörte sich an, als hätte sie gegen Glas geschlagen.

»Wenn Ihnen das komisch vorkommt, Frau Doktor«, sagte der Matrose von der Tür aus, »dann sollten Sie sich erst mal den anderen ansehen.«

Bens Mutter stand auf und ging zu dem zweiten Bett hinüber, und Ben und sein Vater folgten ihr, wenn auch zögernd.

Zu Recht, wie sich herausstellte.

Soweit es überhaupt möglich war, bot der Mann einen noch unheimlicheren Anblick. Auch er war mit kräftigen Lederbändern ans Bett gefesselt und schien zu schlafen oder bewusstlos zu sein, aber *seine* Haut war vollkommen weiß.

Und da war noch etwas anderes.

Erst als Ben direkt neben ihm stand, begriff er, was ihm so falsch an dem Mann vorgekommen war. Es war nicht etwas, was *da* war. Es war etwas, was *fehlte.*

Ben hatte sich das Gesicht des Mannes nicht gemerkt, aber er war sicher, dass er gestern noch nicht so ausgesehen hatte. Sein Gesicht war nicht nur so weiß wie Eis, es sah auch so aus, als hätte es ein begnadeter Künstler aus genau diesem Material herausgemeißelt, auch wenn er zum Ende hin offenbar die Lust an seinem Kunstwerk verloren hatte. Eine nahezu perfekte Nachbildung, doch die letzten Kleinigkeiten und Details suchte man vergeblich. Seine Haut war zu glatt und hatte keine Poren, und in seinem Gesicht fehlten all die Fältchen und Spuren, die das Leben doch eigentlich darin hätte hinterlassen müssen. Hätte sich die Brust des Mannes nicht im Rhythmus seiner Atemzüge gehoben und gesenkt – und hätte Ben nicht gewusst, dass dieser Gedanke völlig absurd war –, er hätte geschworen, dass er nicht vor einem Menschen stand, sondern vor einer Statue aus Eis.

Dieses Mal ersparte sich sein Vater die Frage, die ihm so offensichtlich auf den Lippen lag, aber er musste auch nichts sagen. Er war so blass geworden, seine Gesichtsfarbe unterschied sich kaum noch von der des bewusstlosen Söldners, und dasselbe galt für Bens Mutter. Ben nahm allerdings an, dass auch er keinen wesentlich anderen Anblick bot.

Nach einer Weile, in der sie einfach nur wie gelähmt dagestanden hatten, drehte sich seine Mutter herum, ging abermals zu dem kleinen Schränkchen und kam mit einer verchromten Injektionsspritze zurück. Noch immer ohne ein Wort zu sagen, setzte sie die Nadel in der Armbeuge des Bewusstlosen an und stieß sie mit einem kräftigen Ruck in seine Vene.

Die Nadel brach mit einem hellen *Pling* ab, und in der vollkommenen Stille, die auf diesen unglaublichen Vorfall folgte, konnte Ben deutlich hören, wie das abgebrochene Ende der Injektionsnadel auf dem Boden davonrollte.

»Oh, wie … ungeschickt von mir«, sagte seine Mutter lahm. Ihre Stimme klang schleppend wie die eines Menschen, der mitten in einem Gespräch den Faden verloren hatte und längst nicht mehr wusste, worum es überhaupt ging.

»Aber das ist doch unmöglich«, murmelte Bens Vater wieder. Er zitterte ganz leicht.

Wieder sprach niemand, Ben war sogar fast sicher, dass seine Mutter nicht einmal *atmete.* Schließlich beugte sich Ben langsam vor, streckte zögernd die Hand aus und berührte den Arm des Mannes genau an der Stelle, an der seine Mutter versucht hatte die Nadel in seine Vene zu treiben.

Seine Haut war nicht nur so weiß wie Eis, sondern auch genauso kalt und so hart wie Stein.

»Eis«, murmelte Ben benommen. »Das ... das ist Eis.«

»Unsinn!«, widersprach seine Mutter, zwar in scharfem Ton, aber auch hörbar nervös. »So etwas ist absolut unmöglich!«

Ben starrte sie nur aus schreckgeweiteten Augen an, und nach zwei oder drei weiteren Sekunden schob ihn seine Mutter fast grob zur Seite, beugte sich ebenfalls vor und legte die flache Hand auf die Stirn des Söldners. Fast eine Minute lang stand sie mit geschlossenen Augen da und schien zu lauschen, dann schüttelte sie den Kopf, ließ ein fast ärgerliches Geräusch hören und streifte dann mit einer entschlossenen Bewegung den Gummihandschuh von ihrer Rechten. Bevor Ben oder sein Vater auch nur eine Chance hatten, sie zurückzuhalten, legte sie die nun bloße Hand auf die Stirn des Mannes und schien dann erneut in sich hineinzulauschen.

»Bist du verrückt?«, keuchte Bens Vater.

Seine Mutter ignorierte ihn, aber kurz darauf zog sie die Hand so hastig zurück, als hätte sie ein Stück weißglühendes Eisen berührt, und ein Ausdruck vollkommener Fassungslosigkeit breitete sich auf ihrem Gesicht aus. Ben konnte ihr ansehen, wie sie sich selbst in Gedanken eine Frage stellte und vor der Antwort nicht nur zurückschreckte, sondern sich schlichtweg weigerte sie zur Kenntnis zu nehmen.

»Eis?«, fragte er.

Seine Mutter warf ihm nur einen Blick zu, als gäbe sie ihm die Schuld an allem, drehte sich dann mit einem plötzlichen Ruck herum und wandte sich an den Matrosen neben der Tür.

»War irgendjemand hier? Haben Sie den Mann allein gelassen, seit er hergebracht wurde?«

Der Mann schüttelte den Kopf. »Zwei Mann waren immer hier. Er war nie allein.« Sein Blick flackerte. Er sah überallhin, nur nicht zu dem gefesselten Söldner.

»Dann möchte ich mit den Männern reden, die ihn vorher bewacht haben.«

»Einer davon war ich selbst«, antwortete der Matrose. »Wir drei haben ihn im Maschinenraum aufgespürt und überwältigt und wir haben ihn die ganze Zeit über nicht aus den Augen gelassen. Auf Kapitän Schulz' Befehl hin. Sie können ihn fragen.«

»Aber das ist unmöglich«, beharrte Jennifer Berger; allerdings in einem Ton, als spräche sie mehr mit sich selbst als mit dem Matrosen.

»Fragen Sie Kapitän Schulz«, wiederholte der Mann mit zitternder Stimme.

»So etwas kann nicht sein«, murmelte sie und trat zum dritten Mal zu dem kleinen Schränkchen, um eine neue Nadel für ihre Spritze zu holen. Diesmal ging sie damit zu dem Matrosen mit der Bisswunde, beugte sich über seinen Arm und stieß ihm die Nadel in die Vene. Nicht nur Ben atmete erleichtert auf, als es ihr gelang, seine Haut zu durchstechen und die verchromte Spritze aufzuziehen. Das Blut, das den schmalen Glaskolben füllte, war sonderbar hell, und aus der Entfernung hatte Ben den Eindruck, dass unzählige winzige Silbersplitter darin schimmerten.

Mit steinernem Gesicht verpackte seine Mutter die Spritze in eine durchsichtige Plastiktüte und anschließend in ein schmales Metallkästchen, das sie aus einer der Schubladen des Schrankes nahm. Die verchromten medizinischen Instrumente, die es ursprünglich enthalten hatte, schüttete sie achtlos auf den Boden.

»Was geht hier vor?«, fragte Bens Vater. Er schien kurz davor, völlig die Beherrschung zu verlieren.

»Ich habe nicht die geringste Ahnung«, antwortete seine Frau. »Ich weiß nur, dass ich so etwas noch nie erlebt habe.« Sie wandte sich wieder an den Mann neben der Tür. »Sie bleiben hier. Sie sind mir persönlich dafür verantwortlich, dass außer Kapitän Schulz, dem Arzt und mir selbst hier niemand reinkommt. Haben Sie das verstanden?«

Der Mann nickte wortlos. Er sah nicht sehr glücklich aus.

»Und wir?«, fragte Ben.

»Na was wohl? Wir gehen zu Kapitän Schulz. Wir müssen besprechen, was wir als Nächstes unternehmen.«

Sie schob das Metallkästchen mit der Spritze in ihre rechte Jackentasche, nahm die Hand aber nicht wieder heraus, sondern ließ sie auf dem schmalen Behälter liegen wie auf einem kostbaren Schatz und wandte sich dann mit grimmigem Gesichtsausdruck zur Tür. Der Matrose öffnete ihnen eilfertig und sie traten hintereinander auf den Gang hinaus. Ben, der das Krankenzimmer als Letzter verließ, sah noch einmal über die Schulter zurück, um sich davon zu überzeugen, dass der Mann der Anordnung seiner Mutter auch nachkam und die Tür hinter ihnen schloss, und zuckte zusammen.

»Was hast du?«, fragte seine Mutter, die neuerdings Augen im Hinterkopf haben musste, denn sie hatte auch diesmal nicht zu ihm hingesehen.

»Nichts«, antwortete Ben, ebenso hastig wie wenig überzeugend. »Ich … es war nur ein bisschen viel, weißt du?«

Zwischen den Augenbrauen seiner Mutter entstand schon wieder eine missbilligende Falte, doch sie beließ es bei einem Achselzucken und beschleunigte ihre Schritte, und Ben atmete innerlich auf. Er kannte sich selbst und vor allem sie gut genug um zu wissen, dass er es wohl kaum lange geschafft hätte, bei dieser Lüge zu bleiben.

Was er gesehen hatte, war eine beiläufige Bewegung des Matrosen gewesen. Ein ärgerliches Wedeln mit der Hand, mit dem er eine fette, haarige Spinne verscheucht hatte, die aus einem Winkel neben der Tür hervorgehuscht war.

20

SIE TRAFEN SCHULZ weder in der Lounge noch oben im Frühstücksraum an, und die insgesamt vier Besatzungsmitglieder, die sie nach dem Kapitän der *Princess* fragten, redeten sich damit raus, nicht zu wissen, wo sich Schulz gerade aufhielt – und zumindest in einem Fall war es ohne Zweifel eine Ausrede. Ben spürte so genau, dass der Mann log, als wäre es ihm mit roter Leuchtfarbe auf die Stirn geschrieben. Man hätte meinen können, Kapitän Schulz gehe ihnen nicht nur aus dem Weg, sondern hätte seiner Besatzung auch eingeschärft, Ben und seine Familie um jeden Preis abzuwimmeln.

Es war schließlich seine Mutter, die diesen Gedanken laut aussprach. »Anscheinend gehe ich unserem geschätzten Kapitän mehr auf die Nerven, als er zugibt.«

»Oder er weiß etwas, was wir nicht wissen«, fügte Bens Vater nachdenklich hinzu.

»Wie meinst du das?«, fragte Ben.

Sein Vater hob die Schultern und versuchte möglichst beiläufig zu klingen, was aber kläglich misslang. »Keine Ahnung. Das Einzige, was ich mit Sicherheit weiß, ist, dass hier eine ganze Menge nicht mit rechten Dingen zugeht. Hast du zum Beispiel deinen Kollegen heute schon gesehen, Jennifer?«

»Den Bordarzt?«, erwiderte sie nach kurzem Überlegen und schüttelte gleichzeitig den Kopf.

»Und gestern Abend bei der Party auch nicht«, fuhr sein Vater fort. »Findest du das nicht seltsam? Vielleicht hatte er keine Lust, auf die Party zu kommen, meinetwegen. Aber wenn so etwas … Unheimliches an Bord eines Schiffes passiert, dann ist es doch unvorstellbar, dass der Schiffsarzt nicht in der Krankenstation ist, um sich um die Angelegenheit zu kümmern. Es könnte alles Mögliche sein, bis hin zu einer Epidemie, die das ganze Schiff ergreift.«

»Jetzt übertreibst du«, rief Ben erschrocken. Weder sein Vater noch seine Mutter erwiderten etwas darauf, und nachdem das Schweigen ganze fünf Sekunden lang angehalten hatte und dabei immer unerträglicher geworden war, wandte sich Ben direkt an seine Mutter: »Er übertreibt doch, oder?«

»Ich weiß es nicht«, gestand sie. »Ich hoffe, dass es nicht zu einer Epidemie kommt, und ich glaube es auch nicht, aber im Grunde habe ich nicht die geringste Ahnung, was das alles zu bedeuten hat. Ich bin keine praktizierende Ärztin. Ich habe zwar Medizin studiert, aber wahrscheinlich hat der Bordarzt hundertmal mehr praktische Erfahrung als ich.«

»Mit bissigen Söldnern, die sich zu Eis verwandeln?«, fragte Ben.

»Unsinn!«, entgegnete seine Mutter, mehr als nur eine Spur zu scharf. »Ich weiß zwar nicht, was mit dem Mann wirklich passiert ist, aber er hat sich ganz bestimmt nicht in Eis verwandelt!«

»Und die Spritze ist auch nicht abgebrochen, als du versucht hast, sie ihm in den Arm zu stechen«, fügte Ben spöttisch hinzu.

Darauf reagierte seine Mutter nicht mehr. Einen Augenblick starrte sie einfach durch ihn hindurch, dann stand sie mit einer hastigen Bewegung auf.

»Ihr habt Recht. Beide. Wir müssen unbedingt mit Schulz sprechen und vor allem mit Doktor Vaasen. Ich schlage vor, ich frage mich zur Kabine des Bordarztes durch, und du versuchst Schulz irgendwo aufzutreiben.«

Bens Vater, dem die letzte Bemerkung gegolten hatte, erhob sich ebenfalls, sichtlich froh, endlich etwas tun zu können. »Begleitest du mich?«, wandte er sich an Ben.

Ben wollte instinktiv nicken, doch dann hörte er sich sagen: »Lieber nicht. Ich … ich gehe lieber mir ihr.«

Seine Eltern tauschten einen erstaunten Blick, und auch Ben fragte sich einen Atemzug lang, wie es zu dieser Entscheidung gekommen war. Der Gedanke, Schulz zu begegnen, war ihm mit einem Mal unangenehm. Er hätte selbst zu allerletzt sagen können, warum, aber er war plötzlich sicher, dass es nicht gut wäre, wenn er dem Kapitän der *Princess of the Dawn* jetzt begegnete.

Sie verließen den Frühstücksraum. Sein Vater machte sich auf den Weg zur Brücke, während sich seine Mutter nach der Kabine des Bordarztes erkundigte. Zu Bens Überraschung bekam sie diese Auskunft nicht nur ohne Probleme, der Steward, an den sie sich mit ihrer eigentlich ungewöhnlichen Bitte wandte, bot auch von sich aus an, ihnen den Weg zu zeigen. Alle Versuche seiner Mutter, ein Gespräch mit ihm zu beginnen, machte er allerdings mit beharrlichem Schweigen zunichte.

Glücklicherweise war der Weg nicht allzu lang. Sie gingen eine Treppe hinab und betraten einen Gang, an dessen Ende eine einzelne Tür lag. Ihr Führer eilte die letzten halben Dutzend Schritte voraus, klopfte an und wartete dann mit allen Anzeichen von Ungeduld auf eine Antwort. Als nichts geschah, klopfte er noch einmal und deutlich energischer, mit demselben Ergebnis.

»Das ist seltsam. Er müsste doch jetzt hier sein.«

»Haben Sie Doktor Vaasen heute überhaupt schon gesehen?«, fragte Ben.

Der Steward überlegte einen Moment und schüttelte dann zögernd den Kopf. »Nein, aber das muss nichts bedeuten. Er bleibt meistens in seiner Kabine, wenn er nicht gebraucht wird.«

»Dann müssen diese Reisen ja wirklich langweilig für ihn sein«, meinte Ben.

»Du würdest nicht glauben, wie viel ein Arzt mit hundert Passagieren zu tun haben kann. Auch wenn es meistens nur Kleinigkeiten sind.«

»Seekrankheit«, vermutete Ben.

»Oder was die Leute dafür halten«, korrigierte seine Mutter ihn.

Ben verdrehte die Augen, während der Matrose übertrieben eifrig nickte.

»Ich möchte jedenfalls nicht mit ihm tauschen.« Er klang ein bisschen nervös, fand Ben, und auch die Blicke, mit denen er seine Mutter maß, waren irgendwie … komisch. Ihm lag irgendetwas auf der Seele, aber er hatte offensichtlich nicht den Mut, es laut auszusprechen.

»Ich … ich kann den Doktor über die Sprechanlage ausrufen lassen, wenn es wirklich wichtig ist«, meinte der Steward dann. »Ist irgendetwas mit … mit Harmsen nicht in Ordnung?«

Das also war es, dachte Ben. Der Mann machte sich – natürlich – Sorgen um seinen Kameraden, doch vermutlich machte er sich mindestens ebenso große Sorgen um sich selbst; und möglicherweise auch alle anderen an Bord.

»Ich weiß es nicht genau«, antwortete Jennifer Berger. »Deshalb bin ich ja auf der Suche nach Doktor Vaasen … aber es hat wenig Sinn, jetzt wild herumzurätseln und in Panik zu geraten.« Sie machte ein beruhigendes Gesicht, wirkte zugleich jedoch deutlich besorgter als noch gerade eben. »Dann gehe ich jetzt wieder zur Krankenstation. Wenn Sie Doktor Vaasen finden, schicken Sie ihn bitte zu mir.«

»Selbstverständlich, Frau Doktor. Ich lasse sofort nach ihm suchen.«

Während sie sich umwandten, drückte der Matrose fast beiläufig auf die Klinke. Die Tür sprang mit einem leisen Klicken auf und schwang ein Stück weit nach innen. Der Mann erstarrte mitten in der Bewegung und runzelte die Stirn.

»Das ist seltsam. Vaasen schließt seine Kabine sonst immer ab.« Er drehte sich langsam wieder ganz um und legte die gespreizten Finger der Rechten auf die Tür, um sie behutsam weiter aufzudrücken. Als hätte ein begnadeter Regisseur den Moment in Szene gesetzt, ließen die Scharniere ein erbärmliches Quietschen hören.

Der Anblick, der sich ihnen bot, passte zu diesem Geräusch.

Die Kabine war verwüstet. Ben konnte von seiner Position aus nur einen kleinen Teil des Raumes sehen, dieser jedoch war das reinste Chaos. Möbel waren umgestürzt und zum Teil zerbrochen, Bücher aus den Regalen, Bilder von den Wänden gerissen und auf dem Fußboden verstreut worden.

»Was um Gottes willen …«, murmelte der Matrose. Mit einem Ruck stieß er die Tür vollends auf und trat hindurch, wobei er sich leicht anspannte, als erwarte er, dass ihn irgendetwas aus den Schatten heraus ansprang. Nichts dergleichen geschah, aber Ben konnte regelrecht sehen, wie seine Nervosität noch einmal zunahm, und als er ihm folgte, konnte er das auch sehr gut verstehen. Die Kabine war überraschend groß und musste einmal sehr elegant gewesen sein. Umso erschreckender war das, was Ben jetzt erblickte: Alles hier drinnen war zerbrochen und zerrissen, zerfetzt oder auf andere Weise zerstört worden. Zuerst hatte Ben den Eindruck gehabt, dass hier drinnen ein Kampf stattgefunden hatte, aber dieses Wort reichte nicht. Das Zimmer war wortwörtlich verheert; als wäre eine ganze Armee plündernd und brandschatzend hindurchgezogen.

»Was ist hier bloß … passiert?«, stammelte der Matrose.

»Das weiß ich nicht«, sagte Bens Mutter, »aber ich schlage vor, wir suchen nach Kapitän Schulz. Das hier dürfte ihn interessieren.«

»Sicher.« Der Matrose wirkte völlig verstört. »Ich gehe sofort und –«

»Nein«, unterbrach ihn Bens Mutter. »Sie bleiben hier und achten darauf, dass niemand hereinkommt. Und fassen Sie nichts an. Ben und ich holen den Kapitän.« Sie gab Ben einen Wink. »Komm!«

Ben wandte sich gehorsam um und folgte seiner Mutter nach draußen. In der Tür drehte er sich noch einmal um. Irgendetwas … war hier seltsam. Zu dem unguten Gefühl von Schrecken und Verwirrung gesellte sich etwas anderes: die ihm inzwischen schon fast vertraute Gewissheit, dass … *etwas* hier war. Etwas, was nicht hierher gehörte.

Das konnte doch kein Zufall sein …

»Ben?«, fragte seine Mutter.

Ben nickte, ließ seine Augen aber trotzdem noch einmal aufmerksam über das Chaos ringsum schweifen. Irgendetwas war hier.

Und er war nicht einmal mehr überrascht, als er ein winziges haariges Knäuel auf acht wirbelnden Beinen unter einem zerbrochenen Stuhl hervorhuschen und in dem Durcheinander auf der anderen Seite des Zimmers verschwinden sah.

»Benjamin?«, rief seine Mutter zum zweiten Mal. »Ist irgendwas?« Ihre Stimme klang jetzt hörbar ungeduldig, aber nicht sonderlich erschrocken. Anscheinend hatte sie die Spinne nicht gesehen, was Ben nur recht war. Seine Mutter von einem hysterischen Anfall abzuhalten wäre in diesem Moment wirklich das Letzte gewesen, was er noch brauchte.

»Schon gut«, sagte er rasch. »Es war nichts.«

Er beeilte sich, die Kabine zu verlassen, und zog vorsichtshalber die Tür hinter sich ins Schloss, was ihm einen misstrauischen Blick seiner Mutter einbrachte. Zu seiner Erleichterung sagte sie jedoch nichts, sondern wandte sich nur um und eilte mit so raschen Schritten voraus, dass Ben sich sputen musste, um zu ihr aufzuholen.

»Und?«, fragte er, als sie die Treppe erreicht hatten.

»Was – und?«, fragte seine Mutter unwillig.

»Was hältst du davon?«

»Wovon?«

»Dass der Arzt verschwunden ist.« Stellte sich seine Mutter absichtlich so begriffsstutzig an? »Und dass seine Kabine aussieht, als hätte ein heftiger Kampf stattgefunden – oder jemand einen ausgewachsenen Tobsuchtsanfall bekommen.«

»Ich weiß nicht, was ich davon halten soll. Und bevor deine Fantasie endgültig mit dir durchgeht – ich will es auch gar nicht wissen. Ich habe im Moment andere Probleme, weißt du?«

»Nein«, antwortete Ben wahrheitsgemäß. Seine Mutter warf ihm einen stirnrunzelnden Blick zu, verspürte jedoch offensichtlich nicht das Bedürfnis nach einer Erklärung, sondern beschleunigte ihre Schritte noch einmal und rannte beinahe, als sie die Treppe hinter sich gebracht hatten und durch eine Tür wieder in den für die Passagiere zugänglichen Teil hineinstürmten.

Um ein Haar hätten sie Bens Vater über den Haufen gerannt, der ihnen entgegenkam und gerade die Hand nach der Klinke ausstrecken wollte. Mit einem erschrockenen Laut prallte er zurück und hob dann lachend die Arme. »He, nicht so hastig! Ich –«

Er brach mitten im Satz ab und das Lachen verschwand aus seinen Zügen, als er den Ausdruck auf dem Gesicht seiner Frau gewahrte. »Was ist passiert?«

»Doktor Vaasen ist verschwunden.«

»Der Bordarzt?«, vergewisserte sich sein Vater. Dann riss er die Augen auf. »Was soll das heißen: verschwunden?«

»Seine Kabine sieht aus, als wäre Dschingis Khan mit all seinen Mannen hindurchgezogen«, erklärte Ben. »Er ist ganz bestimmt nicht freiwillig weggegangen.«

»Vielleicht ist er auch nur ein ganz besonders unordentlicher Mensch«, widersprach seine Mutter. »Wir wollten zu Schulz. Hast du mit ihm gesprochen?«

»Nein, er war nicht auf der Brücke. Ich wollte gerade hinunter in seine Kabine, um dort nach ihm zu suchen.«

»Das trifft sich gut, dann gehen wir zusammen.« Sie gab weder ihrem

Mann noch Ben eine Chance, eine weitere Frage zu stellen oder gar Einspruch zu erheben, und lief wieder los.

»Vaasen ist verschwunden?«, vergewisserte sich sein Vater, während sie ihr folgten; wohlweislich aber so leise, dass seine Frau die Worte nicht mitbekam.

»Verschwunden ist nicht das richtige Wort«, antwortete Ben ebenso leise. »Seine Kabine sieht aus wie nach einer Schlacht. Wenn du mich fragst, hat ihn jemand gewaltsam verschleppt und er hat sich ziemlich heftig gewehrt.«

»Soviel ich weiß, ist er über sechzig«, gab sein Vater zu bedenken. »Und nicht unbedingt gebaut wie Herkules.«

Ben hob die Schultern. Er hatte den Bordarzt der *Princess* bisher noch nicht gesehen; was ihm im Nachhinein ein bisschen komisch vorkam, nach allem, was passiert war.

»Ich sage nur, was ich gesehen habe. Außerdem ...«

»Außerdem?«, hakte sein Vater nach, als er nicht weitersprach.

Außerdem war da schon wieder eine Spinne. Genau wie im Laderaum und vorhin im Krankenzimmer. Ja, er konnte sich lebhaft vorstellen, wie sein Vater darauf reagieren würde. Aber es *konnte* kein Zufall sein, dass jedes Mal, wenn hier an Bord irgendetwas Außergewöhnliches geschah, eine *Spinne* in der Nähe war.

Trotzdem schwieg Ben lieber. Es wäre ihm zu peinlich gewesen, es auszusprechen. Er druckste nur noch einen Moment lang herum und beschleunigte dann seine Schritte, um zu seiner Mutter aufzuschließen.

21

UM ZUR KABINE VON SCHULZ ZU GELANGEN, mussten sie das Schiff nahezu zur Hälfte durchqueren, und natürlich begegneten ihnen auf dem Weg zahlreiche andere Passagiere – und wenn sich bisher noch nicht bis zum letzten Mann und zur letzten Frau an Bord herumgesprochen hatte, dass hier etwas ziemlich Dramatisches im Gange war, dachte Ben, dann spätestens jetzt. Seine Mutter eilte so schnell voraus, dass sie schon fast rannte, und obwohl sie sehr zierlich war, schien sie etwas von einer Dampfwalze auszustrahlen, der man besser aus dem Weg ging. Die Passagiere wichen jedenfalls hastig zur Seite, und eine ältere Frau presste sich sogar mit dem Rücken gegen die Wand und hielt den Atem an, bis sie vorbeigegangen waren. Wären die Umstände anders gewesen, hätte Ben die Situation wahrscheinlich sogar lustig gefunden.

Es wurde ein wenig besser, als sie wieder unter Deck gingen und nur noch auf Besatzungsmitglieder trafen, wenn auch auf ungewöhnlich viele. Die Blicke, mit denen die Männer sie maßen, waren allerdings beunruhigend. Ben hatte sich noch vor einigen Minuten gefragt, ob er nicht doch an einer milden Form von Paranoia litt, nun aber stellte er sich diese Frage nicht mehr. Man hätte schon blind und taub auf einmal sein müssen um nicht zu merken, dass hier an Bord etwas nicht mit rechten Dingen zuging.

Auch als sie auf den Gang einbogen, auf dem Schulz' Kabine lag, waren sie nicht allein; und die Atmosphäre wurde auch kein bisschen freundlicher. Ganz im Gegenteil. Kapitän Schulz stand mit dem Rücken zu seiner Kabinentür und war ganz offensichtlich in einen heftigen Streit mit einem der Schiffsstewards verstrickt. Ben konnte zwar nicht verstehen, worum es ging, aber Schulz' Gesicht war vor Wut rot angelaufen, und er gestikulierte so heftig mit den Armen, dass es beinahe so aussah, als würde er nach dem Mann schlagen.

»... ist immer noch mein Schiff!«, verstand Ben gerade noch. Dann endlich registrierte Schulz, dass er und sein Gegenüber nicht mehr allein waren, und unterbrach sich, indem er sich ihnen zuwandte.

»Was wollen Sie?«, fragte er unfreundlich. »Der Zugang zu diesem Teil des Schiffes ist den Passagieren nicht gestattet!«

»Mit Ihnen reden, Herr Kapitän«, antwortete Jennifer Berger ruhig. »Und am besten allein.«

»Warum?«, fragte der Steward. Jetzt, als auch er sich zu ihnen herumdrehte, erkannte Ben den Mann. Es war der dunkelhaarige Matrose, der sich normalerweise um Sasha kümmerte. »Wenn hier irgendetwas Gefährliches vorgeht, dann haben wir ein Recht, es zu erfahren!«

»Was fällt Ihnen ein, in einem solchen Ton mit einem Passagier zu reden?«, fauchte Schulz. Er *fauchte* wirklich. Seine Stimme hatte kaum noch Ähnlichkeit mit der, die Ben kannte; ein heiseres Zischeln, in dem irgendetwas … nicht Menschliches mitzuschwingen schien.

»Lassen Sie es gut sein, Kapitän.« Bens Mutter machte eine besänftigende Handbewegung und wandte sich dann direkt an den Steward. »Was genau wollen Sie denn wissen?«

»Was ist mir Harmsen los und dem anderen Kerl?« Der Mann gab sich alle Mühe, ein trotziges Gesicht aufzusetzen, aber es war unübersehbar, dass er große Angst hatte.

»Das weiß ich nicht. Aber wenn Sie damit meinen, ob die Menschen hier an Bord in Gefahr sind, kann ich Sie beruhigen. Ich glaube es nicht.«

»Auch, wenn Sie gar nicht wissen, was es ist?«

»Bisher steht nicht einmal fest, dass es sich wirklich um eine Krankheit handelt, und selbst wenn, ob sie ansteckend ist. Aber sogar falls das der Fall sein sollte, besteht wohl kaum die Gefahr, dass sie sich über das gesamte Schiff ausbreitet. Wir müssen nur ein paar einfache Sicherheitsvorkehrungen treffen.«

»Nicht ansteckend?« Der Steward lachte böse; oder versuchte es wenigstens. »Warum erzählen Sie das nicht Harmsen?«

»Nicht hochansteckend. Ihr Kollege wurde gebissen, vergessen Sie das nicht. Solange Sie darauf achten, dass niemand den beiden Infizierten zu nahe kommt oder sie gar berührt, besteht aller Wahrscheinlichkeit nach keine Ansteckungsgefahr – wie gesagt, falls es sich überhaupt um eine Infektion handelt.«

»Was soll es denn sonst sein?«

Bens Mutter hob die Schultern. »Wie ich schon mehrmals gesagt habe, ich weiß es nicht.« Sie überlegte eine Sekunde und fragte dann an Schulz gewandt. »Der Söldner wurde unten im Maschinenraum aufgegriffen, sagen Sie? Und Ihr Matrose wurde auch dort verletzt?«

Schulz nickte. »Warum?«

»Könnten die beiden dort unten mit irgendwelchen giftigen Substanzen in Berührung gekommen sein?«

Schulz schüttelte heftig den Kopf. »Das einzig Giftige, was es auf diesem Schiff gibt, sind die kostenlosen Drinks für die Passagiere der zweiten Klasse.«

Niemand lachte. Bens Mutter schürzte nur ärgerlich die Lippen und wandte sich dann wieder an den Steward, der das kurze Gespräch zwischen ihr und Schulz mit sichtlichem Unbehagen verfolgt hatte.

»Bitte gehen Sie zur Krankenstation und schärfen sie den Männern dort noch einmal ein, dass niemand den Raum betreten oder gar die Kranken anfassen darf. Ich komme gleich nach und sehe noch einmal nach den Männern. Aber zuvor habe ich noch etwas mit Kapitän Schulz zu besprechen.«

Der Steward entfernte sich hastig, und Schulz wartete immerhin ab, bis der Mann außer Hörweite war, dann aber fuhr er Bens Mutter in scharfem Ton an: »Gut gemacht, Frau Doktor. Wollen Sie nicht gleich das Kommando über das Schiff übernehmen?«

»So unprofessionell, wie Sie sich im Moment benehmen, Kapitän Schulz, wäre das nicht einmal die schlechteste Idee. Was hätte ich Ihrer Meinung nach sagen sollen? Dass wir kurz vor einer Epidemie an Bord stehen könnten und uns vielleicht alle schon angesteckt haben? Hätten Sie gern eine ausgewachsene Panik auf Ihrem Schiff?«

Schulz funkelte sie bebend vor Zorn an, doch er sagte nichts mehr. Etwas unter dem großen Pflaster auf seiner Wange … schien sich zu bewegen.

»Also gut, meinetwegen«, knurrte er schließlich. »Aber es bleibt bei meiner Frage, was haben Sie hier zu suchen?«

»Ihr Arzt ist verschwunden. Wir waren gerade in seiner Kabine, doch er ist nicht da. Und niemand scheint zu wissen, wo er ist.«

»Wahrscheinlich vertritt er sich die Füße und wandelt ein wenig übers Wasser. Woher zum Teufel soll ich wissen, wo sich dieser alte Säufer wieder einmal versteckt?« Er zog eine höhnische Grimasse. »Ach, das haben Sie nicht gewusst? Doktor Vaasen hat nichts gegen einen guten Schluck dann und wann einzuwenden. Wahrscheinlich hat er sich ein stilles Plätzchen gesucht, um seinen Rausch auszuschlafen. Es wäre nicht das erste Mal.«

»Macht er vorher immer Kleinholz aus seiner Kabine?«, fragte Ben.

Schulz spießte ihn mit Blicken auf, hielt es jedoch offensichtlich nicht für nötig, ihm zu antworten. Er hob nur die Hand an das Pflaster an seiner Wange – und diesmal war Ben sicher, dass sich darunter etwas bewegte.

Und nicht nur er.

»Was ist mit Ihrem Gesicht?«, fragte seine Mutter.

»Was soll damit sein? Ich bin damit geboren worden. Tut mir leid, dass es Ihnen nicht gefällt. Und jetzt –«

Schulz unterbrach sich, als die Tür hinter ihm geöffnet wurde und Sasha heraustrat. Ungefähr einen Schritt weit, dann erstarrte sie und ein deutlicher Ausdruck von Erschrecken breitete sich auf ihren zarten Zügen aus.

»Alexandra, geh wieder hinein!«, sagte Schulz streng. Er wollte die Hand nach ihr ausstrecken, aber Sasha wich seiner Bewegung mit einer raschen Drehung des Oberkörpers aus und machte gleichzeitig einen weiteren Schritt auf den Gang hinaus. Ihr Blick tastete über das Gesicht ihres Vaters und suchte dann nach Ben.

»Sasha?«, fragte Ben. »Ist alles in Ordnung mit dir?«

»Bitte geh wieder hinein!«, sagte Schulz. »Sofort!« Er versuchte noch einmal, seine Tochter bei der Schulter zu ergreifen, doch sie wich ihm wieder aus – und dann wurden ihre Augen groß und füllten sich mit vollkommenem, schwarzem Entsetzen. Ihre Lippen öffneten sich zu einem lautlosen Schrei.

»Was ist los?«, fragte Ben erschrocken. Auch er wollte – ganz instinktiv – die Hand nach Sasha ausstrecken, aber Schulz schlug seinen Arm zornig zur Seite und fuhr ihn an:

»Wage es nicht, meine Tochter anzurühren, Junge!«

Die Situation war … bizarr. Ben starrte Schulz an und war im ersten Moment so fassungslos, dass er nicht einmal wirklich erschrak. Aus den Augenwinkeln sah er, wie sich das Gesicht seines Vaters verfinsterte und er eine Bewegung machte, wie um dazwischenzugehen. Sein Vater war alles andere als ein kräftiger Mann oder gar ein Raufbold, aber er würde ganz gewiss nicht tatenlos bei *so etwas* zusehen.

Das musste er auch nicht, denn Schulz fuhr mit einem ärgerlichen Zischen herum und griff zum dritten Mal nach Sashas Schulter, und diesmal so schnell, dass sie ihm nicht mehr entwischen konnte.

Sie tat etwas anderes.

Noch während ihr Vater sie grob ergriff und in die Kabine zurückstoßen wollte, warf sie sich herum, fuhr ihm mit den Fingernägeln der Rechten über die Hand, die auf ihrer Schulter lag, und schlug mit der anderen nach seinem Gesicht. Sie verfehlte ihn, aber ihre Fingernägel verfingen sich in dem Pflaster auf seiner Wange und rissen es fast zur Hälfte herunter – etwas blitzte weiß auf. Schulz stieß ein erschrockenes Grunzen aus, ließ ihre Schulter los und klappte das Pflaster hastig wieder nach oben, und Sasha nutzte die Gelegenheit um davonzustürzen. Auch Ben griff nach ihr und bekam ihr Handgelenk zu fassen – was ihm allerdings nichts anderes einbrachte als Sashas Vater, nämlich ein paar blutige Kratzer auf dem Handrücken, die höllisch brannten. Ben keuchte vor Schmerz und ließ Sashas Arm los, und sie wirbelte herum und stürmte mit wehendem Haar und Kleidern davon. Sie war verschwunden, noch bevor irgendjemand auch nur auf den Gedanken kommen konnte, sie aufzuhalten.

»Verdammt!«, brüllte Schulz. »Was fällt dir ein, du verdammter Bengel?«

Ben verstand nicht einmal die Worte, geschweige denn, was Schulz damit meinte. Verwirrt blickte er in die Richtung, in die Sasha verschwunden war, blinzelte auf die blutigen Kratzer auf seiner Hand hinab und drehte sich dann langsam zu Schulz herum. In den Augen des Kapitäns stand pure Mordlust, und er hatte die rechte Hand noch immer gegen das Gesicht gepresst, um das Pflaster an seinem Platz zu halten.

»Was hat das zu bedeuten? Was hast du meiner Tochter angetan, um sie so in Panik zu versetzen? Ich sage dir, das wird Folgen haben, Bürschchen.«

Ben blickte Schulz nur stumm an, doch dann fragte seine Mutter wieder, streng und hörbar alarmiert: »Was ist mit Ihrem Gesicht, Kapitän?«

»Nichts«, antwortete Schulz unwirsch, er hielt nach wie vor das Pflaster fest. »Ein Kratzer, mehr nicht. Und selbst wenn es mehr sein sollte«, fügte er mit leicht erhobener Stimme hinzu, als Jennifer Berger widersprechen wollte, »dann muss es eben warten, bis ich mich von einem *richtigen* Arzt behandeln lassen kann.« Er nickte abgehackt. »Und jetzt entschuldigen Sie mich bitte. Ich muss meine Tochter suchen, bevor sie zu Schaden kommt.«

Er fuhr auf dem Absatz herum und stapfte in dieselbe Richtung davon, in die Sasha gerannt war. Ben schaute ihm nach, ohne ein Wort zu sagen, und auch seine Eltern schwiegen; nicht nur bis Schulz verschwunden war, sondern auch noch eine gute halbe Minute länger. Eine kleine Ewigkeit.

»Was war denn *das?«*, durchbrach sein Vater schließlich das beklommene Schweigen.

»Ich würde sagen, Kapitän Schulz, wie er leibt und lebt«, meinte seine Frau. Ihre Stimme klang spröde und irgendwie unecht; so als hätte sie sehr große Mühe, sich auf die Antwort zu konzentrieren. Und die Worte, die sie mehrere Sekunden später und in fast schauderndem Tonfall hinzufügte, passten zu diesem Eindruck. »Irgendetwas stimmt mit dieser Wunde nicht. Habt ihr sein Gesicht gesehen?«

»Ich habe vor allem gehört, was er *gesagt* hat«, antwortete Bens Vater betont. Er wandte sich nun direkt an ihn, und in seinem Blick und seinem Gesicht war etwas, was Ben ganz und gar nicht gefiel. »Ist da irgendwas dran an dem, was er gesagt hat?«

»Woran?«, fragte Ben verstört.

»Seine Tochter und du. War da irgendetwas zwischen euch, von dem ich wissen sollte?«

»Nein! Was soll denn da gewesen sein?«

»Das weiß ich nicht, aber ich frage mich trotzdem, warum sie vor dir davongelaufen ist«, brauste sein Vater auf.

Ben konnte ihn nur fassungslos anstarren. »Vor ... *mir*?«

Sein Vater blinzelte und legte fragend den Kopf auf die Seite. »Wie meinst du das?«

»Genau so, wie ich es sage. Bist du sicher, dass sie vor mir davongelaufen ist?«

22

NATÜRLICH WOLLTE ER SOFORT LOSRENNEN, um nach Sasha zu suchen, aber das ließen seine Eltern nicht zu. Sein Vater bestand mit ungewohnter Schärfe darauf, dass Ben ihn und seine Mutter in ihre Kabine begleitete. Normalerweise wäre dieser Befehlston ein Anlass für Ben gewesen, sich erst recht zu widersetzen, doch in diesem Augenblick wagte er es nicht, auch nur mit einem einzigen Wort zu widersprechen.

In der Kabine stapfte sein Vater als Erstes zur Minibar, nahm eine winzige Flasche Cognac heraus und leerte sie in einem einzigen Zug; was wirklich äußerst ungewöhnlich für ihn war und Ben zeigte, wie aufgebracht er war. Für ein Glas guten Weins hatte sein Vater hin und wieder durchaus etwas übrig, aber er hatte ihn niemals vormittags trinken sehen und noch nie *so*.

»Lass das!«, sagte seine Frau tadelnd. »Auf diese Weise änderst du nichts, weißt du?«

Für den Bruchteil einer Sekunde sah es fast so aus, als würde sich sein Zorn nun auf sie entladen, dann konnte Ben jedoch sehen, wie sein Vater zusammenfuhr, die leere Cognacflasche in seiner Hand schuldbewusst anschaute und sie dann hastig in den Papierkorb warf. »Du hast Recht, entschuldige.«

»Sag mir die Wahrheit, Ben«, wandte sich seine Mutter jetzt an ihn. »War da irgendetwas mit Sasha, von dem wir nichts wissen?« Sie hob schon einmal prophylaktisch besänftigend die Hände und sprach in übertrieben verständnisvollem Ton weiter: »Ich weiß, du würdest niemals etwas tun, was sich nicht gehört, Ben. Aber ist da irgendwas gewesen, was Schulz falsch auslegen könnte?«

»Selbst wenn, könnte Sasha es ihm ja wohl kaum sagen, oder?«, fragte Ben patzig. Die Worte taten ihm schon leid, bevor er sie ganz ausgesprochen hatte, und er beeilte sich, den Kopf zu schütteln und deutlich freundlicher fortzufahren. »Nein. Das einzige Mal, dass ich sie allein getroffen habe, war gestern draußen an Deck, und da waren Harry und ein Dutzend Passagiere dabei. Sonst wart immer ihr dabei.«

»Der Kerl ist einfach verrückt geworden. Jetzt scheint ja schon seine Tochter Angst vor ihm zu haben«, grollte sein Vater. »Der Stress ist zu viel für ihn.«

»Ja, vielleicht«, sagte Bens Mutter, aber es war ihr anzusehen, wie wenig sie von dieser Erklärung hielt. Sie seufzte tief, dann gab sie sich sichtbar einen Ruck. »Wahrscheinlich beruhigt er sich wieder … hast du sein Gesicht gesehen, Robert?«

»Es wäre ziemlich schwierig gewesen, es *nicht* zu sehen«, erwiderte Bens Vater, mit einem Mal nachdenklich. »Du solltest ihn untersuchen – wenn er wieder er selbst ist. Ich konnte nicht viel erkennen, aber die Entzündung sah nicht gut aus.«

»Wenn es eine Entzündung ist«, fügte Ben hinzu.

Seine Mutter rieb ihre Oberarme, als wäre ihr plötzlich kalt, doch Ben sah ihr an, dass sie nicht vorhatte auf seine Bemerkung einzugehen. Also gut, dann musste er deutlicher werden.

»Ihr wisst, woher er diese Wunde hat?«

»Keine Ahnung. Er wird sich wohl bei dem Überfall irgendwo gestoßen oder geschnitten haben«, erwiderte sein Vater. Seine Mutter schwieg und wich seinem Blick aus. »Aber ich nehme an, du hast es in deinen Träumen gesehen?«

Ben wollte schon wieder auffahren, schrieb die Bemerkung dann aber der gereizten Stimmung zu, in der sich sein Vater befand, und antwortete so ruhig, wie er konnte:

»Ausnahmsweise einmal nicht. Es war ein Splitter von dem explodierten Schiff. Dasselbe Zeug, das die beiden Soldaten verletzt hat.«

Sein Vater zog zweifelnd die Augenbrauen zusammen. Seine Mutter sagte auch dazu nichts, aber Ben hatte nicht das Gefühl, dass sie sonderlich überrascht war, eher ein wenig verstimmt, weil sie von ihm mit diesem Thema belästigt wurde.

»Ist das wahr?«, fragte sein Vater schließlich.

»Ja, ich habe es genau gesehen.«

Sein Vater ließ die Augen noch eine Sekunde auf seinem Gesicht ruhen, dann drehte er sich mit einer irgendwie gezwungen ruhig wirkenden Bewegung zu seiner Frau herum und fragte: »Könnte das die Erklärung sein?«

»Wofür?«

»Was, wenn dieses Zeug … irgendwie vergiftet war? Ich meine, wir sind bisher davon ausgegangen, dass es sich um Eis handelte, ganz normales Eis, aber was, wenn das nicht so ist. Möglicherweise war es mit irgendwas verunreinigt, Jennifer.«

Seine Mutter zuckte mit den Achseln. »Rein theoretisch wäre es denkbar. Aber es bringt nichts, wild herumzurätseln. Ich halte es für ziemlich unwahrscheinlich.«

Die Antwort kam Ben reichlich lahm vor, aber sein Vater gab sich damit zufrieden, wenn auch vielleicht nur, weil es genau das war, was er hatte hören wollen.

Ben war weniger diplomatisch. »Das glaubt ihr doch selbst nicht.«

»Was?«, fragte seine Mutter.

»Zuerst dieses seltsame Piratenschiff, dann die unheimliche Veränderung, die mit dem Söldner und dem Matrosen vor sich gegangen ist, und jetzt auch noch Schulz … das kann kein Zufall sein!«

»Immerhin hat sich Schulz nicht in ein *Eisungeheuer* verwandelt«, meinte sein Vater ironisch.

»So, wie sein Gesicht aussieht, wird es wohl nicht mehr lange dauern«, sagte Ben spitz. Er spürte, wie Wut in ihm aufstieg. »Und so, wie er sich benimmt …« Er schüttelte heftig den Kopf. »Nein! Es hat irgendetwas mit diesem Eis zu tun! Oder was immer es war.«

»Was soll es denn sonst gewesen sein, deiner Meinung nach?«, fragte sein Vater. Er versuchte wieder ironisch zu klingen, aber ganz gelang es ihm nicht. Das überhebliche Lächeln, das er auf sein Gesicht gezwungen hatte, ließ seine Augen aus. Vielleicht kam es auch nur nicht gegen den Ausdruck von grenzenloser Furcht an, der sich darin eingenistet hatte.

»Ich weiß es nicht. Und auch auf die Gefahr hin, dass du mir gleich wieder einen Vortrag über Albträume und Halluzinationen hältst – dieser angebliche Pirat hat sich in Luft aufgelöst. Besser gesagt, in Wasser. Du hast es doch selbst gesehen.«

»Unsinn!«, rief sein Vater. Es klang nicht im Geringsten überzeugend.

Ben musste sich mühsam beherrschen, um nicht noch lauter zu werden. Es brachte herzlich wenig, wenn sie aufeinander losgingen. Doch er musste plötzlich wieder an die Szene unten in dem kleinen Lagerraum denken. Das Wasser hatte sonderbar gerochen und geschmeckt, und er erinnerte sich gut daran, wie lange es gedauert hatte, bis er den widerlichen Geschmack wieder losgeworden war. Und nicht nur das. Kurz nachdem er davon gekostet hatte – es waren nur ein paar Tropfen gewesen, gerade genug, um seine Fingerspitzen zu benetzen –, hatte er nicht nur wieder einen Albtraum gehabt, sondern war auch ausgesprochen aggressiver Stimmung gewesen.

»So oder so«, durchbrach die nun wieder sehr sachliche, aber auch entschlossene Stimme seiner Mutter seine Gedanken, »wir müssen etwas unternehmen. Das ist allein schon meine Pflicht als Ärztin. Ich muss noch einmal mit Schulz sprechen.«

»Und du glaubst, er will im Moment mit dir reden?«, erkundigte sich ihr Mann.

»Das ist mir ziemlich gleichgültig. Ben hat Recht. Es könnte tatsächlich irgendetwas mit dem Zwischenfall von gestern zu tun haben, wenn wohl auch nicht so, wie er zu denken scheint. Dieses Schiff muss so schnell wie möglich unter Quarantäne gestellt werden, bis klar ist, was hier wirklich vorgeht.«

»Nun, dann wünsche ich dir viel Glück bei dem Versuch, *das* Kapitän Schulz beizubringen«, meinte ihr Mann. Er versuchte zu lachen, aber es wurde eher ein Krächzen daraus. »So, wie er sich aufführt ...«

»Er wird schon wieder zur Vernunft kommen. Sogar er kann sich nicht vor den Tatsachen verschließen.«

Sein Vater sah immer noch skeptisch aus, seufzte aber schließlich und ging zur Tür, um sie zu öffnen. Sie traten hintereinander auf den Gang hinaus und entdeckten zu ihrer Überraschung zwei von Schulz' Matrosen, die jeweils an der Treppe und am anderen Ende des Korridors herumlungerten. Als sein Vater sich nach links wandte und die Treppe ansteuerte, löste sich der Mann daneben von seinem Platz und vertrat ihm mit vor der Brust verschränkten Armen den Weg. Ben drehte sich nicht herum, doch er konnte hören, wie sich sein Kamerad von hinten näherte.

»Was soll das?«, fragte sein Vater. »Gehen Sie bitte aus dem Weg!«

»Kapitän Schulz hat mir –«, begann der Mann, wurde aber sofort von Bens Vater unterbrochen.

»Wir sind gerade auf dem Weg zu Kapitän Schulz. Sie können uns gern dorthin begleiten.«

Man konnte dem Mann ansehen, wie unwohl er sich in seiner Haut fühlte. Sein Blick irrte fast Hilfe suchend zu dem zweiten Matrosen, aber dessen Schweigen nach zu urteilen, hatte er von dort keine allzu große Unterstützung zu erwarten.

»Vielleicht …«, meinte er schließlich, brach ab und fuhr sich nervös mit dem Handrücken über das Kinn.

»Vielleicht was?«, fragte Bens Vater herausfordernd. »Hat Ihnen Kapitän Schulz aufgetragen, uns nötigenfalls mit Gewalt hier festzuhalten?«

Ben fand diese Formulierung nicht unbedingt diplomatisch, aber sein Vater musste den Nagel auf den Kopf getroffen haben, denn der Matrose wirkte mit einem Mal noch unglücklicher und begann zu allem Überfluss nun auch noch von einem Bein auf das andere zu treten. Er benahm sich wie ein Schüler, der bei einer Missetat ertappt und vor seinen Lehrer zitiert worden war.

»Wenn es so ist«, fuhr er fort, »dann schlage ich vor, Sie versuchen jetzt, mich am Verlassen meiner Kabine zu hindern.«

Das war schlichtweg lächerlich. Der Matrose war doppelt so groß wie sein Vater und musste zehnmal so viel wiegen, und er sah aus, als bestünde er zur Gänze aus Muskeln. Ben hielt unwillkürlich den Atem an – aber der stoppelhaarige Riese reagierte zu seiner Überraschung so, als wäre es genau umgekehrt. Er fuhr sich erneut mit dem Handrücken über das Kinn, und als er die Arme wieder vor der Brust verschränkte, wirkte es einfach nur noch trotzig.

»Natürlich nicht. Es ist nur …« Sein Blick irrte über die Gesichter von Robert und Jennifer Berger und blieb dann – nur eine Sekunde, aber eine entscheidende Sekunde – länger an dem Bens hängen. »Es wäre wohl besser, wenn Sie und Ihre Gattin allein … Ich meine … Kapitän Schulz hat befohlen …«

»Dass *ich* in meiner Kabine bleibe«, führte Ben den Satz zu Ende, als der Matrose es nicht tat.

»Ja«, antwortete der Mann.

»Das ist ja wohl –!«, fuhr sein Vater auf, doch Bens Mutter legte ihm beruhigend die Hand auf den Unterarm und sagte:

»Schon gut. Vielleicht ist es sogar besser, wenn wir erst einmal allein mit Kapitän Schulz reden.« Sie drehte sich zu Ben um. »Sei so gut und warte in deiner Kabine auf uns. Ich gebe dir Bescheid, wenn wir irgendetwas von Sasha hören.«

Ihr Blick wurde fast beschwörend, und wahrscheinlich war das auch der einzige Grund, aus dem Ben nicht vollends aus der Haut fuhr. Hatte Schulz jetzt endgültig den Verstand verloren? Er war hier ein zahlender Gast an Bord, kein Gefangener! Mit einem Ruck drehte er sich herum und stapfte zu seiner Kabine zurück. Der zweite Matrose folgte ihm; dem Mann schien seine Aufgabe nicht annähernd so peinlich zu sein wie seinem Kameraden, denn er hielt Bens finsterem Blick nicht nur gelassen stand, sondern er lehnte sich auch betont lässig und mit einem schadenfrohen Grinsen an die gegenüberliegende Wand, als Ben seine Kabine betrat und die Tür hinter sich zuknallte.

Er war frustriert, wütend auf Schulz und auch ein bisschen enttäuscht von seinen Eltern. Natürlich hatte seine Mutter Recht, wenn sie erst einmal versuchte die Wogen zu glätten, um danach noch einmal in Ruhe mit dem Kapitän über Ben zu sprechen – aber er war schließlich ihr Sohn, verdammt!, und er konnte erwarten, dass sie seine Partei ergriff und diese ungeheuerlichen Unterstellungen nicht so unwidersprochen im Raum stehen ließ! Was war nur hier los? Drehten jetzt alle an Bord des Schiffes durch?

Ben tigerte in seiner Kabine auf und ab, zwei oder drei Minuten, in denen er nichts anderes tat, als mit Gott und der Welt zu hadern und sich vor allem selbst leidzutun, aber schließlich gewann seine Vernunft wieder die Oberhand. Er musste etwas *tun* – und er musste vor allem herausfinden, was mit Sasha los war. Die *Princess of the Dawn* war ein riesiges Schiff, und auch wenn Schulz nicht müde wurde, das Gegenteil zu behaupten, so stand außer Frage, dass es äußerst gefährlich war, völlig allein und kopflos vor Angst durch das eiserne Labyrinth der *Princess* zu irren; noch dazu für ein Mädchen wie Sasha.

Bei dem Gedanken versetzte ihm sein Gewissen einen heftigen Stich.

Er wollte nicht so über Sasha denken. Nur weil sie nicht sprach und in ihrer eigenen kleinen Welt zu leben schien, bedeutete das nicht, dass sie irgendwie behindert war oder gar verrückt.

Er musste nach ihr suchen! Jetzt!

Gesagt, getan – oder besser: *versucht.* Ben riss die Tür auf und stürmte auf den Korridor hinaus – genau anderthalb Schritte weit, denn so lange brauchte der Matrose, um sich von der Wand gegenüber abzustoßen, die Arme auseinander zu falten und mit einem fleischigen Zeigefinger von der Dicke eines Baseballschlägers nach seiner Brust zu piksen. Er berührte ihn nur flüchtig, aber es tat so weh, dass Ben wieder in seine Kabine zurückstolperte und nach Luft schnappte.

»Wohin des Wegs, mein Freund?«, griente er.

Ben setzte zu einer geharnischten Antwort an, aber der Matrose kam ihm zuvor. »Du bleibst schön, wo du bist, Kleiner. Gib mir lieber keinen Grund, Gewalt anzuwenden!«

Ben massierte seine schmerzende Brust. Was verstand dieser verhinderte King Kong eigentlich unter *Gewalt?* »Sind Sie verrückt? Ich bin doch hier kein Gefangener!«

»Im Moment schon. Beschwer dich beim Kapitän, wenn dir was nicht passt.« Und damit stupste er Ben ein zweites Mal vor die Brust und streckte gleichzeitig die andere Hand nach der Tür aus, um sie ins Schloss zu ziehen.

23

NACH ETWA EINER (GEFÜHLTEN) STUNDE war Ben zu dem Schluss gekommen, dass es im Grunde nur zwei Möglichkeiten gab: Entweder hatten sich seine Eltern zu Schulz durchgekämpft und führten ein wirklich intensives Gespräch mit ihm oder aber der Kapitän hatte sie kurzerhand in Ketten legen und in die Brigg werfen lassen.

Natürlich war er sich darüber im Klaren, dass weder das eine noch das andere in dieser extremen Form so zutraf. Und es waren auch nur ein paar Minuten vergangen und nicht eine Stunde, wie er schließlich mit einem Blick auf die Armbanduhr feststellte.

So viel zu seiner Idee, einfach abzuwarten, bis es dem Kerl draußen vor der Tür zu langweilig wurde und er sich verkrümelte … aber er musste etwas tun. Was, wenn in den eisernen Katakomben der *Princess* noch weitere Gefahren auf Sasha warteten, Gefahren, die sie gar nicht kannten? Wer sagte ihm denn, dass diese Söldner …

Ben glaubte zu spüren, wie in seinem Gedächtnis etwas einrastete und sich die Tür zu einer vergessen geglaubten Erinnerung öffnete. Sie war nicht einmal wirklich vergessen gewesen. Erst vor ein paar Minuten hatte er mit seinen Eltern sogar darüber gesprochen! Wie hatte er nur so blind sein können?

Mit einem Satz war er bei der Tür, riss sie auf und war schon zwei Schritte auf dem Flur, als der Aushilfs-Hulk auf der anderen Seite des Ganges aus seinem Dösen erwachte.

»He! Du sollst doch –«

»Harry!«, unterbrach ihn Ben aufgeregt. »Ich muss mit Harry reden! Ich meine, Kapitän Schulz muss Harry warnen! Einer seiner Leute ist möglicherweise –«

»Ich habe dir doch gesagt, dass du in der Kabine bleiben sollst!«, polterte King Kong. »Hast du was an den Ohren?«

»Aber es ist wichtig! Verstehen Sie denn nicht? Einer von Harrys Söldnern ist möglicherweise auch infiziert! Wir müssen ihn –«

»Wir müssen nur eines tun, nämlich hier bleiben. Ich hier draußen und du da drinnen. Alles andere interessiert mich nicht.«

Einen Moment lang überlegte Ben ernsthaft, loszustürmen und es darauf ankommen zu lassen. Er traute sich durchaus zu, dem Kerl zu entwischen. Doch falls er es nicht schaffte, würde sich King Kong vermutlich einen Spaß daraus machen, ihm die Knochen im Leib neu zu arrangieren – und selbst wenn er ihm entwischte, konnte das Ergebnis höchstens in einer wilden Verfolgungsjagd quer durch das Schiff bestehen; und darin, dass Schulz' Laune noch weiter sank. Aber er *musste* etwas tun! Er setzte gerade dazu an, es noch einmal mit Vernunft zu versuchen, als ihm etwas auffiel, bei dessen Anblick sich ihm die Nackenhaare sträubten.

Der Koloss hatte sich nicht nur von seinem Platz gelöst, sondern auch die Arme heruntergenommen, und da war etwas an seinem rechten Handgelenk, nur eine Kleinigkeit, die ihm unter allen anderen denkbaren Umständen vermutlich entgangen wäre, ihm nun aber direkt ins Auge sprang.

Der Mann hatte eine winzige Wunde auf dem Handrücken, kaum mehr als ein Kratzer, aber wo roter Schorf hätte sein sollen, schimmerte es weiß, als wäre die Haut an dieser Stelle mit Raureif bedeckt, und wenn man genau hinsah, konnte man zwei, drei haarfeine, glitzernde Linien erkennen, die sich das Handgelenk hinaufzogen und in seinem Ärmel verschwanden.

Dem Matrosen war Bens Entsetzen nicht entgangen. Ein bisschen zu hastig verschränkte er die Arme wieder vor der Brust und entzog seine rechte Hand so seinem Blick.

»Was?«, schnappte er.

»Hören Sie, es … es ist wichtig«, murmelte Ben. Er riss sich zusammen und sah nun wieder ins Gesicht des Matrosen hoch, auch wenn es ihm schwer fiel. Wurde er jetzt selbst allmählich verrückt oder hatte er das gerade wirklich gesehen? »Bitte glauben Sie mir. Rufen Sie wenigstens Kapitän Schulz an und sagen Sie ihm, dass er Hauptmann West warnen muss! Er und seine Leute sind in großer Gefahr!«

»Klar doch«, höhnte der Matrose. »Wenn ich ihn das nächste Mal sehe, richte ich es ihm aus.« Er machte eine ungeduldige Kopfbewegung auf die offen stehende Tür hinter Ben. »Und jetzt geh wieder rein und lass mich meine Arbeit machen!«

Welche Arbeit, dachte Ben, *sich mit dem Rücken gegen die Wand fläzen und dafür sorgen, dass sie nicht umfiel?*

Da er seine Schneidezähne gern noch ein bisschen behalten wollte, hütete er sich, diesen Gedanken laut auszusprechen, aber sein Gegenüber schien ihn wohl irgendwie von seinem Gesicht abzulesen, denn seine Miene verfinsterte sich, und Ben hatte es auf einmal sehr eilig, in seine Kabine zurückzuweichen und die Tür nicht nur zu schließen, sondern auch hastig den Riegel vorzulegen. Nicht dass er viel nutzen würde, wenn der Kerl draußen auf die Idee kam, grob zu werden. Er traute King Kong zu, ohne größere Mühe auch durch die geschlossene Tür zu laufen ...

Was nichts daran änderte, dass er Harry warnen musste – und er musste vor allem *seine Eltern* warnen! Das schreckliche weiße Geflecht am Handgelenk des Mannes bewies allzu deutlich, dass höchste Eile geboten war. Sie alle waren in Lebensgefahr. Panisch sah sich Ben in seiner Kabine um. Kurz dachte er daran, das Bullauge irgendwie aufzufummeln und zu versuchen an der Außenwand der *Princess* hinaufzuklettern. Seine Kabine lag schließlich direkt unter dem Sonnendeck und –

Das war völlig bescheuert, dachte Ben und machte eine ärgerliche Grimasse. Ganz davon abgesehen, dass er das Bullauge vermutlich nur mit Hilfe eines Schweißbrenners aufbekommen hätte, war die Bordwand der *Princess of the Dawn* so glatt wie Eis und er war schließlich keine Stubenfliege.

Aber vielleicht gab es ja etwas anderes, was er tun konnte ...

Ben warf noch einmal einen sichernden Blick zur Tür, dann trat er an den hinter kostbaren Wandverkleidungen verborgenen Kleiderschrank und wühlte mit zitternden Fingern in den Taschen seiner gefütterten Polarjacke, bis er das Walkie-Talkie gefunden hatte; Harrys Abschiedsgeschenk. Er hatte ohnehin nicht viel Hoffnung, aber sie schwand vollends, als er sich das Gerät zum ersten Mal richtig ansah. Einen Moment lang drehte er es hilflos in der Hand. Das Ding war kaum größer als ein herkömmliches Handy, aber sehr viel schwerer, und es hatte mehr Knöpfe als das Kommandopult der Enterprise und ein kaum briefmarkengroßes Display auf der Vorderseite. Doch als er versuchte es einzuschalten, erlebte er eine Überraschung. Genauer gesagt: gleich zwei.

Das Walkie-Talkie erwachte nicht nur nach kaum einer Sekunde knisternd und rauschend zum Leben, aus dem Display auf seiner Vorderseite wurde auch ein grünstichiger Minibildschirm, auf dem zuerst allerdings nicht mehr als ein Chaos aus ruckelnder Bewegung und ineinander fließender Schemen und Umrisse zu erkennen war.

»Hallo?«, machte Ben verblüfft.

Er bekam so etwas wie eine Antwort, auch wenn sie nur aus erneuten rauschenden Störungen bestand. Möglicherweise tauchte sogar ein Gesicht in dem schlierigen Durcheinander auf dem Minibildschirm auf, aber Ben war nicht ganz sicher, und es zerfiel auch sofort wieder.

»Hallo?«, fragte Ben noch einmal. Dann tat er etwas völlig Sinnloses: Er ergriff das Walkie-Talkie mit beiden Händen, hielt es vor das Gesicht und schüttelte es ein paar Mal hin und her. Das Flimmern auf dem Bildschirm schien noch heftiger zu werden, als hätte er auch die Funkwellen gehörig durcheinander gewirbelt, dann aber stabilisierte sich das Bild und aus den grünen und schwarzen Schlieren schälte sich Harrys Gesicht. Ben starrte es völlig verwirrt an. In den Zügen des Söldnerkommandanten war ebenfalls Überraschung zu lesen, vielleicht auch ein leiser Schrecken, die aber sofort einem unwilligen Stirnrunzeln und einem Ausdruck unübersehbarer Ungeduld wichen.

»Benjamin!«, rief Harry. »Schön, dass du dich meldest, aber im Augenblick ist es ziemlich ungünstig –«

»Hör mir zu!«, unterbrach ihn Ben. Er versuchte gar nicht erst zu begreifen, wieso dieses Spielzeugfunkgerät funktionierte, wo doch selbst die zweifellos viel leistungsfähigeren Anlagen der *Princess of the Dawn* und sämtliche Handys an Bord streikten; das Schicksal hatte sich aus unerfindlichen Gründen dazu entschlossen, ihm eine Chance zu gewähren, und er würde den Teufel tun und sie ungenutzt verstreichen lassen. »Es ist wirklich wichtig«, fügte er hinzu, als das schwarzgrüne Gesicht auf dem Bildschirm wieder sprechen wollte.

Und etwas von dem Ernst in seiner Stimme musste wohl trotz der schlechten Verbindung zu Harry vorgedrungen sein, denn er verstummte und musterte ihn plötzlich mit größter Aufmerksamkeit.

»Es geht um den Verletzten«, fuhr Ben fort.

»Martin?«, fragte Harry. »Der Mann, der bei euch an Bord zurückgeblieben ist?«

»Ja«, antwortete Ben, »... nein, der andere, der Mann, der bei euch geblieben ist«, sprudelte er dann hastig hervor. Das Bild auf dem Monitor begann zu zerfließen und aus dem winzigen Lautsprecher drang nur statisches Rauschen. Als Harry nach zwei oder drei Sekunden wieder aus dem Chaos auftauchte, konnte er ihm ansehen, dass es auf der anderen Seite nicht besser gewesen war. »Du musst auf ihn aufpassen!«, fuhr er fort, lauter und in schon fast panischem Ton. »Hörst du? Er darf euch nicht berühren!«

»Was hast ... gesagt?«, krächzte Harrys Stimme, von Störungen überlagert und kaum noch verständlich.

»Der Verletzte!«, wiederholte Ben. »Es ist wichtig, verstehst du? Er könnte mit irgendeiner ansteckenden Krankheit infiziert sein! Es hat mit diesen Eispiraten zu tun!«

Er konnte Harry ansehen, dass er höchstens die Hälfte seiner Worte verstanden hatte, aber dies durchaus reichte, um ihn zu beunruhigen. Er stellte irgendeine Frage, die bei Ben aber nur als Chor scheppernder Misstöne ankam. »... oder? Ich meine ... freue mich, dass du ... aber ... ziemlich ... zu tun.«

Ben hörte nur jedes zweite Wort, wenn überhaupt. Die Verbindung wurde immer schlechter und Harrys Gesicht löste sich wieder und wieder in Streifen und Schneegestöber auf, fror manchmal ein oder verschwand völlig.

»Ganz egal, was bei euch los ist – du musst mir zuhören!«, sagte er eindringlich. »Ich weiß nicht genau, was auf diesem Schiff passiert, aber irgendetwas stimmt hier nicht. Und es könnte euch auch betreffen. Du musst auf den Mann achten, der gestern an Bord verletzt wurde. Ich weiß nicht, ob du mich überhaupt verstehen kannst, aber wenn, dann musst du mir einfach glauben! Pass auf den Verletzten auf! Es könnte sein, dass er eine ansteckende Krankheit oder so was hat. Ich weiß nicht, was es ist, doch es ist ziemlich gefährlich, verstehst du? Niemand darf ihn berühren! Ich weiß, es klingt völlig verrückt, aber es könnte sein, dass ihr alle in Lebensgefahr seid! Ich meine es ernst!«

Das Funkgerät antwortete mit einer Folge zischender und knackender Störgeräusche, und Harrys miniaturisiertes Abbild auf dem Monitor wurde wieder klar. »... Unsinn!«, verstand Ben. » ... keine Zeit ...« Noch mehr und noch lautere Störungen. »... zu tun. Kein Spiel ... Freund.« Und damit erlosch das Bild. Für einen Moment wurde das Krachen und Knistern noch lauter, dann brach es so abrupt ab, dass Ben beinahe erschrak; eine weitere Sekunde später gingen auch die beiden winzigen Lämpchen auf der Oberseite des Funkgeräts aus.

»Harry?«, fragte Ben. Er schaltete das Gerät aus und wieder ein – wenigstens versuchte er es, doch die beiden Kontrolllämpchen blieben dunkel –, rief noch zwei- oder dreimal vollkommen sinnlos Harrys Namen und schüttelte den Apparat schließlich wild, aber es blieb dabei: Der Apparat war tot.

Und was hätte es ihm auch genützt? So schlecht die Verbindung am Schluss gewesen war – er hatte genug verstanden um zu begreifen, dass Harry ihm kein Wort glaubte. Ben hätte es an seiner Stelle wahrscheinlich auch nicht getan.

Aber er musste etwas unternehmen! Er konnte nicht einfach hier herumstehen und darauf warten, dass seine Eltern hereinkamen und ihm erklärten, dass wieder alles in Ordnung war und es sich überhaupt nur um eine Verkettung unglücklicher Missverständnisse gehandelt hatte ...

Ben sah wieder zum Bullauge hin, verwarf die Idee zum zweiten Mal – glatter Selbstmord! – und wandte sich zur Tür.

Vorbei an King Kong, dachte er missmutig, gar kein Problem. Er brauchte im Grunde nur einen Flammenwerfer, eine Maschinenpistole mit ausreichend Munition und ein Dutzend Bodyguards mit einer speziellen Nahkampf-Ausbildung. Da er aber unglückseligerweise gerade nichts von alledem zur Hand hatte, blieb ihm nur eine einzige Möglichkeit.

Ben raffte all seinen Mut zusammen, ging zur Tür und zerbrach sich schon einmal den Kopf darüber, was er sagen konnte, um King Kong davon abzuhalten, dasselbe zu tun.

Aber seine Sorge erwies sich als unbegründet. Der Matrose war nicht mehr da. Der Korridor war leer.

Vollkommen verblüfft machte Ben einen Schritt auf den Gang hinaus und sah sich nach beiden Seiten um, doch es blieb dabei: Der Matrose war verschwunden – und nach dem, was er vor ein paar Minuten gesagt hatte, war das schon einigermaßen seltsam. Doch vielleicht war das ja auch nur seine ganz besondere Art von Humor gewesen …

Egal, er konnte jedenfalls hier raus und nach seinen Eltern und Sasha suchen. Er wandte sich nach links, hetzte die Treppe hinauf, wobei er immer zwei Stufen auf einmal nahm, und musste sich beherrschen, um nicht zu rennen. Ihm war danach, aber sie hatten für einen Tag schon genug Aufsehen erregt, und das Letzte, was er wollte, war, seinen Eltern noch mehr Schwierigkeiten zu bereiten. Als er jedoch stehen blieb, um sich vorsichtig umzuschauen, stellte er verblüfft fest, dass niemand auch nur die geringste Notiz von ihm nahm. Es dauerte ein paar Augenblicke, bis er begriff, wieso: Er war nicht der Einzige hier, der es eilig hatte. Ben ging weiter und wurde unwillkürlich langsamer, als ihm zwei Matrosen schnellen Schrittes entgegenkamen. Er glaubte schon, dass die Männer nach ihm suchten, um ihn postwendend in seine Kabine zurückzubefördern – aber sie schienen ihn nicht einmal zu bemerken, sondern stürmten schnurstracks an ihm vorbei. Kurz darauf beobachtete er einen weiteren Mann, der sich genauso merkwürdig verhielt.

Was bedeutet das?, dachte er beunruhigt. Es war noch nicht einmal so sehr das, was er *sah,* als das, was er fühlte: eine angespannte Nervosität, die von dem gesamten Schiff Besitz ergriffen zu haben schien.

Endlich entdeckte er jemanden, den er kannte. Den dunkelhaarigen Steward, der sich um Sasha gekümmert und vorhin mit seinen Eltern gesprochen hatte. Auch er kam ihm mit raschen Schritten entgegen, und Ben hob die Hand, um seine Aufmerksamkeit zu erregen. Als das nichts nutzte, vertrat er ihm kurzerhand den Weg.

»Gut, dass ich Sie treffe. Ich muss –«

»Jetzt nicht!«, unterbrach ihn der Steward. »Ich habe jetzt wirklich keine Zeit.« Er klang nervös, fand Ben. Beinahe ein bisschen … *ängstlich?*

»Was ist passiert?«, fragte er geradeheraus.

Einen kurzen Moment lang sah es so aus, als bekäme er eine – ehrliche – Antwort, doch dann schüttelte der Steward nur noch einmal den

Kopf. »Es tut mir leid, aber ich habe wirklich keine Zeit.« Damit verschwand er.

Ben starrte ihm nach, nicht ganz sicher, ob er nun wütend werden oder einfach nur fassungslos den Kopf schütteln sollte. Was zum Teufel war hier los?

Zögernd ging er weiter, steuerte das Sonnendeck an, besann sich dann eines Besseren und betrat das Restaurant. Seine Eltern waren nicht hier (das hatte er auch nicht erwartet), aber durch die große Panoramascheibe hatte er einen guten Blick auf das Deck; und so ganz nebenbei war es hier drinnen deutlich *wärmer*.

Der große Raum war fast leer, und Ben fragte sich nicht zum ersten Mal, was die gut hundert Passagiere des Schiffes den ganzen Tag über *taten*. Es war wohl kein Zufall, dass er seine Eltern so oft hier oben oder in der Lounge antraf. Vielleicht, dachte er mit einem spöttischen Lächeln, war er nicht der Einzige, der sich auf dieser famosen Kreuzfahrt zu Tode langweilte und es nur nicht zugab.

Sein Lächeln verschwand jedoch schlagartig, als er sich dem Fenster näherte. Die *Princess of the Dawn* lag noch immer so da, dass der Bug direkt nach Süden und damit auf die Küste der Antarktis zeigte. Und sie kam ihm ... *anders* vor.

Ben versuchte sich selbst davon zu überzeugen, dass er sich nur etwas einredete. Schulz hatte ihm am Morgen ja die Küste über sein magisches *Fenster* im Kontrollraum der *Princess* gezeigt, und nun, wo er wusste, wonach er zu suchen hatte, erkannte er selbstverständlich mehr Details als zuvor. Eine ziemlich logische Erklärung, zugleich aber auch völliger Blödsinn.

Da war noch etwas. Über dem blitzenden Strich am Horizont schien ... ein Schatten zu schweben. Er war unsichtbar. Das Licht dort drüben war genauso hell und genauso strahlend wie überall, aber der Schatten war da, wie eine Gewitterwolke, die über dem Land hing, gewaltig und drohend.

Ben beschleunigte seine Schritte, um die letzten Meter bis zum Fenster zurückzulegen, und als er es erreicht hatte, stockte ihm für einen Moment der Atem.

Der Schatten am Himmel war nicht der einzige.

Auch unter der Meeresoberfläche bewegte sich etwas.

Es war nicht wirklich ein Schatten, eher ein Schemen, fast wie die unheimlichen Umrisse, die er im Inneren der Nebelbank gesehen hatte, nur deutlicher und dunkler: ein schwarzer Balg, der wie im Rhythmus eines schlagendes Herzens pumpte und pulsierte, eingefasst von einem Kranz titanischer, peitschender Arme, die sich gierig nach der *Princess* auszustrecken schienen …

Ben blinzelte, und der Schatten war verschwunden.

Wahrscheinlich war er nie da gewesen. Ganz bestimmt sogar nicht. Ein riesiges Etwas, selbst fast so groß wie ein kleines Schiff, das mit gewaltigen Fangarmen nach der *Princess* zu greifen versuchte, ein Ding wie eine gigantische Spinne, aber zugleich auch wieder nicht, sondern irgendwie … weicher … fließender …

Unsinn!, dachte Ben, der allmählich wütend auf sich selbst wurde. Der Schatten war nicht da. Er entsprang einzig und allein seiner überreizten Fantasie. Seine Nerven schleiften am Fußboden, so einfach war das.

Ben wollte sich gerade wieder abwenden, als ihm eine Bewegung auf dem Vorderdeck auffiel. So falsch war es gar nicht gewesen, hierher ins Restaurant zu kommen. Kapitän Schulz stand direkt im Bug des Schiffes, trotz des böigen Windes und der erbärmlichen Kälte nur mit seiner dünnen weißen Kapitänsjacke bekleidet, und war in ein von heftigem Gestikulieren begleitetes Gespräch mit seinen Eltern verstrickt; vermutlich einen Streit. Seine Eltern trugen jetzt dick gefütterte weiße Jacken mit ebenfalls weißem Pelzbesatz an Kragen und Ärmeln – Gott allein wusste, woher sie sie hatten, Ben hatte sie jedenfalls noch nie an ihnen gesehen. Noch während er dastand und ihnen zusah, tauchte ein Matrose auf dem Vorderdeck auf und versuchte den Kapitän anzusprechen, aber Schulz scheuchte ihn mit einer zornigen Bewegung davon.

Ben hatte genug gesehen. Was immer dort unten vor sich ging, es war nichts Gutes.

Hastig trat er vom Fenster zurück, verließ das Restaurant und trat nach kaum einer Minute in den schneidenden Wind hinaus, der über das Vorderdeck fegte. Die Temperaturen mussten über Nacht noch einmal gefallen sein, und anders als seine Eltern und Kapitän Schulz trug er weder eine kuschelige Felljacke noch war er unempfindlich gegen die Kälte, sodass er schon mit den Zähnen zu klappern begann, noch bevor er die halbe Treppe hinter sich gebracht hatte.

Er kam gerade rechtzeitig um zu sehen, wie Schulz herumfuhr und mit wütenden Schritten davonstampfte. Sein Vater machte eine Bewegung, wie um ihm nachzueilen, wurde aber von seiner Frau daran gehindert, und dann war Ben heran und fragte übergangslos: »Was ist passiert?«

Sein Vater fuhr herum, und sein Gesicht, das ohnehin vor Zorn gerötet war (vielleicht auch vom Wind), verfinsterte sich noch weiter.

»Hatte ich dich nicht gebeten –?«

»Was ist passiert?«, fragte Ben noch einmal. »Wieso habt ihr mit Schulz gestritten?«

»Weil er völlig verrückt geworden ist«, antwortete seine Mutter, bevor sein Vater etwas noch sehr viel Unfreundlicheres sagen konnte. »Er wollte sich nicht von mir untersuchen lassen. Und damit nicht genug: Er hat mir ganz offen gedroht!«

»Gedroht?«, wiederholte Ben erschrocken.

»Er hat irgendetwas von Schadenersatz gefaselt, wenn wir so weitermachen und die anderen Passagiere in Panik versetzen«, bestätigte sein Vater. Dann lachte er, aber es klang nicht besonders amüsiert. »Aber aus *dieser* Nummer kommt er jetzt so einfach nicht mehr raus, das verspreche ich dir!«

»Welcher Nummer?«, erkundigte sich Ben. Er zitterte am ganzen Leib. Die Kälte war grausam.

»Der verwundete Söldner und der Matrose mit der Bisswunde sind verschwunden«, erklärte seine Mutter. »Und der Mann, der sie bewachen sollte, ebenfalls.«

Ben starrte sie an. Im ersten Moment verstand er nicht einmal wirklich, was er gerade gehört hatte. Dann durchfuhr ihn ein eisiger Schrecken. »Verschwunden? Was soll das heißen? Ist die Krankenstation –?«

»Verwüstet?«, fiel ihm seine Mutter ins Wort. Sie hob ärgerlich die Schultern, sah aber zugleich auch hilflos aus. »Keine Ahnung. Schulz hat uns nicht erlaubt, sie in Augenschein zu nehmen. Er hat sogar gedroht uns einsperren zu lassen, wenn wir weiter die Ruhe an Bord stören. Das waren genau seine Worte! Wenn du mich fragst, ist er vollkommen übergeschnappt!«

»Warum entziehst du ihm dann nicht das Kommando?«, fragte Ben.

»Du meinst, weil ich Ärztin bin? Das funktioniert nur in Hollywood-Filmen, nicht in der Wirklichkeit. Und auf diesem famosen Schiff schon gar nicht.« Auf einmal wirkte sie sehr nachdenklich. Sie schien eine Sekunde lang geradewegs durch ihn hindurchzuschauen und wandte sich dann an ihren Mann. »Womöglich hat Ben gar nicht einmal so Unrecht ... Wir könnten mit dem Ersten Offizier reden.«

»Und was soll das bringen?«

»Vielleicht ist er ja vernünftiger als Schulz. Einen Versuch wäre es wert.«

»Ja, und wenn Schulz Wind davon bekommt, dann lässt er uns wahrscheinlich kielholen«, grollte Bens Vater, nickte aber. »Meinetwegen. Einen Versuch ist es wert.« Plötzlich runzelte er die Stirn und maß Ben mit einem Blick, als sähe er ihn zum ersten Mal. »Was tust du überhaupt hier draußen, noch dazu ohne Jacke? Willst du dir den Tod holen?«

Ben hätte sich gerne über seinen vorwurfsvollen Ton beschwert, aber er konnte es nicht. Nicht nur seine Lippen, sondern auch sein gesamtes Gesicht waren mittlerweile fast taub vor Kälte. Trotzdem quetschte er mühsam hervor: »Und was ist mit Sasha?«

»Was soll denn mit ihr sein?«, antwortete sein Vater.

»Haben sie sie gefunden?«

»Keine Ahnung. Aber Schulz lässt sowieso das gesamte Schiff durchkämmen, um die drei Männer und den Arzt zu suchen. Sie werden das Mädchen schon finden. Immerhin befinden wir uns auf einem Schiff. Sie kann hier nicht weg.«

Als ob ihn das beruhigen könnte! Ben setzte dazu an, zu widersprechen, doch diesmal fiel ihm zur Abwechslung wieder einmal seine Mutter ins Wort. »Dein Vater hat Recht«, sagte sie streng. »Du musst unter Deck, bevor du dir eine ausgewachsene Lungenentzündung holst. Geh in deine Kabine und nimm eine heiße Dusche. Wir versuchen mit dem Ersten Offizier zu reden, und danach kommen wir zu dir und überlegen zusammen, wie es weitergehen soll.«

24

DIESMAL WAR ES ANDERS. Ben hatte den Rat seiner Mutter beherzigt und nicht nur eine ausgiebige heiße Dusche genommen, sondern sich hinterher auch ins Bett gelegt und so fest in seine Decke gemummelt, wie er nur konnte. Und er war fast augenblicklich eingeschlafen.

Natürlich nur, um sich sofort in einem düsteren Albtraum wiederzufinden.

Doch dieses Mal wusste er, dass er träumte, und der Traum war auch vollkommen anders als die vorangegangenen. Er fand sich nicht im Schiff, sondern in einem von düster-rotem Licht erfüllten Raum wieder, den er zuerst für eine unterirdische Höhle hielt. Dann erkannte er, dass die Wände aus Metall waren, was ihm ziemlich erstaunlich vorkam, denn der Raum war wahrhaft gigantisch. Die Decke befand sich so hoch über seinem Kopf, dass er sie mehr erahnte, als wirklich sah. Die Wand zu seiner Rechten war rostig und zerschrunden wie eine Mondlandschaft, die anderen Wände waren so weit weg, dass sie irgendwo in der Entfernung verschwammen. Der Raum musste groß genug sein, um eine kleine Kathedrale hineinzustellen, und er war nicht leer. Überall erhoben sich summende, klickende, rasselnde Gebilde aus rostigem Metall, die wohl Maschinen sein mussten, wenn auch unmöglich große und zum Teil völlig grotesk anmutende. Ein durchdringender scharfer Geruch hing in der Luft; nach heißem Metall, brennendem Öl und etwas anderem, das so fremdartig war, dass er gar nicht erst versuchte es einzuordnen.

Er wusste zwar, dass er träumte, hatte jedoch trotzdem Angst – in diesem Punkt unterschied sich der Nachtmahr nicht von denen, die ihn zuvor geplagt hatten –, was allerdings vor allem an der Umgebung lag, in der er sich befand. Dieser Raum war irgendwie ... kein Raum, sondern ... eine moderne Version der Hölle.

Der Gedanke hätte lächerlich sein sollen, aber das war er nicht.

Ganz und gar nicht.

Was tat er hier? Ben stellte sich diese Frage ganz bewusst. Okay – er träumte, aber bisher war ihm in jedem seiner Träume irgendetwas *widerfahren* (und meistens etwas ziemlich Unangenehmes), während er jetzt völlig allein war, nichts geschah und niemand ihm nach dem Leben trachtete.

Im Augenblick jedenfalls nicht. Ben dachte allerdings auch nicht daran, seinen halbwegs sicheren Standort aufzugeben, um möglicherweise herauszufinden, wie lange das noch so bleiben mochte. Wenn dieser Traum ein Spielchen mit ihm spielen wollte – gut. Er hatte Zeit. Ben blieb einfach stehen, wo er war, und sah sich mit einer Mischung aus Furcht und morbider Faszination um. Es war, als befände er sich nicht mehr in der Welt, die er kannte und begriff, sondern in einem Teil eines anderen Universums, einer Welt, die seiner fast bis aufs Haar glich, aber eben nur *fast*, sodass seine Sinne sie nicht vollkommen zu erfassen vermochten. Alle Linien und Winkel waren um eine Winzigkeit verschoben, und das in eine Richtung, die es gar nicht gab. Die Farben von einer Art, die einem das Atmen schwer machten, wenn man sie zu lange ansah.

Irgendetwas polterte. Ben fuhr erschrocken zusammen und herum, gerade rechtzeitig, um einen weißen Schemen zu sehen, der hinter einer der riesigen Maschinen verschwand. Sasha?

»Sasha?«, murmelte er, dann schrie er mit vollem Stimmaufwand: »*Sasha!*«

Er bekam keine Antwort, aber seine Stimme schlug scheinbar endlos anhaltende, schaurig verzerrte Echos aus der roten Dunkelheit ringsum. Ben stand noch eine geschlagene Sekunde lang reglos da und wusste einfach nicht, was er tun sollte, dann schrie er noch einmal Sashas Namen und rannte los, so schnell er konnte.

Auch mit der Entfernung schien irgendetwas nicht zu stimmen. Er erreichte die monströse Maschine, hinter der Sasha verschwunden war, mit wenigen Schritten, aber sie schien zugleich kein Ende zu nehmen. Er hatte das Gefühl, eine Stunde an der rostzerfressenen Flanke des haushohen Monstrums entlangzustürmen, und als er es endlich passiert hatte, stand er prompt vor einer zweiten, womöglich noch größeren Absurdität aus rostigem Eisen und gewaltigen Zahnrädern und emsig arbeitenden Kolben und Pleuelstangen.

Enttäuscht blieb er stehen – und sah erneut eine huschende weiße Bewegung an einer Ecke der Maschine.

Diesmal sparte er sich den Atem und verzichtete darauf, Sashas Namen zu rufen. Er lief los und wieder drehten ihm die verrückten Dimensionen hier unten eine lange Nase: Die Stelle, wo der Schemen verschwunden war, schien nur wenige Dutzend Schritte entfernt, aber er brauchte eine kleine Ewigkeit, um sie zu erreichen. Völlig außer Atem stürmte er um die Ecke –

Und schrie vor Entsetzen auf!

Er hatte sich nicht getäuscht. Der weiße Schatten war Sasha gewesen. Sie stand nur wenige Schritte vor ihm, aber sie war nicht allein. Über ihr ragte die grauenerregendste Kreatur auf, die Ben je gesehen hatte.

Das *Ding* war riesig, weit über zwei Meter groß, wenn nicht drei. Sein Körper war grob menschenähnlich, wobei die Betonung ganz eindeutig auf *grob* lag: Der Koloss hatte stämmige Elefantenbeine, einen tonnenförmigen Körper ohne erkennbare Taille und eine schuppige, grün schimmernde Haut. Seine Arme waren kurz und muskulös und endeten in schrecklichen gebogenen Klauenhänden, und sein Kopf war der schiere Albtraum: ein Riesenschädel, der halslos auf den massigen Schultern saß und aus dem ihn ein Paar handtellergroße, stechende Augen ohne Pupillen anstarrten. Wo Nase und Mund hätten sein sollen, klickte ein grässlicher Papageienschnabel, von dem Ben keine Sekunde lang bezweifelte, dass er einen Menschen ohne Mühe in zwei Hälften zerteilen konnte. Der Schädel wurde von einem Wust peitschender, fleischiger Tentakel gesäumt. Wie um den Wahnsinn komplett zu machen, erhob sich hinter dem Rücken des Ungeheuers ein Paar gewaltiger ledriger Drachenflügel, und Ben …

25

... **FUHR MIT EINEM SCHREI HOCH** und schlug schützend die Hände vors Gesicht. Auf dem Kopfkissen neben ihm hockte eine Spinne (irgendwie sah er sie durch seine geschlossenen Lider und die Finger hindurch) und er schlug danach, spürte, dass er traf und das kleine Scheusal davongeschleudert wurde, und vernahm im gleichen Moment einen spitzen Schrei.

Erst als er diesen Laut hörte, fand er in die Wirklichkeit zurück.

Irgendetwas polterte. Ben hatte einen vagen Eindruck von hektischer Bewegung neben sich, nahm die Hände herunter und blickte verständnislos in ein schreckensbleiches, von schulterlangem dunklem Haar eingerahmtes Gesicht, das sich nur widerwillig zum vertrauten Antlitz seiner Mutter zusammenfügte.

Seltsamerweise war es die Stimme seines Vaters, die er als Erstes hörte.

»Was ist los? Ben! Ist alles in Ordnung?«

Irgendwo in Bens Hinterkopf war der Gedanke, dass das so ziemlich die dämlichste Frage war, die er seit langer Zeit gehört hatte, wenn man die Umstände seines Erwachens bedachte; wäre er nicht so benommen gewesen, hätte er wahrscheinlich hysterisch gekichert. Verwirrt und unsicher richtete er sich weiter auf und blickte zum zweiten Mal ins Gesicht seiner Mutter. Sie zitterte am ganzen Leib und war kreidebleich.

»Was hast du?«, murmelte er, immer noch ein wenig benommen.

»Da ... war eine Spinne«, flüsterte seine Mutter.

»Ja, anscheinend ist dieser ganze verdammte Kahn mit den Dingern verseucht«, schimpfte sein Vater. »Und so was nennt sich Luxus-Liner!«

Wenn du wüsstest, wie sehr, dachte Ben. Mühsam wandte er den Kopf und sah nun ins Gesicht seines Vaters, der auf der anderen Seite des Bettes stand und – wenn auch auf andere Weise – genauso erschrocken aussah wie seine Mutter.

»Was war los?«, fragte er, als Ben nicht von sich aus das Wort ergriff.

»Los?«, wiederholte Ben verständnislos. »Was soll –?« Er unterbrach sich und setzte in einem verändertem Ton neu an. »Was tut ihr überhaupt hier? Hat Schulz jetzt beschlossen, uns für den Rest der Reise alle drei in eine Kabine einzusperren?«

Sein Vater blieb ernst. »Du hast geschrien. Laut genug, dass wir es nebenan hören konnten, und da sind wir gekommen. Was war los? Wieder ein Traum?«

»Ja«, antwortete Ben, dann fuhr er so heftig zusammen, dass sein Vater plötzlich noch alarmierter wirkte und sich sichtbar anspannte. »Sasha!«, keuchte er. »Sasha ist in Gefahr!« Sein Herz begann wild zu hämmern. »Ich muss sie finden!«

»Jetzt beruhige dich erst einmal«, sagte seine Mutter, allerdings mit einer Stimme, die sich ganz so anhörte, als wäre vor allem *sie* es, die sich beruhigen musste. Sie blickte ihn auch nicht an, sondern schaute sich nervös in der Kabine um. Sie suchte immer noch nach der Spinne, begriff Ben. »Seine Männer durchkämmen sowieso das gesamte Schiff. Sie werden sie schon finden.«

»Aber dann kann es zu spät sein!«, rief Ben. »Sie ist ganz allein in diesem Maschinenraum, und dieses *Ding* ist hinter ihr her! Ich muss sie suchen!«

»Welches Ding?«, wollte sein Vater wissen, doch Ben hörte schon gar nicht mehr zu, sondern schlug die Decke zurück und sprang aus dem Bett. Er hatte sich so unter seiner Decke verkrochen, wie er aus der Dusche gekommen war, nämlich nackt, aber das machte ihm in diesem Moment nichts aus. Sasha war in Gefahr, das war alles, was zählte. Mit einem einzigen Satz war er bei seinem Schrank, riss ihn auf und schlüpfte wahllos in die ersten Kleider, die ihm in die Hände fielen.

»Ben, was soll das?«, fragte sein Vater scharf. »Wovon redest du? Woher willst du wissen, dass sie im Maschinenraum ist?«

Ben sparte sich die Mühe, seinem Vater eine Antwort zu geben, die er ihm sowieso nicht geglaubt hätte, schlüpfte in seine Schuhe und war schon bei der Tür, noch bevor sein Vater ganz um das Bett herum war.

»Benjamin, du bleibst hier!«, sagte sein Vater im Befehlston. »Ich will jetzt ein paar Erklärungen von dir!«

Keine Chance. Ben riss die Tür auf, stürmte nach links und hetzte den Flur entlang und die Treppe hinauf, so schnell er nur konnte.

Der einzige Weg hinunter in den Maschinenraum führte über das Vorderdeck und durch die Seitentür, durch die er gestern Früh hinunter in den Laderaum zu dem Hovercraft und Harrys Leuten gelangt war, und die Kälte sprang in an wie ein Raubtier mit messerscharfen Zähnen aus Glas, kaum dass er ins Freie hinausgestürmt war. Ben trug nur Jeans und einen lächerlich dünnen Pullover, sodass er schon wieder vor Kälte am ganzen Leib zitterte, bevor er die Tür auch nur erreichte. Seine Finger waren so steif, dass es ihm schwer fiel, sie aufzubekommen, und das eisige Metall schien ihm die Haut zu verbrennen. Doch dann lief er nur noch schneller weiter, sprang förmlich die Treppe hinunter und hetzte mit gewaltigen Sätzen in Richtung Laderaum. Sein Verstand belästigte ihn mit der nervigen Frage, was er dort eigentlich wollte, aber er ignorierte sie. Er stürmte in den Laderaum – er war leer, wie erwartet –, wandte sich nach links und gewahrte fast zu seiner eigenen Überraschung eine weitere wuchtige Metalltür, von deren Existenz er bisher noch nicht einmal eine Ahnung gehabt hatte. Ben beschloss sich später über seine plötzlichen hellseherischen Fähigkeiten zu wundern, legte einen kurzen Endspurt ein und schickte ein Stoßgebet zum Himmel, dass sie nicht abgeschlossen war.

Es wurde erhört. Mit seinen immer noch vor Kälte tauben Händen bereitete es ihm einige Mühe, den schweren Metallriegel zurückzuschieben, aber dann schwang die Tür mit einem hörbaren Quietschen auf und gab den Blick auf einen schmalen Gang frei, dessen nackte Metallwände mit einem Gewirr aus Rohrleitungen, Kabeln und komplizierten technischen Gerätschaften bedeckt waren. Das Licht war düster, und ein dumpfes rhythmisches Wummern und Dröhnen lag in der Luft. Der Anblick erinnerte ihn an die bizarre Szenerie aus seinem Traum, sodass er unwillkürlich stehen blieb, doch nur für ein, zwei Sekunden, denn das unheimliche Bild erschreckte ihn nicht nur, sondern ließ seine Angst um Sasha explodieren. Mit eingezogenem Kopf und gesenkten Schultern, um sich nicht an den Rohren unter der niedrigen Decke zu stoßen, stürmte er weiter und erreichte kurz darauf eine Metalltreppe, die er in ungebremstem Tempo hinunterrannte.

Das Dröhnen und Wummern wurde lauter. Die Luft roch jetzt

durchdringend nach heißem Öl und Metall, und das Licht hatte einen deutlichen Stich ins Rote. Er war im Maschinenraum – einem ganz normalen Maschinenraum, keiner zweitausend Millionen Jahre alten Eisenhöhle –, aber die Erkenntnis erfüllte ihn trotzdem mit Panik. *Etwas* war hier, das spürte er.

»Sasha?«, sagte er. Natürlich war ihm klar, dass sie nicht antworten konnte, aber vielleicht hörte sie ja seine Stimme und machte sich auf irgendeine andere Weise bemerkbar.

»Sasha?«, rief er noch einmal, er schrie jetzt fast. »Ich bin es, Ben! Du musst hier raus! Schnell!«

Der riesige verwinkelte Raum und seine zahllosen Maschinen warfen seine Stimme tausendfach gebrochen und verzerrt zurück, und die Wirkung war durch und durch schrecklich. Für einen Moment war ihm, als verändere sich die Wirklichkeit, beinahe als versuchten die unheimliche Scheinwelt aus seinem Albtraum und die Realität des Hier und Jetzt die Plätze zu tauschen. Wabernder Nebel schien die Luft zu erfüllen, und aus dem rhythmischen Dröhnen der Maschinen wurde ein anderer, unendlich älterer Ton.

Irgendwo vor ihm klapperte etwas, er war nicht sicher, ob es Schritte waren. Dennoch kämpfte er tapfer gegen die Angst an, die mit jedem Herzschlag größer zu werden schien, und lief in die Richtung, aus der das Geräusch gekommen war. Sasha war irgendwo hier unten, das spürte er, und sie war in großer Gefahr.

Trotzdem sah er sich mit fast kindlicher Neugier um, während er sich vorwärts bewegte. Er befand sich ohne Zweifel im Maschinenraum der *Princess of the Dawn*, aber er war vollkommen anders, als er sich den Maschinenraum eines solchen Schiffes – oder überhaupt *irgendeines* Schiffes – vorgestellt hätte. Er selbst hatte seinen Eltern erst vor zwei Tagen erzählt, dass die *Princess* nicht von klassischen Dieseln angetrieben wurde, sondern von einem halben Dutzend hypermoderner Ramjet-Turbinen, deren Arbeitsprinzip eher an einen Raumschiffantrieb als an einen Schiffsmotor erinnerte. Und doch war er jetzt erstaunt, dass es keine stampfenden Kolben und zischenden Ventile, keine ratternden Dieselmotoren und emsig arbeitenden Pleuelstangen gab, sondern nur eine Anzahl fast schlicht wirkender eiserner Blöcke, die durchdringend summten und in ein Netz aus Rohrleitungen und Kabelbäumen eingebunden waren.

Ben atmete einmal tief durch und konzentrierte sich wieder auf den eigentlichen Grund seines Hierseins – und kaum hatte er es getan, glaubte er eine Bewegung vor sich zu erkennen; ein weißes Aufblitzen, das erlosch, bevor er es wirklich sehen konnte. Sasha?

Er rannte los, rempelte trotz aller Vorsicht mehr als einmal gegen ein Hindernis und zog sich eine ganze Anzahl schmerzhafter Prellungen und blauer Flecke zu. Das weiße Aufblitzen wiederholte sich nicht, aber so riesig war der Maschinenraum nun auch wieder nicht. Binnen weniger Augenblicke erreichte er die Maschine, hinter der Sasha verschwunden war, stürmte daran vorbei und wäre um ein Haar in sie hineingerannt, denn sie hatte unmittelbar hinter dem gewaltigen Metallblock Halt gemacht.

Und außerdem war es nicht Sasha.

Die Gestalt, die vor Ben aufragte, war zwar von strahlend weißer Farbe, hatte aber sonst keinerlei Ähnlichkeit mit Sasha. Sie war nahezu zwei Meter groß, menschenähnlich, aber völlig anders proportioniert. Ihre Arme waren zu lang, die Beine dafür zu kurz und viel zu stämmig, die Schultern waren geradezu absurd breit, und sie hatte nur drei Finger an jeder Hand und so gut wie keinen Hals.

Ach ja, und *absolut* kein Gesicht.

Ben prallte mit einem erschrockenen Keuchen zurück und zog instinktiv den Kopf ein, und der Eispirat drehte sich mit einer plump wirkenden Bewegung herum und grabschte nach ihm. Ben entging der Attacke, aber er verlor durch die hektische Bewegung das Gleichgewicht und fiel so schwer auf den Rücken, dass er gegen eine Ohnmacht ankämpfen musste.

Ohne Sasha wäre es um ihn geschehen gewesen.

Ben hatte bis jetzt noch nicht einmal mitbekommen, dass sie überhaupt *da* war, doch als sich der schimmernde weiße Koloss vorbeugte und mit seinen schrecklichen Händen nach ihm greifen wollte, kam irgendetwas herangeflogen und donnerte mit solcher Wucht gegen seine Schulter, dass ein Teil davon absplitterte und rings um ihn herum zu Boden prasselte. Der Eisgigant taumelte, fiel ungeschickt auf die Knie und stützte sich mit seinen dreifingrigen Klauen ab, um nicht zu stürzen, und Ben nutzte die Gelegenheit, um seine Benommenheit abzuschütteln und nicht nur hoch-, sondern auch über die Beine des Eisriesen hinwegzuspringen. Jetzt entdeckte er den mächtigen Schraubenschlüssel, der den Eisgiganten getroffen hatte, und erst als er sich nach ihm gebückt und ihn aufgehoben hatte, gewahrte er Sasha. Sie stand nur drei oder vier Schritte entfernt da, und ihr Blick und ihr Gesicht waren so leer wie immer, aber es war zweifellos sie gewesen, die den Schraubenschlüssel geworfen hatte.

Ben legte dieses neuerliche Rätsel auf den Stapel mit unbeantworteten Fragen in seinem Hinterkopf (er musste mittlerweile höher als der Fockmast der *Princess* sein), stürmte weiter und riss Sasha einfach am Arm mit sich.

»*Schnell!*«, brüllte er. »*Weg hier!*«

Sasha wehrte sich nicht, sondern stolperte hinter ihm her, so schnell sie konnte. Auch das Eisungeheuer kam wieder in die Höhe, wie Ben mit einem hastigen Blick zurück erkannte, und auch in diesem Aspekt unterschied sich das reale Eismonster nicht von seinen kleineren Brüdern aus seinen Albträumen: Seine Bewegungen wirkten schwerfällig, aber sie waren es nicht. Der Koloss stampfte kaum weniger schnell als sie voran.

Aber ein bisschen eben doch.

Ben raste weiter wie von Furien gehetzt, zerrte Sasha hinter sich her, bog wahllos ein paar Mal nach rechts und links ab – und schrie vor Enttäuschung und Schrecken auf, als er zu spät registrierte, dass sie in eine Sackgasse gestürmt waren!

Blitzartig wirbelte er herum – und schrie noch einmal auf, als er die breitschultrige weiße Gestalt sah, die mit wie betrunken taumelnden Schritten nur ein kurzes Stück hinter ihnen auftauchte.

Hastig ließ er Sashas Hand los, schob sie hinter sich und ergriff den Schraubenschlüssel mit beiden Händen. »Komm keinen Schritt näher!«, sagte er drohend, wenn auch mit einer Stimme, die vor Furcht bebte. »Eine Bewegung und das ganze Schiff hat genug Eiswürfel für die komplette Rückfahrt!«

Bei diesen Worten kam er sich selbst ein bisschen lächerlich vor. Das Eisungeheuer reagierte auch genauso, wie er erwartet hatte, nämlich gar nicht, und da es kein Gesicht besaß, konnte es nicht einmal abfällig grinsen, aber Ben hatte das Gefühl, dass es das irgendwie trotzdem tat. Jedenfalls kam es mit langsamen, wiegenden Schritten näher und streckte die Arme aus, um ihn zu packen.

Ben schlug mit dem Schraubenschlüssel nach ihm. Der Eispirat wich ihm mit einer fast spielerisch anmutenden Bewegung aus und schlug seinerseits nach ihm, und Ben hatte erheblich mehr Mühe als sein Gegenüber, der Attacke zu entgehen. Irgendwie gelang es ihm im letzten Augenblick, den Kopf einzuziehen, doch der Schlag streifte trotzdem seine Schulter und riss ein Loch in seinen Pullover, verletzte ihn aber wie durch ein Wunder nicht. Trotzdem hätte er um ein Haar schon wieder das Gleichgewicht verloren und konnte sich nur noch durch einen verzweifelten Satz nach hinten in Sicherheit bringen – für die nächsten fünf oder auch sechs Sekunden, denn länger würde das Ungeheuer wohl kaum brauchen, um sie bis zum Ende der schmalen Gasse zu treiben und die Sache zu Ende zu bringen.

Dennoch dachte Ben nicht daran, aufzugeben. Wäre es nur um ihn gegangen, hätte er es vielleicht sogar getan, denn seine Lage war völlig aussichtslos, aber er war nicht allein, und alles, was im Moment zählte, war, Sasha zu verteidigen.

»Lauf weg!«, schrie er. »Ich versuche ihn abzulenken!«

Als ob sich diese Ungeheuer ablenken ließe! Ben zog sich hastig zwei weitere Schritte zurück – was nahezu die Hälfte der Entfernung war, die sie überhaupt noch hatten – und schwang seine improvisierte Keule mit aller Kraft. Das Eismonster machte nicht einmal den Versuch, dem Hieb auszuweichen, sondern hob nur wie beiläufig den Arm. Der Schraubenschlüssel traf seine linke Hand dicht über dem Gelenk und ließ sie in Millionen Splitter zerbersten, aber die andere grabschte schon wieder nach Ben und traf ihn so hart vor die Brust, dass er haltlos zurück- und an Sasha vorbeistolperte.

Im nächsten Moment schrie er vor Schmerz laut auf. Er war gegen ein gut oberschenkelstarkes Rohr geprallt und es war glühend heiß! Wahrscheinlich ein Teil des Kühlsystems, in dem erhitztes Wasser oder Dampf abtransportiert wurde. Darunter gab es einen Spalt, der aber nicht einmal annähernd breit genug war, um sich hindurchzuquetschen, selbst wenn das Rohr nicht viel zu heiß gewesen wäre. Aber vielleicht konnte er etwas anderes tun …

Ben hörte ein Schlurfen und Rascheln hinter sich und betete, dass es das Geräusch war, mit dem Sasha sich in Sicherheit gebracht, und nicht das, mit dem der Eispirat sie gepackt hatte, doch er widerstand der Versuchung, sich herumzudrehen. Stattdessen tastete sein Blick verzweifelt an dem Rohr entlang – und fand endlich, wonach er gesucht hatte: ein wuchtiges, in grellem Warnorange gestrichenes Handrad über einem Ventil und einem Druckmesser, der in gleich drei Sprachen verkündete, dass das Rohr bis zu dreihundert Grad heißen Dampf enthielt.

Ben ignorierte die Warnung, nahm seinen Schraubenschlüssel in beide Hände und schlug mit aller Gewalt zu. Das Ergebnis war ein pulsierender Schmerz, der bis in seine Schultern hinauf und weiter in seinen Rücken schoss. Der Schraubenschlüssel fiel ihm aus den Händen, und im gleichen Sekundenbruchteil flog zuerst das Handrad davon und dann das Ventil auseinander und ein Strahl aus kochend heißem Dampf zischte hervor. Ben zog in einer einzigen Bewegung den Kopf zwischen die Schultern, wirbelte herum und warf sich mit weit ausgebreiteten Armen auf den erstbesten weißen Schemen, der vor ihm auftauchte, um ihn zu Boden zu reißen.

Er hatte Glück und erwischte Sasha. Und während sie zu Boden fielen, sah er aus den Augenwinkeln, dass das Eisungeheuer deutlich weniger Glück hatte.

Der Dampfstrahl erwischte es voll. Allein der gewaltige Druck reichte aus, um es meterweit zurücktaumeln zu lassen. Eine Dampfwolke hüllte es ein. Die Hitze war trotz der Entfernung so groß, dass Ben keine Luft mehr bekam und das Gefühl hatte, sein Gesicht würde gekocht. Die monströse Gestalt war nahezu hinter den brodelnden grauen Schwaden verschwunden, aber sie bewegte sich noch immer, und Ben hätte keine fünf Cent darauf gewettet, dass selbst dieser höllisch heiße Dampfstrahl ausreichte, um sie lange aufzuhalten.

Hastig rollte er sich von Sasha herunter und packte gleich darauf erschrocken ihren Arm, als sie sich aufrichten wollte und dabei womöglich Gefahr gelaufen wäre, sich in dem Dampfstrahl zu verbrühen.

»Sei vorsichtig!«, rief er. »Bleib unten. Der Dampf ist gefährlich!«

Sasha hielt gehorsam den Kopf unten, und sie widersetzte sich auch nicht, als er nach ihrer Hand griff und sie hinter sich herzog, während er mit zusammengebissenen Zähnen und angehaltenem Atem loskroch.

Es waren nur wenige Meter und ebenso wenige Sekunden, aber sie wurden zu den längsten und zweifellos schrecklichsten seines bisherigen Lebens (allerdings sollten in nicht einmal allzu ferner Zukunft Augenblicke folgen, gegen die dieser hier wie ein gemütlicher Spaziergang gewirkt hätte). Das Ungeheuer schien inzwischen einen grotesken Tanz in der kochenden Dampfwolke aufzuführen, und sie mussten nicht nur unmittelbar an ihm vorbei, sondern auch mitten durch den Dampf. Obwohl sich Ben so fest gegen den Boden presste, wie es überhaupt nur ging, wenn er noch von der Stelle kommen wollte, waren seine Kleider binnen eines einzigen Atemzuges tropfnass, und er hatte plötzlich eine ziemlich gute Vorstellung davon, wie sich ein Hummer im Kochtopf fühlen mochte. Er glaubte zu spüren, wie seine Haut Blasen schlug und sich von seinem Gesicht und seinen Händen schälte. Am liebsten hätte er vor Schmerzen geschrien, aber er wagte es nicht, denn er befürchtete, sich die Kehle zu verbrühen, wenn er einzuatmen versuchte.

Dann war es vorbei, aber Ben kroch hastig noch zwei Schritte weiter, bevor er sich herumwarf und noch in der gleichen Bewegung Sasha an sich heranzog. Sie wirkte verstört und war genauso tropfnass wie er, schien aber zumindest auf den ersten Blick unversehrt; sah man davon ab, dass ihr Gesicht und ihre Hände so rot waren, als hätte sie sich einen gehörigen Sonnenbrand geholt.

Erst jetzt wagte Ben es wieder, zu dem Eispiraten hochzusehen. Der Dampf zischte noch immer. Zu seiner Verblüffung machte der weiße Riese keinerlei Anstalten, aus dem kochenden Dampf herauszutreten; er hatte aufgehört sich zu bewegen und stand einfach da. Es war ein absolut bizarres Bild.

Ben konnte sich kaum davon lösen, doch dann wandte er sich hastig wieder zu Sasha um und betrachtete sie noch mal genauer. Ihr Gesicht sah wirklich übel aus: krebsrot und bereits ein bisschen angeschwollen. Eine Verbrühung ersten Grades, schätzte er, wenn nicht gar zweiten.

»Hast du Schmerzen?«, fragte er erschrocken. Er selbst hatte keine

Schmerzen, aber das musste ja nicht heißen, dass es ihr genauso erging. Sie sah ihn an und versuchte auch nicht, sich seinem Griff zu entziehen, als er ihre Hände in seine nahm. Ben war jetzt endgültig davon überzeugt, dass sie vorhin nicht vor ihm davongelaufen war.

Er schauderte, als er fühlte, wie kalt ihre Haut war – wie Eis. Bedachte man, dass jeder Zentimeter ihrer Haut, der nicht von Stoff bedeckt gewesen war, zumindest leicht verbrüht sein musste, war das ein gutes Zeichen. Oder ein schlechtes? Er wusste es nicht.

»Ich hoffe, es geht dir gut. Ich meine, ich weiß ja, dass du mir nicht antworten kannst, aber vielleicht verstehst du ja, was ich sage. Du hast mir das Leben gerettet, weißt du das? Wenn du den Schraubenschlüssel nicht geworfen hättest, dann hätte mich der Kerl erwischt, ganz bestimmt.« Er lachte nervös, fuhr aber trotzdem fort: »Also eigentlich hatte ich mir das genau andersherum vorgestellt, weißt du? Immerhin bin ich hier der große Held, der dich retten sollte. Ich bin schließlich extra deswegen hier heruntergekommen.«

Sasha schien geradewegs durch ihn hindurchzustarren. Aber bewies das denn, dass sie nicht alles mitbekam, was rings um sie herum geschah?

Das Zischen des heißen Dampfes brach ab. Ben sah hoch, konnte aber trotzdem nicht mehr erkennen als zuvor. Auch wenn der Dampf nicht länger aus dem zerbrochenen Ventil strömte, trieb die riesige Dampfwolke doch nur langsam auseinander. Das Eismonster schien immer noch reglos dazustehen.

»Wir sollten von hier verschwinden. Ich glaube es zwar nicht, aber wo eines von diesen Dingern ist, da könnten ja auch noch mehr sein. Was wolltest du überhaupt hier unten?«

Was wohl?, beantwortete er seine eigene Frage in Gedanken. *Sich verstecken!* Er hätte nur gern gewusst, vor wem.

»Komm jetzt, verschwinden wir von hier!«

Er stand auf, zog sie mit sanfter Gewalt auf die Füße und legte ihr beschützend die Hand um die Schulter, und diesmal reagierte sie darauf. Ganz sacht nur – sie fuhr leicht zusammen und der Schatten einer Emotion, die Ben allerdings nicht deuten konnte, huschte über ihr Gesicht –, doch die Bewegung war so unerwartet, dass er beinahe erschrocken den Arm wieder zurückzog.

»Eine sehr gute Idee.« Der dunkelhaarige Steward, der es vorhin so eilig gehabt hatte, kam zwischen den Maschinen hindurch auf sie zu.

»Was?«, fragte Ben verwirrt.

»Das mit dem Arm. Wenn Kapitän Schulz sieht, wie du seine Tochter anfasst, könnte es passieren, dass er ihn dir bricht.«

»Aber ich habe sie nicht –!«, protestierte Ben.

»Ich weiß«, unterbrach ihn der Steward. »Die Frage ist nur, ob Kapitän Schulz das auch weiß.« Er wandte sich direkt an Sasha und sein Blick wurde weich. »Wie geht es dir? Du bist doch nicht verletzt, oder?«

»Ich glaube nicht«, antwortete Ben an ihrer Stelle. »Wir hatten Glück. Wenn dieses Ding uns erwischt hätte, dann …«

»Welches Ding?«, fragte der Steward. »Wovon zum Teufel redest –?«

Er brach mit einem erstaunten Laut ab. Während seiner letzten Worte hatte er zu dem Eiswesen hinter Ben und Sasha hingesehen. Ein Ausdruck vollkommener Verblüffung breitete sich auf seinem Gesicht aus. Und als Ben sich herumdrehte, erging es ihm nicht anders.

Die Dampfwolke war nahezu verschwunden. Die schimmernden Umrisse des Eismonsters waren nur für einen Herzschlag zu erkennen – dann löste sich die Kreatur einfach in nichts auf.

Alles, was von ihr übrig blieb, waren die Füße und die Unterschenkel bis zu den Knien hinauf, die in einer gewaltigen Wasserlache standen. Der Anblick hätte komisch sein sollen, aber er war es nicht. Nicht im Geringsten.

»Großer Gott«, flüsterte der Steward. »Was war das?«

»Das ist eine ziemlich lange Geschichte«, antwortete Ben. »Und ich fürchte, Sie würden sie mir nicht glauben.«

Der Steward maß ihn mit einem Blick, der Ben klar machte, dass er *das* wiederum sofort glaubte, und schüttelte verschreckt den Kopf.

»Ihr beiden rührt euch nicht von der Stelle. Ich hole Kapitän Schulz.«

»Und meine Mutter«, fügte Ben rasch hinzu. »Sasha braucht einen Arzt.«

26

EINE HALBE STUNDE SPÄTER hatte sich die Aufregung an Bord einigermaßen gelegt – zumindest bei denen, die nicht im Maschinenraum gewesen waren –, die kümmerlichen Reste des Eisungeheuers waren fortgeschafft und diesmal in einem *Kühl*raum untergebracht worden, Sasha war wieder in ihrer Kabine, und Ben saß auf der Kante seines Bettes und ließ mit zusammengebissenen Zähnen und zitternd vor Ungeduld das über sich ergehen, was seine Mutter für ärztliche Hilfe zu halten schien. Er konnte nicht genau erkennen, was sie tat – er hatte damit gerechnet, dass sie eine Salbe auf seiner Haut auftragen würde, und genau das hatte sie auch getan, danach aber keineswegs aufgehört. Im Moment war sie damit beschäftigt, mit einem ekelhaft scharf aussehenden Skalpell und sichtlichem Vergnügen in seine Hand zu stechen. In die rechte. Die linke hatte sie schon mit fünf oder sechs Stichen *verarztet* und sie tat höllisch weh.

»Au!« Ben zog die Hand zurück, als seine Mutter genüsslich in seinen Daumen pikste, erntete aber nur ein ärgerliches Kopfschütteln.

»Stell dich nicht so an! Ich muss die Blasen aufstechen, damit sie sich nicht entzünden. Du willst doch keine Narben zurückbehalten, oder?«

Das wollte Ben sicher nicht, aber er bezweifelte, dass Behandlungsmethoden wie diese ins einundzwanzigste Jahrhundert gehörten. Eher schon ins elfte. »Was soll denn das?«, protestierte er. »Bist du sicher, dass du Ärztin bist und nicht in Wahrheit für die Inquisition arbeitest?«

»Ich habe nie behauptet, eine gute Ärztin zu sein«, antwortete seine Mutter gelassen. »Unglücklicherweise – vor allem für dich – bin ich im Moment jedoch die *einzige* Ärztin an Bord.« Ihr Blick tastete aufmerksam über sein Gesicht, vermutlich auf der Suche nach einer weiteren Blase, die sie aufstechen konnte. Sie wirkte sichtlich enttäuscht, als sie keine fand. »Ich muss das tun. Ich weiß, dass es wehtut, aber es muss sein, glaub mir. Verbrühungen sind schlimmer als Verbrennungen und viel schwerer zu behandeln. Und das mit den Narben habe ich ernst gemeint. Bist du scharf darauf?«

»Narben?« Ben erschrak. »Wird Sasha etwa –?«

»Keine Sorge«, unterbrach ihn seine Mutter. »Es hat sie ziemlich schlimm erwischt, aber sie wird keine bleibenden Schäden davontragen. In ein paar Tagen ist nichts mehr zu sehen, das verspreche ich dir.« In ihren Augen blitzte es spöttisch auf. »Auch wenn ich sagen muss, dass sie nicht annähernd so viel gejammert hat wie du.«

»Kunststück«, knurrte Ben. »Sie kann ja nichts sagen.«

»Der absolute Traumpatient für jeden Arzt«, schwärmte seine Mutter. Dann wurde sie wieder ernst. »Du magst das Mädchen wirklich, habe ich Recht?«

Ben zögerte. »Ganz ehrlich?«, fragte er schließlich.

»Natürlich nicht. Ich erwarte, dass du mich belügst und mir etwas vormachst, das weißt du doch.«

»Ich weiß es nicht genau«, erwiderte er. Er schämte sich fast ein bisschen für diese Worte, aber sie entsprachen der Wahrheit. »Ich muss dauernd an sie denken und ich …«

»Du fühlst dich wohl in ihrer Nähe«, half ihm seine Mutter aus, als er nicht weitersprach und nur verlegen den Blick senkte. »Du möchtest einfach bei ihr sein, habe ich Recht?« Sie seufzte tief. »Ja, das habe ich befürchtet. Doch ich kann dich verstehen. Sie ist wirklich ein ganz außergewöhnlich reizendes Mädchen. Und außerdem ergeht es deinem Vater und mir ganz genauso.«

Ben sah überrascht auf. »Vater und du?«, murmelte er.

»Eigentlich hatte ich Sasha gemeint«, erklärte seine Mutter mit einem angedeuteten Lächeln. »Aber du hast auch Recht. Was glaubst du wohl, warum dein Vater seine gut dotierte Stelle an der Universität aufgegeben hat, nur um mit mir nach Australien zu gehen? Weil er ganz wild darauf ist, in einem Gefängnis zu arbeiten?« Sie schüttelte heftig den Kopf und machte ein beleidigtes Gesicht. »He, was hast du gedacht? Dass wir keine echten Gefühle mehr kennen, nur weil wir über zwanzig und damit schon hoffnungslos vergreist sind?«

»Natürlich nicht! Ich war nur … ähm … entschuldige.«

Seine Mutter sah ihn mit hochgezogenen Augenbrauen an, doch bevor es vollends peinlich werden konnte, lachte sie plötzlich. »Keine Sorge, es geht ihr wirklich gut. Ihre Schönheit hat nicht gelitten, und anscheinend hat sie den Schock auch ziemlich gut verkraftet – falls sie überhaupt mitbekommen hat, was los war.«

»Das hat sie«, antwortete Ben überzeugt.

»Woher willst du das wissen?«

»Weil sie mich gerettet hat. Wenn sie den Schraubenschlüssel nicht nach dem Eismonster geschleudert hätte, wäre es aus gewesen. Ich bin dem Ding praktisch in die Arme gelaufen.«

Seine Mutter runzelte die Stirn. Natürlich hatte er sofort erzählt, was unten im Maschinenraum vorgefallen war, aber weder sein Vater – der im Moment irgendwo im Schiff umhereilte und sich vermutlich wieder einmal mit Kapitän Schulz stritt – noch seine Mutter waren auch nur mit einem Wort darauf eingegangen.

Das tat sie auch jetzt nicht, stattdessen fragte sie: »Woher hast du gewusst, dass sie dort unten ist?«

»Im Maschinenraum?« Ben hob die Schultern. »Zufall«, log er.

Seine Mutter legte den Kopf schräg.

»Also gut«, murmelte er. »Okay. Ich habe es gewusst.«

»Woher?«

Hatte er wirklich geglaubt, sie würde diese Frage nicht stellen? »Ich habe es … einfach gewusst … geträumt«, fügte er nach einer Sekunde mit deutlichem Unbehagen hinzu.

»Geträumt?«

»Ich träume öfter von ihr. Ich weiß, wie sich das anhört – aber das habe ich dir doch schon erzählt und Vater auch.«

»Ja, dein Vater hat mit mir darüber gesprochen«, bestätigte seine Mutter, das aber in einem Tonfall, der es ziemlich überflüssig machte, zu erklären, *was* er ihr erzählt hatte.

»Ich bin nicht verrückt, wenn du das meinst!«, fuhr Ben auf.

»Das meine ich nicht. Aber vielleicht spielen deine Hormone verrückt und –«

»Und woher wusste ich dann, wo ich sie finde?«, unterbrach sie Ben.

Seine Mutter hob die Schultern. »Zufall?«

Ben überlegte noch, ob er sich jetzt in beleidigtes Schweigen hüllen oder in die Luft gehen sollte, als die Tür aufgerissen wurde und sein Vater hereingestürmt kam, unmittelbar gefolgt von Kapitän Schulz. Der Kommandant der *Princess of the Dawn* trug ein neues und noch größeres Pflaster im Gesicht und sah aus, als wäre ihm nicht nur eine Laus, sondern gleich eine ganze Elefantenherde über die Leber gelaufen.

»Kapitän Schulz!« Ben sprang so hastig auf, dass seine Mutter gerade noch das Skalpell zurückreißen und so verhindern konnte, dass er sich damit aufspießte. »Wie geht es Sasha?«

»Gut«, schnappte Schulz. »Aber ich bin nicht hier, um über Alexandra zu sprechen. Oder vielleicht doch, aber nicht so, wie du es gerne hättest, junger Mann!«

»Was fällt Ihnen ein, in einem solchen Ton –«, begann sein Vater, wurde aber sofort von Schulz unterbrochen.

»Ich rede, wie es mir passt, Herr Doktor!«, schnauzte er. »Ich bin der Kapitän dieses Schiffes und Sie und Ihre Familie nur Passagiere. Zahlende Passagiere, aber letztendlich doch nur Passagiere. Ist das klar?«

Robert Berger war so perplex, dass er gar nichts mehr sagte, und der Kapitän wandte sich wieder an Ben.

»Ich will jetzt wissen, was ihr dort unten getan habt! Und lüg mich nicht an!«

»Getan?«, wiederholte Ben. »Ich habe Sasha gesucht, das ist alles. Und wenn ich sie nicht im letzten Moment gefunden hätte, dann hätte dieses Eismonster sie umgebracht. Oder Schlimmeres!«

»Welches Eismonster?«, fragte Schulz. Er hatte offensichtlich beschlossen, den ersten Teil von Bens Antwort zu überhören.

»Welches Eismonster?« Ben starrte ihn fassungslos an. »Das meinen Sie nicht ernst, oder? Sie haben das Ding doch gesehen!«

»Ich habe zwei Eisklötze gesehen, die irgendein Witzbold dort unten aufgestellt hat, das ist alles. Und meine Tochter, die völlig verängstigt und noch dazu verletzt ist. Und ich würde gern wissen, warum!«

»Aber es war da!«, protestierte Ben. »Es war genau wie die Kreatur von dem Piratenschiff gestern. Das Ding, das Harrys Männer aus dem Wasser gefischt haben!«

»Und das dann aus einem hermetisch verschlossenen Raum verschwunden ist«, fügte sein Vater hinzu.

»Blödsinn!«, fauchte Schulz.

»Dann fragen Sie doch den Steward, der uns gefunden hat!«, rief Ben. »Er hat es auch gesehen!«

Schulz schürzte abfällig die Lippen, und Ben rechnete fest mit einer entsprechenden Antwort, doch der Kapitän der *Princess* überraschte ihn wieder einmal. »Ganz, wie du meinst, mein Junge.« Dann wandte er sich zur Tür, riss sie auf und brüllte: »Rewert! Kommen Sie rein!«

Ben hatte keine Ahnung, wer Rewert war, jedenfalls so lange nicht, bis Schulz zurücktrat und der dunkelhaarige Steward hereinkam, den sie vorhin unten im Maschinenraum getroffen hatten. Er wirkte verängstigt, fand Ben.

»So, Rewert, und jetzt erzählen Sie, was Sie vor einer halben Stunde unten im Maschinenraum gesehen haben«, verlangte Schulz.

»Ihre ... Ihre Tochter, Herr Kapitän«, antwortete der Steward. Er begann nervös von einem Bein auf das andere zu treten. »Und ... und diesen jungen Mann da.« Er deutete mit einer Kopfbewegung auf Ben, brachte es aber nicht fertig, ihn anzusehen.

»Meine Tochter und diesen jungen Mann«, wiederholte Schulz. »Kein drei Meter großes Ungeheuer aus Eis, das den beiden nach dem Leben getrachtet hat?«

»Nein, Kapitän« Der Steward starrte noch immer seine Schuhspitzen an. »Da war nichts.«

»Aber das ist doch nicht wahr!«, protestierte Ben. »Sie haben doch genau gesehen, dass –«

»Danke, Rewert!«, unterbrach ihn Schulz. »Sie können gehen.« Der Steward verschwand so schnell aus der Kabine, als hätte er sich entmaterialisiert, und Schulz schloss mit einer betont langsamen Bewegung die Tür hinter ihm und wandte sich dann an Bens Vater, nicht an ihn.

»Ich glaube, das reicht, Herr Doktor«, sagte er kalt.

»Was meinen Sie damit?«

»Gut, wenn Sie unbedingt darauf bestehen, dass ich deutlicher werde, bitte. Ihr Sohn hat offensichtlich ein Problem. Ein Problem mit meiner Tochter und ein Problem mit der Realität. Unter normalen Umständen würde ich die Sache mit Humor nehmen, aber im Augenblick haben wir eine Krisensituation an Bord, und ich werde ganz bestimmt nicht tatenlos zusehen, wie Ihr Sohn für eine ausgewachsene Panik unter den Passagieren sorgt!«

»Was soll das heißen?«, fragte Robert Berger scharf.

»Das soll heißen, dass ich Sie und vor allem Ihren Sohn bitten muss, vorerst in Ihrer Kabine zu bleiben«, antwortete Schulz, plötzlich sehr ruhig und sachlich.

»Wie bitte?«, keuchte Bens Vater.

»Sind wir jetzt Ihre Gefangenen?«, fragte nun auch Bens Mutter.

»Ich hätte ein anderes Wort vorgezogen«, antwortete Schulz kühl, »aber ich muss Sie bitten, Ihre Kabine zumindest so lange nicht zu verlassen, bis sich die Lage an Bord einigermaßen beruhigt hat. Wahrscheinlich wird das nicht allzu lange dauern. Die Reparaturen an der Maschine sind so gut wie abgeschlossen, und sobald wir wieder Fahrt aufgenommen haben, wird sich alles sehr schnell normalisieren.« Er deutete auf das Haustelefon neben dem Bett. »Wenn Sie irgendetwas benötigen, sagen Sie Bescheid, und es wird Ihnen gebracht. Und jetzt muss ich Sie bitten, mich zu entschuldigen. Ich habe eine Menge zu tun.«

Er ging, bevor einer von ihnen Gelegenheit fand, gegen diese Behandlung Einspruch zu erheben.

»Was … was war das denn?«, murmelte sein Vater hilflos. Dann färbte sich sein Gesicht puterrot. »Ist der Kerl jetzt komplett übergeschnappt? Wir sind doch hier nicht auf einem Sklavenschiff im finsteren Mittelalter!«

»Beruhige dich«, sagte seine Frau, aber natürlich erreichte sie damit nur das genaue Gegenteil.

»Beruhigen?« Jetzt brüllte er wirklich. »*Ich* soll mich *beruhigen?!* Wenn dieser Kerl sich einbildet, mit dieser linken Tour durchzukommen, dann hat er sich aber geschnitten!«

Und damit riss er die Tür auf und stürmte aus der Kabine. Er kam nur einen Schritt weit, bevor ihn eine riesige Hand gegen die Brust traf und so derb in die Kabine zurückschubste, dass er taumelte und heftig mit den Armen rudern musste, um das Gleichgewicht nicht zu verlieren.

Draußen auf dem Flur stand ein Matrose. Nicht *irgendein* Matrose, sondern der gleiche, der Ben vorhin daran gehindert hatte, seine Kabine zu verlassen. King Kong.

»Es tut mit leid, Doktorchen«, griente er, »aber der Kapitän hat befohlen, dass Sie in Ihrer Kabine bleiben.«

»Sind Sie wahnsinnig?!«, ächzte Bens Vater, während er sich seine – offensichtlich schmerzende – Brust rieb. »Was fällt Ihnen ein, mich –?«

»Sie können brüllen und toben, so viel Sie wollen, Doc«, unterbrach ihn der Matrose, »Befehl ist Befehl, nicht wahr?«

Irgendetwas an ihm war anders, dachte Ben verwirrt. Er kam ihm … größer vor – was natürlich kompletter Unsinn war und nur an seinem aufgeregten Zustand lag.

Dann begriff er es: Er wirkte brutaler.

Der Kerl war auch vorher nicht gerade die Freundlichkeit in Person gewesen, nun aber strahlte er eine stumme Wut aus, die Ben innerlich erschauern ließ. Er war jetzt nicht nur *bereit* Gewalt anzuwenden, er *wollte* zuschlagen. In seinen Augen stand dasselbe Lodern wie in denen des Kapitäns heute Morgen. Ben war plötzlich sicher, dass er sich nur noch mit äußerster Willenskraft zurückhalten konnte, nicht auf seinen Vater loszugehen.

Und anscheinend war er nicht der Einzige, der das spürte. Sein Vater wollte auffahren, doch seine Frau trat mit einem raschen Schritt zwischen den riesigen Matrosen und ihn und legte ihm die Hand auf die Schulter.

»Lass es gut sein. Der Mann tut nur seine Pflicht. Du kannst dich später ja beim Kapitän beschweren, wenn du willst, aber *er* kann nichts dafür.«

»Stimmt genau, Frau Professor Doktor Oberschlau«, sagte King Kong. »Sie können sich gerne beim Kapitän beschweren. Oder es wenigstens versuchen.«

Er wirkte enttäuscht, fand Ben, dass sie darauf verzichteten, auf diese neuerliche Unverschämtheit zu reagieren – aber schließlich nickte er nur noch einmal grimmig und verschwand wieder, wobei er die Tür so fest hinter sich zuknallte, dass die Kabinenwand bebte.

Kaum waren sie wieder allein, streifte Bens Vater ihre Hand mit einer wütenden Bewegung ab und fuhr sie an: »Was sollte das? Wieso hast du mich zurückgehalten? Ich hätte dem Kerl –«

»Einen Vorwand gegeben, dich halb tot zu schlagen?«, unterbrach ihn seine Frau kühl. »Mach dich nicht lächerlich! Hast du nicht gesehen, was mit ihm los war?«

»Und ob ich das gesehen habe! Er ist komplett übergeschnappt, genau wie Schulz. Der Kerl muss größenwahnsinnig geworden sein! Was glaubt er denn, wer er ist? Hält dieses Schiff wohl für die *Bounty* und sich selbst für Käpt'n Bligh. Das kostet ihn sein Kommando, das schwöre ich dir! Und dieser Kerl da draußen –«

»Ist infiziert«, unterbrach ihn Ben.

»Wie bitte?«, keuchte sein Vater überrascht. Seine Mutter sagte gar nichts, sondern sah ihn nur mit besorgten, irgendwie wissenden Augen an.

»Was soll das heißen, infiziert?«, fragte sein Vater, als Ben nicht sofort antwortete. »Red nicht so einen Blödsinn!«

»Habt ihr seine Hand nicht gesehen?«, erwiderte Ben. Seine Mutter reagierte immer noch nicht, aber sein Vater schüttelte den Kopf. »Er hat das Mal. Er ist infiziert.«

»Womit?«, fragte sein Vater.

»Das weiß ich nicht«, antwortete er ehrlich. »Aber er hat dasselbe wie Schulz. Und wie der Matrose, der heute Morgen durchgedreht ist.«

»Sicher doch«, meinte sein Vater böse. Er rieb sich noch immer die Brust. Der Matrose musste ziemlich hart zugeschlagen haben. »Und gleich wirst du uns erzählen, dass Schulz klammheimlich herumläuft und alle seine Leute beißt, woraufhin sie sich in Zombies verwandeln, nicht wahr?«

»Vielleicht nicht unbedingt in Zombies«, sagte Bens Mutter plötzlich.

Nicht nur Ben sah sie überrascht an. Ausgerechnet von ihr Schützenhilfe zu bekommen war so ziemlich das Letzte, womit Ben gerechnet hatte.

»Wie?«, machte sein Vater.

»Es hat etwas von einer Infektion«, fuhr seine Mutter leise fort. »Zumindest vom Verlauf einer Infektion. Es gibt Krankheiten, die auch den Charakter eines Menschen ändern. Das solltest du eigentlich besser wissen als ich.«

Bei den letzten Worten hatte ihre Stimme einen leicht tadelnden Tonfall angenommen, und sein Vater reagierte genauso, wie Ben es erwartet hätte, nämlich mit einem ärgerlichen Stirnrunzeln.

»Also sind wir jetzt mitten in einer Zombie-Geschichte«, sagte er höhnisch.

»Beinahe«, erwiderte Ben ernsthaft. »Nur dass es keine Zombies sind. Das Ding da unten im Maschinenraum war ... etwas anderes.«

Für einen Augenblick sah sein Vater beinahe nachdenklich drein, aber dann verfinsterte sich sein Gesicht wieder. »Hör endlich mit diesem Unsinn auf! Wir haben weiß Gott andere Probleme.«

»Warte«, sagte Bens Mutter. »Du hast gesagt, es war etwas anderes. Was bedeutet das?«

»Du glaubst doch nicht wirklich an –«, begann sein Vater, wurde aber sofort – zwar mit einem milden Lächeln, aber in trotzdem hörbar schärferem Ton – wieder von ihr unterbrochen.

»Natürlich nicht. Aber wir könnten doch einfach mal so *tun*, als ob es so wäre, oder? Ich meine, wem schadet es? Und so, wie ich die Sache sehe«, fügte sie mit einem raschen Blick auf die geschlossene Tür hinzu, »haben wir im Moment sowieso nichts Besseres zu tun.«

»Als uns mit solchem Schwachsinn zu beschäftigen?«, fauchte sein Vater.

Bens Mutter wollte antworten, aber jetzt war er es, der sich hastig einmischte. »Hört auf, euch zu streiten. Bitte!«

Sein Vater sah ganz so aus, als wollte er nun mit *ihm* Streit anfangen, dann aber zuckte er nur mit den Schultern: »Wir streiten nicht.«

»Wir diskutieren«, fügte seine Mutter hinzu, und er wiederum hängte an: »Auf einem intellektuellen Niveau, das nur Leute verstehen, die seit zwanzig Jahren verheiratet sind.«

»Dreiundzwanzig.«

»Noch nicht ganz. Erst im Oktober. Und auch nur, wenn du nicht so weitermachst.«

»Was soll das heißen?« Die Augen seiner Mutter blitzten kampflustig.

»Im Zweifelsfall reiche ich die Scheidung ein und schreibe mir selbst ein Gutachten, das vor jedem Gericht der Welt stand hält.«

»So weit wird es nicht kommen«, versprach seine Frau vergnügt. »Ich brauche nur ein Labor und ein paar Zutaten, die ich in jedem Baumarkt finde.«

»Um mich zu vergiften?«

»Blödsinn. Ich züchte ein Virus, das dich zu meinem gehorsamen Sklaven macht.«

Bens Vater wirkte für eine Sekunde ehrlich bestürzt, dann aber begann er schallend zu lachen, und nach einem kurzen Zögern stimmte Bens Mutter in sein Lachen ein. Nur Ben saß ziemlich belämmert da und blickte hilflos von einem zum anderen.

»Intellektuelles Niveau, wie?«, murmelte er.

»Tu dir selbst einen Gefallen und mach nicht denselben Fehler wie ich, Sohn«, sagte sein Vater glucksend. »Heirate nie!«

»Wenigstens keine Frau, die intelligenter ist als du«, bemerkte seine Mutter augenzwinkernd. Dann aber wurde sie schlagartig wieder ernst. »Also, was hast du mit ›etwas anderes‹ genau gemeint?«

»Es war jedenfalls nicht der verschwundene Söldner oder der Steward«, antwortete Ben ausweichend. Es fiel ihm ein wenig schwer, von der absurd-heiteren Stimmung, die seine Eltern mit ihrem Nonsens-Gespräch vermutlich ganz bewusst heraufbeschworen hatten, wieder umzuschalten. Außerdem konnte er seinen Eltern einfach nicht erzählen, was er dort unten *wirklich* gesehen hatte: das schreckliche Monstrum mit dem Papageienschnabel und den Drachenschwingen. Irgendwie glaubte er es ja selbst noch nicht.

Dann fiel es ihm auf. Erleichterung durchflutete ihn. Gesehen hatte er das Eisungeheuer, von dem er bereits gesprochen hatte; aber für ein paar Herzschläge hatte er wieder den Drachenmann vor Augen gehabt, und für dieselbe Zeit war es ihm nicht möglich gewesen, zwischen Realität und Albtraum zu unterscheiden.

»Die wären ja wohl auch kaum weggeschmolzen«, sagte sein Vater.

Dessen war sich Ben gar nicht einmal so sicher, aber er ging nicht weiter darauf ein. »Es war einer der Eispiraten.«

»Die aus deinem Traum«, vermutete sein Vater.

»Nein«, erwiderte Ben mühsam beherrscht. »Einer von denen, die auf dem Schiff waren. Gestern.«

»Aber der ist doch verdampft«, meinte sein Vater lächelnd.

Jetzt war Ben wirklich kurz davor, an die Decke zu gehen. »Wahrscheinlich war es ein anderer«, sagte er gepresst. »Jedenfalls hätte er uns fast erwischt. Und ich bin ganz sicher, dass er hinter Sasha her war.«

»Warum?«

»Woher soll ich das wissen?«, fauchte Ben. Sein Vater zog die linke Augenbraue hoch, und Ben entschuldigte sich in Gedanken bei ihm für diese Entgleisung. »Ich weiß es nicht«, sagte er deutlich leiser. »Und darum geht es auch gar nicht.« Er machte eine Geste zur Tür. »Wenn Schulz diesen Kerl da draußen angesteckt hat, was passiert dann, wenn er dasselbe mit der gesamten Mannschaft macht?«

»Sind wir jetzt wieder bei den Zombies?«, fragte sein Vater amüsiert.

»Hatten wir uns nicht darauf geeinigt, so zu tun, als würden wir die Geschichte glauben?«, meinte seine Mutter sanft. Sie bekam nur ein Achselzucken zur Antwort und wandte sich mit einem fragenden Blick an Ben. »Was genau hast du an seiner Hand entdeckt?«

»Er war verletzt«, erklärte Ben. »Nur ein Kratzer, nichts Dramatisches, aber der Kratzer sah genauso aus wie der auf Schulz' Wange. Du weißt schon, dieser seltsame Schorf und das Spinnennetz.«

Das letzte Wort – das er bisher mühsam vermieden hatte – war ihm herausgerutscht, bevor er es zurückhalten konnte. Seine Mutter fuhr heftig zusammen und sog scharf die Luft ein, was ihr sichtlich unangenehm war.

Sie nickte trotzdem. »Ich glaube, ich ... ähm ... verstehe, was du meinst.«

»Ich nicht«, sagte sein Vater.

»Er hat einen seltsamen Schorf im Gesicht«, antwortete Bens Mutter. »Er sah tatsächlich ein bisschen aus wie ein ... Netz. Als würde sich etwas unter seiner Haut ausbreiten. Selbst eine seit so langer Zeit aus der Übung gekommene Ärztin wie ich würde da einen Zusammenhang erkennen.«

»Aber selbst wenn ihr Recht habt«, wandte ihr Mann ein, »und es sich um so etwas wie eine Epidemie handelt – warum sollte Schulz sich so benehmen? Er ist zwar ein alter Sturkopf, aber nicht verantwortungslos.«

»Das war er vielleicht bisher nicht. Irgendetwas ist mit ihm passiert ... und ich fürchte, Ben hat Recht. Nicht nur mit ihm.«

»Dann haben wir also eine ausgewachsene Epidemie an Bord«, stöhnte sein Vater.

»Möglicherweise«, antwortete sie. »Aber ob nun sicher oder nicht, das Schiff muss auf jeden Fall unter Quarantäne gestellt werden. Und aus irgendeinem Grund will er das nicht.«

»Damit wird er nicht durchkommen.« Sein Vater schüttelte den Kopf. »Spätestens wenn wir aus diesem Riesen-Funkloch heraus sind und mein Handy wieder funktioniert, informiere ich die Behörden und sie werden die *Princess* entsprechend in Empfang nehmen, wenn sie in den Hafen einläuft.«

»In einer knappen Woche«, sagte Ben besorgt. »Das ist eine verdammt lange Zeit. Wenn es sich wirklich um eine ansteckende Krankheit handelt, dann scheint sie sich ziemlich schnell zu verbreiten. Bis dahin kann eine Menge passieren.«

Bens Vater setzte zu einer Antwort an, doch in diesem Moment ging ein leichtes Zittern durch das Schiff. Er lauschte überrascht und ging dann mit schnellen Schritten zum Bullauge um hinauszusehen.

»Was ist los?«, fragte Bens Mutter.

»Ich glaube, die Turbinen sind gerade wieder angesprungen«, meinte Ben. »Schulz hat ja gesagt, dass die Reparaturarbeiten nicht lange andauern würden.« Seltsamerweise konnte er sich nicht erinnern, unten auch nur einen einzigen Matrosen gesehen zu haben, der an den Maschinen arbeitete – aber er war schließlich auch nicht überall gewesen.

»Das heißt, wir fahren weiter«, sagte seine Mutter.

»Ja«, antwortete Bens Vater an seiner Stelle. Nach einer Sekunde fügte er leise und ohne den Blick vom Bullauge abzuwenden hinzu: »Aber leider in die falsche Richtung.«

Ben tauschte einen überraschten Blick mit seiner Mutter, dann stand er auf und trat ebenfalls ans Fenster.

Sein Vater hatte Recht: Die *Princess of the Dawn* hatte sich in Bewegung gesetzt – und hielt genau auf die arktische Küste zu.

27

SEIN VATER HATTE NOCH ZWEIMAL VERSUCHT, Kontakt mit Kapitän Schulz aufzunehmen – einmal, indem er die Kabine verließ und an die Vernunft des Matrosen draußen appellierte (was ihm um ein Haar eine gehörige Tracht Prügel eingebracht hätte), das andere Mal, indem er versuchte das Telefon zu benutzen. Der Apparat war so tot wie der Kerl vor der Tür uneinsichtig, und es blieb dabei: Sie waren gefangen und konnten nur abwarten, was Schulz weiter mit ihnen vorhatte.

Inzwischen näherte sich die *Princess of the Dawn* unaufhaltsam der Küste der Antarktis. Das Schiff bewegte sich nur mit einem Bruchteil der Geschwindigkeit, die ihm möglich gewesen wäre, und doch wurde aus dem glitzernden weißen Strich am Horizont im Laufe der nächsten halben Stunde eine deutlich erkennbare weiße Klippe aus Eis. Noch eine weitere halbe Stunde, dachte Ben beunruhigt, und das Schiff würde gegen den flachen Eisstrand krachen und sich auf die Seite legen.

Er musste plötzlich über sich selbst lächeln: Dieses letzte Bild stammte aus seinem Albtraum, und zwar aus jenem Teil davon, der bestimmt nicht Realität werden würde. Aber dann erstarb sein Lächeln. Die Situation war nicht lustig. Auch wenn die *Princess* die Küste nicht rammen würde, fuhren sie doch eindeutig in die falsche Richtung. Ob Schulz glaubte, dass er bei den Wissenschaftlern in der Wetterstation Hilfe finden konnte? Ben wollte gerade eine entsprechende Bemerkung zu seiner Mutter machen, als draußen auf dem Gang Lärm laut wurde. Ein Poltern, dann für eine oder zwei Sekunden erregte Stimmen, die wütend durcheinander brüllten, und schließlich ein dumpfer Schlag, schließlich Stille. Das Ganze dauerte nicht länger als zwei oder drei Atemzüge. Ben und sein Vater fuhren herum, erreichten die Tür und rissen sie auf – und blieben im gleichen Moment überrascht stehen, denn die Situation draußen auf dem Korridor hatte sich radikal verändert.

King Kong war noch immer da, aber er war nicht mehr allein und er fläzte sich auch nicht mehr mit vor der Brust verschränkten Armen gegen die Wand und grinste breit, sondern lag mit verdrehten Augen auf dem Rücken. Über ihm stand eine breitschultrige Gestalt in einer weißen Polarmontur, die streichholzkopfkurz geschnittenes blondes Haar hatte und sich kopfschüttelnd die Knöchel der rechten Faust rieb. Ein zweiter, mit einer Maschinenpistole bewaffneter Mann stand nur wenige Schritte daneben, und auch auf der anderen Seite des Ganges bewegte sich eine Gestalt in einem weißen Kampfanzug.

»Harry?«, murmelte Ben überrascht.

»Hauptmann West?«, fügte sein Vater nicht minder überrascht hinzu.

Harry drehte sich langsam zu ihnen um und grüßte Ben mit einem angedeuteten Lächeln und seinen Vater mit einem Nicken. »Harry reicht. Hauptmann West klingt so offiziell.«

»Und Sie sind eher inoffiziell hier, vermute ich«, sagte Bens Vater.

Harry hob die Schultern. »Ich kann wieder gehen, wenn Sie darauf bestehen, Herr Doktor. Ich bin sicher, Ihr Freund hier wird hellauf begeistert sein, wenn er wach wird und Sie und Ihre Familie ganz allein vorfindet.«

Bens Vater starrte den bewusstlosen Matrosen an und wurde sichtbar blass, und Ben sagte hastig: »Schon gut, so war das nicht gemeint. Wir waren nur … ein wenig erstaunt, das ist alles. Wo kommst du denn so plötzlich her?«

Harry zog die Augenbrauen zusammen. »Du hast mich doch selbst um Hilfe gebeten. Wir sind gekommen, so schnell wir konnten. Ich hoffe, es war noch früh genug, aber wir hatten selbst ein paar Probleme, weißt du?« Er wollte in die Kabine eintreten, doch der Mann mit der Maschinenpistole hielt ihn mit einer Geste auf den schlafenden King Kong zurück.

»Was machen wir mit dem da, wenn er wach wird?«

»Legt ihn wieder schlafen«, sagte Harry, und hinter Ben rief seine Mutter:

»Aber passen Sie auf, dass er Sie nicht verletzt!«

Sie schob Ben und ihren Mann mit sanfter Gewalt beiseite, winkte Harry mit der einen Hand herein und streckte die andere nach seinem rechten Arm aus. »Darf ich Ihre Hand sehen?«

Harry wirkte ein bisschen verdutzt. »Ist es nicht eher so, dass ein Mann um die Hand der Frau anhält?«, witzelte er, ließ aber zu, dass sie seine rechte Hand nahm und ausgiebig begutachtete.

»Alles in Ordnung«, sagte sie schließlich. »Kein Kratzer.«

»Ich war vorsichtig«, antwortete Harry, nun sehr ernst. »Sie wissen es also auch schon?«

»Was?«, fragte Bens Vater.

Er bekam keine Antwort, aber Bens Mutter wirkte noch beunruhigter als zuvor, und Ben verspürte einen Schrecken, der schon fast an Entsetzen grenzte.

»Dann habt ihr auch –?«, keuchte er.

»Deine Warnung kam leider ein bisschen zu spät. Matthias hat es erwischt, bevor ich überhaupt kapiert habe, was los ist. Und noch zwei weitere meiner Jungs.« Harry machte eine Kopfbewegung nach draußen. »Der Kerl da gehört auch dazu?«

»Ja«, antwortete Ben. »Und Kapitän Schulz auch. Mindestens. Aber ich fürchte, es sind schon viel mehr.«

»Das sieht nicht gut aus. Wir sind keinen Moment zu früh gekommen«, sagte Harry düster.

»Fangen Sie jetzt auch noch mit diesem Zombie-Blödsinn an?«, begehrte Bens Vater auf.

Harry bedachte ihn mit einem fast mitleidigen Blick. »Ich weiß nichts von Zombies. Ich weiß nur, dass sich einer meiner Männer in ein … *Etwas* verwandelt hat, das nicht mehr viel Ähnlichkeit mit einem Menschen zu haben scheint.« Er wandte sich an Jennifer Berger. »Was für eine Art von Krankheit ist das, in drei Teufels Namen?«

»Ich habe nicht die leiseste Ahnung«, gestand sie. »Wenn es sich überhaupt um eine Krankheit handelt, dann um keine, von der ich je gehört hätte … Was ist mit Ihren Männern?«

»Matthias ist verschwunden. Er ist einfach durchgedreht und in den Schneesturm hinausgerannt, in Jeans und Unterhemd. Ich fürchte, er ist längst tot.«

»Und die beiden anderen?«.

»Sie haben es nicht geschafft.« Er schwieg. Dann zuckte er mit den Schultern und lächelte nervös in Bens Richtung. »Da ist wohl eine Entschuldigung fällig, schätze ich. Ich habe zwar nur die Hälfte von dem verstanden, was du gesagt hast, aber den Rest konnte ich mir zusammenreimen. Ohne deine Warnung hätte es uns vielleicht alle erwischt, wenn schon ein einziger Kratzer reicht ...«

»Das steht doch noch gar nicht fest«, sagte Robert Berger.

»Stimmt«, sagte Harry ungerührt. »Aber solange mich niemand vom Gegenteil überzeugt, gehe ich lieber davon aus, dass es so ist. Und das sollten Sie auch tun – es könnte sich als besser für Ihre Gesundheit erweisen.« Er wandte sich an seine beiden Männer draußen auf dem Flur. »Fesselt den Kerl und sperrt ihn irgendwo ein. Aber seid vorsichtig.« Damit schloss er die Tür, streifte sein Gewehr von der Schulter, Ben hatte es bis jetzt noch gar nicht bemerkt, und sah sich gleichzeitig schnell, aber sehr aufmerksam in der kleinen Kabine um.

»Kein Problem«, sagte Bens Vater spitz. »Schauen Sie sich in Ruhe um.«

Harry ignorierte ihn. »Am besten erzählt ihr mir erst einmal, was hier passiert ist, seit wir abgefahren sind. Die Kurzfassung, bitte.«

Das tat Ben. Er bemühte sich nichts auszulassen – mit Ausnahme seiner Träume, die Harry nun wirklich nichts angingen –, und der Söldner tat ihm den Gefallen, ihn kein einziges Mal zu unterbrechen. Selbst als die Rede auf seinen Soldaten kam, regte sich in seinem Gesicht kein Muskel. Er nickte nur, als Ben mit seinem Bericht zu Ende war.

»Und sie haben die beiden verschwundenen Männer bisher nicht gefunden?«

»Drei«, verbesserte ihn Ben. Er schüttelte den Kopf. »Nicht dass ich wüsste.« Er deutete auf die Tür. »Wie viele von deinen Leuten hast du mitgebracht?«

»Nur die beiden draußen. Keine Sorge, das ist mehr als genug. Wir haben nicht vor, hier Krieg zu führen. Trotzdem werde ich Kapitän Schulz jetzt ein paar sehr unangenehme Fragen stellen müssen ... Aber nicht sofort. Zuerst zeigst du mir, wo du und die ... wo du und Schulz' Tochter auf dieses ... *Ding* gestoßen seid.«

»Wäre es nicht besser, zuerst mit dem Kapitän zu sprechen?«, fragte Bens Vater. »Ich meine, bevor wir vor der arktischen Küste vor Anker gehen?«

»Die *Princess* zuckelt im Fußgängertempo dahin«, antwortete Harry. »Und wir sind in fünf Minuten zurück. Danach gehen wir gemeinsam auf die Brücke.« Er hängte sich das Gewehr wieder über die Schulter und öffnete die Tür, schüttelte aber den Kopf, als Bens Vater sich ebenfalls in Bewegung setzen wollte.

»Sie und Ihre Gattin bleiben besser hier«, er lächelte höflich, aber sein Ton machte die Worte zu einem Befehl. »Meine Männer passen auf Sie auf. Wir gehen dann nachher gemeinsam zum Kapitän. Und wenn es Schulz wirklich auch erwischt hat, dann enthebe ich ihn höchstpersönlich seines Kommandos.«

»Das wird er sich kaum gefallen lassen«, sagte Ben.

»Oh, ich denke schon«, grinste Harry und schlug mit der flachen Hand auf den Schacht seines Gewehrs. »Ich habe eine Vollmacht.« Praktisch noch in derselben Bewegung legte er ihm die Hand auf die Schulter, schob ihn auf den Gang hinaus und schloss die Tür hinter sich. Sein Lächeln erlosch wie abgeschaltet. »Wir sollten uns lieber beeilen. Hier stimmt etwas nicht. Ich weiß nicht, was, aber ich kann es fühlen. Je schneller wir von hier verschwinden, desto besser.«

Ben wollte sich nach links und damit zur Treppe wenden, aber Harry schüttelte den Kopf und deutete in die entgegengesetzte Richtung. »Da lang geht's schneller.«

Ben sah ihn zweifelnd an. »Du kennst dich ziemlich gut an Bord aus, wie?«

»Ich kann Pläne lesen. Und jetzt komm.«

Und auch das klang irgendwie wie ein Befehl, fand Ben, überhaupt wirkte Harry mit einem Mal ganz und gar nicht mehr so freundlich wie noch vor einem Augenblick in der Kabine, aber vielleicht war das ja nur eine Art Ausrutscher gewesen. Der Gedanke, dass Harry eigentlich ein netter Kerl war, der seinen weichen Kern nur unter einer rauen Schale verbarg, war zwar verlockend, doch vermutlich war es eher umgekehrt. Er wagte es jedenfalls nicht, noch eine Frage zu stellen, warf aber einen Blick über die Schulter zurück und dabei fiel ihm etwas höchst Beunruhigendes auf: Einer von Harrys Männern war verschwunden, ebenso wie King Kong, der andere aber hatte nun direkt vor der Kabinentür Aufstellung genommen und hielt sein Gewehr mit beiden Händen vor der Brust. Harry hatte zwar gesagt, er würde seine Eltern bewachen lassen, aber irgendwie hatte er plötzlich das Gefühl, dass sie hinter dieser geschlossenen Tür weniger bewacht als vielmehr gefangen waren …

Sie erreichten die Tür, durch die Ben zu seinem allerersten illegalen Ausflug ins Innere der *Princess* aufgebrochen war. Sie war verschlossen, aber Harry löste das Problem auf seine Art, nämlich mit einem Fußtritt, der das Schloss aus der Türfüllung riss. Der Knall musste noch bis zum anderen Ende des Schiffes zu hören gewesen sein.

Auf eine auffordernde Geste des Söldners hin ging Ben voraus. Er war zwar schon einmal hier gewesen, aber da war er ziellos umhergestreift, nur von Neugier und Abenteuerlust getrieben. Allerdings wies ihm das Geräusch der Turbinen deutlich genug den Weg zum Maschinenraum. Ben fand das ein wenig sonderbar. Obwohl die *Princess* gemütlich dahindümpelte, klang das Maschinengeräusch, als arbeiteten die Turbinen am Rande ihrer Leistungsfähigkeit.

Harry ließ ihn vorausgehen, bis sie das Maschinendeck erreicht hatten, dann trat er wortlos an ihm vorbei, nahm das Gewehr von der Schulter und bedeutete ihm zugleich mit einer Geste, vorsichtig zu sein.

Sie wäre ganz und gar nicht notwendig gewesen. Ben hatte den Maschinenraum kaum betreten, als er es auch schon bedauerte, überhaupt noch einmal hierher gekommen zu sein. Der Raum hatte nichts von seiner unheimlichen Ausstrahlung verloren. Die Schatten schienen eher noch tiefer geworden zu sein, und nun war er fast sicher, dass das Licht einen Stich ins Rote hatte …

Er versuchte sich damit zu beruhigen, dass es einzig an ihm lag und an den unangenehmen Erinnerungen, die für ihn mit diesem Ort verbunden waren. Und vielleicht hätte der Trick ja sogar funktioniert, wäre Harry nicht gewesen. Er bewegte sich nahezu auf Zehenspitzen und mit angehaltenem Atem. Seine Hände umklammerten das Gewehr so fest, dass die Knöchel weiß aus seiner Haut hervorstachen, und sein Blick huschte unentwegt hin und her. Er spürte es auch, dachte Ben.

»Wo genau?«, fragte Harry. Er hatte die Stimme zu einem Flüstern gesenkt. Trotzdem rief sie gespenstische, wispernde Echos in der großen Halle hervor, die irgendwie nicht nur auf das zu antworten schienen, was er gesagt hatte; als hätte der bloße Klang seiner Stimme etwas geweckt, was nun eine eigene, düstere Geschichte zu erzählen begann.

Ben verdrängte den Gedanken, sah sich suchend um und deutete schließlich in eine Richtung, von der er wenigstens hoffte, dass es die richtige war. Harry warf ihm auch prompt einen zweifelnden Blick zu, setzte sich aber gehorsam in Bewegung. Ben folgte ihm so dichtauf, dass er Acht geben musste, ihm nicht in die Hacken zu treten.

Er hatte Glück: Es war genau die Sackgasse, in die das Eismonster sie hineingetrieben hatte. Der Wasserfleck auf dem Boden war mittlerweile verdunstet – oder auch aufgewischt worden –, aber das zerschlagene Ventil und das abgebrochene Handrad waren unübersehbar.

»Hier war es«, sagte er überflüssigerweise.

Harry blickte sich aufmerksam um. »Eine perfekte Falle. Wieso bist du in eine Sackgasse geflohen?«

»Ich bin kein trainierter Söldner«, antwortete Ben patzig.

»Und außerdem warst du in Panik und hattest Angst um deine kleine Freundin«, fügte Harry hinzu. Aber es klang eher gutmütig. Er betrachtete kurz das zerschlagene Dampfventil und nickte. »Das mit der Dampfleitung war ziemlich clever. Ich bin nicht sicher, ob ich da draufgekommen wäre.«

»Das war einfach nur Glück, fürchte ich«, meinte Ben, aber Harry schüttelte den Kopf.

»Das Glück ist im Allgemeinen mit den Tüchtigen. Du hast instinktiv richtig reagiert, und das allein zählt.«

»Willst du dich bei mir einschleimen?«, fragte Ben böse.

»Habe ich das denn nötig?«, gab Harry augenzwinkernd zurück, sein Lächeln kam Ben echt vor, auch wenn er sich fast trotzig gegen diesen Eindruck zu wehren versuchte.

Irgendetwas … rumpelte. Das Geräusch war ganz leise, mehr zu spüren als zu hören, aber sie registrierten es beide. Harry sah erschrocken auf und griff ganz automatisch sein Gewehr fester, und auch Ben lauschte angespannt. Das Geräusch war wirklich unheimlich gewesen, als wäre die *Princess* ruckelnd über ein gewaltiges Hindernis gefahren. Es wiederholte sich nicht und schließlich wandte sich Harry wieder in seine Richtung.

»Woher wusstest du, dass Alexandra hier unten ist?«

»Gar nicht«, antwortete Ben, selbst für seinen eigenen Geschmack eine Spur zu hastig. »Ich habe einfach nach ihr gesucht.«

»Hier unten?« Harry schaute sich demonstrativ um, und Ben wünschte sich beinahe, er hätte es nicht getan. Erneut war es ihm, als hätten Harrys Worte irgendetwas geweckt. Es war, als … flackere die Wirklichkeit rings um sie herum. Für den Bruchteil eines Atemzuges wähnte er sich wieder in der schrecklichen eisernen Höhle aus seinem Traum. Das Schlimmste dabei war der Eindruck – nein, das *Wissen* –, schon einmal hier gewesen zu sein. Nicht heute Morgen auf der Suche nach Sasha. Nicht in seinem Traum, der dieser Suche vorausgegangen war, sondern früher. Unendlich viel früher. Und zugleich überkam ihn ein Gefühl des Verlustes, das fast körperlich schmerzte.

»Ben?«, rief Harry.

Ben schrak hoch und sah ihn verwirrt an, und die Realität kehrte wieder zurück. »Ja?«

»Was ist los mit dir?« Er klang alarmiert.

»Nichts, was soll denn los sein?«

»Ich habe dir dreimal eine Frage gestellt, aber du hast mich nicht gehört. Was hast du?«

»Nichts … ich musste nur … an Sasha denken«, improvisierte Ben. »Sie war halb verrückt vor Angst, aber sie hat trotzdem fantastisch reagiert. Ohne sie hätte das Ding uns wahrscheinlich beide erwischt.«

»Sei froh«, erwiderte Harry. »Und du bist … wirklich sicher, dass es nicht der Steward war oder …«

»Dein verschwundener Soldat?« Ben schüttelte den Kopf. Die Wahrheit war, er war nicht hundertprozentig sicher, aber doch sicher genug, um Harry ohne allzu schlechtes Gewissen beruhigen zu können.

»Nein. Es sah genauso aus wie das Wesen, das ihr aus dem Wasser gefischt habt. Dein Mann –«

»Martin.«

»Martin. Er hat sich … verändert, als ob er … zu Eis werden würde, das ist wahr. Aber das Ding, das uns hierher gejagt hat, hat zu diesen Eispiraten gehört.«

»Eispiraten?«

»Oder wie immer du sie auch nennen willst.«

»Wir haben nur *einen …* Eispiraten aus dem Wasser gefischt«, erklärte Harry betont. »Oder das, was von ihm übrig war. Und der hat sich in nichts aufgelöst. Genau wie das hier.« Er runzelte die Stirn. »Du hast gesagt, Martin habe sich irgendwie in Eis verwandelt?«

»Ich weiß, wie sich das anhört«, antwortete Ben gereizt. »Frag meine Mutter, wenn du mir nicht glaubst.«

»So habe ich das nicht gemeint. Ich weiß ziemlich genau, wie sich das anhört. Ich habe nämlich dasselbe gedacht.«

Ben sah ihn mit großen Augen an.

»Heute Morgen, kurz bevor du angerufen hast. Als Matthias sich die Kleider vom Leib gerissen hat und halb nackt in den Schneesturm hinausgerannt ist. Ich hatte das verrückte Gefühl, dass er dabei war, zu Eis zu werden. Aber das ist natürlich unmöglich.«

»Natürlich«, bestätigte Ben. Nach einem kurzen beklommenen Schweigen fragte er: »Warum sind wir hier?«

»Ich wollte mich umsehen. Wir haben definitiv nur eines von diesen Dingern aus dem Wasser gefischt, richtig? Und du und deine kleine Freundin seid auf ein zweites gestoßen. Gibt dir das nicht zu denken?«

»Es ist unschädlich gemacht.«

»Stimmt. Aber ich frage mich trotzdem, wo es hergekommen ist. Von dem Piratenschiff ist nichts übrig geblieben, was nicht in ein Cola-Glas gepasst hätte.« Ben starrte ihn betroffen an, und Harry schien genug Vergnügen an seinem erschrockenen Gesichtsausdruck zu finden um hinzuzufügen: »Und wo zwei sind, da können auch drei sein oder auch noch mehr.«

»Danke«, maulte Ben. »Das habe ich jetzt gebraucht.«

»Ich wollte dir keine Angst machen«, behauptete Harry, was eine glatte Lüge war. »Aber wir sollten herausfinden, wie dieser Eispirat auf das Schiff gelangt ist. Und ob es noch mehr gibt. Wir sind nur zu dritt. Wir können nicht das ganze Schiff beschützen.«

»Und du glaubst, das wäre nötig?«

»Ich habe nicht so lange überlebt, weil ich irgendetwas *glaube*«, entgegnete Harry nun wieder in scharfem Ton. »Mich interessieren nur Fakten. Hast du eine Ahnung, wo dieses Ding hergekommen sein könnte?«

»Nein, wirklich nicht. Ich –« Ein lautes, lang nachhallendes Knacken unterbrach ihn. Sie fuhren heftig zusammen und blickten sich hektisch um.

Aber es war kein dreifingriges Eismonster, das plötzlich aus dem Nichts auftauchte und über sie herfiel. Stattdessen wiederholte sich das Knacken und wurde dann von einer Lautsprecherstimme abgelöst, die aus keiner bestimmten Richtung zu kommen schien.

»Achtung, hier spricht der Kapitän. Meine Damen und Herren – ich möchte Sie bitten, sich in fünf Minuten auf dem Sonnendeck einzufinden, wo wir die vorgeschriebene Seenot-Rettungsübung durchführen werden. Es besteht kein Grund zur Beunruhigung, da es sich nur um eine Übung handelt, deren Teilnahme jedoch zwingend ist. Ich danke Ihnen für Ihr Verständnis.«

Der Lautsprecher verstummte mit einem letzten Knacken, und Ben tauschte einen verwirrten Blick mit Harry. »Eine Seenot-Rettungsübung? Die haben wir doch gemacht, kurz nachdem wir Kapstadt verlassen haben!«

»Du hast Recht«, sagte Harry grimmig. »Es wird Zeit, dass wir Kapitän Schulz einen kleinen Besuch abstatten. Komm!«

Sie stürmten los. Harry schlug diesmal den Weg durch den Laderaum ein, in dem er selbst und seine Leute für eine Weile Quartier bezogen hatten. Obwohl er Rücksicht auf Ben nahm und nicht annähernd so schnell rannte, wie er es vermutlich gekonnt hätte, hatte er schon ein gutes Dutzend Schritte Vorsprung, als er das obere Ende der schmalen Eisentreppe erreichte und die Tür zum Laderaum aufriss. Irgendetwas stimmte mit dem Licht nicht, das durch die Tür fiel, es war viel zu hell, zu *natürlich* – und dann war Harry auch schon hindurch, prallte mitten in der Bewegung zurück und riss seine Waffe hoch.

Ben hatte mit einem höllischen Lärm gerechnet, aber die Maschinenpistole ließ nur ein gedämpftes, wenn auch rasend schnelles Ploppen hören, als würden Dutzende von Tennisbällen auf einer Tischplatte aufschlagen – und den Bruchteil einer Sekunde darauf ertönte ein Klirren und Bersten, als ob dort oben die größte Glasscheibe der Welt zu Bruch gegangen wäre.

»Was –?«, keuchte Ben und stürmte los. Harry schwenkte seine Waffe langsam von links nach rechts, wobei die klobige Mündung grelle orangerote Flammen ausstieß, während das »Tennisballgeräusch« nun vollends in einem ohrenbetäubenden Scheppern unterging und dann und wann im Heulen eines Querschlägers. Obwohl er sich völlig auf das Ziel vor ihm zu konzentrieren schien, musste er wohl noch ein zusätzliches Paar Augen im Hinterkopf haben, denn er hielt die Waffe plötzlich nur mit einer Hand und benutzte den anderen Arm, um Ben zurückzuhalten, als er an ihm vorbeistürmen wollte. Ben gewann nur einen flüchtigen Eindruck von etwas Riesigem und Weißem, das in einer gewaltigen glitzernden Wolke aus Funken und chaotisch wirbelnden Splittern von der MP auseinander gerissen wurde, dann taumelte er rückwärts und hatte alle Mühe, sich irgendwo festzuklammern, um nicht rücklings die Treppe hinunterzustürzen.

Harry hielt den Abzug seiner Waffe durchgedrückt, bis das Magazin leer war und nur noch ein helles, rasend schnelles metallisches Klicken erscholl, dann riss er das Magazin heraus, rammte mit einer routinierten Bewegung ein neues hinein und hob die Waffe wieder, diesmal jedoch ohne abzudrücken. Anscheinend, dachte Ben benommen, gab es nichts mehr, worauf sich zu feuern lohnte. Das Klirren wurde jedenfalls rasch leiser und hörte schließlich ganz auf. Trotzdem blieb Harry noch eine gute halbe Minute geduckt stehen und schwenkte seine Waffe misstrauisch hin und her, bevor er sich – etwas – entspannte und Ben mit der freien Hand einen Wink gab.

»Du kannst jetzt kommen.«

»Ja, danke«, maulte Ben. »Ich kann es tatsächlich noch. Aber das ist nicht dein Verdienst.«

Harry blickte ihn kalt an. »Komm nie wieder auf die Idee, an einem Mann vorbeilaufen zu wollen, der gerade auf etwas schießt.«

»Das hatte ich auch nicht vor. Ich wollte nur –«

Er brach mitten im Satz ab und riss die Augen auf, als er an Harry vorbeitrat und nun in den Laderaum sehen konnte.

Genau genommen konnte er nicht nur in den Laderaum sehen, sondern weit über das Meer hinaus bis zum Horizont im Westen, denn die Seitenwand des Laderaumes war wieder hinuntergeklappt und hatte sich in eine Rampe verwandelt, die bis zum Meer hinunterreichte. Eine

Anzahl großer Eisschollen hatte sich durch die Fahrt der *Princess* fast bis in den Laderaum hereingeschoben, und in regelmäßigen Abständen barst die Schaumkrone einer Welle an der Kante der Ladeklappe zu sprühendem Weiß. Die Luft roch durchdringend nach Salzwasser und es war schrecklich kalt.

Auf der anderen Seite der Halle türmte sich ein fast kniehoher Berg aus zerborstenem Eis, und die Wand dahinter war mit Brand- und Kratzspuren übersät, wo die Kugeln aus Harrys Maschinenpistole eingeschlagen hatten. Hier und da ragte ein zersplitterter Arm aus Eis oder der Stumpf eines Beines aus den Trümmern, aber nirgends rührte sich etwas. Wie es aussah, hatte Harry ganze Arbeit geleistet.

»Wie viele … waren es?«, fragte Ben mit bebender Stimme.

»Drei oder vier. So genau ist das nicht mehr zu sagen. Es sei denn, du hast Zeit und Lust, sie wieder zusammenzusetzen.«

Er klang unangemessen amüsiert, fand Ben. Aber vielleicht war das ja auch nur Harrys Art, mit der Nervosität fertig zu werden. Der Anführer der Söldner bückte sich nach dem leer geschossenen Magazin, das er gerade so achtlos hatte fallen lassen, und schob es in eine der zahllosen Taschen seiner Montur, bevor er sich zur Ladeklappe herumdrehte und seinen Blick aufmerksam über die übereinander geschobenen Eisschollen tasten ließ.

»Wenigstens wissen wir jetzt, wie sie an Bord gekommen sind.«

»Mit diesen Eisschollen?«

»Für dich sind es Eisschollen. Aber es könnten genauso gut Flöße sein. Und soll ich dir was sagen?« Harry legte eine dramatische Pause ein. »Auf die Dinger da draußen passen deutlich mehr als drei oder vier.«

»Soll das heißen –?«, begann Ben erschrocken.

Harry wedelte mit der Hand, um ihn zu unterbrechen, und hängte sich gleichzeitig das Gewehr wieder über die Schulter. »Das soll gar nichts heißen. Aber ich schließe prinzipiell nichts aus. Wir sollten besser auf Nummer Sicher gehen.« Er zog ein Funkgerät aus der Tasche, das wie der eineiige Zwilling des Apparats aussah, den er Ben gegeben hatte, und hob es an den Mund. »Tom, alles in Ordnung bei euch?«

»Alles in Ordnung und ruhig«, antwortete eine leicht verzerrt klingende Stimme aus dem Gerät.

»Gut. Es könnte sein, dass wir ziemlich schnell wegmüssen. Haltet die Augen offen!« Harry zögerte einen Moment, bevor er fortfuhr: »Der Doktor und seine Frau können sich schon fertig machen und mit euch zum Boot gehen. Sven soll das Hovercraft bereitmachen. Passt auf, dass euch niemand sieht. Ich komme gleich mit dem Jungen nach.«

»Was bedeutet das?«, fragte Ben alarmiert.

»Falls du nicht unter plötzlicher Schwerhörigkeit leidest«, erwiderte Harry, während er das Funkgerät wieder einsteckte, »dann solltest du es eigentlich verstanden haben. Oder habe ich zu leise gesprochen?«

»Aber was sollen wir auf dem Hovercraft?«

»Wir bringen deine Eltern und dich in Sicherheit.«

»Und warum nur uns?«

»Zum Beispiel weil deine Eltern und du so ziemlich die Einzigen an Bord sind, bei denen ich hundertprozentig sicher sein kann, dass sie noch nicht infiziert sind.«

»Blödsinn!«

»Und auf dem Luftkissenboot ist auch wohl kaum Platz für die restlichen Passagiere und die Besatzung«, fuhr Harry fort. Er klang ein bisschen genervt. »Kommst du jetzt mit oder muss ich dich tragen?«

»Ich werde bestimmt nicht einfach weglaufen«, antwortete Ben entschieden. »Und schon gar nicht ohne Sasha!«

Harry verdrehte die Augen. »Jetzt werde nicht albern, Kleiner. Wir sind hier nicht – runter!«

Dann ging alles so schnell, dass Ben gar nicht mitbekam, was geschah, sondern sich auf dem Boden liegend wiederfand, während Harry bereits seine Maschinenpistole von der Schulter riss und abdrückte. Ben konnte die Schüsse auch jetzt kaum hören, aber die Salve strich so dicht über ihn hinweg, dass er den heißen Luftzug der Geschosse spürte, und nur den Bruchteil einer Sekunde später erscholl hinter ihm das vertraute Splittern und Bersten. Ben wandte hastig den Kopf, und obwohl er halbwegs gewusst hatte, was er sehen würde, fuhr er so heftig zusammen, als hätte er einen elektrischen Schlag bekommen.

Die Eisschollen an der Laderampe waren nicht mehr leer. Mindestens ein Dutzend Eispiraten stürmten über das Eis heran; mit ihren scheinbar so plumpen und in Wirklichkeit so unglaublich schnellen Bewegungen.

Harrys MP wütete gnadenlos unter den Monstern. Die Hochgeschwindigkeitsgeschosse ließen die grotesken Kreaturen explodieren, wie Hammerschläge, die hauchzartes Kristallglas trafen – aber für jeden Eispiraten, der unter Harrys Kugelhagel fiel, schienen mindestens zwei neue aufzutauchen! Ben konnte nicht erkennen, woher die Ungeheuer kamen, denn auch die Luft dort draußen war voller fliegender Splitter und wirbelndem Weiß, doch sie rückten näher, statt zu weichen oder sich freundlicherweise in ihre Einzelteile aufzulösen.

Harry schien das genauso zu sehen, denn er streckte den Arm aus und riss Ben grob auf die Füße, ohne auch nur für eine Sekunde den Finger vom Abzug zu nehmen. »Weg!«, brüllte er. »Lauf!«

Ben stolperte los, und Harry folgte ihm, rückwärts gehend und noch immer ununterbrochen feuernd. Das Klirren und Klingen zerberstenden Eises hinter ihnen wurde *lauter*, nicht leiser, und als Ben im Laufen den Kopf drehte, stellte er ohne Überraschung fest, dass die Front der Eisungeheuer fast heran war.

Kurz bevor sie die Tür erreicht hatten, ging Harry abermals die Munition aus. Mit einem Fluch wirbelte er herum, hetzte mit weit ausgreifenden Schritten hinter Ben her und zog im Laufen etwas aus der Tasche, das Ben nicht genau erkennen konnte. Mit einem gewaltigen Satz war er bei und neben ihm, versetzte ihm einen Stoß zwischen die Schulterblätter, der ihn die restliche Entfernung zur Tür deutlich schneller zurücklegen ließ, als er es eigentlich beabsichtigt hatte, und machte gleichzeitig eine Bewegung, als würde er etwas hinter sich werfen.

»Runter!«, brüllte er. Ohne Ben auch nur die Chance zu geben, auf seinen Befehl zu reagieren, warf er sich mit weit ausgebreiteten Armen auf ihn, und sie pflügten gemeinsam durch die offen stehende Tür wie ein absurder Wellenreiter – wobei sich Ben unglückseligerweise in der Rolle des Surfbrettes wiederfand.

Sie schlitterten durch die Tür, und hinter ihnen zuckte ein unerträglich greller, weißer Blitz, unmittelbar gefolgt von einem Knall, als würde das gesamte Schiff in Stücke gerissen. Die Luft war von einem Sekundenbruchteil auf den anderen von erstickender Hitze erfüllt, und überall um sie herum prasselte ein Regen scharfkantiger, glitzernder Geschosse nieder. Ben presste die Augenlider zusammen, als eine orangerote Flammenzunge durch die Tür leckte und die Decke über ihnen schwärzte.

Dann war es vorbei. Das Klirren und Prasseln hielt noch kurz an und verstummte dann ganz, und auch die Flammen zogen sich zurück. Alles, was Ben noch hörte, war ein monotones Fiepen, mit dem seine Trommelfelle gegen die grobe Behandlung protestierten.

Harry wälzte sich stöhnend von ihm herunter, blieb einen Atemzug lang benommen auf Händen und Knien hocken und drehte sich dann ächzend herum. Während er zur Tür zurückkroch, wechselte er abermals sein Magazin aus und hob die Waffe.

Er schoss nicht. Stattdessen richtete er sich vorsichtig auf und trat dann unendlich behutsam durch die Tür, und Ben sog erschrocken die Luft zwischen den Zähnen ein. Harrys Rücken war gespickt mit Eissplittern, die sich wie glänzende Dolche in seine Jacke gebohrt hatten.

»Hast du sie …«, begann Ben – oder wollte es wenigstens, aber seine Stimme versagte ihm den Dienst. Alles, was er herausbrachte, war ein halb ersticktes Krächzen.

Harry machte einen weiteren Schritt in den Laderaum hinein und verschwand damit aus seinem Sichtfeld, und das Gefühl, allein zu sein, war für Ben vollkommen unerträglich. Er stand so hastig auf, dass er fast gestrauchelt wäre, und eilte hinter dem Söldner her.

Harry hatte nicht geschossen, weil es nichts mehr gab, worauf er schießen konnte. Die Handgranate, die dieser Irrsinnige einfach hinter sich geschleudert hatte, hatte nicht nur die Armee der Eisungeheuer zerfetzt, sondern auch die Laderampe leer gefegt. Die ineinander verkeilten Eisschollen waren verschwunden. Hier und da schimmerte noch ein weißes Fitzelchen auf dem versengten Stahl.

»Das war knapp«, murmelte Harry. Seine Stimme zitterte ganz leicht.

Ben behielt lieber für sich, was er über die Art und Weise dachte, *wie* Harry mit ihren Verfolgern fertig geworden war, und sah stattdessen beunruhigt auf das Meer hinaus. Da war etwas gewesen, irgendein Schatten oder eine … Bewegung, die er nur aus den Augenwinkeln wahrgenommen hatte, während sie durch die Tür geschlittert waren, aber das

Bild entglitt ihm, bevor er es greifen konnte. Außerdem gab es da noch etwas anderes, was mindestens ebenso beunruhigend war.

»Was ist mit deinem Rücken? Bist du verletzt?«

Harry hob instinktiv die Hand zum Nacken, ließ sie dann aber gottlob wieder sinken. »Keine Ahnung. Ich glaube nicht. Aber darum kümmern wir uns später. Was ist mit dir?«

»Alles in Ordnung«, sagte Ben – auch wenn es ihm im Grunde nicht anders erging als Harry. Er stand noch viel zu sehr unter Schock, um wirklich zu wissen, ob er verletzt war oder nicht.

»Dann sollten wir schnellstens machen, dass wir von hier wegkommen. Oder hast du immer noch was dagegen, von diesem wunderschönen Schiff zu verschwinden?«

Ben antwortete nicht. Er blickte noch einen Moment lang auf den Ozean hinaus und drehte sich dann herum, um den Laderaum zu verlassen.

Und dann wusste er, was er draußen auf dem Meer gesehen hatte.

Es war wirklich nur ein Schatten gewesen. Der Umriss eines gigantischen, dunklen *Dinges*, das unweit der *Princess of the Dawn* dicht unter der Wasseroberfläche lauerte und seine riesigen, peitschenden Fangarme nach dem Schiff ausgestreckt hatte …

28

NOCH WÄHREND SIE DEN MASCHINENRAUM DURCHQUERTEN, hatte Harry sein Funkgerät aus der Tasche genommen und seine Männer angewiesen, nun doch auf sie zu warten, was Ben mit großer Erleichterung registrierte. Er konnte selbst nicht sagen, warum, aber die Vorstellung, nur mit Harry durch dieses Schiff zu irren, wäre ihm einfach unerträglich gewesen. Vor allem weil er tief in sich davon überzeugt war, dass es noch lange nicht vorbei war, sondern vielleicht gerade erst richtig begann.

»Ihr seid mit dem Hovercraft gekommen?«, fragte er, während er dicht hinter dem Söldner die Treppe hinaufeilte.

»Ich dachte, das hätte ich schon gesagt.« Harry schaute sich nicht zu ihm um.

»Hast du deine Schallkanone mitgebracht?«

Nun wandte Harry doch den Kopf und warf ihm einen überraschten Blick zu. »Natürlich nicht! Ich habe nicht damit gerechnet, in den Krieg ziehen zu müssen!«

Ben atmete innerlich auf. Wenigstens *dieser* Teil seines Traumes würde sich nicht erfüllen.

Was ja nicht hieß, dass die Wirklichkeit nicht noch schlimmer werden konnte …

Sie erreichten den Flur, auf dem seine Kabine lag, jedoch ohne dass es zu einem weiteren Zwischenfall gekommen wäre, was Ben allerdings nur wenig tröstete. Er war halb verrückt vor Sorge um Sasha. Sie musste jetzt wieder in ihrer Kabine oder der ihres Vaters sein, vermutlich bewacht von dem dunkelhaarigen Steward, der sie auch bisher umsorgt hatte. Ben konnte nur hoffen, dass er inzwischen nicht auch zu den Infizierten gehörte. Er würde ganz bestimmt nicht von Bord gehen, ohne sich zumindest davon überzeugt zu haben, dass es ihr gut ging.

Aber er sparte es sich vorsichtshalber, Harry *das* zu sagen.

Vor der Tür seiner Kabine hielt nach wie vor nur ein Mann Wache, aber da die Abwesenheit des zweiten Söldners Harry nicht zu beunruhigen schien, sagte auch Ben nichts dazu. Er betrat die Kabine als Erster und musste im nächsten Augenblick schon wieder um seine Balance kämpfen, weil seine Mutter regelrecht über ihn herfiel und ihn mit Fragen bestürmte, ob ihm auch wirklich nichts zugestoßen sei. Es gelang Ben nur mit einiger Mühe, sich ihrer zu erwehren.

»Mit mir ist alles in Ordnung.«

»Was war das für ein Knall?«, fragte seine Mutter aufgeregt. »Eine Explosion?«

»Wir haben Schüsse gehört«, mischte sich sein Vater ein, zwar deutlich ruhiger, aber ebenso besorgt wie sie. »Was war los?«

»Ärger«, antwortete Harry an seiner Stelle und schloss die Tür hinter sich. »Bens Fanclub ist gekommen.«

»Was soll das heißen?«, fragte Bens Mutter erschrocken.

»Es waren die Eismonster«, erklärte Ben rasch. »Die gleichen, die Sasha und mich vorhin im Maschinenraum angegriffen haben.«

»Fängst du schon wieder mit diesem Unsinn –?«, fuhr sein Vater auf und wurde sofort von Harry unterbrochen.

»Er sagt die Wahrheit.«

»Sie … Sie haben sie *gesehen*?«, murmelte Robert Berger zweifelnd.

»Was glauben Sie, auf wen ich geschossen habe?«, erwiderte Harry. »Aber keine Sorge – Ihrem Sohn ist nichts passiert.«

»Jedenfalls haben mich die Eispiraten nicht in Gefahr gebracht«, fügte Ben säuerlich hinzu. Seine Mutter blickte fragend, und Ben sagte mit einer erklärenden Geste auf den Söldner: »Dieser Irre hat eine Handgranate in den Laderaum geworfen!«

»Eine Handgranate?«, ächzte sie.

»Die Situation war ein bisschen brenzlig«, sagte Harry lächelnd. »Aber wir sind ja noch mal davongekommen. Trotzdem«, fuhr er, plötzlich wieder ernst, fort, während er sein Gewehr auf den Tisch legte und dann aus seiner Jacke zu schlüpfen begann, »würde ich Sie bitten mich kurz zu untersuchen.«

Bens Mutter sah nun endgültig verwirrt aus – und sehr hilflos –, doch Harry verzichtete auf eine weitere Erklärung und fuhr fort, sich aus seiner weißen Tarnjacke zu schälen. Nicht nur Ben fiel auf, wie vorsichtig er dabei zu Werke ging. So wie er sich bewegte, hätte man meinen können, seine Jacke sei mit giftigen Schlangen oder Skorpionen gefüttert.

»Was ist denn –?«, begann seine Mutter und schlug die Hand vor den Mund, als sich ein scharfkantiger Eissplitter von der Größe und Form eines Dolches aus dem Futter löste und klirrend auf dem Boden zerbrach. Sein Vater streckte instinktiv den Arm aus und wollte sich nach der Scherbe bücken.

»Nicht anfassen!«, rief Ben.

Sein Vater funkelte ihn ärgerlich an, zog die Hand aber trotzdem gehorsam zurück, und Harry streifte endlich seine Jacke ab, verursachte dabei einen wahren Scherbenregen und zog dann auch noch seinen ebenfalls weißen Pullover über den Kopf. Jennifer Berger untersuchte ihn rasch und schüttelte dann den Kopf.

»Ich kann nichts entdecken. Anscheinend haben Sie Glück gehabt. Da ist ein kleiner Kratzer in Ihrem Nacken, aber der muss nicht von den Splittern stammen. Er blutet nicht einmal.«

»Sie meinen, das Zeug ist nur ansteckend, wenn es in die Blutbahn gerät?«, fragte Harry nervös.

»Da ich nicht weiß, ob es überhaupt ein *Zeug* gibt, geschweige denn wie es wirkt, meine ich überhaupt nichts. Aber die Vermutung liegt zumindest nahe. Und so wie es aussieht, haben wir im Moment sowieso keine andere Wahl, als es darauf ankommen zu lassen, nicht wahr?« Sie bedachte den Söldner mit einem kühlen Lächeln – Harry sah nicht unbedingt so aus, als hätten ihn diese Worte beruhigt – und wandte sich dann mit einer auffordernden Geste an Ben. »Jetzt du.«

»Jetzt ich, was?«, wiederholte Ben verständnislos.

»Zieh deine Jacke aus«, antwortete seine Mutter ungeduldig. »Ich will dich untersuchen.«

»Mir fehlt nichts. Wir haben auch keine Zeit!«

»Auf die zwei Minuten kommt es jetzt auch nicht mehr an«, mischte sich Harry ein. Und natürlich wäre Harry nicht Harry gewesen, hätte er sich nicht mit einem dümmlichen Grinsen an Bens Mutter gewandt und vorgeschlagen: »Soll ich ihn festhalten?«

Ben ersparte seiner Mutter die Peinlichkeit einer Antwort, indem er rasch ebenfalls aus Jacke und Pullover schlüpfte und sich von ihr abtasten ließ. Natürlich dauerte es deutlich länger als zwei Minuten, denn ihre Untersuchung fiel sehr viel gründlicher aus als bei Harry, aber schließlich bedeutete sie ihm mit einem Kopfnicken, dass alles in Ordnung sei und er sich wieder anziehen könne.

»So, und jetzt sollten wir von hier verschwinden, so schnell es geht«, sagte Harry, noch während Ben damit beschäftigt war, wieder in seine Kleider zu schlüpfen. »Ziehen Sie die wärmsten Sachen an, die Sie haben. Es ist verdammt kalt draußen auf dem Meer.«

»Meer?«, wiederholte sein Vater. »Wieso Meer?«

»Wir nehmen Sie mit auf die Wetterstation. Oder wollen Sie hier bleiben und abwarten, ob Sie es überleben … Sie und Ihre Familie?«

»Aber wir können die Leute hier doch nicht einfach im Stich lassen!«, protestierte Bens Mutter.

Harry sah sie eine halbe Sekunde lang mit schräg gehaltenem Kopf an, dann zuckte er mit den Schultern, nahm sein Gewehr vom Tisch und drückte es ihr wortlos in die Hand. Sie griff zwar ganz automatisch danach, betrachtete die schwere Waffe aber ungefähr so, als handele es sich um eine tote und schon seit einer guten Woche in Verwesung übergegangene Giftschlange.

»Was … was soll ich damit?«

»Die werden Sie brauchen, wenn Sie den Leuten hier an Bord wirklich helfen wollen«, antwortete Harry. Er kam ihrem Widerspruch mit einer herrischen Geste zuvor und nahm seine Waffe sofort wieder an sich. »Hören Sie! Ich weiß, wie Sie sich jetzt fühlen. Mir geht es nämlich auch nicht sehr viel besser. Ich habe nicht die geringste Ahnung, was hier vorgeht, aber es ist eine verdammt üble Sache. Und ich bin ziemlich sicher, dass wir paar Leutchen nicht genug sind, um hier irgendetwas bewirken zu können! Also schlage ich vor, dass wir von hier verschwinden, solange es noch geht.«

»Um in aller Ruhe abzuwarten, wie die Leute hier vor die Hunde gehen?«, fragte Bens Vater scharf.

»Um in aller Ruhe zu überlegen, was wir unternehmen können. In der Station sind wir erst einmal sicher – auf jeden Fall sicherer als hier. Und wir könnten Hilfe herbeirufen. Dort drüben gibt es Funkgeräte, die noch funktionieren.« Er lächelte humorlos. »Wenn es sich wirklich um eine Epidemie handelt und Kapitän Schulz zu stur ist, um die entsprechenden Maßnahmen zu ergreifen, dann wird er ja möglicherweise vernünftig, wenn er in die Bordgeschütze eines Kanonenbootes blickt.«

»Und wenn es keine simple Epidemie ist?«, fragte Ben. Er kam sich selbst albern dabei vor. Er *wusste,* dass es keine Krankheit war, zumindest nicht im herkömmlichen Sinne. Und Harry wusste es auch. Schließlich hatte er dasselbe gesehen wie er.

»Egal, welche Art von Epidemie es ist. Entscheidend ist, dass jemand am Leben bleibt und Hilfe ruft – bevor dieses Schiff in einen dichter besiedelten Teil der Welt fährt und die ganze Sache außer Kontrolle gerät. Und jetzt zieht euch um, verdammt noch mal! Wenn wir noch lange hier herumstehen und reden, dann erledigt sich die Sache vielleicht von selbst!«

Ein lautes Knacken erscholl, und Kapitän Schulz' Stimme, die aus einem verborgenen Lautsprecher irgendwo unter der Decke drang, verkündete: »Achtung, hier spricht noch einmal der Kapitän! Ich darf auch die restlichen Passagiere bitten, sich nun zu der Seenot-Rettungsübung auf dem Sonnendeck einzufinden! Ich weise Sie ausdrücklich darauf hin, dass die Teilnahme an dieser Übung nicht freiwillig ist! Jeder, der die Teilnahme verweigert, hat mit Konsequenzen zu rechnen!«

Der Lautsprecher verstummte mit einem Knacken, das Ben absurderweise zornig vorkam, doch dann wurde ihm klar, dass dieser Gedanke gar nicht so absurd war: Es war das Knallen gewesen, mit dem Kapitän Schulz den Hörer auf die Gabel geschmettert hatte.

»Ist er jetzt völlig durchgedreht?«, fragte sein Vater.

»Das war jetzt die zweite Aufforderung«, sagte Harry nachdenklich. »Da stimmt doch irgendetwas nicht.« Er überlegte einen Moment lang angestrengt, dann schulterte er sein Gewehr und machte gleichzeitig eine wedelnde Handbewegung. »Das sehe ich mir an. Sie ziehen sich inzwischen um, aber schnell. Und nehmen Sie nur mit, was Sie unbedingt brauchen.«

»Ich komme mit!«, sagte Ben.

Harry war schon bei der Tür. »Kommt nicht in Frage.«

»Das werden wir sehen«, knurrte Ben. »Du kannst mich ja niederschlagen, wenn du willst, oder mir ins Knie schießen.«

Harry maß ihn mit einem Blick, als ziehe er eine dieser beiden Möglichkeiten ganz ernsthaft in Betracht, aber dann hob er – fast zu Bens Überraschung – nur die Schultern. »Es ist dein Leben. Aber erwarte nicht von mir, dass ich meines riskiere um dich zu retten.«

»Ben, du –«, begann seine Mutter fast hysterisch, doch Ben hörte ihr weder zu noch gab er ihr Gelegenheit, ihn auf irgendeine andere Weise zurückzuhalten, sondern stürmte hinter Harry her auf den Korridor hinaus. Obwohl er sich beeilte, holte er den Söldner erst ein, als sie schon halb die Treppe hinauf waren. Mit einem Gefühl von schon deutlich mehr als *leiser* Beunruhigung registrierte er, dass Harry die MP wieder von seiner Schulter genommen und den Sicherungshebel herumgelegt hatte.

»Also gut«, sagte Harry, als er neben ihm angelangt war. »Wie lange brauchst du zur Kabine und zurück?«

»Welche Kabine?«

»Die, in der das Mädchen ist. He – verkauf mich nicht für dumm, Kleiner! Oder glaubst du wirklich, ich weiß nicht, warum du unbedingt mitkommen wolltest?«

War er wirklich so leicht zu durchschauen?, dachte Ben und gab sich die Antwort auf seine eigene Frage gleich selbst: Wenn es um Sasha ging, wahrscheinlich ja.

»Nicht besonders lange. Ich kann in fünf Minuten mit ihr zurück sein.«

»Dann versuch dein Glück«, sagte Harry. »Aber denk dran, was ich dir gesagt habe: Ich riskiere nicht mein Leben, um dich aus der Scheiße zu ziehen.«

»Schon klar«, antwortete Ben und sprintete los.

In einer vermutlich nicht nur persönlichen Rekordzeit erreichte er den Gang, auf dem die Kabinen der Besatzung lagen, legte noch einmal an Tempo zu und bog an seinem Ende nach links ab, um die Kapitänskajüte zu erreichen. Er brauchte nur ein paar Sekunden, aber diese Zeit reichte seiner Fantasie allemal aus, um ihm alle möglichen Gründe auszumalen, warum sein Vorhaben einfach schief gehen musste – angefangen von der Möglichkeit, dass Schulz einen Matrosen vor der Tür seiner Kajüte postiert hatte (vorzugsweise den großen Bruder von King Kong), bis hin zu der, dass er Sasha nicht dazu bewegen konnte, mit ihm zu kommen. Immerhin war Kapitän Schulz ihr Vater, und Ben bezweifelte trotz allem, dass sie verstanden hatte, was hier an Bord vorging.

Zumindest eine seiner Befürchtungen stellte sich als unnötig heraus. Auch dieser Abschnitt des Ganges war leer. Wahrscheinlich hatte Schulz jeden Mann, den er entbehren konnte, losgeschickt, um die Passagiere zusammenzutreiben, damit sie auch ja an der *Seenot-Rettungsübung* teilnahmen, und außerdem wähnte er ihn und seine Eltern ja noch immer sicher in ihrer Kabine gefangen.

Damit brach seine Glückssträhne aber auch schon ab. Ben prallte nahezu ungebremst gegen die Tür, drückte die Klinke herunter und fand sich im nächsten Moment, mit heftig rudernden Armen um sein Gleichgewicht kämpfend, auf der anderen Seite des Flures wieder. Seine rechte Schulter pochte so heftig, dass ihm der Schmerz die Tränen in die Augen trieb.

Die Tür war abgeschlossen.

Warum war ihm dieses simpelste aller Hindernisse eigentlich nicht selbst eingefallen?

Ben machte sich in Gedanken eine Notiz, sich später ausgiebig zu beschimpfen, nahm einen kurzen Anlauf und rammte die Tür dann mit aller Kraft mit der (unverletzten) Schulter. Es tat genauso ekelhaft weh, wie er es erwartet hatte, und es gelang ihm auch nicht, die Tür auf Anhieb aufzusprengen. Aber seine außer Kontrolle geratene Fantasie, die ihm weismachen hatte wollen, dass sich unter dem millimeterdünnen Holzfurnier eine mindestens fünf Zentimeter dicke Stahlplatte verbergen musste, behielt auch diesmal Unrecht: Die Tür hatte bereits einen Riss und hing sichtbar schräg in den Angeln. Mit dem nächsten Stoß würde er zweifellos durchbrechen. Darüber, wie Sasha reagieren würde, wenn er sich *gewaltsam* Zutritt zu ihrer Kabine verschaffte, um sie in aller Hast mit sich zu schleifen, dachte er vorsichtshalber erst gar nicht nach. Aber er war entschlossen, sie schlimmstenfalls mit Gewalt mitzunehmen.

Er nahm wieder Anlauf, rammte die Tür mit noch größerer Kraft (und einem Schmerzensschrei) und stolperte in einem Regen aus Holzsplittern und fliegenden Kunststoffteilen in die Kabine hinein.

Um ein Haar wäre er gegen Sasha geprallt, die nur ein paar Schritte hinter der Tür stand und aus leeren Augen in seine Richtung blickte. Ben registrierte beiläufig, dass sie nicht nur ihr gewohntes weißes Kleid trug, sondern auch den weißen Mantel mit Fellbesatz, ebenfalls weiße, gefütterte Stiefel und dicke weiße Handschuhe, fand mit einiger Mühe sein Gleichgewicht wieder und griff nach ihrem Handgelenk.

»Wir müssen weg! Frag mich jetzt nicht, warum, aber es geht um Leben und Tod!«

Er bekam natürlich keine Antwort, doch er erlebte trotzdem eine Überraschung: Er musste Sasha zwar auf den ersten beiden Schritten hinter sich herzerren, doch nachdem sie sich einmal in Bewegung gesetzt hatte, lief sie ganz von selbst neben ihm her, und das sogar in erstaunlichem Tempo.

Natürlich würden sie es trotzdem nicht schaffen, in der knappen Frist zurück zu sein, die Ben selbst genannt hatte, aber was das anging, machte er sich keine besonderen Sorgen. Ganz egal was Harry auch gesagt hatte, er würde ihn niemals hier zurücklassen; gar nicht zu reden davon, dass seine Mutter ihm vermutlich die Augen auskratzen würde, sollte er so etwas auch nur *vorschlagen.*

Sie waren schon beinahe wieder bei der Treppe angelangt, an der er sich von Harry getrennt hatte, als ihm auffiel, wie still das Schiff war. Das dumpfe Dröhnen der Turbinen war ganz leise im Hintergrund zu hören, was bewies, dass die Maschinen immer noch mit voller Kraft liefen, obwohl die *Princess* eher gemächlich dahinzuckelte, aber sonst war absolut nichts zu hören; keine Schritte, keine Stimmen, keine Musik, überhaupt keine anderen Geräusche.

An der Abzweigung zur Treppe blieb er stehen und sah sich unschlüssig um. Von Harry war nichts zu sehen. Die fünf Minuten, die sie verabredet hatten, waren längst vorbei, aber er konnte sich nach wie vor nicht vorstellen, dass Harry ihn im Stich lassen würde.

Das hatte er auch nicht. Ben stand gerade lange genug da, um sich ernsthafte Sorgen machen zu können, als er zurückkam; schnell und mit sehr ernstem Gesicht. Die Waffe hatte er allerdings wieder über die rechte Schulter gehängt, ein Detail, das Ben ungemein beruhigte.

»Hast du sehen können, was an Deck passiert?«, empfing ihn Ben.

»Ja, und es gefällt mir ganz und gar nicht.« Er blieb stehen und zog das Funkgerät aus der Tasche. »Tom? Alles in Ordnung bei euch?«

Ben konnte die Antwort des Söldners nicht verstehen, aber sie schien Harry zufrieden zu stellen, denn er nickte knapp. »Gut. Dann gehst du mit dem Doktor und seiner Frau schon einmal vor. Sven soll das Hovercraft zur Ladeklappe bringen. Sie steht offen. Wartet auf uns, aber macht euch auf einen schnellen Abflug gefasst. Hier ist eine Riesensauerei im Gange.«

»Was für eine Riesensauerei?«, fragte Ben.

Harry steckte das Funkgerät wieder ein und machte eine Kopfbewegung in die Richtung, aus der sie gekommen waren. »Ich zeige es dir. Komm mit.«

Ben war tief beunruhigt und platzte gleichzeitig vor Neugier, aber er zögerte trotzdem, Harrys auffordernder Geste zu folgen. Sie waren nicht allein. Sasha hatte sich zwar bisher überraschend gut gehalten und nach dem Zwischenfall im Maschinenraum war er auch davon überzeugt, dass sie in einer brenzligen Situation die Nerven behalten würde – aber sie würde kaum so schnell rennen können wie Harry oder er. Und außerdem widerstrebte es ihm prinzipiell, sie in Gefahr zu bringen.

»Keine Sorge«, sagte Harry, der sein Zögern richtig gedeutet haben musste. »Sie sind alle draußen. Solange wir nicht auf einer Trillerpfeife blasen, wird uns nichts passieren. Aber sei trotzdem leise.«

Da er anscheinend fest entschlossen war, sich weiterhin nur in geheimnisvollen Andeutungen zu ergehen, resignierte Ben und folgte ihm. Sasha ging auch jetzt gehorsam neben ihm her, doch er hatte den Eindruck, dass sie es jetzt nur noch widerstrebend tat, auch wenn ihr Gesicht so ausdruckslos blieb wie immer.

Ben wurde unwillkürlich langsamer, als sie sich der Tür zum Sonnendeck näherten. Sie war geschlossen und auch auf diesem Gang war niemand zu sehen, aber er glaubte nun ein gedämpftes Raunen zu hören, wie ferne Meeresbrandung – oder eine größere Ansammlung von

Menschen. Schulz hatte in seiner Durchsage ja auch angeordnet, dass sich die Passagiere auf dem Vorderdeck versammeln sollten.

Statt jedoch die Tür dorthin anzusteuern, machte Harry plötzlich einen Schwenk nach links und öffnete die Tür zum Restaurant. Der große Raum war leer, doch er hatte trotzdem Bedenken, ob Harrys Idee wirklich so gut war. Durch die riesige Panoramascheibe würden sie einen guten Blick auf das Vorderdeck haben – aber jeder, der dort unten stand, hatte einen ebenso guten Blick zu ihnen herein. Er folgte dem Söldner, blieb jedoch dicht hinter der Tür stehen und ließ Sashas Hand los. »Warte hier auf mich. Ich bin sofort zurück, okay?« Er ging weiter, und Sasha folgte ihm ohne zu zögern.

Harry lachte leise. »Das ist das Problem mit der Kleinen. Sie gibt zwar keine Widerworte, aber sie gehorcht auch nicht besonders gut.«

Ben verzichtete vorsichtshalber auf eine Antwort. Er hätte den Kerl sonst möglicherweise durch die Fensterscheibe bis hinunter auf das Vorderdeck geschubst.

Dann war er neben Harry angelangt und sah durch die Panoramascheibe hinaus und sein Ärger auf den Söldnerführer war vergessen.

Das Vorderdeck war voller Menschen. Damit hatte er gerechnet. Aber nicht damit, dass es *so* viele sein würden. Nicht nur sämtliche Passagiere der *Princess of the Dawn* drängten sich auf dem winzigen Sonnendeck, sondern auch ein Großteil der Besatzung, wenn nicht sogar alle, war hinausgekommen; mit dem Ergebnis, dass die Menschen so dicht an dicht standen, dass sich Ben beinahe wunderte, wie sie überhaupt noch atmen konnten.

»Da fragt man sich doch, wie er dort unten eine Rettungsübung abhalten will, nicht wahr?«, fragte Harry spöttisch. »Ich meine, ich würde mir nicht zutrauen, da eine Schwimmweste anzuziehen.«

»Ich frage mich eher, warum sie sich das gefallen lassen.«

»Oh, Menschen sind so. Du musst ihnen nur einen Befehl erteilen, und schon tun sie fast alles, was du willst. Der Trick ist, möglichst überzeugend zu klingen.«

»Aber was *tun* sie da?«, murmelte Ben. »Und wo ist Schulz?«

Harry hob wortlos die Hand und deutete nach links, und als Ben der Geste folgte, sah er den Kapitän der *Princess* mit einem Megafon in der

Hand an der Reling stehen. Er trug jetzt wieder seine weiße Galauniform wie am vergangenen Abend, und selbst über die große Entfernung hinweg konnte Ben erkennen, wie abgerissen und verdreckt sie war. Und er sah noch etwas: Schulz hatte das Pflaster von seiner Wange entfernt, und was darunter zum Vorschein gekommen war, hatte kaum noch Ähnlichkeit mit einem menschlichen Gesicht. Aus der winzigen Wunde, die ihm der Eissplitter zugefügt hatte, war ein entzündetes, rot aufgedunsenes Geschwür geworden, aber das war nicht einmal das Schlimmste. *Schlimm* war das weiße Spinnweb-Geflecht, das seine Wange fast bis zum Augenwinkel hinauf überzog und zu *pulsieren* schien, als wäre es von eigenem, widerwärtigen Leben erfüllt ...

Ben schaute rasch zu Sasha hin, aber wenn sie ihren Vater in seinem schrecklichen Zustand entdeckt hatte, so reagierte sie jedenfalls nicht darauf. Er drehte sich wieder zum Fenster und ließ seinen Blick über die Menge schweifen.

»Was tun sie?«, murmelte er verstört.

»Keine Ahnung«, antwortete Harry. »Aber es sieht so aus, als ob sie auf etwas warten.«

Die logische nächste Frage wäre gewesen, *worauf*, aber Ben wagte es nicht, sie auszusprechen.

Das war auch nicht nötig. Sie wurde im nächsten Augenblick bereits beantwortet.

Im Nachhinein versuchte er immer wieder sich einzureden, dass es andersherum gewesen sei, aber es war Harry, der es zuerst bemerkte. Er stieß ein erschrockenes Zischen aus, und noch während Ben herumfuhr und in dieselbe Richtung starrte wie er, riss er seine Waffe von der Schulter.

»Duckt euch!«, brüllte er.

Ben reagierte sofort – allerdings duckte er sich nicht, sondern wirbelte herum und warf sich schützend über Sasha –, aber der Bruchteil einer Sekunde hatte ihm gereicht, um das missgestaltete weiße Ding zu entdecken, das nur ein kleines Stück vom Kapitän entfernt über die Reling kletterte.

Harry riss den Abzug seiner Maschinenpistole durch, und Ben dachte ganz ruhig: *Jetzt ist er komplett durchgeknallt.*

Er hatte sich so ungestüm gegen Sasha geworfen, dass sie beide zu Boden stürzten, doch er sah noch im Fallen, wie das dicke Glas der Panoramascheibe den ersten drei oder vier Kugeln aus Harrys MP standhielt, dann aber in einem gewaltigen klirrenden Wasserfall aus sonderbar rechteckigen, kleinen Glasscherben zu Boden prasselte. Etwas biss schmerzhaft in seinen Hals, dann in seine Wange und seine Stirn, und auch Harry stieß einen Schmerzensschrei aus. Trotzdem sprang er vor, senkte seine Waffe und riss den Abzug abermals durch, und aus Bens merkwürdiger Ruhe wurde Entsetzen. Harry musste den Verstand verloren haben! Er *feuerte* mit einer Maschinenpistole in die Menschenmenge!

Mit einem einzigen Satz war er auf den Füßen und neben Harry, um ihm die Waffe aus der Hand zu reißen. Harry machte sich nicht einmal die Mühe, nach ihm zu schlagen, sondern versetzte ihm nur einen derben Stoß mit der Schulter, der ihn fast wieder zu Boden geschleudert hätte. Im letzten Moment fand er einen Halt – dummerweise an einer Kante der zersplitterten Fensterscheibe, an der er sich prompt einen tiefen Schnitt in der Handfläche zuzog. Der Schmerz trieb ihm die Tränen in die Augen und ließ ihn aufschreien, aber er stemmte sich trotzdem in die Höhe und taumelte auf Harry zu.

Der Söldner hörte auf zu schießen, und Ben blieb abrupt stehen und blickte durch das zersplitterte Fenster auf das Vorderdeck hinab. Er hatte erwartet, dort unten Dutzende von Verletzten oder gar Toten zu erblicken, aber das war nicht der Fall.

Dafür war auf dem Vorderdeck jetzt eine ausgewachsene Panik ausgebrochen.

Jetzt erwies es sich als Glück, dass die Menschen dort unten so dicht gedrängt standen, dass sie einfach keinen Platz hatten, um sich gegenseitig niederzutrampeln. Es entstand nur ein allgemeines Geschiebe, Gerangel und Gedränge, eine wogende Bewegung, die die gesamte Menschenmenge ergriffen hatte. Vermutlich gab es dennoch etliche gequetschte Rippen und genug blaue Flecken, Prellungen und Schrammen, aber es hätte deutlich schlimmer kommen können.

Was allerdings nicht hieß, dass es nicht schlimmer werden *würde* … Harry schien jedenfalls sein Möglichstes dazu beitragen zu wollen. Das

Eisungeheuer war spurlos verschwunden, und Schulz hatte den Kopf in den Nacken gelegt und starrte hasserfüllt zu ihnen hoch; ein Ausdruck, den Ben trotz der Entfernung überdeutlich auf seinem Gesicht erkennen konnte. Harry hatte seine Waffe gesenkt und zielte nun ganz eindeutig auf ihn. Sein Finger strich über den Abzug.

»Was hast du vor?«, fragte Ben nervös.

Bevor Harry antworten konnte – falls er es überhaupt vorhatte –, verwandelte sich Schulz' Gesichtsausdruck von blankem Hass in ein hämisches Grinsen, und auf der anderen Seite des Schiffes wogte die Menschenmasse zurück, und diesmal *hörte* Ben gellende Schmerzensschreie. Über der Reling erschienen Kopf und Schultern eines weiteren Eisungeheuers, und nur einen Herzschlag später tauchte ein drittes Eismonster nur ein kleines Stück daneben auf. Harry fluchte ordinär und gab einen kurzen Feuerstoß aus seiner Waffe ab. Funken stoben aus der Reling, und eines der Eismonster verschwand wie weggezaubert, das andere hatte auf einmal keinen Kopf und keine Schultern mehr. Der reglose Torso kippte nach hinten und verschwand, während sich die abgetrennten Arme noch einen Moment lang mit ihren dreifingrigen Händen an der Reling festklammerten, bis auch sie sich lösten und ins Meer zurückfielen. Aber Ben sah auch entsetzt, wie sich einer der Passagiere an die Schulter griff und mit schmerzverzerrtem Gesicht gegen seinen Nebenmann kippte. Anscheinend war Harry doch kein so hervorragender Schütze, wie er angenommen hatte. Oder es war ein Querschläger gewesen.

»Hör auf!«, keuchte er. »Willst du sie umbringen?«

»Was glaubst du, was die Dinger da mit ihnen tun werden?«, knurrte Harry, hörte aber wenigstens auf zu schießen. Ben blieb ihm die Antwort schuldig – auch wenn er das ungute Gefühl hatte, dass Harry sich irrte. Was immer diese Ungeheuer mit den Menschen dort unten vorhatten, es war nicht ihr Tod, den sie im Sinn hatten, sondern etwas weit Schrecklicheres.

Möglicherweise würden sie es ja gleich erfahren, denn schon tauchten zwei weitere Ungeheuer über der Reling auf. Vielleicht war es Zufall, vielleicht hatten sie auch gelernt – diesmal jedenfalls erschienen sie auf zwei verschiedenen Seiten des Schiffes, sodass Harry sie nicht mit einer einzigen Salve ausschalten konnte.

Er entschied sich für das Ungeheuer auf der linken Seite. Die Kugel zerriss das groteske Geschöpf, noch bevor es sich halb über die Reling ziehen konnte, doch das zweite schaffte es fast bis aufs Deck. Harry erledigte es mit einem einzigen gezielten Schuss, der seinen Kopf in eine Wolke aus auseinander stiebenden Eissplittern verwandelte, doch einen Sekundenbruchteil zuvor riss es noch die Hand in die Höhe und schoss seine Finger ab. Eines der heimtückischen Geschosse ging fehl, die beiden anderen trafen einen älteren Mann in Brust und Oberarm. Er brach lautlos zusammen und er war nicht der Einzige. Mindestens ein halbes Dutzend anderer Passagiere in seiner unmittelbaren Nähe griffen sich an Gesichter, Körper und Arme, und Ben sah plötzlich überall Blut. Was das Ungeheuer selbst nicht mehr geschafft hatte, das war Harrys Kugeln gelungen. Die Splitter seines explodierten Schädels hatten weit mehr Passagiere verletzt, als es seiner begrenzten Anzahl an *Finger*geschossen möglich gewesen wäre.

Harry schien seinen Fehler ebenfalls eingesehen zu haben, denn er fluchte erneut, schaltete wieder von Dauer- auf Einzelfeuer um und gab rasch hintereinander drei Schüsse ab, die ebenso viele Eisungeheuer ins Meer zurückschleuderten, die in diesem Moment über die Reling zu klettern versuchten.

Einem vierten und fünften gelang es, an Bord zu kommen.

Harry erlegte das vorletzte Monstrum mit einem wahren Meisterschuss (vielleicht war es auch pures Glück), der ihm den Kopf von den Schultern fegte, ohne dass auch nur ein einziger Splitter flog, das fünfte und letzte Ungeheuer aber setzte seinen Weg mit roboterhaft anmutender Sturheit fort und bahnte sich rücksichtslos eine Gasse in die dicht gedrängt stehende Menschenmenge hinein.

Dann explodierte es.

Ben sah genau, dass Harry nicht geschossen hatte. Trotzdem flog nicht nur der Kopf, sondern das gesamte Ungeheuer in einer solch gewaltigen Explosion auseinander, als hätte es eine Handgranate verschluckt. Tausende und Abertausende von Splittern fegten jeden im Umkreis von sieben oder acht Metern von den Füßen, und zahllose andere trugen leichtere Verletzungen davon. Ben war vor Grauen wie gelähmt. Wenn das, was seine Mutter und er noch immer für eine Theorie hielten und von dem sie insgeheim längst wussten, dass es den Tatsachen entsprach, stimmte, dann reichte schon der kleinste Kratzer, um die grässliche Veränderung in Gang zu bringen.

Über der Reling erschienen drei, vier, fünf weitere weiße Ungeheuer. Harry erschoss zwei von ihnen, dann senkte er die Waffe und schüttelte den Kopf. »Es hat keinen Sinn. Ich richte nur mehr Schaden an. Verschwinden wir von hier.«

Der Gedanke, all diese Menschen ihrem Schicksal zu überlassen, war Ben unerträglich, aber was sollten sie tun? Harry hatte Recht. Mit seinen Schüssen machte er es nur schlimmer. Und keinem dieser unglückseligen Menschen dort unten war geholfen, wenn sie sich aus Solidarität auch noch überwältigen ließen.

Wortlos drehte er sich herum, ergriff Sasha am Ellbogen und zog sie mit sich. Harry gab noch einen Schuss ab und schloss sich ihnen dann an. Unbehelligt erreichten sie die Tür und stürmten hintereinander auf den Gang hinaus.

Auf einer tieferen Ebene seines Bewusstseins hatte sich Ben schon die ganze Zeit über gefragt, wieso nicht einer der Passagiere dort draußen versucht hatte das Vorderdeck zu verlassen, als die Panik ausgebrochen war. Jetzt bekam er die Antwort: Schulz hatte ein halbes Dutzend seiner kräftigsten Matrosen vor der Tür postiert, die die Menschenmenge vermutlich mit brutaler Gewalt an der Flucht gehindert hatten. Nun stürmten vier oder fünf von ihnen herein. Bei zweien von ihnen entdeckte Ben das Mal; bei dem einen am Handgelenk, genau wie bei King Kong, bei dem anderen am Hals, aber er zweifelte nicht daran, dass auch die drei übrigen zu den Infizierten gehörten. Alle waren bewaffnet, jedoch trug nur ein einziger eine Schusswaffe, ein Gewehr, das aussah, als hätte es schon Scott oder Amundsen auf ihrer ersten Expedition in diesen Teil der Welt begleitet. Aber alt oder nicht, es *war* ein Gewehr, und der Mann zielte auf sie, kaum dass er durch die Tür war.

Harry war schneller. Er gab im Laufen einen einzelnen Schuss ab, der dem Mann die Waffe in den Händen zerschmetterte und ihn nicht nur zurück, sondern auch gegen die anderen taumeln ließ.

»Lauft!«, schrie Harry. »In den Laderaum! Ich halte sie auf!«

Unwillkürlich ergriff Ben Sashas Arm fester und wollte sie hinter sich herzerren, aber sie riss sich los und rannte mit wehendem Haar und Mantel in die entgegengesetzte Richtung.

»Sasha! Nicht!« Ben verschenkte eine unendlich kostbare Sekunde damit, ihr nachzustarren, bevor auch er sich in Bewegung setzte und ihr folgte. Hinter ihm schaltete Harry die Waffe wieder von Einzel- auf Dauerfeuer und jagte eine kurze Salve in den Fußboden unmittelbar vor den infizierten Matrosen, was die Männer abermals erschrocken zurückfallen ließ. Zwei oder drei hatten Holzsplitter abbekommen. Immerhin, dachte Ben, war dieser Kerl noch nicht so irrsinnig, auf Menschen zu schießen. Und die Infizierten ihrerseits waren (noch) nicht verrückt genug, mit bloßen Händen einen Mann angreifen zu wollen, der eine Maschinenpistole hatte: Mit Ausnahme eines einzelnen, der nur noch mühsam humpeln konnte (was daran liegen musste, dass seine Beine eher wie Kakteen aussahen), fuhren sie herum und flüchteten durch die Tür aufs Vorderdeck zurück. Der Kaktus-Mann folgte ihnen mit schleppenden Schritten und in einigem Abstand. Ben lief indessen hinter Sasha her, so schnell er konnte. Seine Befürchtung, dass es ihr schwer fallen könne, mit Harry und ihm Schritt zu halten, erwies sich als vollkommen unnötig – *er* war es, der alle Mühe hatte, sie einzuholen, und er war bis zum Schluss nicht ganz sicher, ob es ihm überhaupt gelingen würde. Sasha stürmte in ungebremstem Tempo fast bis zum Ende des Ganges und wurde erst dann langsamer. Nicht einmal viel, aber doch langsam genug, damit er sie endlich einholen konnte.

»Verdammt noch mal, komm zurück!«, schrie Harry. »Wir haben keine Zeit für diesen Kinderkram!«

Ben versuchte nach Sashas Arm zu greifen, aber sie entzog sich ihm rasch und schüttelte heftig den Kopf. Das Unheimlichste daran war, dass ihr Gesicht die ganze Zeit über so ausdruckslos wie immer blieb.

»Sasha, bitte!«, flehte Ben. »Wir müssen weg!« Er streckte noch einmal den Arm nach ihr aus, doch sie wich vor ihm zurück. Ben seufzte tief.

Harry hatte weniger Geduld. Er fluchte wieder und begann mit weit ausgreifenden Schritten in ihre Richtung zu laufen – und aus der Abzweigung, die sie eigentlich hatten nehmen wollen, schoss ein blitzender weißer Koloss und versuchte ihn zu packen.

Harry reagierte nicht nur blitzschnell, sondern auch mit unglaublicher Kaltblütigkeit. Mit einer fast unmöglich erscheinenden Bewegung hechtete er aus der Reichweite des Ungeheuers, riss noch im Fallen seine Waffe hoch und feuerte, während er über die Schulter abrollte. Die Salve ließ den Eisriesen zerberstend rückwärts taumeln und spickte die kostbare Holzvertäfelung der Wände mit gefährlichen Eisdornen. Doch Harry war schon wieder auf den Beinen, hob seine Waffe und gab einen zweiten, etwas längeren Feuerstoß ab, woraufhin aus dem Gang noch einmal ein lang anhaltendes, helles Klirren zu hören war.

Der Hammer seiner Waffe schlug klickend ins Leere, aber Harry hielt den Abzug noch zwei oder drei Sekunden lang durchgedrückt, ehe er die MP sinken ließ und sich umwandte. Während er auf sie zuging, tauschte er das Magazin aus.

»Das war knapp«, sagte Ben. »Wenn wir den Gang genommen hätten –«

»Wären wir ihnen direkt in die Arme gelaufen, ich weiß«, knurrte Harry. »Aber jetzt ist es vorbei. Die Typen sind Eiswürfel. Also, worauf warten wir?« Er wedelte mit seiner Waffe. »Das ist mein letztes Magazin, ich schlage vor, dass wir allmählich abhauen.«

Wie um seinen Worten mehr Nachdruck zu verleihen, wehte vom Sonnendeck ein neuerlicher Chor greller Schreie zu ihnen herüber, begleitet von einem Geräusch wie von explodierendem Glas. Ben wagte nicht, sich vorzustellen, welche Szenen sich dort abspielten. Er griff nach Sashas Hand, doch sie riss sich los und schüttelte wieder den Kopf. »Sie hat es gespürt«, sagte Ben.

»Quatsch!«, erwiderte Harry, aber Ben wiederholte nur:

»Sie hat genau gewusst, was dort auf uns wartet. Es wäre besser, wenn wir ab jetzt auf sie hören würden.«

»Quatsch«, sagte Harry erneut.

Was ihn allerdings nicht daran hinderte, sich ihnen anzuschließen, als Sasha losging.

29

DER WEG HINUNTER in den Laderaum war wie in einem seiner Träume. Nicht dass sie angegriffen oder auch nur aufgehalten worden wären. Sie bekamen weder ein weiteres Eisungeheuer noch einen der Infizierten zu Gesicht; und auch sonst niemanden. Das riesige Schiff schien plötzlich wie ausgestorben, und das war vielleicht das Erschreckendste. Ben schob das Gefühl in den ersten Minuten auf seine Nervosität und die überstandene Furcht, aber da war noch mehr. Bei aller Langeweile, die er an Bord empfunden, und allem Spott, mit dem er die *Princess* in Gedanken schon bedacht hatte, war ihm dieses Schiff bisher doch stets als ein freundlicher Ort erschienen. Nun hatte es sich in etwas … Feindseliges verwandelt.

»Bist du sicher, dass sie weiß, wohin wir gehen?«, fragte Harry nach einer Weile. Er ging mit schussbereiter Waffe voraus und wirkte so angespannt, dass Ben sich besorgt fragte, ob er die Nerven behalten würde, sollte irgendein verirrter Passagier oder ein Besatzungsmitglied, das Schulz' Aufmerksamkeit entgangen war, das Pech haben, zu plötzlich vor ihnen aufzutauchen.

»Nein«, antwortete Ben. »Du?«

»Nicht genau«, gestand Harry.

»Ich denke, du hast die Pläne des Schiffes studiert?«

»Studiert, nicht auswendig gelernt«, sagte Harry unwillig.

Ben hob nur die Schultern und blieb stehen, als Sasha vor ihnen dasselbe tat. Er ließ ein paar Sekunden verstreichen, dann sagte er: »Wo wir schon mal dabei sind, die Wahrheit zu sagen – verrätst du mir, warum du wirklich hier bist?«

Harry warf ihm einen raschen Blick über die Schulter hinweg zu und hielt ebenfalls inne. »Weil du mich gerufen hast?«

»Du weißt genau, was ich meine. Wer hat dich beauftragt, meine Eltern von diesem Schiff zu holen?«

»Wie kommst du denn auf diese verrückte Idee?« Er lachte, aber es klang nicht überzeugend.

»Harry, bitte. Es könnte sein, dass wir das hier nicht überleben. Wie wär's also mit ein bisschen Ehrlichkeit?«

Harry lachte wieder. »Du siehst gerne Action-Filme, habe ich Recht? Dann kennst du doch die Szenen, in denen alles zu Ende zu sein scheint. Die guten Jungs haben verloren, und die bösen können der Verlockung nicht widerstehen, ihnen im allerletzten Moment zu erzählen, was sie getan haben. Aber dann kommt doch alles ganz anders, und die bösen Jungs haben das Nachsehen, weil sie so blöd waren, ihre finstersten Geheimnisse auszuplaudern. Nichts da.

»Bist du das denn? Einer von den bösen Jungs?«

Harry lachte noch einmal. »Du gibst nicht auf, wie?«

Ben blickte ihn böse an, und Sasha drehte sich herum und ging weiter. Harry machte ein verblüfftes Gesicht und streckte seinen Arm aus, wie um sie zurückzuhalten, aber dann schüttelte er nur den Kopf und ging an ihr vorbei, allerdings nur bis zur nächsten Abzweigung, wo er stehen blieb und es ihr überließ, die Richtung zu wählen, bevor er sie wieder überholte und bei der nächsten Gangkreuzung abermals anhielt.

So ging es weiter. Ben fand diese Art und Weise des Vorankommens auf nervenzerfetzende Weise zeitraubend (Zeit war schließlich ihr kostbarstes Gut) und noch dazu völlig überflüssig. Sasha würde mit ziemlicher Sicherheit spüren, wenn sie sich einem Hinterhalt der Eismonster näherten. Harry musste das ebenso gut wissen wie er, aber vermutlich ließ es sein Stolz einfach nicht zu, sich der Führung dieses Mädchens anzuvertrauen (einer *Bekloppten*, wie er sie selbst genannt hatte), ohne nicht wenigstens den Beschützer zu *spielen*.

Was ihn selbst anging, so hatte er längst die Orientierung verloren und nicht die geringste Ahnung, wo in den labyrinthischen eisernen Eingeweiden der *Princess of the Dawn* sie sich befanden. Er konnte nur hoffen, Sasha wusste, was sie tat. Und wenn schon nicht das, dass sie zumindest instinktiv den richtigen Weg fand.

Nach und nach kamen ihm jedoch Zweifel. Sasha bewegte sich zwar schnell und auf eine für sie völlig ungewohnte Art zielstrebig, aber der Weg schien einfach kein Ende zu nehmen. Einmal ging Sasha nur wenige Schritte weit in einen Seitengang hinein und machte dann erschrocken wieder kehrt, ein anderes Mal hielt sie an einer T-Kreuzung an und zögerte beinahe eine ganze Minute, bevor sie sich für eine der beiden Richtungen entschied. Ben wusste zwar, die *Princess* war groß, aber allmählich hatte er das Gefühl, dass sie mindestens die Abmessungen eines Flugzeugträgers haben musste … oder sie im Kreis liefen.

Dazu kam, dass ihn das ungute Gefühl nicht verlassen hatte, sondern immer intensiver wurde. Aus seinem Verdacht war Gewissheit geworden: Die *Princess* war zu einem feindseligen Ort geworden. Einem Ort, an dem Menschen nicht sein sollten.

Endlich erreichten sie einen Gang, der ihm vage bekannt vorkam und sie nach einer weiteren, endlosen Minute wieder in die Maschinenhalle führte. Ben vermied es fast krampfhaft, in die Richtung zu sehen, in der sie heute Morgen auf das Eisungeheuer gestoßen waren, und legte noch einmal an Tempo zu, um zu Sasha und Harry aufzuschließen, die ihre Schritte ebenfalls beschleunigt hatten. Die Veränderung, die mit der *Princess* vorgegangen war, konnte man hier am deutlichsten spüren. Etwas war hier drinnen, das ihm das Atmen schwer machte. Obwohl sie noch nicht wirklich rannten, keuchten sie alle drei hörbar, als sie die kurze Metalltreppe hinaufliefen, an deren oberem Ende die Verbindungstür zum Laderaum lag.

Auf dem letzten Stück überholte Harry Sasha wieder und lief voraus. Er nahm sogar das Gewehr von der Schulter und entsicherte es, während er die Hand nach der Türklinke ausstreckte. Allzu groß schien sein Vertrauen in seine Männer nicht zu sein, dachte Ben – oder er meinte es tatsächlich ernst mit seinem Motto, immer und jederzeit auf *alles* vorbereitet zu sein.

Helles Tageslicht schlug ihnen entgegen, vermischt mit dem durchdringenden Geruch nach Salzwasser und dem Tosen des Meeres. Als Ben als Letzter dicht hinter Sasha durch die Tür trat, gesellte sich noch ein weiteres Geräusch hinzu; ein heulendes Summen, dessen Ursache er fast unmittelbar erblickte: Es war Harrys Hovercraft, das auf seinem Gummiwulst unweit der geöffneten Ladeklappe schwebte.

»Jetzt aber nichts wie weg!«, rief Harry. »Wir starten nun zum absoluten Highlight dieser Reise, einem Tagesausflug auf den antarktischen Kontinent, und ich darf alle Passagiere bitten rechtzeitig einzuchecken!«

Ben fand nicht, dass das jetzt der richtige Augenblick für Harry war, um die rudimentären Reste seines Humors wiederzuentdecken, aber er hob nur die Schultern und machte einen halben Schritt zur Seite, um einen besseren Blick auf das Hovercraft zu haben. Das Luftkissenboot war kaum noch zwanzig oder dreißig Schritte entfernt, und sowohl seine Eltern als auch Harrys Soldaten waren bereits an Bord. Einer von ihnen stand neben seinen Eltern hinter der niedrigen Reling und wedelte ungeduldig in ihre Richtung, sich zu beeilen. Die Umrisse des anderen zeichneten sich als verzerrter Schatten hinter den getönten Scheiben des Führerhauses ab.

Zum ersten Mal begann sich so etwas wie vorsichtige Erleichterung in ihm breit zu machen. Nur noch ein paar Schritte und das Ganze war vorbei, zumindest für sie. Wenn sie erst einmal von diesem Schiff herunter waren, konnten sie Hilfe rufen, und dann sollten sich doch andere um diese Angelegenheit kümmern. Die Hauptsache war, seine Eltern, er und vor allem Sasha waren in Sicherheit.

In diesem Moment blieb Sasha abrupt stehen, und Ben prallte so heftig gegen sie, dass er sie zweifellos von den Füßen gerissen hätte, hätte er nicht auch gleichzeitig zugegriffen um sie festzuhalten.

»Was ist denn jetzt –«, begann Harry, und etwas ... *kam.*

Ben spürte es. Den Bruchteil einer Sekunde, *bevor* es geschah, aber selbst wenn er darauf hätte reagieren können, seine Warnung wäre viel zu spät gekommen.

Es war, als erwache das Meer außerhalb der *Princess* zu donnerndem Leben. Etwas Riesiges, sich Windendes, Schwarzes bäumte sich vor der geöffneten Ladeklappe auf, griff herein, ein peitschender Albtraum aus nassem Fleisch und zuckenden, mit gewaltigen Saugnäpfen besetzten Fangarmen, die nach dem Hovercraft griffen und es wie ein Spielzeug herumwirbelten. Ben hörte Schreie – einer davon stammte von ihm selbst – und sah winzige weiß gekleidete Gestalten durch die Luft fliegen. Irgendetwas unter der Gummischürze des Hovercrafts explodierte Funken sprühend, Metall zerbarst kreischend, und dann waren sowohl das Luftkissenboot als auch das *Ding*, das es geschnappt hatte, einfach verschwunden. Eine eiskalte Gischtwolke sprühte herein, Metalltrümmer und Glas regneten zu Boden, und von einem Sekundenbruchteil auf den nächsten senkte sich eine unnatürliche Stille über den Laderaum.

Die Zeit schien stehen zu bleiben, als wäre nun die gesamte Welt aus Eis; vielleicht war es auch Ben selbst. Er sah, wie die glitzernde Woge draußen wieder ins Meer zurückstürzte und dabei eine zweite, beinahe ebenso hohe Säule aus schäumendem Wasser aus der Meeresoberfläche schlug, und die winzigen Gestalten absurd langsam weiter durch die Luft tanzten. Dann schnappte die Zeit mit einem fast körperlich spürbaren Ruck wieder in ihren normalen Ablauf zurück, und aus der grotesken Pantomime wurde ein rasender Sturz, an dessen Ende ein grausam harter Aufprall folgte.

Der dumpfe Laut riss Ben endlich aus seiner Erstarrung.

Mit einem zweiten gellenden Schrei stürzte er los. Sein Vater war nur ein knappes Dutzend Schritte von ihm entfernt auf den Metallboden gefallen, aber er setzte sich auf, noch bevor Ben die halbe Entfernung zurückgelegt hatte, und gab ihm mit einem benommenen Kopfschütteln zu verstehen, dass alles in Ordnung sei. Also schwenkte er in vollem Lauf herum und jagte mit Riesensätzen auf seine Mutter zu, die ungefähr zwanzig Meter weit entfernt auf dem Boden lag *und sich nicht rührte!*

Bens Herz schien auszusetzen. Seine Mutter war aus mindestens fünf oder sechs Metern Höhe auf *Stahl* gestürzt. Sie musste schwer verletzt sein, vielleicht sogar …

Er wagte es nicht, das Wort auch nur zu denken, sondern rannte nur noch schneller, fiel neben ihr auf die Knie und wäre vom Schwung seiner eigenen Bewegung um ein Haar nach vorne gerissen worden. Mit dem linken Arm fing er seinen Sturz ab, mit dem anderen griff er nach seiner Mutter und drehte sie mit einem Ruck auf den Rücken – wenn sie wirklich schwer verletzt war, vermutlich das Falscheste, was er überhaupt tun konnte, aber daran dachte er nicht. Er registrierte auch kaum, wie sich sein Vater hinter ihm aufrappelte und auf sie zurannte, wobei er ununterbrochen den Namen seiner Frau rief.

Seine Mutter war bewusstlos, aber wenigstens lebte sie noch, wie das hektische Pochen einer Ader an ihrem Hals bewies. Ihr Gesicht war blutüberströmt, doch noch bevor sein Vater bei ihnen anlangte, öffnete sie mühsam die Augen und stöhnte leise. Ihre Finger schlossen sich so fest um Bens Hand, dass er vor Schmerz zusammenzuckte.

»Mutter!«, keuchte er. »Was ist mit dir? Bist du verletzt? Verstehst du mich?«

»Auf welche dieser drei Fragen soll ich zuerst antworten?«, murmelte sie benommen. Bens Vater kam neben ihnen an, fiel ebenfalls auf die Knie und schien etwas sagen zu wollen, riss aber dann nur die Augen auf und wurde noch blasser, als er sowieso schon war, als er all das Blut auf ihrem Gesicht erblickte.

»Bist du verletzt?«, fragte Ben noch einmal und in bemüht ruhigem Tonfall.

»Nein.« Seine Mutter streckte die Hand aus, um sich von ihrem Mann in eine sitzende Position aufhelfen zu lassen. Die andere hielt sie an die Stirn, betrachtete danach fast verwundert das frische hellrote Blut, das an ihren Fingerspitzen klebte, und verbesserte sich: »Na ja, jedenfalls nicht sehr.«

»Das ist nicht komisch«, meinte ihr Mann. »Bist du verletzt?«

»Ich glaube nicht«, antwortete sie, nun vollkommen ernst. Sie benutzte die freie Hand, um nach Bens Schulter zu greifen und sich darauf abzustützen, während sie sich in die Höhe stemmte. Sie stand, zwar wankend, aber aus eigener Kraft, und nachdem sie einen Moment lang in sich hineingelauscht hatte, schüttelte sie den Kopf. »Mir ist nichts passiert, außer dass ich plötzlich Knochen spüre, von deren Existenz ich bisher gar nichts gewusst habe.«

Sie versuchte sich das Blut aus dem Gesicht zu wischen, machte es damit aber eher schlimmer, dann wandte sie sich mit einer unendlich mühsamen Bewegung in Richtung der offen stehenden Ladeklappe. »Großer Gott, was war das?«

»Frau Doktor!«, rief Harry, bevor einer von ihnen antworten konnte. »Bitte!«

Er saß etwa zehn Meter entfernt auf den Knien und stützte einen seiner Männer, Tom, glaubte Ben zu wissen, der sich halb erhoben hatte, nun aber mit schmerzverzerrtem Gesicht dasaß. Seine Mutter humpelte mit zusammengebissenen Zähnen zu ihnen hin, ließ sich ächzend in die Hocke sinken und verschmierte das Blut auf ihrem Gesicht noch ein bisschen mehr, indem sie abermals versuchte es wegzuwischen.

»Wie geht es Ihnen?«, fragte sie, an den Söldner gewandt.

»Mein Bein«, erwiderte der Mann gepresst. »Ich glaube, es ist gebrochen.«

Bens Mutter beugte sich vor und tastete sein Bein rasch ab, bevor sie den Kopf schüttelte. »Gebrochen scheint es nicht zu sein. Aber es könnte verstaucht sein, und das ist manchmal schmerzhafter als ein Bruch.« Sie rappelte sich auf und machte eine auffordernde Kopfbewegung. »Versuchen Sie es.«

Mit Harrys Hilfe arbeitete sich der Mann in die Höhe und versuchte sein rechtes Bein zu belasten. Das Ergebnis war ein lauter Schrei. Er wäre auf der Stelle wieder zusammengebrochen, hätte Harry ihn nicht gestützt.

»Gehen kann er damit nicht«, sagte Jennifer Berger überflüssigerweise, dann schüttelte sie müde den Kopf. »Was ist denn überhaupt passiert? Alles ging so unglaublich schnell.«

»Ich habe keine Ahnung«, sagte Harry.

Ben blinzelte überrascht. »Wie bitte? Das meinst du jetzt nicht ernst?«

»Vielleicht eine Welle«, erwiderte Harry. Er wich seinem Blick aus. »Ja. Wahrscheinlich war es eine plötzliche Welle, die das Boot erwischt hat.«

»Du weißt verdammt genau, was es war!«, begehrte Ben auf. »Du hast es genauso deutlich gesehen wie ich!«

Er wandte sich empört und Hilfe suchend zugleich an seinen Vater, erntete aber auch von ihm nur ein Achselzucken. »Ich habe nicht die geringste Ahnung. Alles ging furchtbar schnell. Eben noch waren wir auf dem Boot und dann sind wir schon durch die Luft geflogen. Was hast du denn gesehen?«

»Nichts«, antwortete Harry, bevor Ben es tun konnte. »Es war eine Welle, glauben Sie mir.« Er wandte sich an den Söldner, dessen Arm er sich über die Schulter gelegt hatte. »Tom, was ist mit Sven?«

»Er hat es nicht geschafft«, stöhnte der Soldat. Sein Gesicht war grau vor Schmerz, vielleicht auch vor Angst. Auch er wich Bens Blick aus, und doch spürte Ben irgendwie, dass er ganz genau wusste, *was* das Luftkissenboot gepackt und einfach aus der *Princess* hinausgezerrt hatte.

»Wie es aussieht, hat der Rest von uns verdammtes Glück gehabt.«

»Glück?«, keuchte Ben.

Sein Vater nickte. »Wir sind am Leben.«

»Ja, wenn Sie das als Glück bezeichnen.« Harry machte eine Kopfbewegung auf die offen stehende Ladeluke, bei der um ein Haar der Arm des Soldaten von seiner Schulter gerutscht wäre. Er griff hastig fester zu, und Tom stieß schmerzerfüllt die Luft zwischen den Zähnen aus, was Harry jedoch gar nicht zur Kenntnis zu nehmen schien. »Es grenzt an ein kleines Wunder, dass der Kahn noch nicht längst abgesoffen ist. Aber was noch nicht ist, das kann ja noch werden.«

»Wieso?«, fragte seine Mutter beunruhigt.

»Weil es in der christlichen Seefahrt allgemein nicht üblich ist, mit heruntergelassener Ladeklappe in See zu stechen, Gnädigste.«

»Aber wir sind doch ein gutes Stück über der Wasserlinie.«

»Ja, dasselbe hat der Kapitän der *Estonia* wahrscheinlich auch gedacht, bevor sein Kahn voll gelaufen und wie ein Stein auf den Meeresgrund gesunken ist«, antwortete Harry, schüttelte aber rasch den Kopf, als Robert Berger ihn unterbrechen wollte; wahrscheinlich um gegen den höhnischen Ton zu prostestieren, den er seiner Frau gegenüber angeschlagen hatte. »Wenn Schulz das Schiff auf den Strand setzt, dann ersaufen wir hier drinnen wie die Ratten.«

»Was spätestens in zehn Minuten der Fall sein wird«, bemerkte Ben, der schon lange nicht mehr sicher war, dass die *Princess* die Küste nicht rammen würde.

»So verrückt ist nicht einmal Schulz«, sagte sein Vater schnell, auch wenn er dabei nicht so klang, als wäre er von seinen eigenen Worten sonderlich überzeugt. Trotzdem fuhr er fort: »Wenn er uns umbringen wollte, hätte er es leichter haben können, meinst du nicht?«

»Wer sagt denn, dass er uns *umbringen* will?«, gab Ben mit einer Ruhe zurück, die seinen Vater endgültig zu verunsichern schien.

»Also gut«, sagte er nervös. »Dann gehen wir einfach an Deck und besorgen uns ein Rettungsboot.«

Diesmal antwortete Harry: »Ich fürchte, da gibt es ein Problem.«

30

BEN HATTE NICHT DAMIT GERECHNET, dass sein Vater die Geschichte, die Harry erzählte, glauben würde; oder auch nur widerspruchslos hinnehmen. Aber er widersprach nicht, und er ließ sogar die Gelegenheit zu einer spöttischen Bemerkung ungenutzt verstreichen, was wohl das Allererstaunlichste war. Als Harry zu Ende erzählt und dabei haarklein berichtet hatte, was sie oben an Deck gesehen und erlebt hatten, sah er ihn nur einen Moment lang zweifelnd an und drehte sich dann herum, um, noch immer schweigend und deutlich nachdenklich geworden, zu Sasha hinzusehen. Sie hatte sich nicht gerührt, sondern stand weiterhin an derselben Stelle, an der Ben sie zurückgelassen hatte. In der großen Halle sah sie furchtbar verloren und einsam aus, und Bens schlechtes Gewissen machte sich bemerkbar, als er sich eingestand, dass er sie vergessen hatte. Er versuchte sich damit zu trösten, dass er immerhin Todesangst um seine Eltern ausgestanden hatte und für einige wenige, aber entsetzliche Augenblicke felsenfest davon überzeugt gewesen war, sie sterben zu sehen. Wenn das nicht als Entschuldigung reichte, was dann?

Es reichte nicht.

Sein schlechtes Gewissen verstärkte sich noch. Beinahe hastig ging er zu ihr zurück, ergriff sie am Arm und versuchte ihren Blick einzufangen, aber es gelang ihm nicht; wie meist. Trotzdem sagte er: »Es tut mir wirklich leid. Bitte entschuldige, Sasha. Ich war nur so furchtbar erschrocken.«

Er drehte sich um und zog sie am Arm hinter sich her, und erst als er sich wieder in Bewegung gesetzt hatte, fiel ihm auf, wie still es plötzlich geworden war. Sowohl seine Eltern als auch Harry und der überlebende Söldner blickten Sasha und ihn an, und selbstverständlich hatten sie jedes Wort gehört. Die Erkenntnis war ihm peinlich, machte ihn zugleich aber auch wütend, als hätten sie etwas Unrechtes getan.

»Was?«, schnappte er unfreundlich. Seine Mutter lächelte nur und deutete ein Kopfschütteln an, während sein Vater wie üblich leicht missbilligend dreinschaute. Harry grinste abfällig, wie meistens, während Tom jetzt nur aus leeren Augen vor sich hin stierte. Als er näher kam und noch immer niemand auch nur den Versuch unternahm, etwas zu sagen, fragte er patzig: »Hat mittlerweile jemand einen genialen Plan, was wir jetzt machen?«

»Auf jeden Fall müssen wir hier raus«, sagte Harry. »Und zwar schnell.«

»Du weißt, was passiert, wenn wir an Deck gehen«, sagte Ben leise.

»Ein ehrlicher Kampf ist mir allemal lieber, als die Hände in den Schoß zu legen und auf den sicheren Tod zu warten«, erwiderte Harry. Seine Stimme jagte Ben einen eisigen Schauer über den Rücken, gerade weil sie kein bisschen prahlerisch oder pathetisch klangen. Ben glaubte nach wie vor felsenfest, dass Harry nur den harten Brocken spielte und in Wahrheit nicht annähernd so cool war, wie er tat. Die Worte entsprangen seiner tiefsten Überzeugung. Harry *wusste*, dass sie sterben würden, wenn sie hier blieben.

»Können wir nicht einfach … abwarten?«, schlug seine Mutter vor. Sie klang nervös. Ihre Hand zitterte, als sie auf die geöffnete Ladeluke deutete. »Ich meine, falls … falls Schulz den Kurs ändert, dann ist ja alles in Ordnung, und falls nicht, dann sind wir hier doch sicherer als oben an Deck, nach dem, was sie gerade gesagt haben. Selbst wenn das Schiff aufläuft … es sind nur ein paar Meter bis zum Strand und wir können alle schwimmen, oder?«

»Niemand kann hier schwimmen«, antwortete Harry ernst. »Wenn Sie bei diesen Temperaturen ins Wasser fallen, sind Sie in ein paar Minuten tot. – Nein, wir brauchen irgendetwas, womit wir diesen verdammten Kahn verlassen können. An die Rettungsboote …«

»Kapitän Schulz wird begeistert sein«, warf Robert Berger ein.

Harry streifte ihn mit einem zornigen Blick. »An die Rettungsboote kommen wir vermutlich nicht heran. Sie befinden sich an Deck, für jedermann sichtbar, und selbst wenn wir sie erreichen würden, glaube ich kaum, dass Schulz und seine Verbündeten tatenlos zusehen, wie wir hineinklettern und sie zu Wasser lassen. Aber es gibt zusätzlich zwei motorisierte Rettungsinseln am Heck, eine auf der Backbord- und eine auf der Steuerbordseite. Wenn wir sie erreichen und –«

»Nicht zum Heck«, unterbrach ihn Ben.

»Wieso?«, wollte Harry wissen. Er klang unwillig, aber auch sehr aufmerksam.

Ben antwortete nicht gleich, sondern druckste einen Moment herum, hob dann die Schultern und sagte leise: »Weil das ... nicht gut wäre.« *Weil das Heck in Flammen aufgehen und das Inferno der brennenden Turbinen jeden töten wird, der sich auf dem hinteren Drittel der* Princess *befindet.* Er hatte es in seinem Traum gesehen, und auch wenn längst nicht alles, was er bisher geträumt hatte, eingetroffen war, so war es doch zu viel gewesen, als dass er die Warnungen, die ihm sein Unterbewusstsein oder was auch immer schickte, ignorieren durfte.

Aber das konnte er Harry nicht sagen.

»Links«, sagte er stattdessen. »Wir müssen auf die linke Seite.«

»Nach Backbord«, verbesserte ihn Harry. »Warum?«

»Weil die *Princess* auf diese Seite stürzen wird«, antwortete Ben, indem er all seinen Mut zusammennahm. »Wenn wir trockenen Fußes an Land wollen, dann ist das der einzige Weg.«

»Darf ich fragen, woher du das weißt?«, erkundigte sich Harry lauernd.

Ben wollte es nicht, aber er konnte nicht anders als rasch zu Sasha hinzublicken, bevor er antwortete. »Warum glaubst du mir nicht einfach?«

Auch Harry sah zuerst Sasha an, und zwar deutlich länger als Ben und auf eine Art, die ihm nicht gefiel. »Ja, warum eigentlich nicht?«, fragte er spöttisch. »Wo doch nur unser Leben davon abhängt, nicht wahr?«

»Das reicht jetzt«, mischte sich Bens Vater ein. »Sie haben es gerade selbst gesagt: Wir können nicht hier bleiben. Also tun Sie entweder, was Ben vorschlägt, oder Sie treffen selbst eine andere Entscheidung, aber *tun* Sie etwas, verdammt noch mal!«

Harry blieb erstaunlicherweise ruhig; vielleicht weil er Recht hatte. Er maß ihn mit einem sehr nachdenklichen Blick, dann nickte er, ließ seinen verletzten Kameraden behutsam zu Boden sinken und nahm dann dessen Waffe an sich. Seine eigene Maschinenpistole hielt er Robert Berger mit dem Kolben voraus hin.

»Was soll ich damit?«

»Schon einmal mit so was geschossen?«, fragte Harry, statt die Frage zu beantworten.

»Nein. Und das habe ich auch nicht –«

»Dann sollten Sie möglichst schnell lernen, es zu tun«, fuhr Harry völlig unbeeindruckt fort. »Möglicherweise werden Sie es bitternötig brauchen, wenn wir nach oben gehen. Ist ganz einfach. Sie zielen mit dem richtigen Ende auf das, was Sie kaputtmachen wollen, und ziehen den Abzug durch. Aber gehen Sie sparsam mit der Munition um. Das letzte Magazin.« Er wandte sich mit einem fragenden Blick an Tom. »Hast du noch was?«

»Nur das Magazin in der Waffe. Der Rest war auf dem Hovercraft.«

»Na prima«, nörgelte Harry. »Wenn schon was schief geht, dann alles, wie?«

Bens Vater ließ das Gewehr fallen, als wäre es glühend heiß geworden. »Ich werde dieses verdammte Ding bestimmt nicht anfassen.«

»Dann nehme ich es«, sagte Ben und wollte sich nach der MP bücken, doch Harry kam ihm zuvor und riss sie blitzschnell wieder an sich.

»Kommt nicht in Frage! Also gut, dann anders.« Er zog seinen Kameraden deutlich weniger sanft wieder auf die Füße, legte sich diesmal jedoch nicht seinen Arm um die Schulter, sondern bedeutete Robert Berger mit einer herrischen Geste, den Mann zu übernehmen.

»Also los! Gehen wir!«

»Und wohin?«, fragte Ben.

»Nach oben. Und dann zum Heck. Die Rettungsinseln sind noch unsere beste Chance.«

»Aber –«

»Schluss jetzt! Wir haben keine Zeit. Los!«

Ben fragte sich, wie Harry das Kunststück vollbringen wollte, die Rettungsinseln nicht nur unbemerkt zu erreichen, sondern auch ebenso unbemerkt zu Wasser zu lassen und an Bord zu gehen, aber ein Blick in Harrys Gesicht hinderte ihn daran, diese Frage laut zu stellen. Harry war offensichtlich dabei, die Nerven zu verlieren.

Bens Eindruck wurde durch Harrys nächste Worte noch untermauert. »Jetzt beeilt euch, sonst mach ich euch Beine! In zwei Minuten sind wir hier raus, ist das klar?«

Ben sah seine Mutter Hilfe suchend an, erhielt aber nur ein resigniertes Achselzucken und ein verunglücktes Lächeln zur Antwort, das ihn wohl aufmuntern sollte, aber eher das Gegenteil bewirkte. Er beeilte sich, nach Sashas Hand zu greifen. Je länger er Harry kannte, desto weniger wurde er schlau aus diesem Mann. Noch vor wenigen Augenblicken hätte er den Gedanken als absurd abgetan, aber plötzlich war er gar nicht mehr so sicher, dass er sie notfalls nicht mit Gewalt zwingen würde, seine Anweisungen zu befolgen.

»Ich frage mich, wer diesen Trottel zu unserem Anführer gewählt hat«, murmelte er, vorsichtshalber zu leise, als dass Harry ihn verstehen konnte.

Wenigstens hatte er das geglaubt.

»Ich«, fauchte Harry hinter ihm. »Es sei denn, du bist scharf auf diesen Job.«

Ben tat so, als hätte er die Worte gar nicht gehört. Er machte einen Schritt, und Sasha riss sich los und prallte gut zwei Meter zurück.

»Bring sie zur Räson!«, schimpfte Harry. »Verdammt noch mal, wir haben keine Zeit für diesen Kinderkram!«

»Bisher hat uns dieser *Kinderkram* mindestens zwei Mal das Leben gerettet«, antwortete Ben böse.

Harry machte zwar ein verächtliches Geräusch, wirkte aber trotzdem verunsichert. Dann schürzte er wütend die Lippen und machte eine befehlende Geste mit der Waffe, die er im rechten Arm trug. Ben schrieb es zwar seiner Nervosität und der angespannten Lage zu, in der sie sich befanden, gab dem Söldner in Gedanken aber noch ein paar weitere Minuspunkte. Harrys Saldo leuchtete mittlerweile tiefrot.

Ben verspürte allerdings auch kein allzu großes Bedürfnis, herauszufinden, wie weit Harrys Geduld *wirklich* reichte. Er griff nach Sashas Arm und bekam ihn zu fassen. Sie wehrte sich so heftig, dass er schon befürchtete Gewalt anwenden zu müssen – bevor Harry es tat –, dann aber gab sie ihren Widerstand urplötzlich auf und ließ sich gehorsam von ihm führen. Ben fühlte sich so schuldig, dass er es nicht ertrug, sie anzuschauen, während er sie zu den anderen zurückführte.

Gerade als Harry eine Bewegung machen wollte, um sie noch einmal und noch ungeduldiger zum Weitergehen aufzufordern, blieb Sasha abermals stehen und versuchte ihre Hand aus seinem Griff zu lösen. Ben ließ es nicht zu, aber auch er stockte im Schritt und sah sie nun doch fragend an, und ein kalter Schauer lief ihm über den Rücken.

Es war eine der seltenen Gelegenheiten, bei denen Sashas Augen nicht wie zwei schwarze Fenster waren, die den Blick auf einen verlassenen Raum freigaben. Aber er hätte sich fast gewünscht, es wäre so. Sasha sah nicht ihn an, sondern den verletzten Söldner, dessen Arm sich sein Vater ungeschickt um den Nacken gelegt hatte, und in ihrem Blick lag eine Mischung aus Mitleid und Schmerz, die Ben schier die Kehle zuschnürte. Und eine tiefe, unendlich tiefe Trauer.

»Was ist denn jetzt schon –«, begann Harry unwillig und brach dann mitten im Satz ab, als er den Ausdruck in Sashas Augen gewahrte. Für einen Moment wirkte er erschrocken, dann gab er sich einen sichtbaren Ruck, trat einen Schritt zurück und wedelte noch einmal mit der Waffe. »Los jetzt!«

31

ES WAR EIN SEHR SONDERBARER TRUPP, der schließlich den Laderaum verließ. Harry selbst, der *beide* Maschinenpistolen in den Armbeugen trug und damit eigentlich eher lächerlich als Ehrfurcht gebietend aussah, bildete die Spitze, dicht gefolgt von Bens Vater, der den verletzten Söldner stützte. Der Mann versuchte es ihm so leicht wie möglich zu machen, indem er auf dem unverletzten Bein hüpfte, erreichte damit aber wohl eher das Gegenteil. Danach folgte Bens Mutter, die sich ununterbrochen nervös umsah und mit jedem Schritt, den sie machte, noch ein bisschen nervöser zu werden schien, und den Abschluss bildeten Ben und Sasha. Sie widersetzte sich ihm jetzt nicht mehr, aber er glaubte zu spüren, wie wenig ihr die Richtung behagte, in die sie gingen.

Sie hatten den Aufstieg zum Passagierdeck fast erreicht, als Harry plötzlich innehielt und warnend die Hand hob. Ben blieb – wie alle anderen auch – stehen und lauschte, nahm aber nichts Außergewöhnliches wahr, abgesehen vom dumpfen Hämmern seines eigenen Herzens, das sich vorgenommen zu haben schien, den Lärm der Turbinen zu übertönen. Harry hatte jedoch etwas gehört, denn er bedeutete ihnen – völlig überflüssigerweise –, sich still zu verhalten, wich selbst schnell ein Stück zurück und senkte seine Waffe, und in der gleichen Sekunde ging eine Tür vor ihnen auf und ein dunkelhaariger Mann in einer hoffnungslos verdreckten Stewarduniform trat heraus, machte noch einen halben Schritt und erstarrte dann mitten in der Bewegung. Seine Augen wurden groß, als er nicht nur in Harrys grimmig dreinschauendes Gesicht blickte, sondern auch in die Mündung von gleich *zwei* Maschinenpistolen.

»Herr Rewert!«, rief Bens Mutter erstaunt aus. Sasha riss sich von Ben los und eilte auf den Mann zu, und Rewert schloss sie so selbstverständlich in die Arme und drückte sie schützend an sich, dass Ben einen Stich von Eifersucht verspürte.

»Frau … Doktor?«, murmelte der Steward verwirrt. »Was … was tun Sie denn hier?«

»Wir versuchen am Leben zu bleiben«, antwortete Harry an ihrer Stelle. »Und wenn Sie das auch wollen, Freundchen, dann erklären Sie uns besser ganz schnell, wo Sie herkommen und was oben an Deck los ist.«

»Die Hölle«, erwiderte der Steward. Sein Blick tastete nervös über die beiden Waffen, mit denen Harry immer noch auf ihn zielte (und dadurch so ganz nebenbei auch auf Sasha, dachte Ben wütend), und verdunkelte sich dann noch weiter. »Ich … ich weiß nicht, was passiert ist. Da waren diese … diese *Dinger* und sie haben …«

»Ich weiß«, sagte Ben. »Wir haben es gesehen. Haben Sie alle Passagiere erwischt?«

»Nein. Aber ich glaube, das werden sie bald. Ich konnte entkommen, doch sie waren hinter mir her. Und sie sind überall.«

»Überall an Deck?«, vergewisserte sich Ben.

»Was ist mit den Rettungsbooten?«, wollte Harry wissen.

»Die haben sie zuerst überrannt. Ein paar Passagiere haben versucht eines der Boote zu Wasser zu lassen, aber dann ist eine dieser Kreaturen direkt zwischen sie gesprungen –« Seine Stimme wurde leiser und drohte zu brechen. »Zwei oder drei sind … über Bord gefallen, ins Wasser. Sie sind tot. Sie müssen tot sein.«

»Und das sind wir auch, wenn wir hier noch lange herumstehen«, fügte Harry hinzu. Er senkte eine seiner beiden Waffen und fuchtelte mit dem Lauf der anderen in die Richtung, in der er wohl das Heck des Schiffes vermutete. »Wie sieht es hinten aus?«

»Ich weiß es nicht«, gestand der Steward. »Ich bin unter Deck geflohen, weil ich dachte, hier kriegen sie mich nicht so schnell. Aber sie sind schon hierher unterwegs. Man kann sie hören. Großer Gott, was … was *tun* sie mit den Menschen?«

»Eigentlich dachten wir, Sie könnten uns das sagen«, antwortete Harry. Er wirkte noch immer misstrauisch. Der Steward sah ihn nur angsterfüllt an, und schließlich überwand Ben seine Erstarrung und ging rasch zu ihm und Sasha hin. Als er ihr die Hand auf die Schulter legte, löste sie sich mit einer – wenn auch widerstrebenden – Bewegung aus den Armen des Stewards und kehrte an seine Seite zurück. Rewert blickte verwirrt, schwieg aber weiter.

»Gibt es eine Möglichkeit, von Bord zu kommen?«, fragte Ben. »Am besten auf der linken Seite und ohne dass man zehn Meter tief springen muss?«

»Wieso?«

»Weil unser junger Schlauberger hier meint, dass Schulz das Schiff auf den Strand setzen wird«, sagte Harry spöttisch. »Und dass sich die *Princess* auf die linke Seite neigt.«

Rewert wirkte jetzt so verstört, dass er Ben fast leidtat. Dennoch nickte er. »Sicher. Es gibt Ladeluken und Serviceklappen und –«

»Dann führen Sie uns dorthin«, unterbrach ihn Ben. Er wusste nicht, warum, aber mit einem Male war er sicher, dass ihre Zeit noch sehr viel knapper war, als sie bisher angenommen hatten. Rewert machte eine Geste auf die Tür, durch die er gerade herausgekommen war. »Es ist nicht weit. Aber wieso sollte Kapitän Schulz das Schiff auf –?«

»Zeigen Sie uns einfach den Weg«, schnitt ihm Harry das Wort ab.

Rewert setzte noch einmal dazu an, zu widersprechen, dann fiel sein Blick jedoch auf den verletzten Soldaten, den er erst jetzt zu bemerken schien, und er hatte es plötzlich sehr eilig, sich herumzudrehen und die Tür zu öffnen.

Harry schloss sich ihm an und ging so dicht hinter und einen halben Schritt neben ihm, dass er das Feuer auf alles eröffnen könnte, was vor ihnen auftauchen mochte, und auch Ben ergriff Sasha jetzt fester am Arm. Er musste jetzt deutlich mehr Kraft aufwenden, um sie neben sich herzuziehen, und konnte spüren, wie schwer ihr jeder Schritt fiel. Sie sollten nicht hier sein, dachte Ben. Was immer aus der Richtung auf sie zukam, in die sie sich nun bewegten, war vielleicht grauenhafter als alles, was ihnen bisher begegnet war. Aber er sparte es sich, auch nur ein Wort zu Harry zu sagen. Er konnte sich seine Antwort lebhaft vorstellen, und davon abgesehen würde es bald keine anderen Richtung mehr geben.

Sie waren zwei oder drei Dutzend Schritte gegangen, als Rewert plötzlich stehen blieb, nach links deutete und sich dann im Halbdunkel des Ganges an etwas zu schaffen machte, das Ben nicht erkennen konnte. Metall klirrte. Ein schrilles, in den Zähnen schmerzendes Quietschen erscholl, dann entstand in der scheinbar massiven Wand ein haarfeiner Spalt, durch den Tageslicht hereindrang. Rewert stemmte sich mit beiden Füßen gegen den Boden, um das schwere Schott nach innen zu ziehen, und aus der dünnen Linie wurde eine mehr als mannshohe und anderthalb Meter breite Tür, durch die sie das offene Meer sehen konnten.

Aber nicht nur das. Rewert sog erschrocken die Luft zwischen den Zähnen ein, und Ben beobachtete aus den Augenwinkeln, wie auch Harry sichtbar zusammenzuckte, als sie die gewaltigen Eisberge entdeckten, die scheinbar zum Greifen nahe an der *Princess* vorüberglitten. Oder um genauer zu sein: vorüber*jagten*. Die *Princess* musste entweder beschleunigt haben, ohne dass es ihnen aufgefallen war, oder ihr gemächliches Tempo war nicht so gemächlich gewesen, wie sie alle geglaubt hatten. Auch wenn ihnen der Blick zum Bug hin weiter verwehrt war, musste man doch kein Hellseher sein um zu begreifen, wie nahe sie der Küste mittlerweile gekommen waren.

»Schulz hat den Verstand verloren!«, keuchte Rewert.

»Oder er ist tot«, sagte Harry, und Ben fügte leise hinzu:

»Oder nicht mehr Schulz.«

Den Blicken nach zu urteilen, die ihm die anderen – einschließlich Harry – zuwarfen, war diese Bemerkung wohl nicht sonderlich klug gewesen. Ben machte es wenigstens nicht noch schlimmer, indem er versuchte seine Worte irgendwie zu entschärfen, sondern ließ Sashas Hand los und schob sich behutsam an dem Steward vorbei zum Schott, um nach draußen zu schauen.

Die Tür lag gerade einmal anderthalb oder zwei Meter über der Wasserlinie des Schiffes. Das Meer strömte schäumend unter ihnen am Rumpf der *Princess* vorbei und eiskalte Spritzer trafen sein Gesicht wie Nadelstiche. Als er sich, mit der linken Hand fest an den Türrahmen geklammert, etwas weiter vorbeugte, um nach vorne zu sehen, traf ihn der Wind wie ein Faustschlag, und er begann trotz der dicken Kleidung, die er trug, vor Kälte zu zittern. Vielleicht auch vor Angst. Er hatte nicht geahnt, dass sie der Küste so nahe waren. Ihnen blieben noch …

»*Festhalten!*«, brüllte er. Gleichzeitig warf er sich nach hinten und zurück ins Schiff, prallte gegen seinen Vater und riss ihn mitsamt dem Söldner, den er noch immer stützte, von den Füßen.

Nicht dass es einen großen Unterschied gemacht hätte. Alle anderen blieben ungefähr eine Sekunde länger aufrecht stehen, dann schien etwas mit unvorstellbarer Gewalt von unten gegen den Rumpf der *Princess* zu schlagen. Das gesamte Schiff stöhnte, bäumte sich auf und neigte sich für einen entsetzlichen, nicht enden wollenden Augenblick auf die linke Seite, sodass sie auf die offen stehende Luke und das tödliche Wasser darunter zuzuschlittern begannen, kippte dann aber im letzten Moment mit einem weiteren, womöglich noch härteren Schlag wieder in die Waagerechte zurück.

Ben sah, wie auch Sasha von den Füßen gerissen und so brutal gegen die Wand geschleudert wurde, dass sie benommen zu Boden sank. Hastig versuchte er sich aufzurappeln und zu ihr zu eilen, und er hatte es fast geschafft, als eine weitere Erschütterung die *Princess* durchlief. Diesmal war es kein einzelner gewaltiger Schlag, sondern ein lang anhaltendes, knirschendes Rumpeln, als schramme der Rumpf des Schiffes über ein unterseeisches Hindernis, das die gesamte *Princess* anhob und aufzureißen versuchte. Ben spürte, wie das Schiff ein Stück weit aus dem Wasser gehoben wurde und dann mit solcher Wucht zurückfiel, dass sie hilflos durcheinander stürzten und durch den Gang schlitterten. Ben war nicht der Einzige, der so heftig gegen irgendetwas Hartes prallte, dass er Sterne sah.

Als die Welt aufhörte sich um ihn zu drehen, war es still geworden; das war das Erste, was ihm auffiel. Das Dröhnen der Turbinen war verstummt, und auch das seidige Geräusch des Wassers, das am Rumpf vorbeiströmte, war nicht mehr da. Der Boden, auf dem er lag, war ein wenig schräg. Irgendwo hinter ihm stöhnte jemand.

Ben stemmte sich mühsam hoch, gewahrte Sasha unweit der Tür und versuchte zu erkennen, wie es den anderen ging, während er in ihre Richtung eilte. Seine Mutter war schon wieder auf den Füßen und blinzelte verwirrt, während sich Harry und sein Vater um den verletzten Söldner kümmerten, von dem auch das Stöhnen gekommen war. Dennoch schienen sie alle mehr oder weniger glimpflich davongekommen zu sein. Sie hatten Glück gehabt. Wieder einmal. Aber wie lange würde dieses Glück noch anhalten?

Hastig ließ er sich neben Sasha in die Hocke sinken, griff nach ihrer Schulter und überzeugte sich davon, dass auch ihr nichts passiert war.

»Was ... was war das?«, murmelte seine Mutter hinter ihm. Ihre Stimme klang belegt. Sie sah aus wie jemand, der unversehens aus einem tiefen Traum erwacht war und Schwierigkeiten hatte, sich in der Wirklichkeit zurechtzufinden.

Ben ließ noch einmal den Blick aufmerksam über Sashas Gesicht gleiten, dann stand er auf, ging rasch zur Tür und sah abermals hinaus.

Ungefähr zehn Sekunden, denn so lange brauchte er, um den Anblick zu verarbeiten, der sich ihm bot.

Sie hatten die Küste erreicht. Das Schiff lag jetzt tatsächlich still, und das, was seinen Rumpf von unten getroffen und vermutlich aufgerissen, mit Sicherheit aber seiner Fahrt ein abruptes Ende bereitet hatte, war der Meeresgrund gewesen, der nur ein Stück vor ihnen in einen sanft ansteigenden, aus nichts anderem als schimmerndem weißem Eis bestehenden Strand überging. Irgendwie – obwohl es Ben selbst jetzt noch unmöglich erschien – hatte sich das Schiff im letzten Moment um nahezu fünfundvierzig Grad gedreht und war schräg auf den Strand hinaufgeglitten und ein gutes Stück weit auf die linke Seite gekippt; genau wie in seinem Traum.

Und genau wie in seinem Traum war der Strand nicht leer. Überall lagen glitzernde Umrisse, die ein zufälliger Beobachter auf den ersten Blick wahrscheinlich für Gebilde aus Eis gehalten hätte, durch die willkürliche Hand von Wind und Wetter entstanden. Ben aber wusste es besser und erkannte, was es wirklich war: Hier ragte eine dreifingrige Klaue aus dem Eis, dort starrte ein gesichtsloser Schädel aus unsichtbaren Augen in ihre Richtung, da war ein Bein zu erkennen, die Andeutung eines Rumpfes oder anderer Gliedmaßen ... Ben verspürte ein rasches, eisiges Frösteln, das nichts mit dem Wind zu tun hatte, der noch immer von draußen hereinheulte. Der Stand war voller Eisungeheuer, die auf sie warteten.

»Großer Gott!«, flüsterte eine Stimme hinter ihm.

Ben riss sich mühsam von der unheimlichen Szene los, wandte den

Kopf und sah in Harrys Gesicht hinauf. Der Söldner war unbemerkt hinter ihn getreten, und obwohl er nichts von seinem Traum wissen konnte, schien ihn der Anblick doch mindestens ebenso sehr zu erschrecken; was nun wiederum Ben einen neuerlichen Schauer über den Rücken laufen ließ, bedeutete es doch nichts anderes, als dass das Bild da draußen Wirklichkeit war. Tief in sich drin hatte er sich wohl an die verzweifelte Hoffnung geklammert, dass es sich in Wahrheit um nichts anderes als eine schreckliche Halluzination handelte.

»So viel zu der Annahme, dass wir an Land sicherer wären«, sagte Harry leise. Ben wandte sich wieder dem Strand zu. Die Ähnlichkeit mit seinem Albtraum ging noch weiter: Dort draußen mussten Hunderte der Kreaturen sein, aber nicht eine einzige davon rührte sich; wenigstens noch nicht.

»Aber hier bleiben können wir auch nicht«, wandte sein Vater ein, der sich zu ihnen gesellt hatte. »Sie haben den Steward gehört. Früher oder später werden sie hier herunterkommen.«

Harry drehte mit einer unwilligen Bewegung den Kopf und setzte zu einer Antwort an, und wenn Ben bisher noch nicht daran geglaubt hatte, dass man das Unglück mit Worten heraufbeschwören konnte – ab sofort tat er es. Noch bevor Harry ein einziges Wort sagen konnte, ertönte irgendwo in der Dunkelheit des Ganges ein Klirren und Scheppern, und ein verirrter Lichtstrahl brach sich blitzend auf etwas Weißem, das näher kam. Harry fluchte, schob ihn mit einer derben Bewegung zur Seite und brachte gleichzeitig eine seiner Waffen in Anschlag. Das klirrende Geräusch wiederholte sich, und Ben fand gerade noch Zeit, hastig geduckt unter Harrys Maschinenpistole hindurchzulaufen und sich schützend über Sasha zu werfen, bevor der Söldner den Abzug durchdrückte. Orangerote Flammen und ein kurzer, abgehackter Feuerstoß vertrieben das Halbdunkel und die Stille im Gang, und höchstens zwanzig Meter vor ihnen zerbarst etwas mit einem gewaltigen Schlag. Einen Augenblick später regnete es Eissplitter, die aber beruhigend weit von ihnen entfernt gegen die Wände und auf den Boden prasselten.

»Hier bleiben!«, befahl Harry scharf, während er sich bereits in Bewegung setzte. Er lief allerdings nur zehn oder zwölf Meter, dann blieb er stehen, ging leicht in die Hocke, und sie konnten beobachten, wie konzentriert und aufmerksam er den Gang dort vorne absuchte. Offensichtlich entdeckte er jedoch nichts, was ihn weiter beunruhigt hätte, denn kurz darauf richtete er sich wieder auf und kam – rückwärts gehend und die Waffe weiter in Anschlag – zu ihnen zurück.

»Alles in Ordnung«, sagte er. Vermutlich fand nicht nur Ben diese Worte ziemlich lächerlich. »Es war nur einer.«

»Ja, und ganz bestimmt auch der Einzige, der herunterkommen wird«, fügte Jennifer Berger in spöttischem Tonfall hinzu.

Harry maß sie mit einem wütenden Blick, schwieg aber und ging wieder zum Schott. Ben folgte ihm, und Sasha schloss sich ihnen unaufgefordert an, was ihm alles andere als recht war.

Der Anblick draußen hatte sich nicht verändert, wirkte auf Ben aber trotzdem noch erschreckender als eben, während Harry jetzt eher nachdenklich aussah. »Im Moment scheinen sie keine Gefahr darzustellen«, murmelte er.

Ben fragte sich, ob er das wirklich glaubte oder es nur sagte, um sich selbst zu beruhigen, aber er widersprach nicht. Ob er Harry nun mochte oder nicht – in einer Situation wie dieser wusste der Söldner mit Sicherheit besser, was zu tun war.

»Was meinst du damit?«, fragte er stattdessen.

Harry deutete auf die gewaltige Klippe aus Eis, die sich zwei- oder dreihundert Meter entfernt auf der anderen Seite des spiegelglatten Strandes erhob. »Wir können es schaffen.«

»Was?!«, keuchte Bens Vater hinter ihnen. Es gelang ihm nicht, den Unterton von Panik aus seiner Stimme zu verbannen.

»Es sind keine drei Kilometer bis zur Wetterstation«, antwortete Harry. »Selbst hier eine Entfernung, die zu schaffen ist.«

»Sind Sie wahnsinnig?«, ächzte Bens Vater.

»Ich wollte, ich wäre es«, antwortete Harry ungerührt, »dann wäre das alles hier nicht wahr.« Er hob die Schultern. »Haben Sie eine bessere Idee?«

»Wir könnten uns hier verschanzen. Die Wände sind aus Eisen, und Sie und Ihr Begleiter –«

»– können diese Biester vermutlich zurückschlagen«, unterbrach ihn

Harry. »Bis uns die Munition ausgeht. Und dann?« Er schüttelte heftig den Kopf. »Was glauben Sie, wie lange es dauert, bis man die *Princess* vermisst? Zwei Tage? Drei? Oder eine Woche?« Ein abermaliges, noch wütenderes Kopfschütteln. »Nein. In der Wetterstation haben wir zumindest eine Chance.«

»Weil ihre Wände auch aus dickem Eisen bestehen?«, fragte Robert Berger zynisch.

»Sie bestehen zum größten Teil aus Kunststoff, wenn ich ehrlich sein soll. Aber dort haben wir ausreichend Munition, meine Leute sind dort, und vor allem gibt es ein funktionierendes Funkgerät, mit dem wir Hilfe rufen können.« Er ließ eine kurze, zweifellos genau berechnete Pause folgen. »Sie können selbstverständlich gern mit Ihrer kleinen Familie hier bleiben und darauf hoffen, dass ich es schaffe und Ihnen rechtzeitig Hilfe schicke. Ich lasse Ihnen sogar eine Waffe hier.«

Bens Vater sagte nichts mehr. Er sah Ben einen Moment fast hilfesuchend an, bekam aber auch von ihm nur einen traurigen Blick und ein Achselzucken zur Antwort. Ben war genauso wenig wohl bei dem Gedanken, dort hinauszugehen, wie seinem Vater und allen anderen hier, aber irgendwie spürte er, dass sie keine andere Wahl hatten. In seinen Träumen hatte auch diese Flucht mit einer Katastrophe geendet (und zwar *jedes* Mal!), doch er glaubte inzwischen eines auch begriffen zu haben: Wenn es in seinen irrwitzigen Albträumen überhaupt so etwas wie eine Logik gab, dann die, dass sie nicht zeigten, was kommen würde, sondern nur das, was – im schlimmsten Fall – kommen konnte.

»Noch schlafen diese Dinger oder scheinen auf irgendetwas zu warten«, fuhr Harry fort. »Wollen wir hier rumstehen und reden, bis sich das ändert?«

Bens Vater antwortete auch diesmal nicht, trat aber einen Schritt näher und beugte sich unsicher vor, um einen Blick in die Tiefe zu werfen. Das Wasser lag gut drei Meter unter ihnen, aber die *Princess* war so weit den Strand hinaufgeglitten, dass der Eisstrand höchstens zwei Meter vom Schott entfernt war. Ben traute sich durchaus zu, so weit zu springen. Er war sicher, dass auch sein Vater und seine Mutter es schaffen konnten – aber was war mit Sasha und Tom?

Irgendwo, weit entfernt von ihnen, klirrte etwas; ein Laut wie zerbrechendes Glas. Er wiederholte sich nicht und am Ende des Ganges tauchte auch kein weiteres Eisungeheuer auf, aber die Bedeutung dieses Geräuschs war unmissverständlich.

»Also?«, fragte Harry.

Nach einer kleinen Ewigkeit, wie es Ben vorkam, nickte sein Vater, und Tom sagte: »Das schaffe ich nicht.«

»Unsinn!«, widersprach Harry. »Du wirst doch wohl –«

»Nicht mit meinem Bein«, fiel ihm der verletzte Soldat ins Wort. »Du weißt, was passiert, wenn ich ins Wasser falle. Ich würde in ein paar Minuten erfrieren, selbst wenn ihr es schafft, mich rauszuziehen. Und ich würde euch nur aufhalten.« Er streckte die Hand aus. »Gib mir meine Waffe zurück. Ich bleibe hier.«

»Das kommt überhaupt nicht in Frage«, rief Harry, aber Tom schüttelte heftig den Kopf.

»Du weißt, dass ich Recht habe. Und von hier aus kann ich euch Deckung geben, bis ihr die Steilwand erreicht habt.«

Harry schwieg. Auf seinem Gesicht begann ein stummer Kampf, und Ben musste plötzlich daran denken, wie Sasha den Soldaten vorhin angesehen hatte. Mit einem Male wusste er, dass Tom Recht hatte. Keine Macht der Welt konnte ihn retten, wenn er ins Wasser fiel, und sie würden rennen müssen, so schnell wie noch nie zuvor in ihrem Leben. Aber zugleich sträubte sich alles in ihm gegen die Vorstellung, den Mann einfach seinem Schicksal zu überlassen.

»Und du bist wirklich sicher, dass du das tun willst?«, fragte Harry schließlich.

»Ja.« Der Söldner versuchte zu lachen, aber es misslang. »Keine Bange. Ich kann schon auf mich aufpassen. Und vielleicht finden sie mich ja nicht. Wenn ihr in der Station seid, funkt ihr mich an, und dann sehen wir weiter. Vielleicht finde ich ein Versteck oder einen anderen Weg von Bord.«

Das war purer Unsinn, und das wussten sie alle. Aber Harry widersprach nicht mehr, sondern löste mit einem traurigen Nicken den Halteriemen der Maschinenpistole von seiner Schulter und reichte dem Mann die Waffe. Tom nahm sie mit ernstem Gesicht entgegen. »Worauf wartet ihr? Ihr habt noch zwei Stunden Tageslicht. Die solltet ihr nützen.«

32

BEN WAR DER ERSTE, der den Sprung wagte. Er nahm einen kurzen Anlauf, stieß sich mit aller Kraft ab und segelte in einem eleganten Bogen über das plötzlich trügerisch still daliegende Wasser hinweg, bevor er in einer anderthalbfachen Rolle auf dem Strand landete, wieder auf die Füße kam und herumfuhr, um seinen Blick hastig über die drei oder vier Eiskreaturen tasten zu lassen, die ihm am nächsten waren. Sie waren kaum mehr als Fragmente, grob geformte Blöcke aus milchig gesprungenem Eis, als hätte sie eine gewaltige Kraft getroffen und gnadenlos zermalmt. Aber es war wohl eher umgekehrt: Die Eiskrieger waren nicht zerstört, sondern noch nicht ganz fertig. Sie waren im Entstehen begriffen, und auch wenn dieser Vorgang offensichtlich lange dauerte, so war er doch in vollem Gange und würde irgendwann abgeschlossen sein. Man konnte es *hören;* ein helles Knistern und Knirschen, das aus keiner bestimmten Richtung kam, sondern die gesamte Atmosphäre zu erfüllen schien. Es war der Laut, mit dem irgendeine unsichtbare Macht nach dem Eis griff und es in eine neue Form zwang, begriff Ben schaudernd.

Hinter ihm landeten sein Vater und seine Mutter Hand in Hand auf dem Eis, zwar nicht annähernd so elegant wie er, aber deutlich weiter von der gefährlichen Wasserlinie entfernt, und im Gegensatz zu ihm mussten sie sich nicht abrollen, sondern blieben auf den Beinen und kamen rasch auf ihn zu, und bevor Ben auch nur ein Wort sagen konnte, folgten Harry und Sasha. Um sie hatte er sich die größten Sorgen gemacht, doch Harry löste das Problem auf seine Weise, indem er Sasha auf die Arme nahm und zusammen mit ihr sprang.

Kaum hatte er sie wieder auf die Beine gestellt, riss sie sich los und eilte auf Ben zu. Sein Vater runzelte die Stirn, als er sie ganz automatisch in die Arme schloss, während auf dem Gesicht seiner Mutter ein flüchtiges Lächeln erschien.

»Worauf warten wir?«, fragte sein Vater ungeduldig.

Harry nahm seine Waffe von der Schulter und richtete den Lauf misstrauisch auf die Eisembryonen, bevor er antwortete. »Rewert.«

Ben spürte schon wieder ein heftiges Anklopfen seines schlechten Gewissens – in den letzten Minuten hatte er den dunkelhaarigen Steward einfach *vergessen*; obwohl sie ohne ihn nicht einmal hier wären. Ohne Sasha loszulassen drehte er sich wieder zur *Princess* um und suchte die offen stehende Ladeluke. Er erschrak, als er eine schemenhafte weiße Bewegung dahinter wahrnahm, begriff aber auch fast im gleichen Moment, dass es nicht das Schimmern von Eis war, das er gesehen hatte.

»Wenn wir noch lange hier herumstehen, braucht er nicht mehr zu kommen«, maulte sein Vater. »Dann sind wir nämlich erfroren.«

So herzlos diese Worte klangen, dachte Ben bedrückt – er hatte Recht. Es war unvorstellbar kalt. Obwohl sie sich seit höchstens einer oder zwei Minuten außerhalb der *Princess* befanden, war die Kälte bereits durch seine Kleidung gekrochen und gab gerade ihr Bestes, um sein Knochenmark zu Eis erstarren zu lassen, jedenfalls fühlte es sich so an. Und dabei standen sie noch immer im Windschatten des gestrandeten Schiffes. Wie schlimm mochte es erst werden, wenn sie über den Strand liefen oder gar die Sonne unterging?

Er gab sich die Antwort auf seine Frage selbst: So schlimm wie in seinen Träumen. Kalt genug, dass einem die Luft die Kehle verbrannte, wenn man zu tief einatmete.

Statt auf die Worte Robert Bergers einzugehen, deutete Harry auf die Klippe am anderen Ende des sanft ansteigenden Strandes und sagte: »Falls wir getrennt werden, versuchen Sie die Klippe zu erreichen und gehen dann nach links. Der Aufgang ist knappe drei Kilometer entfernt. Sie können ihn gar nicht verfehlen.«

»Aber seid vorsichtig«, fügte Ben hinzu. »Direkt am Anfang liegt eine tückische Eisspalte.«

Harry blinzelte ihn stirnrunzelnd an, sagte aber zu Bens Überraschung nichts dazu, sondern wandten sich zur *Princess* um. »Rewert!«, brüllte er. »Beeilen Sie sich, verdammt noch mal! Uns friert hier allmählich alles Mögliche ab!«

Tatsächlich erschien der Steward kurz darauf in der geöffneten Tür und sprang mit einem beherzten Satz zu ihnen herunter. Irgendetwas an ihm war anders, aber Ben konnte den Unterschied erst in Worte fassen, als er sich bereits wieder aufgerichtet hatte und auf sie zukam. Der Steward trug noch immer Weiß, trotzdem aber nicht mehr seine gewohnte Uniform. Jetzt hatte er eine gefütterte weiße Polarmontur an, die der Harrys aufs Haar glich.

Die Montur des Söldners, der an Bord zurückgeblieben war ...

Als hätte er seine Gedanken gelesen, sagte Rewert im Tonfall einer schuldbewussten Verteidigung: »Er hat darauf bestanden, dass ich sie anziehe.«

»Mit Recht«, meinte Harry. »In Ihrer Borduniform würden Sie hier draußen in drei Minuten erfrieren. Und jetzt los, bevor uns allen dasselbe passiert!«

Er wollte sich umdrehen, doch Rewert hielt ihn mit einer raschen Geste zurück und griff gleichzeitig mit der anderen Hand in die Jackentasche. »Warten Sie. Das hier soll ich Ihnen geben.«

Harry riss erstaunt die Augen auf, als der Steward eine Anzahl kupferfarbener, schimmernder Patronen in seine ausgestreckte Hand fallen ließ. »Die Hälfte seiner Munition. Ihr Begleiter meint, Sie könnten sie wahrscheinlich besser gebrauchen.«

Für einen Moment breitete sich betretenes Schweigen zwischen ihnen aus, dann nahm Harry das Magazin aus seiner Waffe, schob die Patronen, die ihm der Steward gegeben hatte, sorgsam hinein, und ließ das Magazin dann wieder in den Schacht der MP einrasten. Drei Geschosse waren übrig geblieben, die er in seinen linken Handschuh steckte. »Gut«, meinte er dann. Seine Stimme klang kratzig. »Verschwinden wir von hier.«

Ben wollte noch etwas sagen – es gab absolut nichts, was er mit Worten hätte ändern können, aber es erschien ihm nicht richtig, einfach so zu gehen –, doch Harry gab ihm keine Gelegenheit dazu, sondern marschierte los, und seine Eltern schlossen sich ihm kommentarlos an. Einzig der Steward rührte sich nicht, sondern wartete, bis Ben und Sasha sich in Bewegung gesetzt hatten, und folgte dann als Letzter.

Nach etwa drei Dutzend Schritten blieb Ben stehen, um zum Schiff zurückzusehen – und wünschte, er hätte es nicht getan. Abgesehen von einigen kleinen Details, die vielleicht einzig in seinem schlechten Erinnerungsvermögen begründet lagen, hätte das Bild direkt aus seinem Traum stammen können. Die *Princess* lag wie ein gestrandeter Wal aus Eisen auf dem Strand, halb zur Seite geneigt und irgendwie ... in sich *schief*, als hätte der Aufprall nicht nur ihren Rumpf zerfetzt, sondern das Gefüge des gesamten Schiffes gestört, und schwarzer Rauch quoll aus ihrem aufgerissenen Heck. Überall an Deck war Bewegung, zu schnell, zu verschwommen, um Einzelheiten auszumachen, aber das war auch nicht nötig. Ben wusste schließlich, was sie bedeutete. Sie befanden sich noch immer im Windschatten des Schiffes, aber der Sturm trug dennoch ein Konglomerat unheimlicher Laute an sein Ohr: das Prasseln und Knistern der Flammen, ein ununterbrochenes helles Klirren und Scheppern, aber auch Schreie, hier und da ein Schuss. Bevor Ben erschrocken den Blick abwenden oder zumindest die Augen schließen konnte, sah er eine winzige Gestalt am Heck des Schiffes über die Reling flanken und dann einen Sekundenbruchteil später im aufspritzenden eiskalten Wasser versinken; ein Passagier, der den Tod in den Fluten der grässlichen Umarmung der Ungeheuer vorgezogen hatte. Möglicherweise hatte er auch nur Pech gehabt.

»Tu dir das nicht an«, sagte eine Stimme hinter ihm.

Ben drehte den Kopf. Rewerts Gesicht war ausdruckslos, als wären seine Züge mittlerweile zu Eis erstarrt, doch in seinen Augen flackerte dafür eine umso größere Furcht. Ben schenkte ihm einen dankbares Lächeln, nahm Sasha, die gemeinsam mit ihm stehen geblieben war, bei der Hand und beeilte sich die anderen einzuholen. Während sie sich vorwärts kämpften, glitten seine Augen über den Strand, doch was er da sah, war nicht unbedingt dazu angetan, ihn optimistischer zu stimmen.

Etwas veränderte sich kaum merklich, und Ben war anscheinend der Einzige, dem es auffiel. Die Anzahl der bizarren Gebilde, die direkt aus dem Eisstrand emporgewachsen zu sein schienen, war größer. Und – täuschte er sich oder begannen sich einige der Eiswesen ganz sacht zu *bewegen?* Er sah genauer hin: Hier streckte sich ihnen eine unfertige dreifingrige Hand um eine Winzigkeit entgegen, dort wendete sich ihnen ein im Entstehen begriffener gesichtsloser Schädel zu, da verlagerte ein gliederloser Torso seinen Schwerpunkt etwas mehr in ihre Richtung, ergoss sich eine winzige Lawine auffällig symmetrischer Eissplitter in ihren Weg oder drehte sich eine Schneeböe allen Naturgesetzen zum Trotz gegen den Wind, um ihnen das Weiterkommen zu erschweren.

Das allgemeine Klingen und Klirren ringsum hielt an, und der Wind schien noch eisiger zu werden, aber da war noch mehr. Das Gefühl einer allgemeinen Bedrohung, das wie ein erstickender Odem über diesem Land lag, wurde *präsenter*, bösartiger. Es war, als spüre er die Anwesenheit von etwas Uraltem und Mächtigem, das vielleicht gerade erst im Erwachen begriffen war, seine Aufmerksamkeit aber ebenso allmählich wie unaufhaltsam auf sie richtete.

Als es dann geschah, ging es so schnell, dass Bens warnender Schrei viel zu spät kam. Sasha und er marschierten jetzt Hand in Hand hinter Harry her, der die Spitze bildete und mit seiner Maschinenpistole auf jede Schneeflocke zielte, die ihm zu nahe kam. Ben registrierte die Bewegung im letzten Moment, doch selbst wenn sein entsetzter Aufschrei nicht vom Heulen des Sturms von seinen Lippen gerissen und zerfetzt worden wäre, hätte Harry kaum Zeit genug gehabt, um darauf zu reagieren. Urplötzlich flog der Schnee unmittelbar neben ihm auseinander und spie eine albtraumhafte Gestalt ohne Gesicht aus, die gierig nach ihm grabschte. Harry wirbelte herum und versuchte seine Waffe in die Höhe zu reißen, doch das Monstrum aus lebendig gewordenem Eis war mit einem einzigen Schritt bei ihm, schmetterte ihm die MP aus der Hand und versetzte ihm mit dem anderen Arm einen Stoß, der ihn zu Boden schleuderte.

Dann explodierte es.

Das Heulen des arktischen Sturmes verschluckte jedes andere Geräusch, sodass sich alles in gespenstischer Lautlosigkeit abspielte. Der Oberkörper des Eisungeheuers barst auseinander und verwandelte sich in eine Wolke aus stiebenden Eissplittern, während die abgesprengten Arme und der Schädel einfach vom Sturm davongerissen wurden. Gerade noch rechtzeitig warf sich Harry herum und rollte aus dem Weg, als das, was von der Kreatur übrig geblieben war, wie ein gefällter Baum genau dort niederkrachte, wo er eben noch gelegen hatte.

Als er sich in die Höhe stemmen wollte, wuchs ein zweites Eisungeheuer unmittelbar neben ihm aus dem Schnee und packte mit beiden Händen nach ihm. Harry stieß ihm den Ellbogen dorthin, wo eigentlich sein Gesicht hätte sein sollen, und das Ding torkelte einen ungeschickten halben Schritt zurück und zerplatzte dann ebenso lautlos wie sein hässlicher Zwillingsbruder eben, einen Sekundenbruchteil, nachdem irgendetwas mit einem bösartigen Summen an Bens rechtem Ohr vorbeigeflogen war. Vom Moment seines ersten Erschreckens bis jetzt waren nur ein paar Sekunden verstrichen.

Wie betäubt drehte Ben sich herum. Sein erster Blick galt Sasha. Erleichtert stellte er fest, dass sie offenbar gar nicht richtig mitbekommen hatte, was gerade geschehen war. Womit sie sich in guter Gesellschaft befand. Auch seine Eltern und Rewert sahen eher verwirrt als erschrocken aus. Obwohl sie sich nur wenige Schritte hinter ihnen befunden hatten, schien ihnen das immer dichter werdende Schneetreiben teilweise die Sicht auf den Vorfall verwehrt zu haben.

Mühsam riss Ben seinen Blick vom Gesicht seiner Mutter los und blinzelte zur *Princess* zurück. Trotz seiner Größe war das Schiff hinter den nahezu waagerecht heranpeitschenden Schneeböen fast verschwunden, und von der offen stehenden Luke war überhaupt nichts mehr zu sehen. Ratlos wandte er sich wieder zu Harry um, der sich gerade wieder aufrichtete und den Schnee vom Schaft seiner Waffe klopfte, und erntete ein knappes Kopfnicken und ein angedeutetes Lächeln. »Tom ist ein guter Mann. Wahrscheinlich einer meiner besten.«

»Was?«, mischte sich Robert Berger ein. Sein Blick tastete unsicher über das, was von den beiden Eisungeheuern übrig geblieben war, und suchte dann die *Princess.* »Wollen Sie etwa behaupten, er hätte die beiden Biester auf diese Entfernung erwischt? Mit einer *Maschinenpistole*?«

Harry hob in einer scheinbar beiläufig wirkenden Bewegung die Schultern. »Sehen Sie hier sonst noch jemanden mit einer Waffe?«

Bens Vater wollte etwas erwidern, aber Harry brachte ihn mit einer raschen Geste zum Schweigen, zog sein Walkie-Talkie aus der Jackentasche und mühte sich einen Moment lang mit dem gar nicht so kleinen Kunststück ab, die winzigen Tasten mit seinen klobigen Handschuhen zu bedienen. »Guter Schuss, Tom«, sagte er ins Mikrofon. »Gibt es sonst noch was?«

Die Antwort, die aus dem winzigen Lautsprecher des Gerätes drang, ging ebenso im Heulen des Sturmes unter wie die meisten anderen Geräusche, aber man musste kein Meister im Lesen von Gesichtern sein um zu erkennen, dass sie dem Söldner nicht gefiel. Harry sagte drei oder vier Sekunden lang gar nichts, doch sein Blick tastete in dieser Zeit ebenso aufmerksam wie misstrauisch in die Runde, und seine Miene verdüsterte sich zusehends. Schließlich hob er das Gerät wieder an die Lippen.

»Ja, das sehe ich auch so. Gute Arbeit. Halt weiter die Augen offen.«

Er steckte das Gerät wieder ein und vertrödelte eine weitere Sekunde, indem er den Trageriemen seiner MP sorgsam über seine linke Schulter schob. Vielleicht ein wenig zu sorgsam für Bens Geschmack, und die Art, wie er den Arm danach bewegte, als wolle er sich nur vom sicheren Sitz des Riemens überzeugen, gefiel ihm noch viel weniger.

Ben fragte sich, ob sich Harry den Arm bei seinem Sturz verletzt hatte, aber die bloße *Vorstellung* war schon so erschreckend, dass er die Antwort gar nicht wissen wollte. Ohne Harry, einen vollkommen gesunden und kampfbereiten Harry, konnten sie sich ebenso auch gleich in den Schnee setzen, ihre Jacken ausziehen und darauf warten, dass die Kälte die Sache ein für alle Mal erledigte.

Oder hoffen, dass sie es tat, bevor die Eisungeheuer sie erwischten.

»Worauf warten wir?«, fragte sein Vater ungeduldig.

»Auf nichts«, antwortete Harry, rührte sich aber trotzdem nicht von der Stelle. »Aber Tom hat eine interessante Beobachtung gemacht, und ich glaube, dass er Recht hat. Anscheinend werden diese *Dinger* von schnellen Bewegungen angezogen. Geht möglichst langsam. Keine hektischen Bewegungen und passt auf, wohin ihr tretet.«

»Weil wir ja so viel Zeit haben«, höhnte Bens Vater.

»Wir haben alle Zeit, die wir brauchen«, antwortete Harry ruhig. »Solange die Sonne nicht untergeht, bleiben die Temperaturen erträglich, jedenfalls erträglich genug, um nicht zu erfrieren, solange wir in Bewegung bleiben. Aber wenn diese Biester auf uns aufmerksam werden und in Scharen über uns herfallen, ist es aus. Also tun Sie gefälligst, was ich sage, oder rennen Sie meinetwegen los, und ich bleibe hier stehen und warte ab, wer von uns beiden nun Recht gehabt hat.« Er machte ein abfälliges Geräusch. »Ich entschuldige mich auch gern bei Ihnen, sollte sich herausstellen, dass ich mich irre.«

Zu Bens Erleichterung verzichtete sein Vater darauf, den Fehdehandschuh aufzunehmen und mit einer spitzen Bemerkung zu kontern, und auch seine Mutter und Rewert machten nur betroffene Gesichter, protestierten aber nicht.

Ben wusste, dass Harry Unrecht hatte. Seine Vermutung war ebenso naheliegend wie logisch, aber trotzdem falsch. Es war das *Leben*, das diese Ungeheuer spürten; die Wärme ihres Blutes und das Schlagen ihrer Herzen, die sie mit Hass und unstillbarem Neid erfüllten und sie anlockten.

Doch auch er behielt seine Zweifel für sich und griff nur stumm nach Sashas Hand. Ein Anführer, der sich dann und wann irrte, war ihm immer noch lieber als kein Anführer. Sie gingen los, sehr langsam; und für die ersten zehn oder fünfzehn Sekunden bildete sich Ben sogar ein, diesen Blödsinn zu glauben.

Dann explodierte zuerst der Boden rechts und links von Harry und nur einen Sekundenbruchteil darauf die beiden Eismonster, die daraus hervorgebrochen waren, als Harry und der Söldner an Bord der *Princess* praktisch gleichzeitig auf die Angreifer feuerten.

Überall um sie herum wuchsen plötzlich riesige Gestalten aus schimmerndem Eis in die Höhe. Harry fluchte lautstark und riss seine Waffe herum, und noch bevor er den Abzug ganz durchgedrückt hatte, zersprang nur ein kleines Stück neben ihm ein zweites Eismonster, von einem weiteren Schuss getroffen, den Tom abgegeben hatte. Aber es war aussichtslos. Die beiden Ungeheuer wurden praktisch sofort durch neue Monster ersetzt, die aus dem Schneegestöber auftauchten, und dann schien sich der Strand in ein einziges Chaos aus blitzendem Eis und riesigen Krallen und gesichtslos starrenden Bestien zu verwandeln, die aus allen Richtungen zugleich auf sie einzudringen schienen.

Harrys MP zersiebte zwei Monster, ein drittes erledigte er, indem er mit dem Kolben seiner Waffe auf es einschlug, und praktisch im gleichen Augenblick brachen zwei weitere Ungeheuer wie von unsichtbaren Hammerschlägen auseinander. Sofort stürmten mehr Angreifer heran, doch für einen Moment hatten sie Luft.

»*Lauft!*«, brüllte Harry. »*Zur Steilwand!*« Gleichzeitig wirbelte er herum, gab einen kurzen Feuerstoß aus seiner Waffe ab, der einige der Angreifer in Stücke sprengte, und stürmte los.

»Verstehen Sie das unter *vorsichtig* bewegen?«, schnaubte Robert Berger, aber er setzte sich dennoch sofort und so schnell in Bewegung, wie er nur konnte.

Was folgte, war ein Spießrutenlauf, und das wortwörtlich.

Als hätte sich nun auch die Natur endgültig auf die Seite ihrer Gegner geschlagen, nahm der Sturm noch einmal an Gewalt zu. Das Schneetreiben wurde schlagartig so dicht, dass sie kaum noch Luft bekamen. Alles, was weiter als fünf oder zehn Meter entfernt war, schien in dem tobenden Weiß unterzugehen. Selbst Harry, der kaum zwei Schritte vor ihnen rannte, verschwand manchmal einfach in den kochenden Schwaden.

Dennoch erkannte Ben, dass die Zahl der Eiskreaturen immer noch zunahm. Mehr und mehr grässliche dreifingrige Klauen grabschten aus dem Schnee heraus nach ihnen, mehr und mehr plumpe Gestalten versuchten sich ihnen in den Weg zu stellen oder sie zu Boden zu reißen. Harry schoss praktisch ununterbrochen, wobei er aber keine Feuerstöße mehr abgab, sondern einzelne gezielte Schüsse, mit denen er einen Gegner nach dem anderen mit fast roboterhafter Präzision ausschaltete. Und obwohl es nach Bens Meinung eigentlich vollkommen unmöglich war, schoss auch der Söldner von Bord der *Princess* aus noch immer und traf seine Ziele mit derselben, nahezu unheimlichen Sicherheit.

Aber natürlich konnte es nicht gut gehen und es ging auch nicht gut.

Es war seine Mutter, die die Katastrophe auslöste. Natürlich nicht mit Absicht, aber dafür mit umso verheerenderen Folgen. Eine böse Laune des Schicksals wollte es sogar, dass Ben ganz genau mitbekam, was geschah, weil er just in diesem Moment den Kopf drehte und im Laufen zu ihr zurücksah.

Rewert war weg, vielleicht einfach von den tobenden Schneeböen verschlungen, vielleicht hatten ihn die Ungeheuer auch erwischt, und seine Eltern stürmten Hand in Hand dicht hinter Sasha und ihm her. Ihre Gesichter waren unter dem eisverkrusteten Fell ihrer Kapuzen nicht zu erkennen, und sie hielten die Köpfe gesenkt, um sie vor dem schneidenden Wind zu schützen.

Trotzdem stolperte eine der beiden dick vermummten Gestalten, die kleinere, plötzlich, versuchte mit einem ungeschickten Schritt ihr Gleichgewicht wiederzuerlangen und stürzte dann schwer in den Schnee. Sofort tauchte einer der Angreifer aus dem Schneetreiben auf und wollte sich auf sie stürzen.

Er barst auseinander, bevor er ihr auch nur nahe kommen konnte.

Unverzüglich brach ein weiteres Monster aus dem Sturm hervor und nahm den Platz seines Kameraden ein, nur um dessen Schicksal zu teilen, doch es war, als hätten sie irgendeinen höllischen Mechanismus in Gang gesetzt, der dafür sorgte, dass für jedes ausgeschaltete Ungeheuer sofort mindestens zwei, drei, vier neue erschienen. Ben hatte den bizarren Eindruck, dass die Sturmfront von einem Atemzug auf den anderen von einer kompakten Mauer aus grabschenden Händen und wankenden Leibern abgelöst wurde, die sich rasend schnell um sie herum zusammenzog. Die Welt geriet aus den Fugen, kippte in eine Richtung, die es weder gab noch geben *durfte*, und selbst die Zeit schien neuen, durch und durch aberwitzigen Regeln zu gehorchen. Alles ging so rasend schnell, als geschähen die Dinge nicht nur *gleichzeitig*, sondern zum Teil auch in der falschen Reihenfolge, als hätte jene uralte Macht, deren Erwachen er gespürt hatte, nun auch der Zeit ihren Willen aufgezwungen und die unumstößlichen Gesetze von Ursache und Wirkung vertauscht. Zugleich schien sich die Welt auf einer zweiten Ebene, auf der er zur Rolle des hilflosen Zuschauers verdammt war, unendlich langsam zu bewegen, als beobachte er die Geschehnisse durch einen Vorhang aus zäh fließendem Wasser, der alles, was sich in Wahrheit in weniger als einer Sekunde abspielen mochte, zu einer schieren Ewigkeit dehnte. Eine höllische Pantomime in Zeitlupe, die keinem anderen Zweck diente, als ihm und *nur ihm* die schreckliche Unaufhaltsamkeit der Geschehnisse zu demonstrieren. Was immer es war, dessen Präsenz er fühlte, es war nicht nur gekommen, um sie zu vernichten, sondern vor allem, um sich an ihrem Leiden zu laben.

Ben sah, wie sein Vater herumfuhr und neben seiner Mutter auf die Knie fiel, um ihr aufzuhelfen. Das Heulen des Sturmes verschluckte weiter jeden anderen Laut, aber er beobachtete, wie sich ihr Gesicht vor Schmerz verzerrte, als sie ihren rechten Fuß zu belasten versuchte, und sie so schwer in den Schnee zurückfiel, dass sein Vater um ein Haar mit von den Beinen gerissen worden wäre, und dann waren bereits wieder zwei riesige Eismonster heran, um sich auf sie zu stürzen.

Harry zerschoss eines davon mit dem Ergebnis, dass sich praktisch im gleichen Sekundenbruchteil ein weiteres schimmerndes Eismonster aus dem Sturm materialisierte. Das andere grabschte mit beiden Händen nach seinem Vater, griff ins Leere und fiel, vom Schwung seiner eigenen Bewegung nach vorn gerissen, in den Schnee, wo es in Stücke zerbrach. Dann war Harry heran, zersiebte den Angreifer, der am nächsten war, und riss Bens Vater mit dem anderen Arm in die Höhe.

»*Laufen Sie!*« Ich kümmere mich um sie!« Gleichzeitig versetzte er ihm einen Stoß, der ihn mit hilflos rudernden Armen davontaumeln ließ, erschoss ein weiteres Eismonster und griff dann nach Bens Mutter, um sie in die Höhe zu ziehen. Ihr Gesicht verzerrte sich abermals vor Schmerz, und diesmal konnte Ben ihren gepressten Schrei selbst durch das Brüllen des arktischen Sturmes hindurch hören. Harry fluchte beinahe genauso laut, wechselte seine Waffe blitzartig von der rechten in die linke Hand und schlang den frei gewordenen Arm um ihre Taille, um sie ohne sichtbare Anstrengung hochzuheben und sie sich dann über die Schulter zu werfen, als wiege sie überhaupt nichts.

»*Lauft!*«, schrie er noch einmal. »*Zur Klippe! Wir kommen nach!*«

Und in diesem Moment wusste Ben, dass sie es nicht schaffen würden.

Es gab überhaupt keinen Grund für diese Gewissheit. Nichts hatte sich geändert, Harrys beherztes Eingreifen und die präzisen Schüsse, die noch immer von der *Princess* aus herüberpfiffen, hatten dem Angriff ganz im Gegenteil einen Gutteil seines Schwunges genommen, aber genau das war es: vollkommene, absolute Gewissheit. Sie würden es nicht schaffen. Die Geister des Kommenden sagten es ihm und sie irrten sich nie.

Alles wiederholte sich, und auch das hatten sie vorhergesagt, so wie sie alles Leid und allen Schrecken seit Anbeginn der Zeiten vorhergesehen und ihren Niedergang prophezeit hatten. Der Todesbote stand am Himmel.

Nach zweimal tausend Millionen Jahren schloss sich der Kreis, und der ewige Zyklus von Untergang und Entstehen begann von vorne.

Ben beobachtete mit einer Mischung aus lähmendem Entsetzen und Trauer, wie Harry losrannte, während seine Waffe weiter grellorangefarbene Flammenzungen ausstieß, die die Angreifer ebenso schnell zerschmetterten, wie der Sturm sie gebären konnte, wie er einen federnden Satz in ihre Richtung machte – *und sich der Boden auftat, um ihn und seine Mutter zu verschlingen.*

Es geschah rasend schnell, aber Bens überwache Sinne sorgten dafür, dass ihm auch nicht das geringste grässliche Detail entging. Harrys gewaltiger Satz brachte ihn bis auf drei oder vier Meter an ihn, Sasha und seinen Vater heran, und als seine schweren Kampfstiefel den Schnee berührten, gab das Eis darunter nicht etwa nach oder brach auseinander, sondern *krachte auseinander wie ein gigantisches Maul*, das nach den beiden weiß gekleideten Gestalten schnappte. Neben ihm schrie sein Vater so gellend auf, als hätte man ihm einen glühenden Dolch in den Leib gestoßen, und wollte losstürmen, und Sasha riss sich mit einer völlig überraschenden Bewegung von Ben los und klammerte sich mit solcher Kraft an seinen Vater, dass sie beide das Gleichgewicht verloren und in den Schnee stürzten.

Mit einem wütenden Schrei stemmte sich sein Vater in die Höhe und stieß Sasha grob von sich, und vor ihren Augen schloss sich der Schneesturm zu einer brüllenden, undurchdringlichen Wand, die den Strand, den verschwimmenden Schatten der *Princess of the Dawn* und die Stelle verschlang, an der Harry und seine Mutter verschwunden waren.

Dann erlosch er.

Von allem, was bisher geschehen war, kam Ben das am gespenstischsten vor. Der Sturm flaute nicht etwa ab oder zog sich widerwillig und fauchend und mit den Krallen schlagend zurück, sondern er erlosch von einem Sekundenbruchteil auf den anderen so abrupt, als hätte ihn jemand abgeschaltet. Die tobende Mauer aus Schnee und wirbelndem Eis war verschwunden, genauso wie die Höllenkreaturen, die sie bisher von allen Seiten her attackiert hatten, und stattdessen senkte sich eine fast unnatürlich anmutende Stille über den Strand.

Ben sah sich wie betäubt um. Er hätte Schmerz empfinden sollen, Wut, Trauer, Panik, *irgendetwas,* aber da war nichts. Es war, als hätte die grausame Kälte, die ihm die Haut vom Gesicht zu reißen versuchte und seine Glieder lähmte, auch etwas in seiner Seele erstarren lassen. Und zugleich hatte er immer noch das Gefühl, in seiner eigenen Zeit gefangen zu sein, in der die Geschehnisse sonderbar zweigeteilt abliefen. Seine Gedanken rasten mit dem Zehnfachen ihrer normalen Geschwindigkeit, aber die Welt ringsum bewegte sich träge und zäh, als wäre sie in klebrigen Sirup gefallen.

Fast beiläufig registrierte er, dass der Steward wieder da war; er hatte offensichtlich im Sturm die Orientierung verloren und sich gute zwanzig oder dreißig Schritte weit in die falsche Richtung entfernt; er rappelte sich in diesem Moment auf, aber er machte nicht den Eindruck, wirklich zu wissen, wo er war. Sashas Gesicht war wieder so ausdruckslos wie immer, und auch sein Vater starrte benommen ins Nichts, doch die Leere in seinen Augen war von einer vollkommen anderen Art.

Sonst rührte sich jedoch nichts, so weit das Auge reichte. Nicht nur der Sturm, sondern auch der Wind war völlig zum Erliegen gekommen. Es herrschte absolute Stille. Selbst das Meer, das bisher schäumend gegen den weißen Strand angerannt war, lag nun flach wie ein zerkratzter, mattsilberner Spiegel vor der Küste.

Bens Blick tastete über die geschundene Flanke der *Princess* und suchte die Luke, durch die sie das Schiff verlassen hatten. Fast zu seiner eigenen Überraschung fand er sie nahezu auf Anhieb; eine winzige rechteckige Wunde im Leib des Schiffes, aber dahinter regte sich nichts mehr, und das konnte es auch nicht, denn an Bord dieses Schiffes existierte kein Leben mehr. Auch das wusste er mit einer Gewissheit jenseits aller Zweifel.

Als Ben sich wieder herumdrehen wollte, glaubte er eine Bewegung weit draußen auf dem Meer wahrzunehmen und blieb noch einmal stehen, um genauer hinzusehen.

Da … war etwas. Vielleicht nur ein Schatten, vielleicht aber auch ein kolossales, vielarmiges … *Ding*, das dicht unter der Wasseroberfläche lauerte und aus unsichtbaren, gierigen Augen zu ihnen herüberstarrte.

Aber der Schatten verschwand, bevor er sicher sein konnte … und eigentlich wollte er es auch gar nicht.

Mit einer unendlich müde wirkenden Bewegung wandte er sich um, ging zu Sasha und ergriff ihre Hand, um sie mit sanfter Gewalt auf die Beine zu ziehen. Erst dann ging er die wenigen Schritte zu seinem Vater zurück und sagte: »Wir müssen weiter.«

Zuerst reagierte sein Vater nicht einmal auf den Klang seiner Stimme. Er hockte einfach weiter auf den Knien und starrte die Stelle an, wo sich das Eis seine Frau und Harry einverleibt hatte, ungefähr jedenfalls. Genau sagen konnte man es nicht mehr, denn das unheimliche Geschehen hatte nicht die geringste Spur hinterlassen. Da war nicht der feinste Riss im Eis … selbst die dünne Schneedecke auf dem Boden war so unversehrt, als hätte es nicht einmal den Sturm von gerade gegeben.

»Wir müssen weiter«, sagte er noch einmal; sanft, aber nachdrücklicher als zuvor.

Diesmal hob sein Vater zumindest den Kopf und sah zu ihm hoch, auch wenn Ben bezweifelte, dass er seine Worte verstanden hatte. Sein Gesicht war zu einer grauen Maske erstarrt, die auf ihre Weise ebenso leblos schien wie das erfrorene Land ringsum, aber in seinen Augen schimmerten Tränen, und seine behandschuhten Finger gruben unentwegt im Schnee, ohne dass er sich der Bewegung auch nur bewusst zu sein schien.

»Aber das … das ist doch völlig unmöglich«, flüsterte er stockend. »Das … das kann doch gar nicht sein!«

Der Anblick hätte Ben das Herz brechen müssen, aber er empfand noch immer … nichts. In ihm war eine Leere, die ebenso tief und allumfassend war wie die, die er in Sashas Augen lesen konnte und vielleicht ebenso lange anhalten würde.

»Wir müssen weiter«, sagte er nun noch einmal. »In einer guten Stunde geht die Sonne unter. Wenn wir dann noch hier draußen sind, sind wir tot.«

Sein Vater fuhr fort, mit den Händen im Schnee zu graben. Ben hätte in diesem Moment alles darum gegeben, seinen Schmerz zu teilen, er wollte ihm ein Wort des Trostes spenden, aber er konnte weder das eine noch das andere.

Schweigend wartete er ab, bis Rewert herangekommen war und er Sasha in seine Obhut übergeben konnte, dann ergriff er seinen Vater sanft an den Oberarmen und zwang ihn aufzustehen.

Es sollte andersherum sein, dachte er. *Der Vater sollte es sein, der den Sohn tröstet, und nicht umgekehrt.*

Aber selbst dieser Gedanke berührte ihn nicht. »Komm, wir müssen die Wetterstation erreichen, bevor es dunkel wird oder diese Ungeheuer zurückkommen.«

»Das ist ein verdammt weiter Weg, mein Junge«, meinte der Steward. »Bist du sicher, dass wir es schaffen?«

»Ja«, antwortete Ben, mehr nicht. Und mehr war auch nicht notwendig. Sie würden es schaffen. Er wusste es, denn auch das hatten ihm die Geister des Kommenden gesagt, und die Geister des Kommenden irrten sich nie.

33

DAS LETZTE GESCHOSS hatte ihn buchstäblich um Haaresbreite verfehlt. Das Heulen des Sturmes, das in den letzten Minuten zu ohrenbetäubender Lautstärke angewachsen war, hatte das Geräusch der Explosion ebenso verschluckt wie jeden anderen Laut, aber Ben hatte weder die weißen Fontänen noch die plump herantaumelnden Gestalten hinter dem Tosen des Schneesturmes übersehen. Sasha, die er mittlerweile so derb hinter sich herziehen musste, dass er ihr vermutlich mehr wehtat als der Sturm und die fliegenden Eissplitter, stolperte jetzt immer öfter und war schon zwei- oder dreimal gestürzt; einmal so schwer, dass sie nicht mehr aus eigener Kraft in die Höhe gekommen war und er sie gewaltsam auf die Füße zerren musste. Ihr Gesicht war noch bleicher als sonst, abgesehen von den Stellen, wo es von einer milchigen hellrosa Schicht aus gefrorenem Blut bedeckt war, und der Moment war abzusehen, in dem sie gar nicht mehr auf die Beine kommen oder aufgeben und sich in den Schnee legen würde um zu sterben. Und nicht nur bei ihr.

Wo war dieser verdammte Pass?

Kapitän Schulz – der jetzt ebenso tot war wie seine Mutter, wie Harry, wie die Passagiere und die Besatzung – hatte ihnen den Weg erklärt, und es hatte sich so einfach angehört: den vereisten Strand hinauf bis zur Klippe, dann ein Stück nach links, bis er die Klamm erreichte, die so geradewegs zur Station hinaufführte, dass man sie gar nicht verfehlen konnte. Alles in allem weniger als drei Kilometer; nicht einmal hier und bei kuscheligen dreißig Grad minus eine unüberwindliche Entfernung. Bei Tageslicht, Windstille und im Vollbesitz seiner Kräfte.

Bei Dunkelheit, inmitten des schlimmsten Polarsturmes, den es seit Ende der letzten Eiszeit gegeben hatte, und verfolgt von einer Armee von Ungeheuern sah das schon etwas anders aus. Wo, bitte schön, waren noch einmal rechts und links?

Schon einmal.

Immerhin fand er die Klippe. Erschöpft und desorientiert, wie er war, verwechselte er die schimmernde weiße Wand mit einer Schneeböe und knallte ziemlich unsanft dagegen, und der heftige Aufprall riss Sasha aus seinem Griff und ließ sie abermals zu Boden fallen. Hastig sank er neben ihr auf die Knie, schob die in klobigen Handschuhen steckenden Hände unter ihre Achseln und zog sie ächzend in die Höhe. Obwohl sie praktisch nichts zu wiegen schien, überstieg diese kleine Anstrengung schon beinahe sein Kraft. Er strauchelte, wäre um ein Haar gestürzt und fiel dann wirklich hin, als der Sturm unversehens einen riesigen weißen Schemen ausspie und er so erschrocken zusammenfuhr, dass er das Gleichgewicht verlor und Sasha mitriss. Sein Herz begann wie rasend zu hämmern, und er glaubte das Adrenalin geradezu schmecken zu können, das plötzlich seine Adern überflutete.

Aber es war kein Eismonster. Was aus dem heulenden Sturm auf ihn zutorkelte, war eine dick vermummte menschliche Gestalt in einer eisverkrusteten weißen Polarmontur, die sich schräg gegen den Sturm stemmen musste, um überhaupt von der Stelle zu kommen. Sie trug eine schwarze Schneebrille, und ihr Gesicht war so dick mit Eis und verharschtem Schnee verkrustet, dass er nicht erkennen konnte, ob es sein Vater war oder Rewert – aber die Gestalt *hatte* ein Gesicht und war somit eindeutig ein Mensch.

Ben erwartete, dass er zu ihnen kommen und ihnen helfen würde, doch er wankte an ihm und Sasha vorbei, zu erschöpft oder zu mutlos, um sie auch nur zur Kenntnis zu nehmen, und war kurz darauf erneut hinter den brodelnden weißen Schwaden verschwunden. Aber immerhin lebte er noch, und Ben schickte ein Stoßgebet zum Himmel, dass es sein Vater gewesen war und nicht der Schiffssteward; wenn auch mit einem heftigen Gefühl von schlechtem Gewissen.

Er schüttelte den Gedanken ab, versuchte ein zweites Mal, Sasha in die Höhe zu ziehen, und lehnte sich dann erschöpft mit der Schulter gegen die Felswand. Jetzt *konnte* es nicht mehr allzu weit sein. Wenn sie die Eisklamm fanden, dann waren sie wenigstens aus dem Sturm heraus, und dann hatten sie – möglicherweise – eine Chance, es bis zur Wetterstation zu schaffen.

Schon einmal. Er hatte das alles schon einmal erlebt, aber nun war es anders, schlimmer und tödlicher.

Wie um seine aufkeimende Hoffnung augenblicklich wieder zunichte zu machen, prallte ein weißer Blitz kaum eine Handbreit über ihnen gegen den Fels und zerstob in Millionen winziger scharfkantige Splitter, die der Sturm davontrug, bevor sie ihnen gefährlich werden konnten.

Aber Ben hatte die Warnung verstanden. Ihre Verfolger waren nach wie vor da und sie waren nach wie vor gefährlich, und nur weil er sie nicht sah, bedeutete das nicht, dass sie umgekehrt auch nicht gesehen wurden. Er ergriff Sashas Hand noch fester und taumelte los, so schnell die eisigen Krallentriebe des Sturmes und die auf weniger als zwei Meter beschränkte Sicht es zuließen. Während er mühsam einen Fuß vor den anderen setzte und sich Schritt für Schritt weiterquälte, konnte er sich mit der rechten Schulter gegen die Felswand lehnen und so wertvolle Kraft sparen. Selbst der Wind, der sich bisher beinahe ebenso begeistert ins Zeug gelegt hatte wie die Eispiraten und der Rest der Welt, um ihn ins Jenseits zu befördern, erwies sich nun als sein Verbündeter. Die schneegesättigten Böen, die sich am Fuße der Klippe brachen, drückten ihn zugleich mit solcher Kraft gegen das Eis, dass er sich schon hätte anstrengen müssen um umzufallen.

Zumindest in der einen Richtung.

In der anderen war es schon etwas leichter, vor allem als die Wand, gegen die er sich bisher gelehnt hatte, plötzlich verschwunden war.

Ben schrie vor Überraschung und Schmerz auf, ruderte verzweifelt mit den Armen und versuchte sich zurückzuwerfen, aber es war zu spät. Ohne dass er es bewusst wahrgenommen hätte, war er beim Einstieg der Klamm angelangt, und die Wand, die ihm bisher Halt geboten hatte, war nun einfach nicht mehr da. Hilflos kippte er zur Seite, drehte sich im Fallen halb um die eigene Achse und wartete mit zusammengebissenen Zähnen auf den Schmerz, den der Aufprall auf das stahlharte Eis bringen musste.

Aber er kam nicht.

Ben prallte nicht auf.

Die Klamm war da, genau wie Kapitän Schulz sie beschrieben hatte: ein schmaler, spiegelglatter Spalt, der in einem jähen Winkel nach oben führte, so präzise und steil, als hätte jemand mit einer gewaltigen Axt eine Kerbe in die Klippe geschlagen, aber es gab einen entscheidenden Unterschied zwischen Schulz' Beschreibung und der Wirklichkeit.

Diese Klamm hatte keinen Boden.

Wo er hätte sein sollte, klaffte ein gut drei Meter breiter Abgrund. Verzweifelt warf sich Ben im Sturz noch weiter herum und streckte die Arme aus, und für einen winzigen Augenblick sah es beinahe so aus, als könne er es schaffen. Seine Fingerspitzen schrammten am Eis entlang, schienen irgendwo Halt zu finden … und glitten ab, als er voll jähem Entsetzen sah, wie über ihm nun auch Sasha das Gleichgewicht verlor, über den Rand der Spalte kippte, und er ganz instinktiv nach ihr zu greifen versuchte. Seine Hände verfehlten sie, und Ben verlor den Halt und fiel wie ein Stein in die bodenlose Tiefe. Sasha war noch für den Bruchteil einer Sekunde zu erkennen; ein weißer Schemen, der von der Dunkelheit aufgesogen wurde, und dann umgab ihn nur noch vollkommene, atemabschnürende Schwärze.

Sein Fall schien kein Ende zu nehmen, doch als der Aufprall dann kam, war er keineswegs tödlich oder auch nur annähernd so hart, wie er es erwartet hätte. Er brach in etwas Weiches, Eiskaltes ein, das ihn in eine stiebende Wolke hüllte und seinem Sturz nahezu alle Wucht nahm, sodass ihm zwar die Luft aus den Lungen getrieben wurde, er aber nicht einmal das Bewusstsein verlor, sondern nur benommen liegen blieb.

Ihm war kalt. Vorhin, oben, inmitten des tobenden antarktischen, Höllensturmes, hatte er geglaubt, es könne nicht mehr kälter werden, ohne dass die Temperaturen ihn auf der Stelle umbringen würden, aber das stimmte nicht. Die Kälte hüllte ihn nicht nur ein, sondern war mittlerweile unter seine Kleidung gekrochen und schickte sich an, ihn von innen heraus erstarren zu lassen. Die Luft, die er zu atmen versuchte, schien aus gefrorenen Glassplittern zu bestehen, die seine Kehle zerschnitten und seine Lungen verätzten, und jede noch so winzige Bewegung tat weh.

Er *war* tot, und das hier war die Hölle.

Wahrscheinlich war es die Lächerlichkeit dieses Gedankens, der ihm die Kraft gab, sich trotz der Schmerzen umzusehen. Natürlich war er nicht tot, aber seine Chancen standen nicht schlecht, es bald zu sein, wenn er nicht – sehr schnell – etwas unternahm.

Was ihm das Leben gerettet hatte, das war ein gewaltiger Berg pulverfeiner Schnee, der sich auf dem Grund der Eisspalte angesammelt hatte und in den er gefallen war wie in ein riesiges weiches Daunenkissen. Aber genau dieses Daunenkissen würde ihn nun auch umbringen, wenn er nicht aufpasste, denn der Schnee war unter seine Polarmontur gedrungen und machte deren isolierende Wirkung zunichte. Bisher hatte er nur gefroren, was schlimm genug war, aber nun begann er auszukühlen, und das konnte tödlich sein.

Aber noch lebte er, und wie es aussah, hatte sein Sturz sogar etwas Gutes gehabt, denn er war zumindest seine Verfolger los.

Und Sasha?

Bens schlechtes Gewissen, das noch nicht ganz so eingefroren war wie der Rest von ihm, meldete sich mit Macht zurück, weil er nicht sofort an sie gedacht hatte, und er setzte sich mit einem Ruck auf und sah hastig nach rechts und links. Wenigstens versuchte er es, aber der Schneeberg gab augenblicklich unter ihm nach, sodass er ins Rutschen geriet und eingehüllt in eine gewaltige Wolke aus Schnee zwei oder drei Meter weit nach unten schlitterte, bevor er wieder zur Ruhe kam.

Diesmal brannten nicht nur seine Lungen, der eisige Schnee war noch weiter unter seine Kleidung gedrungen und begann ihn allmählich zu lähmen. Seine Finger waren bereits taub, und die Schmerzen in seinen Füßen und Unterschenkeln begannen nachzulassen – was alles andere als beruhigend war. Ben hatte nicht allzu viel Erfahrung in solchen Dingen, aber es war gut möglich, dass seine Zehen gerade dabei waren, abzusterben. Möglicherweise auch gleich die ganzen Füße.

Immerhin hatte ihm seine Rutschpartie die zweite Schleifspur gezeigt, die nur ein kleines Stück neben ihm an der Flanke des Schneehaufens nach unten führte. Also war Sasha ebenso weich gelandet wie er. Aber wo war sie?

Sehr viel vorsichtiger als beim ersten Mal richtete er sich auf und folgte dem Verlauf der zweiten Schneespur nach unten. Dort, wo Sasha am Fuße des Schneehügels hätte liegen sollen, war … nichts.

Irgendwie gelang es ihm, der Panik noch einmal Herr zu werden und sich mit dem Gedanken zu trösten, dies beweise doch nur, dass sie den Aufprall offenbar ebenso unversehrt überstanden hatte wie er oder zumindest nicht schwer genug verletzt war, um nicht mehr aus eigener Kraft aufstehen zu können.

Der Trick funktionierte. Die Frage war nur, wie lange noch.

Weil er keine weitere Schnee-Explosion provozieren wollte, rutschte er das letzte Stück kurzerhand auf dem Hosenboden hinunter, schaffte es, auf den Füßen zu landen, und stampfte ein paar Mal kräftig auf, um seinen Kreislauf wieder in Schwung zu bringen und wenigstens ein bisschen Gefühl in Füße und Beine zu bekommen,

Es klappte, wenn auch nicht unbedingt so, wie er es sich erhofft hatte: Die heftige Bewegung presste den eingedrungenen Schnee nur noch fester zwischen seine Zehen, und der Schmerz in seinen Füßen explodierte.

Dennoch blieb er nicht eine Sekunde stehen, sondern humpelte mit zusammengebissenen Zähnen ein paar Schritte von der riesigen Schneewehe weg, bevor er sich herumdrehte und den Kopf in den Nacken legte, um nach oben zu blinzeln.

Er erschrak, als er sah, wie tief er gefallen war – zehn, zwölf Meter, wenn nicht mehr. Eine Höhe, bei der er sich selbst bei einem Sturz in den weichen Schnee leicht das Genick hätte brechen können. Und als wäre das allein noch nicht gruselig genug, erkannte er etwas, was seinen Mut schlagartig noch weiter sinken ließ: Von unten betrachtet entpuppte sich die vermeintliche Eisspalte als Riss in der Decke einer gut fünf oder sechs Meter hohen Höhle, deren Wände zwar aus massivem schwarzem Fels bestanden, aber trotzdem so glatt und fugenlos wie Glas waren. Vollkommen unmöglich, daran emporzuklettern, zumindest nicht ohne monatelanges Training und eine Profi-Bergsteigerausrüstung.

Ganz davon abgesehen, dass er erst einmal Sasha finden musste.

Mit einiger Mühe riss er seinen Blick von der unerreichbaren Felsspalte hoch über seinem Kopf los und suchte die Stelle ab, wo Sasha aufgekommen war. Er fand Fußabdrücke. Sie hörten schon nach wenigen Metern wieder auf, wo die dünne Schicht aus Pulverschnee dem harten Fels des Höhlenbodens wich, aber sie zeigten ihm, in welche Richtung Sasha gegangen war. Ben glaubte nicht, dass sie allzu weit kommen würde. Dass sie überhaupt aus eigenem Antrieb aufgestanden und davongegangen war, war schon erstaunlich genug.

Während er sich in Bewegung setzte, wühlte er ohne große Hoffnung in den Taschen seiner Polarjacke. Natürlich fand er keine Lampe, aber nach einem weiteren Dutzend Schritte wurde ihm klar, dass er das auch gar nicht brauchte. Es gab Licht in dieser unterirdischen Höhle. Nichts, was er unter normalen Umständen so genannt hätte, sondern nur einen kränklichen blassen Schimmer, in dem er seine Umgebung mehr erriet als wirklich sah, aber er reichte aus, um wenigstens nicht ganz blind zu sein, und ganz bestimmt würde er reichen, um Sasha zu finden. Er würde reichen, weil er reichen musste.

Irgendwo vor ihm polterte etwas. Vielleicht nur ein Stein, der sich von der Decke gelöst hatte, aber Bens Herz machte trotzdem einen erschrockenen Satz bis in seinen Hals hinauf, und seine durchgehende Fantasie tat ihr Bestes, um ihm zusätzlich zuzusetzen. Für einen Moment glaubte er eine gedrungene weiße Gestalt zu erkennen, ein massiger Gigant mit dreifingrigen Händen und ohne Gesicht, der in der Dunkelheit vor ihm aufragte, aber die Vision erlosch von einem Lidschlag auf den anderen, noch bevor er *wirklich* erschrecken konnte.

Natürlich war es nur ein böser Streich gewesen, den ihm seine überreizten Nerven spielten, versuchte sich Ben selbst zu beruhigen. Hier unten gab es keine Eismonster. Sie konnten ihnen unmöglich gefolgt sein. Anders als Sasha und er wären sie selbst beim Sturz in den weichen Schnee in Stücke zerbrochen.

Trotzdem war er sicher, dort vorne etwas gesehen zu haben.

Dann wusste er, was es gewesen war, und schüttelte den Kopf über seine eigene Dummheit. Natürlich hatte er etwas gesehen. Sashas strahlend weiße Kleidung musste sogar hier unten jeden noch so schwachen Lichtschein reflektieren.

Er ging auf die Stelle zu, an der er die Bewegung gesehen hatte, und rief ihren Namen. Wider Erwarten kam eine Antwort: das verzerrte, vielfach gebrochene Echo seiner eigenen Stimme.

Das gefiel Ben nicht; ganz und gar nicht. Ein Echo bedeutete, dass die Höhle ziemlich groß war, und damit wuchs die Gefahr, dass Sasha sich verirrte. Oder dass er sie schlicht und einfach nicht fand, denn je weiter er sich von der Schneewehe und damit dem Riss in der Höhlendecke entfernte, desto dunkler wurde es. Sasha durfte sich auf keinen Fall zu weit von der Felsspalte entfernen.

»Sasha?«, rief er. »Bleib stehen! Bleib, wo du bist, verstehst du mich? Rühr dich nicht von der Stelle, ich komme zu dir.«

Er konnte nur hoffen, dass sie seine Worte hörte und darauf reagierte. Wenn nicht, dann standen ihrer beiden Chancen nicht schlecht, gegen jede Wahrscheinlichkeit von der *Princess* entkommen zu sein, nur um dann hier unten elendiglich zu erfrieren.

Ben brach den Gedanken mit einer bewussten Anstrengung ab. Solche Überlegungen waren im Moment nicht besonders förderlich. Er musste sich beeilen Sasha zu finden, bevor sie sich für immer in der Dunkelheit verirrte.

Er rief noch zwei- oder dreimal ihren Namen und wieder antwortete ihm das Echo, doch seine Befürchtung schien sich zu bewahrheiten, denn das ohnehin kaum vorhandene Licht wurde zunehmend schwächer.

Obwohl er sich der damit verbundenen Gefahr bewusst war, beschleunigte er seine Schritte noch einmal, ging aber gleichzeitig auch vorsichtiger, mit weit nach vorn gestreckten Händen und die Füße über den Boden schleifend, um nicht über ein unsichtbares Hindernis zu stolpern. Er stolperte nicht, aber das Licht musste noch schlechter sein, als er angenommen hatte, denn seine Hände prallten so unsanft gegen einen harten Widerstand, dass ihm die Tränen in die Augen schossen.

Wenigstens hatte er das Ende der Höhle gefunden, dachte er missmutig. In diese Richtung hatte sich Sasha offensichtlich nicht entfernt.

Er wollte sich gerade herumdrehen, um seine Suche fortzusetzen, als er ein scharrendes Geräusch vernahm, nicht hinter, sondern irgendwo neben sich.

»Sasha?«, rief er. Keine Antwort, natürlich nicht – aber das Scharren wiederholte sich, und dann glaubte er etwas wie Schritte zu hören, gefolgt von einem seltsamen Schlurfen und Rumoren.

Diesmal sparte er es sich, nach Sasha zu rufen, und tastete sich stattdessen in die Richtung, aus der er die Geräusche gehört hatte. Die Schritte wiederholten sich nicht, aber seine Hand stieß schon nach wenigen Augenblicken ins Leere, und Ben begrub seine Hoffnung, wirklich das Ende des unterirdischen Hohlraumes gefunden zu haben.

Auch wenn er wusste, dass es absolut sinnlos war, rief er noch einmal und noch lauter nach Sasha, bevor er sich um die unsichtbare Biegung schob ... und als er zum dritten Mal Sashas Namen rufen wollte, stockte ihm im wahrten Sinne des Wortes der Atem.

Die Höhle ging an dieser Stelle nicht wirklich weiter, und es wurde auch nicht so dunkel, wie er befürchtet hatte. Allerdings gab es auf der anderen Seite des gerade einmal anderthalb Meter hohen und ebenso breiten Durchganges, auf den er gestoßen war, auch kein Licht.

Jedenfalls keines, wie er es jemals zuvor gesehen hatte ...

Der Anblick war ... durch und durch gespenstisch. Alles vor ihm war grau, aber von einem Grau, das es irgendwie ... *nicht geben durfte* und das so staubig und flach wirkte, dass er keine Luft mehr bekam. Es gab keine Farben, nicht etwa weil dieses Furcht einflößende Un-Licht sie ausgelöscht hätte, sondern weil es Farben, wie er sie kannte, nicht zuließ, denn es stammte aus einem Universum, das nichts mit dem gemein hatte, in dem er bisher gelebt und das er für das einzige existierende gehalten hatte.

Es war, als sähe er plötzlich nicht mehr durch seine Augen, sondern durch die eines so fremdartigen Geschöpfes, dass schon der bloße Versuch, es zu begreifen, seinen Verstand zu zerbrechen drohte.

Etwas ... *verschob* sich hinter seiner Stirn, begann sich zu verdrehen und zu verzerren, als er vergeblich darum rang, zu verstehen, was seine Augen sahen; oder zu sehen *glaubten*. Das falsche Licht war nicht das einzige Unheimliche. Hinter dem niedrigen Durchgang begann eine kurze Treppe – genauer gesagt, der *Albtraum* einer Treppe , die nach fünf oder auch fünfhundert Stufen (Zahlen hatten in diesem sinnverdrehenden Universum, in das er blickte, so wenig Bedeutung wie alles andere, das er bisher gekannt hatte) in eine gewaltige Höhle mündete, in der sich ... *Dinge* befanden.

Ben konnte es nicht anders ausdrücken. Da waren Formen, zyklopische Umrisse und groteske Konturen, die sich zu verändern schienen, noch während er sie betrachtete. Vielleicht glitt sein Blick auch an ihnen ab, oder es war seinem menschlichen Verstand nicht möglich, sie zu erkennen, sodass er ihm Bilder vorzugaukeln versuchte, die dem Gesehenen nach menschlichen Begriffen noch am nächsten kamen, an dieser Aufgabe aber hoffnungslos scheiterte. Er bekam von einer Sekunde auf die andere rasende Kopfschmerzen, und ihm wurde so schwindelig, dass er taumelte.

Dann sah er Sasha.

Sie lag mit an den Leib gezogenen Knien am Fuße der unmöglichen Treppe, den weißen Mantel wie eine Decke über sich, die eine fürsorgliche Mutter über ihr schlafendes Kind gebreitet hatte, das rückenlange weiße Haar bedeckte ihr Gesicht wie ein Schleier.

Und dann sah er doch eine Farbe: das helle, leuchtende Rot einer Blutlache unter ihrem Kopf, die allmählich größer wurde und ihr Haar und den weißen Pelzbesatz ihres Mantels tränkte.

Alles war vergessen. Der rasende Schmerz zwischen seinen Schläfen war mit einem Male so bedeutungslos und unwichtig wie seine Angst und die Übelkeit und die Grauen erregenden Dinge ringsum. Da war nur noch Sasha, die dort unten lag und schwer verletzt war, möglicherweise starb.

Ben schrie so gellend auf, dass seine Stimme in einem dutzendfachen Echo von den unsichtbaren Wänden ringsum zurückgeworfen wurde, stürzte los und raste die Treppe hinunter. Etwas stimmte mit den Stufen nicht. Sie waren von unterschiedlicher Höhe und Breite, manche gar keine Stufen, sondern etwas ... *anderes,* sodass er immer wieder strauchelte und zweimal sogar stürzte, aber er achtete nicht darauf, sondern jagte weiter und fiel schließlich neben Sasha auf die Knie. Unentwegt stammelte er ihren Namen, ohne es selbst auch nur zu bemerken und ohne dass sie es bemerkt hätte.

Das konnte sie auch nicht, denn sie war tot.

In ihren weit offen stehenden, starren Augen war kein Leben mehr, und nicht einmal der dichte Schleier ihres weißen Haares reichte aus, die schreckliche Kopfwunde zu verbergen, die sie sich beim Sturz auf der Treppe zugezogen hatte.

Etwas in Ben ... zerbrach. Zwei, drei quälend lange, schmerzhafte Herzschläge saß er wie versteinert auf den Knien neben ihr, blickte in ihr erloschenes bleiches Gesicht und weigerte sich zu begreifen, was er sah, dann schob er langsam die Hände unter ihren Rücken, hob ihre Schultern an und drückte ihren Kopf an seine Brust, und im gleichen Moment legte sich ein riesiger verzerrter Schatten über ihn.

Ben sah auf, und das Blut gerann ihm in den Adern.

Es war der Drachenmann, den er schon einmal gesehen hatte, in seinem Traum, im Maschinenraum der *Princess*: ein riesiges bizarres *Ding* mit einem fassähnlichen Torso, plumpen Elefantenbeinen und dem schnabelbewehrten Schädel eines Kraken. Grausame Krallenhände, riesige starrende Augen ohne Pupillen und ein Paar gewaltiger lederner Fledermausschwingen, die hoch über seinen Kopf emporragten, vervollständigten den Eindruck einer apokalyptischen Vision, die nur einem Albtraum entsprungen sein konnte. Aber die Kreatur war da und echt, ein Geschöpf aus Fleisch und Blut, vielleicht auch etwas anderem, Älterem, das sich nun langsam vorbeugte und seine fürchterlichen Hände nach Ben ausstreckte. Und Sasha, die zwar tot war, darauf aber wenig Rücksicht zu nehmen schien, sagte mit einer glockenhellen, klaren Stimme: »Und ich dachte schon, du kommst gar nicht mehr.«

»Bernhard Hennens Elfen-Romane gehören zum Besten, was die Fantasy je hervorgebracht hat.«

Wolfgang Hohlbein

Bestseller-Autor Bernhard Hennen erzählt die definitive Geschichte über ein Volk, das aus dem Mythenschatz der Menschheit nicht wegzudenken ist – ein Lesegenuss für jeden Tolkien-Fan!

ISBN 3-453-52137-4
€ 14,-

ISBN 3-453-52218-4
€ 14,-

ISBN 3-453-53001-2
€ 14,-

www.heyne.de

HEYNE